dtv

1967 begegnet der vierundzwanzigjährige Soldat des US-Friedenskorps John Thorndike in El Salvador der neunzehnjährigen Clarisa und verliebt sich in sie. Nach einer heftigen Liebesaffäre heiraten die beiden. Als Sohn Janir 1970 zur Welt kommt, ist Clarisa zunächst eine hingebungsvolle Mutter. Allmählich beginnt sie jedoch, sich vor John zu verschließen und den kleinen Janir entweder an sich zu klammern oder völlig zu vernachlässigen. Nach monatelangem Kampf um seine Familie, und nachdem die mittlerweile als schizophren diagnostizierte Clarisa mehrere Versuche unternommen hat, Janir zu entführen, entschließt sich John schweren Herzens, mit seinem Sohn allein in die USA zurückzugehen. Der alleinerziehende Vater muß lernen, mit der Verantwortung und der zeitweilig quälenden Einsamkeit fertigzuwerden, doch die glücklichen Momente mit Janir entschädigen ihn für den Verlust seiner großen Liebe. »Die wundervoll geschriebene, eindringliche Autobiographie des Schriftstellers John Thorndike. Die nie abreißende Sorge um Clarisa, seine große Liebe, und sein Pflichtgefühl gegenüber seinem Sohn durchziehen diese bittersüße Geschichte.« (Publishers Weekly)

John Thorndike, geboren 1943, wuchs in Neu England auf, verbrachte sieben Jahre in Lateinamerika und zehn Jahre auf einer Gemüsefarm in Athens, Ohio. Er lebt heute in Santa Fé, New Mexico, und hat zwei in den USA hochgelobte Romane geschrieben: ›The Potato Baron‹ und ›Anna Delaney's Child‹.

John Thorndike

Auf dem Weg nach Hause

Eine Vater-Sohn-Geschichte

Aus dem amerikanischen Englisch
von Tatjana Kruse

Deutscher Taschenbuch Verlag

Die Namen einiger Personen in diesem Buch wurden geändert.
Der Auszug aus ›Goodnight, Irene‹ wurde mit freundlicher Genehmigung der Rechteinhaber abgedruckt: Text und Musik von Huddie Ledbetter und John A. Lomax. TRO copyright © 1936 (renewed), 1950 (renewed) Ludlow Musik, Inc., New York, New York.

Deutsche Erstausgabe
September 1997
Deutscher Taschenbuch Verlag GmbH & Co. KG, München

Titel der amerikanischen Originalausgabe:
Another Way Home. A Single Father's Story
Crown Publishers, Inc., New York 1996
ISBN 0-517-70542-7

Umschlagkonzept: Balk & Brumshagen
Umschlagfoto: © TONY STONE
Gesetzt aus der Sabon
Satz: Fotosatz Amann, Aichstetten
Druck und Bindung: C. H. Beck'sche Buchdruckerei, Nördlingen
Gedruckt auf säurefreiem, chlorfrei gebleichtem Papier
Printed in Germany · ISBN 3-423-20035-9

Für AT, der so gern Vater ist.

»Von allen war sie die wahre Liebe. Von allen war sie die beste Liebe. Die andere, diese süße Liebe, die einen trunken macht, nach der man sich sehnt, an die man glaubt und um die man andere beneidet, die war nicht lebensfähig. Doch einem Kind nahe zu sein, für das man alles gegeben hat, dessen Leben durch das eigene geschützt und genährt wurde, dieses Kind an seiner Seite zu haben, in Frieden, das war das wahre, das am tiefsten empfundene, das einzige Glück.«

James Salter, ›Light Years‹

September 1994

Seite an Seite schreiten Janir und ich durch den mit Teppichen ausgelegten Gang der Kapelle. In dem reichgeschmückten Raum mit den blaßrosa Wänden ist es vollkommen still. Janir sieht in seinem Blazer, dem weißen Hemd und der Krawatte sehr gut aus, aber er läuft ebenso steifbeinig wie ich, und sein Blick ist so, wie ich selbst mich fühle: unsicher, gedankenverloren, verschreckt. Vor uns aufgebahrt liegt seine Mutter in einem offenen Sarg. Wir bleiben stehen, damit die anderen Trauergäste aufholen können, dann nähern wir uns dem Sarg und sehen hinein. Es ist Clarisa, und doch erkenne ich sie kaum. Eine Seite ihres Gesichts ist mit einem weißen Tuch abgedeckt, und die Haut auf der anderen Gesichtshälfte spannt und ist verfärbt. Vor fünf Tagen ist sie hier in San Francisco von der Feuerleiter ihres Hotels gestürzt. Vielleicht ist sie auch gesprungen, keiner weiß das so genau. Sie war siebenundvierzig Jahre alt.

Ihr Gesicht ist ausdrucksleer. Ihr Mund wirkt zusammengepreßt, als ob jemand ihn für sie geschlossen hätte. Das Beerdigungsinstitut hat sie an diesem Morgen direkt aus der Leichenhalle hierher gebracht, und vielleicht ist ihr immer noch kalt. So sieht es zumindest aus. Der Direktor des Beerdigungsinstituts hat zwar Bedenken geäußert, aber ich möchte sie trotzdem berühren.

Ihre Mutter muß denselben Gedanken haben. Paquita zupft an dem weißen Tuch, zieht die Falten glatt, um sie dann sorgfältig neu zu legen. Dabei streicht ihr Handrücken über das Haar ihrer Tochter.

Als ich schließlich zurücktrete, schließt Janir sich mir an. Eine Weile bleiben wir neben dem Sarg stehen, dann setzen wir uns in die zweite Reihe. Das dunkle Holz ist blankpoliert und ganz glatt. Wir haben die ganze Bank für uns, sitzen aber so eng nebeneinander, daß unsere Arme und Schultern sich berühren – als ob es nicht genügend Platz gäbe. Janir ist dreiundzwanzig.

Seit Jahren hat er schon muskulöse Arme und breite Schultern – und dennoch überrascht mich das immer wieder. Zehn Minuten lang schweigen wir. Durch Clarisas Tod hat sich unsere Welt so tief, so nachhaltig verändert, daß wir darüber fast vergessen haben, wie sehr unser Leben doch immer noch um sie kreist.

Paquita setzt sich in die Reihe vor uns, flankiert von ihrem Sohn Victor und Janirs Halbbruder John Leslie. Er ist ein gutaussehender Junge, fünf Jahre jünger als Janir, mit glänzenden schwarzen Haaren. Die beiden sind sich gestern, als Erwachsene, zum ersten Mal begegnet und haben bislang nur wenig über ihre Mutter gesprochen. Ich glaube, Janir sieht ihr mit seiner dunklen Haut, den krausen Haaren und den markanten Gesichtszügen ähnlicher als John Leslie.

Von unserer Bank aus schauen wir auf den »Sarg«, in dem sie liegt. Niemand hat ein Wort darüber verloren. Ein weiteres weißes Tuch ist um einen Großteil der Kiste herumdrapiert, aber keiner kann übersehen, daß dieser »Sarg« aus Wellpappe besteht.

Wir hatten Clarisas Beerdigung von einem anderen Bundesstaat aus organisiert und nicht daran gedacht, ihr für diese einstündige Aufbahrung vor ihrer Einäscherung einen ansehnlicheren Sarg zu besorgen. Mir war allerdings nie auch nur der Gedanke gekommen, sie könnten sie in einer Kiste aus Wellpappe aufbahren. Ich hatte es einfach nicht genügend bedacht, vor meinem inneren Auge sah ich sie wahrscheinlich auf einem Tisch liegen. Jetzt fühle ich mich schuldig und schäme mich. Ich suche nach Worten, nach irgendwelchen Worten, die diese Vision eines Schlußverkaufgottesdienstes und des zerschmetterten Körpers verdrängen.

»Sie war so tapfer«, sage ich zu Janir. Ich will ihm mit dem wenigen, was ich hervorbringe, erklären, wie furchtlos seine Mutter war. »Als sie dich bekam, ging sie in völliger Hingabe an dich auf. Ihre besten Jahre waren die nach deiner Geburt. So glücklich habe ich sie nie wieder erlebt.«

Das ist so traurig, daß ich in Tränen ausbreche. Janir legt seinen Arm um mich, preßt sein Gesicht an meines und hält mich fest, bis ich mich beruhigt habe. Selbst dann läßt er nicht los.

»Ich habe schon geweint«, erklärt er.

Das läßt mich beinahe neuerlich in Tränen ausbrechen. »Du mußt nicht weinen«, sage ich zu ihm. »Du mußt gar nichts tun.«

Er lehnt sich an mich.

Nach der Aufbahrung fahren Clarisas Mutter, ihr Bruder, ihre beiden Söhne und ich – die fünf Menschen, die ihr am nächsten standen – in die Innenstadt zum Winston Arms Hotel in der Turk Street, wo sie starb. Wir parken den Wagen auf dem Kundenparkplatz eines Einkaufszentrums und gehen die letzten Häuserblocks zu Fuß durch Straßen, die nach Frittierfett und Urin stinken. Wermutbrüder hängen vor den Häusern herum, und die Obdachlosen, trotz des warmen Septemberwetters in Mäntel und mehrere Lagen Pullis gehüllt, schieben Einkaufswagen vor sich her, in denen sich Plastiktüten, Kleidungsstücke und Wasserflaschen stapeln. Ich hätte nie gedacht, daß Clarisa in einem derart heruntergekommenen Viertel gelebt hätte. Jahrelang hatte sie in ordentlichen Rehabilitationszentren gewohnt oder in betreuten Wohnanlagen, näher an den Stadtteilen von San Francisco, die sie am meisten mochte, Haight Street und Golden Gate Park. Jeden Monat schickte ihr der Staat einen Sozialhilfescheck, und sie fuhr mit ihrem Verbundausweis durch die Stadt, besuchte Presidio, Point Lobos und Ocean Beach.

Im Laufe der Jahre hatten ihr Victor, Paquita und ich immer wieder Geld zukommen lassen. Einmal schickte ich ihr für den Notfall tausend Dollar verbunden mit hoffnungsvollen Ratschlägen, wie sie möglichst lange davon leben konnte. Sie kaufte sich von dem Geld einen neuen Motor für einen einundzwanzig Jahre alten Kombi, und zwei Wochen später rammte sie mit diesem Wagen einen Lichtmast. Daraufhin verwickelte sie sich in Streit mit der Polizei, und als ich das nächste Mal von ihr hörte, wußte sie nicht, wo sich das Auto befand. Vielleicht war es abgeschleppt worden. Auf jeden Fall war es weg.

Der Bürgersteig in der Turk Street ist unansehnlich und verdreckt. Wir stehen vor dem Winston Arms, starren zur Feuertreppe hinauf, dann hinunter auf den Gehweg. Ist sie hier aufgeschlagen? Nach dem morgendlichen Nebel ist es warm geworden, und ich fange langsam an zu schwitzen. Menschen schlurfen an uns vorbei, machen einen weiten Bogen um uns. Für die Kirche waren wir passend gekleidet, hier – zwischen den schäbigen Gebäuden und den Alkoholikergesichtern – sind wir Außenseiter. Sogar im hellen Sonnenlicht ist die Luft trübe und zum Schneiden dick. Welche Freunde konnte Clarisa hier schon gehabt haben?

Ich beobachte Janir. Ich möchte ihn beschützen, aber das ist mir nicht möglich. Er steht etwas weiter weg, unbeweglich, sein weißer Kragen umschließt eng seinen Hals. Ein unrasierter alter Mann in einem fleckigen Jackett bleibt neben uns stehen. Er wirft prüfende Blicke auf die Feuertreppe und den Bürgersteig, dann wendet er sich an die beiden Jungen, fast als wisse er, wer sie sind.

»Ein wunderschönes Mädchen ist letzten Sonntag hier zu Tode gestürzt«, sagt er. Dann schlurft er weiter.

»Qué dijo?« fragt Paquita. Was hat er gesagt?

Ich wiederhole es für sie auf Spanisch. Sie sieht dem alten Mann mißtrauisch nach, aber mich erfüllt eine merkwürdige Dankbarkeit, denn er hat genau das gesagt, was ich fühle. Nicht meine müde und ausgelaugte Ex-Frau ist hier gestorben, sondern die Clarisa, die ich vor vielen Jahren kannte: die lächelnde junge Frau, die mich Hals über Kopf ins pralle Leben zog und beschloß, ein Kind mit mir zu haben.

Paquita ist schon früher hier gewesen und führt uns in die Hotelhalle. Eines der Deckenlichter summt, die Wände sind in schlachtschiffgrau gestrichen, und das einzige Möbelstück ist ein durchgesessenes Sofa.

Er habe in Clarisas Zimmer nichts angerührt, erklärt der Geschäftsführer. Er ist jung, ein Malaie, sauber gekleidet in einem gebügelten Hemd und langen Hosen, weißen Socken und Gummisandalen. Er habe gewartet, bis jemand ihre Sachen abholen würde, sagt er. Wir folgen ihm über die mit Teppichboden ausgelegte Treppe in den zweiten Stock, und mit jeder Stufe wächst meine Panik. Ich will dieses Zimmer nicht sehen. In der Mitte des Flures schließt er eine Tür auf, öffnet sie und schaltet das Licht ein. Wir gehen hinein. Das Bett ist nicht gemacht, die Matratze nackt und schmutzig. Das einzige Fenster, halb verdeckt von einem schweren Vorhang, geht auf eine Ziegelmauer in nur eineinhalb Metern Entfernung. Es gibt einen kleinen Fernsehapparat, aber keine Zeitschriften oder Bücher. Ein Haufen feuchter Kleider liegt auf dem Boden neben zwei alten Schuhen, leeren Wodkaflaschen und Papierschnitzeln. Es riecht muffig und säuerlich, und eine Gruppe schwarzer Fliegen surrt über dem Bett.

Victor sieht steif und formell aus. Er kreuzt die Arme über der Brust und taxiert das Chaos. Den ganzen Morgen schien er sich völlig unter Kontrolle gehabt zu haben – aber ich weiß von seiner Frau, daß er nach dem Tod seiner Schwester aus dem Büro heimkam, sich auf sein Bett legte und stundenlang weinte.

Paquita macht sich an die Arbeit. Sie findet eine Einkaufstüte aus Papier, legt einige Kleidungsstücke zusammen und steckt sie in die Tüte. Sie bewegt sich hastig, nimmt einige Sachen hoch und läßt sie wieder fallen. Ihre Auswahl scheint rein zufällig: eine Bluse, ein Handtuch mit Blumenmuster, eine Hose. Obwohl sie am Morgen während der ganzen Messe geweint hat und dann wieder bei der Aufbahrung, war Paquita nicht zusammengebrochen. Jetzt scheint sie jedoch kurz davor.

Janir macht sich auf Erkundungsreise. Er öffnet eine Schublade und nimmt eine billige Haarbürste heraus, dann ein Tablettenröhrchen mit einer einzigen Kapsel Prozac. Er untersucht beides. Er nimmt eine leere Dose Haarspray, schüttelt sie und hält sie dann weit von sich, als ob sie explodieren könnte. Sein Gesicht und sein ganzer Körper wirken verspannt.

Ich sehe in den Schrank. Ich schiebe die Kleider, die vom Bügel gefallen sind, beiseite und hebe einen einzelnen Mokassin hoch. Ich knie mich auf den Boden und spähe unter das Bett. Ich weiß nicht, nach was ich suche, aber ich muß mir einfach alles ansehen. Ich darf mir auch die schlimmsten Einzelheiten nicht ersparen. Ich trete in das winzige Badezimmer. Auf den Regalen liegt nichts, nicht einmal eine Zahnbürste, aber auf dem Boden findet sich ein möglicher Grund für all die Fliegen. Selbst nach Jahrzehnten in den Vereinigten Staaten blieb Clarisas Umgang mit Toilettenpapier der einer Lateinamerikanerin. In El Salvador legt man das gebrauchte Toilettenpapier in einen Korb, damit man die Abflußrohre nicht verstopft, und jemand bringt den Unrat dann fort. Hier hatte sie es in eine bereits überquellende schwarze Plastiktüte geworfen, und keiner hat nach ihr aufgeräumt.

Langsam kommen wir zum Ende. Es gibt nichts mehr zu untersuchen. Paquitas Einkaufstüte ist voll. »*Cayó en una depresión enorme*«, sagte sie. Clarisa habe eine schwere Depression gehabt. »Sie wollte nichts essen. Sie hat die Hoffnung aufgegeben. Sie wollte nicht saubermachen oder sich um sich selbst kümmern.« Paquitas Arme baumeln schlaff. »Ich wußte nicht, was ich tun sollte.«

Jetzt bin ich davon überzeugt, daß Clarisa gesprungen ist.

Hätte ich etwas tun können? Wenn ich erfahren hätte, wie es ihr ging, wäre ich gekommen? Hätte ich versucht, ihr zu helfen? Wahrscheinlich nicht. Wir waren vor fast 20 Jahren geschieden worden, und ich hatte mich an ihr chaotisches Leben gewöhnt. Ein Zimmer wie das hier hätte ich mir allerdings nicht im Traum vorgestellt. Clarisas Launenhaftigkeit war nichts Neues, aber die Art von Depression, die hier zum Ausdruck kam, hatte ich bei ihr noch nie erlebt.

Hinter meinem Eingeständnis liegt eine bittere Wahrheit: Ich hatte Clarisa seit fünf Jahren nicht mehr gesehen. Als Janir aufs College ging, zog ich ebenfalls um und sagte ihr nicht, wohin. Ich war es müde, um fünf Uhr in der Nacht angerufen zu werden oder unangemeldeten Besuch zu bekommen. Ich wollte sie auf Distanz halten.

Janir wirkt verletzt und unsicher. Ich trete über einige Kleidungsstücke und stelle mich neben ihn, während seine Augen auf der erniedrigenden Matratze ruhen. »Ich glaubte, es würde ihr besser gehen«, sagt er.

Die letzten sechs Monate schien sich ihr Zustand wirklich gebessert zu haben. Sie hatte ihn um meine Adresse gebeten und mir mehrere zusammenhängende Briefe geschrieben – die besten seit zehn Jahren –, und erst vor zehn Tagen hatte ich ihr das Neueste von Janir in einem Brief mitgeteilt. Zum ersten Mal seit Jahren wagte ich zu hoffen, daß er eines Tages eine Mutter hätte, mit der er würde sprechen können.

»Sie hat mir ins Büro geschrieben«, sagt er. »Sie schrieb, sie habe einen Job.« Victor weiß näheres. »Sie saß in der Telefonzentrale ihres früheren Hotels«, erklärt er, »zwei Nachmittage die Woche.«

»Immerhin etwas«, meint Janir.

Ich höre den Schmerz in seiner Stimme, Enttäuschung, sogar Wut. Ganz allmählich teile ich diese Gefühle. Die Toten enttäuschen uns immer. Janir starrt aus dem Fenster auf die rußige Ziegelmauer.

Ich stelle mich noch näher neben ihn. In den letzten 20 Jahren habe ich ihn mehr geliebt und mich mehr um ihn gesorgt, als je um seine Mutter. Wir sagen nichts, stehen nur nebeneinander, und unsere Arme berühren sich.

EINS

Bei unserer ersten Begegnung war Clarisa neunzehn Jahre alt. Sie wirkte zurückhaltend, hatte schwarze Haare und orientalisch anmutende Maya-Augen. Das war im Oktober 1967, am Ende der Regenzeit in El Salvador, wo ich als Freiwilliger des Friedenskorps Englisch an der Nationaluniversität unterrichtete. In dieser Nacht ging ich mit einigen Freunden aus, um mein Spanisch aufzubessern, und die Terrasse vor dem Café war voller Lehrer und Schüler, die über Politik diskutierten. Clarisa saß zwei Tische neben mir, schaute aber nie in meine Richtung. Ihre Haut war so glatt wie die eines Kindes, und ihr dichtes Haar, mit zwei Spangen zurückgehalten, fiel auf eine cremefarbene Jacke mit stoffüberzogenen Knöpfen.

Ich starrte sie an. Das Gespräch an meinem Tisch ging völlig an mir vorüber. Als Freiwilliger des Friedenskorps sollte ich mich ohnehin aus der Politik heraushalten. Ich war vierundzwanzig, befand mich seit zehn Monaten in Mittelamerika und arbeitete immer noch jeden Abend an meinen Spanischkenntnissen. Ich unterhielt mich mit Freunden, ging ins Kino oder las zu Hause mit dem Wörterbuch auf dem Schoß die Zeitung.

Jemand an ihrem Tisch verlangte nach der Rechnung. Als die Leute aufstanden, tat ich das auch. Ich suchte krampfhaft nach irgendeiner Bemerkung, einer Möglichkeit, mich vorzustellen, aber mir wollte einfach nichts einfallen. Ich folgte ihr trotzdem. Unter ihrer eleganten Jacke trug sie einen kurzen Faltenrock und an den Füßen Plastiksandalen. Ich berührte sie, bevor sie auf den Bürgersteig treten konnte.

»*Hola*«, sagte ich und blieb neben ihr stehen. »*Qué tal? Cómo te llamas?*« Hallo, wie geht es dir? Wie ist dein Name?

Ich kam mir vor wie ein Idiot, aber das Spanisch machte es leichter. Ich konnte so tun, als übte ich noch. Ihr Mund ließ Anzeichen eines Lächelns erkennen, und sie reichte mir eine kühle Hand. »*Clarisa Rubio Betancourt*«, sagte sie, und wir schüttelten die Hände. Es war einer dieser Nachnamen väterlicher- und mütterlicherseits, bei denen ich mir nie beide Hälften merken konnte. »*Y tú?*« fragte sie.

Mein Name läßt sich auf Spanisch schwer aussprechen, also betonte ich so deutlich wie möglich: »*Juan Torn-di-que.*«

»*Tanto gusto*«, sagte sie, ohne ihr Lächeln zu verlieren.

Ich halte mich ganz gut, dachte ich, und wagte mich weiter vor. Ich fragte sie, ob sie oft hierherkomme, und machte eine Bemerkung über die Regenzeit. Aber mein Spanisch schien im Flugzeug nach Connecticut zu sitzen. Ich brachte nur einen stümperhaften Konjunktivsatz heraus und vergaß das Wort für Blitz: *relámpago*. Es war mir nicht möglich, sie anzusehen und gleichzeitig etwas zu sagen.

Für einen kurzen Augenblick wurde ich von den ersten Regentropfen gerettet, die auf das Blechdach über uns hämmerten. Die Motorradfahrer auf der Straße suchten sich einen Unterschlupf, und eine Sekunde später setzte der Regenschauer ein. Dicke Tropfen spritzten auf den Bürgersteig, aber Clarisa zog sich vor der Sintflut nicht zurück. Sie ließ ihre Füße in den vernünftigen Plastiksandalen einfach naß werden und preßte ihre Notizbücher an ihre Brust, während ich ihre nassen Zehen anstarrte.

»*Tú eres estudiante?*« fragte ich. Studierst du?

»*No*«, erwiderte sie kühl, »*soy profesora.*«

Für eine Lehrerin schien sie mir viel zu jung. Für welches Fach, wollte ich von ihr wissen: »*Profesora de qué?*«

Einen Augenblick lang sagte sie nichts, dann in flüssigem Englisch: »Gehören Sie zum Friedenskorps?«

»Sie sind Amerikanerin«, meinte ich verblüfft.

»Nein«, antwortete sie. »Ich stamme von hier, aber ich bin in San Francisco zur Schule gegangen.«

Ich konnte es einfach nicht fassen. »Ihr Englisch ist perfekt. Sie haben überhaupt keinen Akzent.«

»Ich habe fünf Jahre dort gelebt. Und ich war erst vierzehn, als ich hinzog.« Das war die Erklärung für ihr Lächeln, als ich mich vorstellte. »Wie lange wollten Sie mich denn auf Spanisch herumstottern lassen?« fragte ich.

»Nicht sehr lange. Sie machen es gar nicht so schlecht. Auf diese Weise lernen Sie die Sprache, nicht wahr? So habe ich auch Englisch gelernt.«

Ihre Haut war dunkel und glatt und ihre Lippen voll. Sie sah mehr wie eine Indianerin aus als sonst jemand im Café, doch ihre Stimme hätte einer Amerikanerin gehören können. Sie sei erst seit einem Monat wieder zurück, doch schon vermisse sie Kalifornien und denke daran, zurückzukehren. Sie habe noch ihre Aufenthaltsgenehmigung und könne bei ihrem Bruder in San Francisco wohnen. Andererseits habe sie hier eine gute Arbeitsstelle: Sie unterrichte Englisch im amerikanischen Zentrum.

Nach zwanzig Minuten hörte der Regen auf. Die Luft roch nach feuchten Blättern, Müll und verbranntem Holz, und die Straßen waren vom Regen saubergefegt.

»Ich muß jetzt gehen«, sagte sie.

»Müssen Sie wirklich?«

»Das ist der Nachteil, wenn man bei seiner Mutter wohnt.«

Wir schüttelten zum zweiten Mal die Hände. Dann trat sie auf den Bürgersteig und überquerte die Straße in Richtung Bushaltestelle. Ich beobachtete ihren schwingenden Rocksaum und die glänzenden Waden, bis sie um die Ecke gebogen war.

Zwei Tage später suchte ich sie im amerikanischen Zentrum auf und lud sie zu einem Eis ein. Weitere zwei Tage später nahm sie mich mit nach Hause und stellte mich ihrer Mutter, ihrer Schwester und ihrem jüngeren Bruder vor. Ich war überzeugt, daß ihre Mutter Paquita mir gegenüber mißtrauisch sein würde – das mochte an meiner Erfahrung mit der jungen Frau aus El Salvador liegen, mit der ich zuvor einmal ausgegangen war: Ihr Onkel, der ein Taxi besaß, hatte uns ins Kino gefahren und nach der Vorstellung dort auch wieder eingesammelt. Aber zu meiner Erleichterung war Paquita ganz entspannt. Ihre einzige Regel für mich lautete, daß Clarisa bis 23 Uhr zu Hause sein mußte, gleichgültig in welcher Nacht der Woche wir ausgingen.

Das erste Mal küßten wir uns auf den Holzbänken im Stadtpark. Später in Cafés, auf den hinteren Sitzen im Bus und auf dem Flachdach von Clarisas Elternhaus. Ich fürchtete immer, daß jemand die Treppen hochkommen und uns entdecken könnte, aber sie schien daran nie auch nur einen Gedanken zu verschwenden.

Nach einem Monat gingen wir in meiner zugigen Wohnung zusammen ins Bett und verbrachten seither die meisten Sonntage dort – wir unterhielten uns, malten, lasen und liebten uns auf meinem schmalen Bett. Obwohl sie als Katholikin erzogen worden war, schien sie in Sachen Sex entspannt und völlig frei von Scham. Hinterher ging sie immer nackt durch den Raum, und es machte ihr nichts aus, daß man sie durch das Fenster sehen konnte.

Die Sonntagnachmittage waren so gut geeignet, weil wir behaupten konnten, wir wären zum Fußballspiel ins Nationalstadium gegangen, das nur sechs Häuserblocks von meiner Wohnung entfernt lag. Es gefiel mir, ein Alibi zu haben. Und trotzdem machte ich mir manchmal Gedanken, wenn die Schreie von dem Spiel über die Dächer zu uns drangen, während wir in der schweißtreibenden Hitze des Nachmittags nackt auf dem Bett lagen. Ich fürchtete, Paquita würde uns auf die Schliche kommen. Ich dachte, sie könne einfach durch uns hindurchsehen und erkennen, daß wir miteinander schliefen.

»Mach dir darum keine Sorgen«, meinte Clarisa. »Sie wird nie dahinterkommen.«

»Wir sollten uns besser danach erkundigen, wer das Spiel gewonnen hat.«

»Entspanne dich, John. Sie mag dich.«

»Ich werde immer erwischt«, sagte ich.

Sie lachte. »Ich nicht. Ich werde nie erwischt.«

Meine Mutter war Ärztin und mein Vater der frühere Chefredakteur der Zeitschrift *Life* sowie einer der Gründer der Zeitschrift *American Heritage.* Ich hatte ein Internat besucht, später in Harvard und an der Columbia Universität studiert. Meine Familie war wohlhabend.

Paquita hatte nach dem Selbstmord ihres Mannes im Jahr 1954 ihre vier Kinder mit ihrem Gehalt als Lehrerin großgezogen und es sogar fertiggebracht, zwei von ihnen nach Kalifornien zur Schule zu schicken. Aber Geld war bei den Rubios Mangelware, und als ich Clarisa traf, lebte sie in ihrem Elternhaus in einem winzigen Zimmerchen mit einem Bett, einer Kommode und einer Deckenleuchte. In jenem Jahr bestand ihr Zuhause aus nackten Wänden und einem defekten Fernsehapparat; es gab kein Telefon und auch kein heißes Wasser – aber das alles war mir egal. Ich mochte ihre große Familie und war von Clarisa verzaubert. Obwohl sie fünf Jahre jünger war als ich, hatte sie zweimal soviel gesundes Selbstvertrauen und fühlte sich in ihrer Haut sehr viel wohler.

Eines Tages, es war ein Samstagmorgen, lagen wir auf dem harten Gras des Cuscatlán Parks, küßten uns und lachten und erduldeten die unermüdlichen fetten Ameisen. Schließlich standen wir auf, kratzten die Ameisen von unseren Armen und Knöcheln und machten uns auf den Weg zu meiner Wohnung. Auf halbem Weg, mitten auf einer stillen Straße, Arm in Arm und durchdrungen von dem Gedanken an Sex, näherte sich uns ein Wagen. Wir traten zur Seite, aber der Wagen hielt an, und Ricardo Ruiz lehnte sich über den Beifahrersitz. Er war ein Freund der Familie, eine Art Pate von Clarisa.

»Hola, compadres«, rief er und grinste. *»Pa'donde van?«*

Ich geriet in Panik. Ich zweifelte nicht daran, daß ihm klar war, wohin wir gingen. »Zu Paquita«, log ich.

»Gut, da fahre ich auch gerade hin. Steigt ein, ich nehme euch mit.«

Für den Weg zu Paquita befand er sich auf der falschen Straßenseite. Er wußte, daß ich log, und ich wußte, daß er es wußte. Nun saßen wir in der Falle.

»Danke, nein«, sagte Clarisa. »Wir können laufen.«

»Seid nicht dumm«, meinte er. »Steigt ein, steigt ein.«

Sie blieb stehen. Aber er sah nicht Clarisa an, er sah mich an. Ich war völlig durcheinander, wußte nicht, wie wir aus der Zwickmühle kommen sollten. Schließlich trat ich vor und öffnete die Wagentür.

»Clarisa«, sagte er, »komm.«

Sie stieg wortlos ein, aber ihr Gesicht sah aus wie eine Steinskulptur der Maya. Ricardo lächelte und plauderte angeregt. Ich haßte seine vorgetäuschte gute Laune und saß stocksteif zwischen Clarisa und ihrem Patenonkel, klammerte mich mit den Händen an den Sitz und versuchte, keinen von beiden mit meinen Schultern zu berühren.

Bei Paquita schmiedete ich Fluchtpläne. Ich kam zu dem Schluß, daß wir nach dreißig Minuten aufbrechen und diesen göttlichen Zustand zurückerlangen konnten, in dem wir uns befunden hatten. Aber Paquita bestand darauf, daß wir drei zum Mittagessen blieben. Clarisa war überhaupt keine Hilfe, sie sagte kaum etwas. Ihr war es egal, was die anderen dachten. Ich versuchte, unseren Beitrag zur Konversation zu leisten, aber gleich nach dem Essen stand sie auf und verließ den Raum.

Zehn Minuten später fand ich sie auf dem Dach. Sie saß mit dem Rücken zu mir und sah über die pastellfarbenen Hausdächer der Nachbarschaft.

»Clarisa ...«, sagte ich.

Sie wirbelte herum. »Feigling.«

Das traf den Nagel auf den Kopf. »Ich wollte nicht, daß er sich falsche Vorstellungen macht«, erklärte ich.

»Falsche Vorstellungen?«

»Wir könnten doch jetzt zu mir gehen. Wir sagen einfach, wir wollten eine Vormittagsvorstellung besuchen.«

Sie bedachte mich mit einem geringschätzigen Blick. »Vorhin hatte ich Lust dazu, jetzt nicht mehr.«

Ich versuchte, meinen Arm um sie zu legen, aber sie schüttelte ihn ab. »Geh nach Hause«, meinte sie kalt. »Laß mich in Ruhe.«

In der folgenden Woche schaute ich zweimal bei ihr zu Hause vorbei, aber beide Male ging sie zum Laden an der Ecke und kehrte nicht zurück. Von niemandem beachtet, verschwand ich und ging zu Fuß nach Hause, die Hände in den Taschen vergraben. Wie lange wollte sie das noch durchhalten? Am Samstag ging ich wieder hin, aber sie hatte sich in ihrem Zimmer eingeschlossen. Ich blieb trotzdem dort und unterhielt mich mit ihrer Schwester Eva Luz. Ich sprach mit den Dienstmädchen und mit Paquita. Jeder tat so, als ob Clarisa einfach nur ein Nachmittagsschläfchen hielt. Meine größte Hoffnung ruhte auf Max, ihrem vierzehnjährigen Bruder. Ich spielte am Küchentisch Karten mit ihm und lud ihn zum Fußballspiel am darauffolgenden Tag ein – demselben Spiel, zu dem ich angeblich jeden Sonntag mit seiner Schwester ging.

Der Trick war so offensichtlich, daß ich schon fürchtete, Clarisa könnte nicht zu Hause sein, wenn ich mit Max vom Spiel zurückkehrte. Aber sie war zu Hause, saß im Salon und zeichnete. Ich gab Max etwas Geld und schickte ihn zum Laden, um Cola zu kaufen.

Clarisa zeichnete weiter. Ihr Kreidestift schabte leise über das weiche Papier. »Wer hat gewonnen?« fragte sie. Ein Hauch von Spott lag in ihrer Stimme.

»San Miguel.«

»Gut für sie.«

Sie interessierte sich nicht für Sport. Wir hatten ihrer Mutter immer erzählt, ich sei der große Fan. Max kam mit drei eiskalten Flaschen Cola zurück. Er beschrieb die beiden dramatischen Tore des Spiels.

»Setz dich«, befahl Clarisa und fing an, sein Gesicht zu zeichnen.

»Wir könnten doch nächste Woche alle drei zum Spiel gehen«, schlug ich ihr vor.

»Ich glaube nicht. Max, sitz still.«

»Oder wir könnten an den Strand.«

»Das wäre toll!« rief Max.

Clarisa sah mich an. Sie wirkte immer noch ziemlich distanziert. »Vielleicht an den Strand. Eva Luz kommt sicher auch gern mit.«

Ich mußte sie zurückgewinnen, ihr Geschenke mitbringen und mich bei allen Familienangehörigen lieb Kind machen. Wir gingen alle an den Strand, aber es dauerte noch einige Wochen, bevor ich sie wieder mit in meine Wohnung nehmen konnte. Da war der Präzedenzfall schon geschaffen. Auf gewisse Weise mußte ich sie, auch noch lange nach unserer Eheschließung, immer umwerben.

ZWEI

Januar 1970. In der engen Straße fiel Schnee, ein feuchter New Yorker Schnee, der sich an die Bäume und die Autos und die Hüte setzte, nicht aber auf das Pflaster. Seit fast einem Jahr waren wir nun schon verheiratet. Wir saßen neben dem rasselnden Heizkörper am Fenster unseres Einzimmer-Apartments, in dem wir zur Untermiete wohnten, und beobachteten, wie sich der Himmel unter einem Schwarm dicker Flocken verdunkelte. Wortlos stand Clarisa auf und zog mich quer durch das Zimmer auf das Bett. Dort zog sie sich ihre Röcke über den Kopf und ließ sie über meine Knie fallen. Wenn ich Sex wollte, bereitete ich die Bühne vor und versuchte, Clarisa in Stimmung zu bringen. Wenn sie Sex wollte, nahm sie es sich einfach. Wir küßten uns, legten uns auf die abgenutzte Chenille-Tagesdecke und schälten uns langsam aus unseren Kleidern. Schließlich stand ich auf, um ein Kondom zu holen.

»Tu es nicht«, sagte sie.

»Tu was nicht?«

»Nimm kein Kondom.«

»Natürlich werde ich ein Kondom benützen.«

Ich ging ins Badezimmer. Wir hatten schon früher über diesen Punkt gestritten. Ich wollte mich nicht von einem Kind fesseln lassen. Ich wollte, daß wir reisten, abenteuerlustig wären und die Freiheit besäßen, um Mitternacht zu speisen und Sex mitten in einem Schneesturm zu haben. Aber es gefiel mir, verheiratet zu sein: Mahlzeiten zu teilen, zusammen zu schlafen, bei Kerzenlicht in der Badewanne zu liegen und sich gegenseitig die Haare zu waschen. Als ich aus dem Badezimmer kam, waren Clarisas Augen geschlossen und ihre Gliedmaßen ausgebreitet.

Sie lag bewegungslos, als ich über sie kroch, ihre Brüste küßte und mit meinen Fingerspitzen über ihre Haut strich, so wie sie es mochte: nur der Hauch einer Berührung. Ganz allmählich reagierte sie darauf, bog den Rücken durch und spreizte ihre Beine, gab sich hin und flüsterte *»Sí, Juanito.«* Beim Liebesspiel sprachen wir oft Spanisch. Es erinnerte uns an die schwülen Sonntagnachmittage in El Salvador.

Sie wartete, bis ich in ihr war, dann erwachte sie zum Leben. Sie umklammerte mich mit ihren Beinen und preßte mich fest an sich, ihre Fingernägel gruben sich in meinen Rücken. Nach einem halben Dutzend verschiedener Positionen saß sie schließlich auf mir, ritt mich in heftigen Kreisbewegungen und stieß auf mich herab. Ich hatte sie nie zuvor so akrobatisch erlebt, so entflammt vom Sex. Ihre Ekstase entfachte meine eigene, bis ein Orgasmus über mich hinwegschwappte und ich zurück auf die Matratze sank.

Einen Augenblick lang saß sie noch auf mir, dann hob sie sich herunter und legte sich neben mich aufs Bett. Ich spürte, daß etwas fehlte, sah an mir herunter und entdeckte, daß das Kondom in drei nutzlose Teile zerrissen war. Clarisa hatte das Ding mit ihren Hüften zermalmt. Sie machte es sich neben mir bequem, ihr Körper noch in den letzten Zuckungen der Erregung. Clarisa legte ihren Kopf auf meine Schulter, aber für mich war unser Liebesspiel gründlich zu Ende. Es war die schlimmste Zeit im Monat für ein solches Mißgeschick.

»Keine Angst«, sagte Clarisa.

Sie schien es bereits zu wissen. Wie rund sie aussah, wie gelassen, als sie ihr Bein über das meine legte. Sie würde das tun, was ihr gefiel, das wußte ich, und ich konnte zusehen, wie die Flut anstieg.

Seit meinem Abschied vom Friedenskorps hatten wir ein unstetes Leben geführt. Im Frühjahr 1969 hatten wir in San Francisco geheiratet, dann waren wir nach New York gefahren, um einige Zeit mit meinen Eltern zu verbringen, danach führte uns unsere Hochzeitsreise auf eine lange Rucksacktour durch Ecuador und

Peru. Im September schrieb ich mich für ein Doktoratsstudium in Englisch an der New York University ein, aber schon nach einem einzigen Semester hatte ich genug von den eintönigen Professoren. Ich hatte sowieso einen Großteil dieses Herbstes auf einer Bank am Washington Square verbracht und Thoreaus ›Walden‹ gelesen, Krishnamurti, Carlos Castaneda und Gary Snyder. Es war eine leise Revolution im Vergleich zu den Veränderungen, die im Herbst 1969 über das Land fegten, aber eine große für mich, denn lange Zeit war ich davon ausgegangen, daß ich eines Tages selbst Professor sein würde.

Clarisa mochte New York nicht, sie wollte auf dem Land leben. Als uns daher mein alter Freund Bruce nach Boulder in Colorado einlud, wo er ein Haus bauen wollte, hängte ich mein Studium an den Nagel. Clarisa und ich gaben unser Zimmer in New York auf, suchten uns einen guterhaltenen Gebrauchtwagen und machten uns auf in den Westen.

Boulder liegt am Fuße der Rocky Mountains, eine schöne Stadt, aber viel zu brav für Clarisa. Wir kauften einen alten Pickup und erforschten die kurvigen Bergstraßen. Es gab Häuser und Hütten, aber sie waren entweder bewohnt oder mit Brettern vernagelt.

»Laß uns doch in einem Tipi wohnen«, schlug sie vor.

»Clarisa, es ist mitten im Winter.«

»Jeden Tag scheint die Sonne. Wir könnten es auf einer der Wiesen in der Nähe von Bruces Grundstück aufstellen.«

»Und was ist, wenn du schwanger bist?«

»Welchen Unterschied sollte das schon machen?«

In jenen Tagen gab es noch keine Schwangerschaftstests zum Selbermachen, und Clarisa wollte nicht, daß irgendein Labor ein Kaninchen tötete, nur um zu beweisen, daß sie schwanger war. Wenn sie ihre Periode nicht mehr bekam und ihre Brüste anschwollen, wäre ihr das Beweis genug. Das Wort Abtreibung kam nie über unsere Lippen.

Statt eines Tipis fanden wir einen kleinen Schäferofen und ein Zehn-Mann Armeezelt, das wir am Ende einer alten Bergbaustraße in 2500 Metern Höhe aufstellten. Wir hatten Glück, es war der mildeste Winter seit Jahren. Nach einigen Wochen fand ich Arbeit in der Stadt: Ich strich Häuser an, legte Teppichböden aus und stellte Telefonbücher zu. Clarisa blieb in den Bergen. Sie sammelte Feuerholz, wanderte jeden Tag und malte mit Wasserfarben Elstern, Maultierhirsche und die Rotluchse, die nachts vor unserem Zelt lärmten.

Sie wollte nicht arbeiten und mußte es auch nicht, weil wir noch Geld von meinen Eltern auf der Bank hatten. Als der Frühling kam, bauten Bruce und ich eine Zisterne und einen riesigen Holzanbau an sein Haus, damit Clarisa und ich aus dem Zelt ziehen konnten. Clarisa hatte ihre eigenen Projekte. Sie legte einen Garten an und kaufte Ziegen, Hühner und ein zweijähriges Araber-Fohlen, das sie zuritt und auf dem sie ohne Sattel über die Berge preschte. Damals war sie im fünften Monat schwanger. Sie wanderte entlang der steilen Melvina Mine Road und durchschwamm die Stromschnellen im Dream Canyon. Zweimal warf das Pferd sie ab, und beide Male stieg sie wieder auf.

Ich liebte Clarisas Mut, aber ich konnte nicht glauben, wie lässig sie mit ihrer Schwangerschaft umging.

»Solltest du nicht doch einen Gynäkologen aufsuchen?« fragte ich sie eines Nachts. Wir lagen auf unserer Matratze, die wir gegen die rückwärtige Wand des Anbaus gelehnt hatten. Zwei Kerzen brannten auf einer Lattenkiste, und der Mond erhellte die Wiesen um uns. Clarisa, die jetzt schon im letzten Drittel der Schwangerschaft war, hatte nichts darüber gelesen, hatte mit niemandem gesprochen und sich auch sonst in keinster Weise auf die Geburt vorbereitet.

»Ich bin gesund«, sagte sie. Sie zog ihr Nachthemd hoch und trommelte mit ihren Fingern auf ihren geschwollenen Bauch. Ihre Brüste waren fast ebenso straff. Ich massierte sie sanft, preßte mein Ohr auf ihren Bauch und lauschte, konnte aber nichts hören.

»Ich habe meine Mutter von der Stadt aus angerufen«, sagte ich. »Sie meinte, wir sollten zusammen einen Geburtsvorbereitungskurs besuchen. Vielleicht einen, wo man dir das Atmen und so weiter beibringt.«

Ich hielt das für einen guten Ratschlag meiner Mutter – einer Ärztin, die nichts außer der Schulmedizin gelten ließ. Aber Clarisa verwarf diese Idee. Sie zog ihr Nachthemd bis zu ihren Knien.

»Glaubst du, ich wüßte nicht, wie man atmet? Oder wie man ein Baby bekommt? Dafür muß ich nicht zur Schule gehen.«

»Es ist keine Schule, nur ein bestimmter Unterricht. Wir könnten dort andere Paare treffen, die dasselbe durchmachen.«

»Was durchmachen? Wir werden sowieso nicht mehr hier sein, sondern in Chile.«

»Vorausgesetzt, wir bekommen die Einreiseerlaubnis.«

»Das werden wir.«

Auf unserer Tour durch die Anden hatte es uns das einfache Leben der Campesinos angetan, und wir beschlossen – wie unzählige andere in den frühen Siebzigern – aufs Land zu ziehen. Natürlich hätten wir auch eine Farm in Maine oder Nebraska kaufen können, aber ein solcher Umzug innerhalb der Vereinigten Staaten wäre uns nicht dramatisch genug gewesen. Auch in der Antikultur gab es Konkurrenzverhalten, und wir wollten tiefer ins Hinterland vorstoßen als sonst jemand, ein primitiveres Leben führen als alle anderen.

Nach vielen Jahren als Schüler und Lehrer suchte ich eine neue Berufung. Ich wollte Dinge bauen und mit meinen Händen arbeiten. Ich wollte unabhängig sein und das studieren, was Thoreau die wahren Notwendigkeiten des Lebens genannt hatte. Eingetaucht in die ideologischen sechziger Jahre hielt ich die meisten Berufe entweder für nutzlos oder für schädlich, und am Ende wählte ich die Landwirtschaft als eine der wenigen unverzichtbaren Tätigkeiten.

Der Gelehrte in mir wollte alles über Südamerika lesen. Clarisa und mir hatte es sowohl in Ecuador als auch in Peru gefallen, aber in diesen Ländern gab es nicht genug Ackerland, und wir wollten das Land nicht denen wegnehmen, die es brauchten. Nach einer Reihe von Diavorträgen in der Bücherei entschlossen wir uns für Chile – aufgrund seiner stabilen Demokratie, des guten Wetters und dem weitläufigen Farmland.

Wir lehnten uns gegen die unregelmäßige Bretterwand. Draußen auf der Weide konnten wir die Schreie der Ziegenmelker hören, wenn sie in den Tiefflug übergingen. Eine der Ziegen, ebenso schwanger wie Clarisa, wanderte herein und versuchte, die hölzerne Futterbox mit ihrem Maul zu öffnen. Clarisa warf einen Hausschuh nach ihr. Nach einer Weile trippelte die Ziege zurück zur Wiese.

»Ich glaube, wir sollten noch warten«, meinte ich. »Wir sollten das Baby hier bekommen. Was ist, wenn es Schwierigkeiten gibt?«

»Was für Schwierigkeiten?«

»Keine Ahnung. Man hört doch von Komplikationen.«

»Wo hört man das?«

Ich dachte eine Minute lang nach und mußte dann zugeben: »In Romanen vermutlich.«

»Du hast zu viele davon gelesen.«

»Was ist mit den Schmerzen?«

Sie nahm meine Hand und biß mit ihren Vorderzähnen in meine Handfläche, ein klein wenig zu fest, um nur spielerisch zu sein. »Wer bekommt denn nun dieses Baby, du oder ich?«

»Wie wäre es, wenn wir nach El Salvador gehen und bei deiner Mom bleiben? Du könntest das Baby dort bekommen, und dann ziehen wir weiter nach Chile.«

»Ich kann das Baby überall bekommen. Wir wollen eine Farm, also laß uns eine besorgen.«

Es war der Sommer 1970, und die Welt schlug Purzelbäume. Wir beendeten den Krieg in Vietnam, wir wählten neue Berufe, wir wollten nah an der Natur und an uns selbst leben. Und Clarisa, scheinbar ohne es zu beabsichtigen, war an eine ureigene Grenze geraten.

Im Juli lehnte die chilenische Botschaft in Washington eine Aufenthaltsgenehmigung für uns beide ab und ließ uns wissen, daß nur einige wenige Akademiker und hochqualifizierte Handwerker jemals mit einem solchen Visum ausgezeichnet würden. Insgeheim war ich erleichtert. Ich dachte, wir wären jetzt gezwungen, bis zur bevorstehenden Geburt in Colorado zu bleiben. Aber Clarisa sah den Brief kaum an. »Wo ist hier das nächste chilenische Konsulat?« wollte sie wissen – und fünf Tage später saßen wir im Zug nach Galveston in Texas.

Der dortige Konsul empfing uns in seinem Büro in Hafennähe. Er war ein älterer, höflicher Herr in einem uralten Anzug aus feinem Wollstoff und auf Hochglanz polierten Schuhen. Ich selbst trug den blauen Anzug, in dem ich geheiratet hatte, und Clarisa ihr schicklichstes Umstandskleid. Wir tauschten die üblichen Höflichkeiten auf Spanisch und Englisch aus, dann trug ich meinen Fall vor. Ich wolle Hühner aufziehen, erzählte ich dem Konsul, und deutete ein großes Unternehmen an, etwas, von dem die gesamte chilenische Wirtschaft profitieren würde. Ich erwähnte einen Pseudolebenslauf mit Hühnerzucht in Arkansas und Colorado. Ich hatte viele Bücher über Vogelzucht gelesen.

Der alte Herr nickte, sein bleiches Kinn in seine schmalen Hände gestützt. Je länger er schwieg, desto überzeugter war ich, daß er meine erfundene Lebensgeschichte durchschaut hatte. Schließlich wandte er sich an Clarisa, die jetzt im siebten Monat war.

»Und ihr Baby?« fragte er. »Wo wird es auf die Welt kommen?«

»In Chile«, sagte sie. »*Dios quiere.*« So Gott es will.

Natürlich hing alles vom Einverständnis des Konsuls ab. Sein Gesicht wurde sofort weicher. Er lehnte sich vor und streckte eine Hand in Richtung ihres Bauches aus. »Darf ich?« fragte er.

»Nur zu«, meinte sie.

Das überraschte mich, denn schon mehrmals hatte ich gesehen, wie Clarisa sowohl Männer als auch Frauen abwies, die sie so berühren wollten. Der Konsul streifte ihren Bauch mit einer zarten Handbewegung, dann lehnte er sich zurück und sah von mir zu ihr und schaukelte dabei leicht auf seinem Stuhl.

»Man hat mir gesagt, Chile sei wunderschön«, meinte Clarisa.

Der alte Mann blickte zur Seite, ein schmerzlicher Ausdruck

zog über sein Gesicht. Er starrte aus dem Fenster mit der düsteren Aussicht auf Lagerhäuser und schäbige Bürogebäude in der Nähe des Hafens.

»Warten Sie, bis Sie mein Land sehen«, erwiderte er. »Das Gebirge und die Bauernhöfe und die Weinberge im Frühling. Und die Musik. Und die Dichter.«

»Pablo Neruda«, sagte Clarisa, die ihn gelesen hatte: seine Hymnen an Salz und Brot und Speiseöl.

»Und Gabriela Mistral«, ergänzte der Konsul, »und Nicanor Parra.« Er seufzte. »Ich vermisse die *empanadas* und den Wein in großen Krügen.« Clarisa saß vor ihm wie eine Königin der Fruchtbarkeit, mit ihrem großen Bauch und dem dicken kaskadenartigen Haar. Er starrte sie an. Mich bemerkte er überhaupt nicht mehr.

»Was ist mit Ihnen?« fragte Clarisa ihn. »Warum leben Sie nicht mehr dort?« Er senkte den Blick auf seine Hände. »Weil ich mich verliebt und in dieses Land geheiratet habe«, sagte er. »Ich war damals ein junger Mann, ein Seemann auf Landgang. Das war vor achtunddreißig Jahren, und in all der Zeit war ich erst zweimal wieder in der Heimat. Ich habe eine Frau und eine Familie, Kinder und Enkel. Alle sind Amerikaner.«

Clarisa nahm seine Hände in die ihren. Der Konsul sah sie voller Dankbarkeit an. In diesem Moment hatte er ganz vergessen, daß ich auch noch im Raum war. Und ich erkannte in diesem weißhaarigen Siebzigjährigen dieselbe Reaktion, die ich selbst kurz nach meiner ersten Begegnung mit ihr gespürt hatte: Freude, Erleichterung und Dankbarkeit, ihre Gunst erworben zu haben.

In dieser Nacht lagen Clarisa und ich, mit den Visa in der Hand, auf der ausklappbaren Couch eines Freundes in Houston. Ich war unerwartet erregt. Die Nacht war schwül, und wir beide waren feucht vor Schweiß. Ich lag neben ihr und konnte nicht aufhören, sie zu küssen. Sie sah aus, wie eine von Gauguins polynesischen Frauen, dunkel, üppig und völlig gelassen. Vielleicht waren es die Aufmerksamkeiten des Konsuls, die mir so nahegingen, oder Clarisas Zuneigung für ihn: ihr aufrichtiges

Mitgefühl für einen alten Mann, der sein Land und seine Jugend verloren hatte. Sie hatte den Konsul nicht einfach nur bearbeitet, so wie ich. Sie schien kaum an die Aufenthaltsgenehmigungen gedacht zu haben, war ausschließlich an dem Leben des alten Mannes interessiert. Sie war sich selbst treu, und dafür liebte ich sie.

Ein Zug pro Tag machte sich auf die lange Reise in den Süden, von Santiago nach Temuco in Chile. Clarisa, hochschwanger, saß schaukelnd neben mir oder schlief, bei mir eingehakt und die Füße auf dem gegenüberliegenden Sitz. Durch die Fenster sah ich die sonnenbeschienene Landschaft vorüberziehen: lange Reihen von Traubenspalieren, unbefestigte Straßen mit Eukalyptusbäumen, deren Stämme sich schälten, vereinzelt stehende Bauernhäuser mit Ziegeldächern und sauber gefegten Höfen. Die Bauern in ihren schwarzen Einreihern aus Wolle hatten, ebenso wie die Gepäckträger am Flughafen, das Aussehen etwas heruntergekommener, vornehmer Herren. Sie fuhren mit ihren Pferdefuhrwerken in die kleinen Städte, wo immer noch Wahlplakate für Salvador Allende Mauern und Telefonmasten zierten. Allende war an dem Tag zum Präsidenten gewählt worden, als Clarisa und ich die Vereinigten Staaten verließen. Wir begrüßten zwar seinen sozialistischen Sieg, aber unsere Reise hatte mit Politik wenig zu tun. Wir gingen völlig in unserem eigenen Abenteuer auf.

Ich hatte nicht all meine Sorgen hinter mir gelassen. Clarisas Niederkunft stand in weniger als vier Wochen bevor, und wir fuhren in eine Stadt, die uns nur aus einem Diavortrag bekannt war und in der wir keinen einzigen Menschen kannten.

Der Zug ratterte weiter. »Zuerst sollten wir ein Haus mieten«, sagte ich, »dann sehen wir uns das Krankenhaus an.«

Immer wenn ich Angst hatte, machte ich Pläne und erstellte Listen. Clarisa wußte das und ignorierte mich. Nach einer Weile sagte sie: »Massiere mir doch bitte die Füße. Mein Blut will nicht zirkulieren.«

Der Zug, der in Santiago noch voller Menschen war, leerte

sich mit jedem Halt weiter. Die Bauernhäuser wandelten sich von Lehm- zu Holzbauten, und die Dörfer wirkten immer ärmlicher, je weiter wir in kälteres Gebiet kamen. Am Nachmittag fuhren wir an Häusern vorbei, die alle Dächer aus bläulichem Zink oder einfach aus geteerter Wellpappe hatten. In Mulchén wurde unsere Diesellok gegen eine alte Dampflok ausgetauscht. Der Himmel bewölkte sich, und es fing an zu regnen, ein ununterbrochenes Nieseln. Ich schaukelte auf meinem Sitz, unfähig, meine Besorgnis abzuschütteln, während Kohlenstaub an den Fenstern vorbeiwehte und eine frühe Abenddämmerung sich über die Felder und Wälder legte.

»So«, sagte Clarisa, »jetzt werde ich deine Füße massieren.«

Ich zog meine Schuhe aus und legte meine Füße auf ihre Schenkel, und sie begann mit der Massage. Plötzlich preßte sie meine Füße an ihren Bauch. »Fühlst du es?« fragte sie.

»Was?«

Sie zog mir eine Socke aus, drückte meinen Fußballen an ihren Bauch und hielt ihn dort so lange, bis ich die Unterwasserbewegung fühlte, den Druck winziger Füße.

»Er ist stark«, sagte sie.

»Er?« Ich hatte keine Ahnung, ob es ein Junge oder ein Mädchen würde.

»*Es varón*«, erklärte sie kategorisch. Es ist ein Junge.

Als unser knarrender Waggon in Temuco einrollte, war es acht Uhr abends. Der Zug kam quietschend zum Stehen, und wir traten auf den regennassen Bahnsteig hinaus. Vier Glühbirnen in Zinnleuchten erhellten die ganze Station, und die Luft roch nach Kohle und feuchter Erde. Nach ein paar Minuten pfiff die Lokomotive, die Waggons setzten sich ruckartig in Bewegung, und der Zug fuhr weiter nach Puerto Montt. Das rote Licht in der Mitte des letzten Waggons wurde immer kleiner und schwächer. Schließlich gab es nichts weiter zu tun, als den Bahnhof zu verlassen und ein Hotel zu finden.

Unser Zimmer im Hotel de Ferrocarril war eiskalt, denn die einzige Wärmequelle im Gebäude war ein niedriger Sägemehlofen in der Empfangshalle. Wir ließen unsere Rucksäcke fallen, gingen in ein Restaurant und bestellten einen Salat. Er kam hochaufgetürmt auf einem weißen Teller: junger Römischer Lattich, garniert mit einem Zitronenschnitz. Wir aßen noch eine Kartoffelsuppe, dann gingen wir zurück zum Hotel und legten uns auf eines der beiden Einzelbetten und kuschelten uns unter unseren Daunenschlafsäcken wärmesuchend aneinander.

Nach drei Tagen im Hotel fand ich einen kleinen Neubau im Außenbezirk der Stadt. Ein Elektriker namens Antonio hatte das Haus für seinen Bruder gebaut und bot uns an, es für die nächsten zwei Monate zu mieten. Das Haus hatte drei Räume, und das Mobilar bestand aus einem kleinen Propangaskocher, einem Tisch und einem Bett. Wir zogen ein mit dem, was wir in unseren Rucksäcken bei uns trugen. Zwei schwere Schrankkoffer würden in sechs Wochen per Schiff nachkommen.

In unserer zweiten Nacht in dem Haus packte Clarisa mich am Handgelenk und weckte mich aus dem Tiefschlaf. »Steh auf«, sagte sie. Sie saß mit dem Rücken gegen den Kopfteil des Bettes, ihren Schlafsack hatte sie bis auf die Knie heruntergerollt. »Das Baby kommt.«

Ich sprang auf. »Woher weißt du das?«

»Ich weiß es.«

Ich versuchte, ruhig zu bleiben, während ich mich anzog und in meine Schuhe schlüpfte. Sie war drei Wochen zu früh dran. Ich wußte nicht einmal, wo das Krankenhaus lag. Ich weckte Antonio, der nebenan wohnte. Er besorgte ein Taxi und begleitete uns zum nächsten Krankenhaus. Dort lächelte er breit.

»Das sind zwei Nordamerikaner«, erklärte er den Schwestern am Empfang.

»Sie wollen sich in der Provinz Cautín niederlassen!«

Das rief lautes Hallo, freundliches Nicken und viele Fragen hervor – doch nichts davon galt dem Baby. Niemand schien es eilig mit der Geburt zu haben. Clarisa stand angelehnt an die Empfangstheke und sah müde aus.

»*Por favor*«, meinte ich schließlich.

Zwei der Krankenschwestern, stämmige Frauen mit weißen

Schuhen und gestärkten Uniformen, nahmen Clarisa bei den Ellbogen und führten sie in Richtung Treppe. Ich folgte ihnen, bis sie sich umdrehten und mich anstarrten.

»Kann ich sie nicht begleiten?«

»Sie wird ein *Baby* bekommen«, sagte eine der Schwestern. Dann führten sie Clarisa die Treppe hoch. Gestützt von den beiden älteren Frauen, schaute Clarisa über ihre Schulter zurück. Zum ersten Mal wirkte sie ängstlich.

»Du schaffst es«, rief ich auf Englisch. »Es wird alles gut.«

Ich versuchte, zuversichtlich zu klingen, aber ihr Gesichtsausdruck machte mich fertig. Ich hatte mir immer vorgestellt, wie ich sie während der Wehen im Arm hielt, mit ihr sprach und irgendwie ihre Schmerzen teilte. Die körperlichen Einzelheiten sah ich eher vage vor mir, denn ich wußte sehr wenig von dem tatsächlichen Vorgang. Und jetzt war es zu spät. Sie würde im ersten Stock des städtischen Krankenhauses von Temuco gebären, und mir war nicht erlaubt, daran teilzuhaben. Meine Beine fingen an zu zittern. Ich würde hier warten, dachte ich. Es gab sonst nichts, was ich tun konnte. In dem hohen Empfangsraum standen Stühle und Bänke an den Wänden, und es herrschte eine Eiseskälte. Die Krankenschwestern trugen allesamt Pullis, und hinter der Empfangstheke glühte nur ein winziges elektrisches Heizgerät. Ich war verwirrt. War der Empfang gleichzeitig das Wartezimmer? Meine Vermutungen über das, was jetzt kommen würde, stammten alle direkt aus Kinofilmen, aus alten Schwarz-weiß-Filmen, in denen nervöse Väter die endlos scheinende Nacht durchwachten – es war immer Nacht –, Kaffee tranken und in einem tristen weißen Raum voller Zeitschriften und Aschenbecher auf und ab gingen.

Antonio legte seine Hand auf meinen Arm. »Das Taxi«, sagte er.

Das Taxi hatte ich ganz vergessen. Ich zog einige Escudos für den Fahrer heraus und sagte zu Antonio, er solle wieder nach Hause fahren.

Er wirkte verwirrt. »Und was werden Sie tun?«

»Ich werde hier warten«, erklärte ich. »Bis das Baby da ist.«

»Nein, nein.« Er lächelte und gab mir einen Klaps auf den Arm. »Sie können hier nichts tun. Es wird eine Weile dauern. Sie können morgen früh zurückkommen.«

Eine der Krankenschwestern pflichtete ihm bei. »Sie können hier nirgendwo schlafen«, warnte sie mich und wies mit ihrer Hand auf die wenig einladenden Sitzmöbel an den Wänden.

Ich stand am Fuß der Treppe und sah nach oben. Ich befand mich in einem fremden Land. Die Gesichter der Frauen waren ein wenig neugierig, aber auch überaus entschlossen in der Frage, was als nächstes kam. Es gab eine feste Vorgehensweise. Schließlich ließ ich mich von Antonio nach draußen führen, die Treppe hinunter und ins Taxi. Ich fühlte mich wie ein Verräter. In diesem entscheidenden Augenblick, bei Clarisas großer Prüfung, hatte ich sie verlassen.

Das Taxi fuhr uns nach Hause. »Kein Sorge«, sagte Antonio. Er lehnte sich auf dem Sitz zurück. »Schon bald werden Sie einen starken kleinen Sohn haben.«

»Woher wissen Sie, daß es ein Sohn wird?«

»Ein Sohn«, versicherte er mir. »Mit dieser Geburt werden Sie in eine neue Phase Ihres Lebens treten, und Ihr Samen wird auf der Erde fortbestehen.«

Es klang, als ob er aus der Bibel zitierte, aber auf Spanisch konnte ich mir da nicht sicher sein.

Sohn oder Tochter, mir war beides recht. Ich war viel zu hingerissen, ein Kind zu haben, um mir Sorgen um sein Geschlecht zu machen. Zu Hause setzte ich mich auf die Matratze und dachte: ›Ich werde hier warten, ich werde einfach hier meine Nachtwache halten anstatt im Krankenhaus.‹ Als ich wieder zu mir kam, war es neun Uhr morgens, und die Sonne fiel durch das vorhanglose Fenster zu meinen Füßen. Ich schoß ins Freie, konnte kein Taxi finden, meine Gedanken rasten während der endlosen Busfahrt, und dann rannte ich die Treppe zum Krankenhaus hoch, je drei Stufen auf einmal.

Es gab nichts Neues, und nach oben durfte ich auch nicht.

Ich kam eine Stunde später wieder, und es gab immer noch nichts Neues.

Als ich um elf wieder auftauchte, rief die Schwester oben an. Sie lächelte. »Sie haben einen Sohn«, verkündete sie. »Es geht ihm gut und auch seiner Mutter.«

Ich schüttelte kräftig ihre Hand, lehnte mich über die Theke und umarmte sie. »Darf ich jetzt nach oben?«

»O nein«, sagte sie und schüttelte den Kopf. Sie sah auf die Uhr an der Wand. »Kommen Sie um zwei wieder.«

Ich eilte durch die Vordertür hinaus und stürmte in den Park vor dem Krankenhaus. Ich hatte einen Sohn! Es war ein Wunder. Ich marschierte durch die gefegten und gewässerten Straßen, an Gebäuden vorbei, die in Sonnenlicht gebadet waren, und sagte *»Buenos dias!«* zu jedem, den ich traf. Wie lebhaft und lebendig ihre Gesichter wirkten. Jeder von ihnen war geboren worden! Das schien mir eine ganz und gar erstaunliche Entdeckung.

Clarisa hatte recht behalten, sie konnte das Baby überall bekommen. Ich ging immer weiter die Straßen entlang. Ich konnte mich nicht hinsetzen oder etwas essen – obwohl sich meine Sorgen in Luft aufgelöst hatten. Ich wußte, dieses Baby würde sich zu einem erstaunlichen und außergewöhnlichen Kind entwickeln. Mit Clarisa als Mutter, wie könnte es da anders sein?

Um vierzehn Uhr ging ich wieder ins Krankenhaus. Diesmal ließ man mich nach oben. Clarisa saß aufrecht in ihrem Bett, gegen ein Kissen gelehnt, und hielt das Baby im Arm. Sie sah aus, als ob sie eben einem Kriegsgebiet entkommen wäre. Ihr Haar war stumpf und zerzaust, ihr Nachthemd über beiden Schultern zerrissen und blutbefleckt. Drei andere Mütter lagen in ihren Betten, und ein paar Babies schrien. Nicht unseres. Unseres saugte lustvoll. Ich kniete mich neben ihn, erstaunt und sprachlos. Obwohl er mich gar nicht beachtete, schien er sich in der Welt schon sehr zu Hause zu fühlen, ein geübter Reisender, dessen unkonzentrierte Augen hin und her rollten und dessen rote Fäuste durch die Luft schlugen. Er war durch seine Reise kahl und fleckig und verformt – so gar nicht wie die süßen Babies aus der Windelwerbung –, aber auch stark und entschlossen.

»Sie sagten, ich solle ihn noch nicht füttern«, erklärte Clarisa, »aber er war so hungrig, also hab ich es getan.«

»Sie sagten, du solltest ihn nicht füttern?« Was war denn das für ein Ratschlag? Clarisa zuckte nur mit den Schultern. Kein Wunder, dachte ich, daß sie sich von der modernen Medizin ferngehalten hatte.

»War es schlimm?«

»Er ist vollkommen«, sagte sie. Sie fuhr mit ihren Fingerspitzen über seinen winzigen kahlen Kopf und streichelte seine rosigen Ohren. »Ja, es war schlimm.«

Ich legte eine Hand auf ihre Schulter und die andere auf den Arm des Babys, auf sein warmes trockenes Fleisch, das bis zu diesem Morgen in Flüssigkeit gelebt hatte. Unser amphibisches Kind. Ich bohrte meinen Finger in seine Faust und spürte, wie er seine Hand darum schloß. Für so ein winziges Persönchen war er ganz schön stark.

»Möchtest du ihn einmal halten?« fragte Clarisa.

»Großer Gott, nein.«

Ich wollte eigentlich sagen, daß ich mich davor fürchtete, daß ich nicht wußte, wie, daß ich ihn verletzen könnte. Außerdem nuckelte er ja immer noch.

»Halte ihn nur ein klein wenig.«

Ich ließ meine Hände unter seine Brust gleiten und schaukelte ihn sanft.

»Nur zu.«

Ich hob ihn vorsichtig von ihrem Bauch. Er beschwerte sich nicht, saugte einfach weiter. Clarisa lachte. »Er hängt da fest.«

Sie sah derart ausgelaugt aus, daß es mich freute, sie lachen zu sehen. Aber ich war nicht imstande, ihr das Baby abzunehmen. Ich ließ es wieder auf ihren Bauch sinken, dann küßte ich seinen nackten Rücken.

»Wie schlimm?« fragte ich.

»Sie haben mich aufgeschnitten.«

»Wo?«

»Da unten. Das machen sie, damit man nicht aufreißt. Ich versuchte, sie aufzuhalten, aber sie haben es trotzdem getan. Sie haben zu weit geschnitten.«

Meine Knie wurden weich, und in mir zog sich alles zusammen. Von so etwas hatte ich noch nie gehört.

»Sie halten sich für allwissend«, sagte Clarissa.

Langsam, fast unmerklich, schlief das Baby mitten im Nuckeln ein. Ich bettete meinen Kopf neben seinen, berührte mit einer Wange das Baby und mit der anderen Clarisa. Wir drei, da war ich mir sicher, waren nun für immer vereint.

»Er hat keinen Namen«, sagte ich.

Wir hatten zwar schon über Namen gesprochen, uns aber noch auf keinen geeinigt. Clarisa ließ sich auf das Kissen fallen und schloß ihre Augen. »Gib du ihm einen Namen«, sagte sie. »Ich habe schon genug getan.«

An diesem Nachmittag kaufte ich ihr einige Blusen, ein neues Nachthemd, einige Laken für das Bett zu Hause und ein halbes Dutzend Windeln. Dann setzte ich mich in den Park vor dem Krankenhaus und dachte über Namen nach. Mir schien, unser Kind – das zweifelsohne ein absolut originelles Wesen war – sollte auch einen absolut originellen Namen haben. Also Janir, gesprochen, wie man es schreibt: zwei Silben, zusammengesetzt auf einer Parkbank am Tag seiner Geburt.

Aus dem Krankenhaus entlassen erholte sich Clarisa nur langsam. Sie verbrachte die ersten Tage im Bett, mit Janir neben sich. Beide schliefen lange, während ich saubermachte, kochte und Botengänge erledigte. Wenn sie wach war, genügte es ihr, neben ihrem Sohn zu liegen und ihn anzusehen, manchmal stundenlang – und mir genügte es, die beiden anzusehen. Wir hatten nichts vor, all unsere Pläne lagen auf Halde. Wir umhegten Janir, wachten prüfend über jede Bewegung, jeden Gesichtsausdruck. Eines Nachmittags zog ich meine Kleider aus und legte mich zu Clarisa unter die Decke. Dort lagen wir, bis es dunkel wurde, sprachen kein Wort, nickten von Zeit zu Zeit ein, küßten Janirs kleine Finger und Zehen.

Ich glaube, ich fühlte mich in dieser Woche Clarisa näher als je zuvor in unserer Ehe. Sie hatte ein Wunder vollbracht, aber die schwere Geburt und der schmerzhafte Dammschnitt hatten ihr schwer zugesetzt, und es bewegte mich sehr, sie in solch einem verletzlichen Zustand zu erleben. Auf gewisse Weise ermöglichte er mir, mich zu entspannen – das Gefühl verschwand, ich müsse ständig hinter ihr herrennen, wäre nie schnell genug, um ihr gefühlsmäßig ebenbürtig zu sein.

Nachts wachte Janir ständig auf: viermal, fünfmal, ich war mir nie sicher, wie oft. Ich kämpfte mich angesichts seiner Schreie aus dem Schlaf, setzte mich im Bett auf und versuchte irgendwie, auch etwas zu tun, während Clarisa ihn an ihre Brust nahm und stillte. Ich sah ein oder zwei Minuten zu, dann schlief ich wieder ein. Morgens war sich nicht einmal Clarisa sicher, wie oft sie aufgewacht war und ihm die Brust gegeben hatte.

Die beiden waren gerade mal eineinhalb Tage zu Hause, als ich mich daran machte, die erste Windel zu waschen. Aufgeklärte Väter, das wußte ich, wuschen Windeln, und das wäre nur die erste von vielen. Ich erhitzte Wasser auf dem Gasofen und goß es in eine ovale Keramikschüssel. In der Windel lag ein teeriger, dunkelgrüner, zäher Klacks. Ich tunkte den Stoff ein, schrubbte ihn mit Waschmittel, spülte ihn aus und tunkte ihn wieder ein. Es war, als ob man eine Ölpfütze saubermachte. Ich erhitzte ein zweites Mal Wasser, dann ein drittes Mal, während Clarisa weiter im Schlafzimmer schlief. Geschlagene 45 Minuten verbrachte ich mit dieser einen Windel, und am Ende war sie sauber, aber nicht weiß. Bleichmittel, dachte ich in meiner Verzweiflung, ich werde ein Bleichmittel kaufen müssen. Mein Gott, kein Wunder, daß Frauen über die Wäsche klagten. Es war entsetzlich, für sich allein genommen schon eine Ganztagsbeschäftigung. Ich würde für nichts anderes mehr Zeit haben *außer* für das Windelwaschen. Es war Kindspech. Das erfuhr ich am nächsten Morgen von Antonios Frau Rosa. Das kommt nur einmal vor, erklärte sie mir, wenn ein Neugeborenes die angesammelten Ausscheidungen seiner neun Monate in der Gebärmutter ausstößt. Und wie ich nach dieser ersten erschreckenden

Darmentleerung feststellen konnte, waren die nachfolgenden so milde, daß sie sich mühelos unter fließendem Wasser auswaschen ließen.

Angespornt von Clarisas Zuversicht schaukelte ich Janir schon wenige Tage nach seiner Geburt in den Armen, stützte seinen Kopf ab, legte mich auf den Rücken und ließ ihn auf meiner Brust zappeln. Wenn er einen Wutanfall bekam, durfte er natürlich zurück zur Brust seiner Mutter, aber bald schon wurde ich selbstbewußter, nahm ihn hoch, säuberte ihn und trug ihn durch das Haus.

Als er eine Woche alt war, nahm ich ihn mit hinaus ins Sonnenlicht. Ich ging mit ihm die Straße hinunter und wieder zurück, schützte dabei seine Augen und zeigte ihn voller Stolz Rosa – die entsetzt war, daß er so bald schon ins Freie durfte. Aber Janir schien unter dem offenen Himmel ganz zufrieden, ja sogar davon fasziniert. Ich trug ihn an den letzten Häusern der Nachbarschaft vorbei zu einer Hügelkuppe, auf der einige Schafe grasten. Er schien sie gar nicht zu bemerken. Der Blick seiner dunkelbraunen Augen war immer noch verschwommen und unkonzentriert und sein weicher Kopf völlig kahl. Als er einmal auf die im Wind schaukelnden Blätter einer Pappel starrte, setzte ich mich mit ihm unter den Baum. Ich breitete seine Decke aus und atmete seinen Milchgeruch ein, während er zu den Zweigen hochschaute. Ich fühlte mich als Beschützer, fühlte mich inspiriert, fühlte etwas, dem ich keinen Namen geben konnte. Es war, als ob mein Herz sanft berührt würde. Ich nahm seine zum Greifen einladenden Zehen zwischen Daumen und Zeigefinger. Das erste Mal war ich allein mit dem Baby ohne Clarisa, und ich konnte das Gefühl nicht loswerden, daß ich es aus dem Haus gestohlen hatte. Ich fuhr mit einem Finger über die Fontanelle auf seinem Schädel. Wie erschreckend sich diese weiche Lücke anfühlte, wie schutzlos und zerbrechlich.

DREI

Eine Zeitlang waren wir von Janirs Geburt völlig vereinnahmt, aber wir verloren nie aus den Augen, warum wir nach Chile gezogen waren. Zwei Wochen, nachdem er auf die Welt gekommen war, fing ich an, nach Land zu suchen. Temuco hatte 8000 Einwohner, aber keine Immobilienmakler, und die meisten Grundstücksverkäufe kamen durch Mund-zu-Mund-Propaganda zustande. Janir war erst drei Wochen alt, als Clarisa und ich ihn zu seiner ersten Reise aufs Land mitnahmen. Wir folgten einem halben Dutzend Hinweisen, und nach einem Monat fanden wir einen Hof, der uns gefiel. Er lag vierzig Meilen östlich von Temuco am Fuße der Anden, ein Einzelhof im Hinterland, den man erst vor wenigen Jahrzehnten aus dem Wald herausgehauen hatte. Der Mutterboden sollte angeblich dreißig Meter tief reichen, und das Land war von Feldern und kleinen Wäldchen umgeben, mit klaren Flüssen, die von der Cordillera herunterströmten. Es gab kein Telefon, keinen Strom, kein fließendes Wasser, und die unbefestigte Straße zur nächsten Kleinstadt war nur sechs Monate im Jahr befahrbar. Der Preis für hundertfünfzig Hektar umzäuntes Land, ein kleines Haus und einen Brunnen mit einer Handpumpe betrug 1200 Dollar.

Als Janir zehn Wochen alt war, zogen wir ein. Wir möblierten das Haus mit einem Bett, einem Kleiderschrank, einem Herd, einer Spüle mit einem Eimer unter dem Abfluß, einer lackierten Holzplatte als Tisch und einer Rattan-Krippe, in der Janir sich beharrlich zu schlafen weigerte. Er spielte darin, aber schlafen konnte er nur in unserem Bett.

Wir hatten fast nichts von all den Sachen, die es einem leicht machen, sich um ein Baby zu kümmern: kein Laufgitter, keinen

Kinderwagen, keine Schaukel, kein unzerbrechliches Geschirr oder Saftbecher aus Plastik, noch nicht einmal einen Schnuller. Die meisten dieser Gegenstände erlauben es den Eltern, ein Kleinkind auch auf Distanz beschäftigt zu halten, und das wollte Clarisa nie. Für sie drehte sich alles um ihren Sohn. Wenn er weinte, nahm sie ihn hoch, und wenn er hungrig war, fütterte sie ihn. Nur selten wurde sie gelangweilt oder gereizt, und sie konnte drei oder vier Stunden am Stück mit Janir unter den Apfelbäumen liegen, ihn kitzeln, mit ihm sprechen, ihm das Gras zeigen und die Käfer, die darin lebten. Manchmal lachte sie über etwas, was er tat, er lachte zurück, und sie lagen dort Kopf an Kopf, eingehüllt in ihr fröhliches Geheimnis.

Eine vorsichtige Mutter war Clarisa nie. Sie setzte Janir im Garten ab, wo er krabbelte und die schmutzige Erde mit dem Mund abschmeckte. Eines Morgens legte sie ihn auf ein Kalb, das erst eine Woche alt war, mitten auf einer sonnigen Weide, ein weiches und neugieriges Kleinkind ausgestreckt auf einem anderen. Das Kalb stand bewegungslos, wie hypnotisiert. Selbst seine Mutter schaute nur aus angemessener Entfernung zu.

Während sie im Feuer stocherte, nahm Clarisa Janir an einem Fuß hoch, hielt ihn mit dem Kopf nach unten, schwang ihn dann hoch und legte ihn sich über die Schulter. Sie ließ ihn nie fallen. Die beiden verbrachten den ganzen Tag zusammen, und gleich nach dem Abendessen legte sie sich mit ihm ins Bett. Nach dem Stillen schliefen sie ein, Körper an Körper. Das schien genau das zu sein, was er wollte. Ich beobachtete Clarisa und lernte. Ich gab mein Bestes, aber ich war im Umgang mit Janir nie so sicher wie Clarisa. Ich spielte mit ihm, trug ihn im Garten herum, wechselte seine Windeln und badete ihn in der Spüle. Doch an mir war er längst nicht so interessiert wie an seiner Mutter. In den neun Monaten der Schwangerschaft waren die beiden ein einziger Körper gewesen, und seine Zellen schienen sich immer noch an diese Tatsache zu klammern.

Nach einem Monat auf dem Hof heuerte Clarisa eine Nachbarin an, die sechzehnjährige Teresa Sandoval, die ihr bei Janir zur

Hand gehen sollte – aber selbst dann behielt Clarisa ihn jede Minute des Tages und der Nacht bei sich. Wenn Teresa kam, legten sich die drei in den Obstgarten, die Frauen kicherten und plauderten und spielten mit Janirs Zehen. Teresa hatte drei jüngere Geschwister, wußte alles über Neugeborene und sollte bald heiraten. Aber ganz nach den Gepflogenheiten der Gegend konnte sie es zunächst nicht fassen, daß wir ein nacktes Baby auf einer Decke im Gras in der feuchten Luft liegen ließen. So etwas tat man in Chile nicht, niemals.

Andererseits handelte es sich nicht um eine gewöhnliche Decke. Es war ein Nerzmantel von Henri Bendel, den meine Mutter Clarisa in New York geschenkt hatte, bevor wir nach Colorado zogen.

»Tu es nicht«, sagte ich ganz im Vertrauen zu meiner Mutter. »Wir werden in den Bergen leben.«

Mom warf den Mantel über einen Stuhl. »Laß sie ihn haben. Wozu brauche ich schon einen Pelzmantel? Er hängt nur in meinem Schrank. Ich weiß gar nicht mehr, warum ich das Ding überhaupt gekauft habe.«

Clarisa trug ihn nie, aber als wir nach Chile zogen, ließen wir ihn in einem der Schrankkoffer mit einigen Werkzeugen und Küchenutensilien nachkommen, und sobald wir auf dem Bauernhof waren, schnitt sie das Futter heraus und nutzte den Pelz als Decke für Janir. Anfangs hatte ich noch Einwände. Aber es war nicht mein Mantel, es war ihrer. Und ich liebte den Anblick von Janirs nacktem Hintern auf einer üppigen Unterlage aus Nerz, weit draußen in der finstersten Provinz von Chile. Wenn er spuckte oder pieselte, wuschen wir den Mantel unter der Pumpe aus. Ich weiß nicht, wieviel der Nerz gekostet hat – wahrscheinlich mehr als der ganze Hof.

»He, John.«

Clarisa rief mich vom Haus aus. Ich stand eineinhalb Meter tief im Lehmboden, hob einen Keller aus und ging völlig in meiner Arbeit auf. Ihr verzweifelter Ton riß mich aus meiner Konzentration. »Hilfst du mir mal bitte?«

Es war ein kalter, wolkenverhangener Tag, einer von vielen seit geraumer Zeit, und Clarisa verbrachte die Nachmittage mit Janir im Haus. Er war jetzt sieben Monate alt und konnte krabbeln, wenn auch nur rückwärts. Er zahnte und hatte oft Koliken, und nun schrie er. Janir schrie oft am Spätnachmittag, und manchmal blieb ich nur deswegen im Freien. Clarisa konnte ihn viel besser beruhigen. Sie hatte mehr Geduld als ich, und außerdem konnte sie ihm die Brust geben.

Aber an diesem Tag war sie mit ihrer Geduld am Ende. Sie stand in der Tür, als ich näherkam, und hielt ihn wie ein Paket von sich gestreckt. »Er will nicht essen, er will nicht schlafen, ich habe keine Ahnung, was er will.« Er schrie und krümmte sich in meinen Armen, strampelte wild, um wieder zu seiner Mutter zurückzukommen. Während er im Zorn mit seinen Beinchen austrat, senkte ich den Kopf über seine Hose und schnüffelte. »Ist er trocken?« fragte ich.

»Natürlich ist er trocken.«

Trotz des Wetters trug er weder Schuhe noch Socken. »Vielleicht friert er«, sagte ich.

Clarisa runzelte die Stirn und schüttelte den Kopf. Das war ein alter Zankapfel zwischen uns, aber wahrscheinlich hatte sie recht, denn seine nackten Füße waren mollig warm. Und er war immer ein gesundes Kind. Mit seinen sieben Monaten hatte er nicht ein einziges Mal unter Erkältung oder Fieber gelitten. Er hatte nie eine Hustenmedizin, Aspirin oder ein Antibiotikum einnehmen müssen. Clarisa hatte nicht einmal seinen Hintern mit Babypuder eingestäubt. Es war eben ihre Art, ihn wie einen Wolf aufzuziehen.

»Geh mit ihm spazieren«, sagte sie. »Schau zu, was du tun kannst.«

Das war eine seltene Bitte, denn in den ganzen sieben Monaten hatte sie Janir noch nie länger als eine Stunde aus den Augen gelassen. Bevor sie es sich wieder anders überlegen konnte, zog ich ihm ein Paar Wollsocken an, dann eine Strickmütze, die er prompt zu Boden warf. Das Sperrfeuer an Babygebrüll ging weiter, als ich ihn in unsere Kindertrage manövrierte, eine klassische Rückentrage, die ich aus einem Katalog bestellt hatte.

Normalerweise liebte Janir diesen Tragesack. Er ritt gern hoch auf meinem Rücken über die Farm, während ich die Hühner fütterte oder Wasser pumpte, sogar wenn ich die Kartoffelbeete im Garten harkte. Aber an diesem Tag wollte er davon nichts wissen. Als ich ihn hineinhob, drehte er sich zu seiner Mutter um, strampelte herum und zerrte an meinen Haaren. Er schrie den ganzen Weg zum Hühnerstall, wo eine Schar von Hennen scharrte und kratzte. Er warf nicht einmal einen Blick auf sie. Ich blieb stehen, hob ihn aus der Rückentrage und untersuchte ihn noch einmal, nur für den Fall der Fälle. Seine Hosen und seine Windel waren trocken, die Sicherheitsnadeln waren geschlossen und weit entfernt von der Haut, und als ich auf seinen Bauch drückte, zuckte er nicht zusammen. Er konnte mir nicht sagen, was ihn quälte, also steckte ich ihn wieder in die Rückentrage und marschierte über die Weide.

Sein Schreien ging mir bald auf die Nerven, aber ich ging immer weiter. Was hätte ich sonst auch tun sollen? Am Ende der Wiese langte ich hinter mich und fuhr mit der Hand über die wenigen dünnen Haare auf seinem Kopf. Manchmal gefiel ihm diese Streicheleinheit – aber nicht an diesem Tag. Der Herbst ging allmählich in den Winter über. Wir kamen an einen Fluß und überquerten ihn auf einem Baumstumpf, den jemand mit einem Breitbeil abgeflacht hatte. Kurze Zeit bestand die Gefahr, daß wir ins Wasser fielen, und Janir muß das gespürt haben, denn während wir über den Baum gingen, hörte er auf zu weinen. Auf der anderen Seite fing er kurz wieder an, aber sein größter Kummer war vorbei, und bald hörte er ganz auf. Ich ging an den Haselnußsträuchern, die wir in der Woche zuvor leergepflückt hatten, und an einem Wasserfall vorbei, dann einen steilen Pfad hoch. Als es wieder ebener wurde, hob ich meine Hände, damit Janir meine Daumen in seine Fäuste nehmen konnte.

Ich riskierte eine Frage. »*Te sientes mejor, mi querido?*« Fühlst du dich besser, mein Schatz? »Wir werden jetzt die Vulkane sehen.«

Von der höchsten Stelle des Hügels aus konnte man die drei

kegelförmigen Gipfel weit entfernt im Süden und Osten sehen, die sich malerisch unter einer dunklen Wolkenbank erstreckten. Janir starrte intensiv in ihre Richtung.

»Den ersten kennst du«, sagte ich zu ihm »Das ist der Vulkan Llaima. Und das Weiße auf dem Gipfel ist Schnee. Du wirst bald so viele Dinge lernen. Nächste Woche wirst du in einem Lastwagen zu den Pinien fahren und mit uns Zapfen auflesen. Und eines Tages werden wir dich zum Meer mitnehmen, dann wirst du irgendwann anfangen zu laufen, und eines Tages wirst du *papá* sagen können.«

Auf dem Heimweg dachte ich, er sei eingeschlafen, aber das war er nicht. Statt dessen lehnte er sich an mich und umschlang mit seinen Armen meinen Hals. Die Abenddämmerung setzte ein, und aus der Landschaft verschwand alle Farbe. Gerade als unser Haus ins Blickfeld kam, trottete eines unserer Pferde auf uns zu. Ich streichelte das Maul des Tieres. Janirs kleine Hände packten meine Ohren, und sein warmer Atem schlug gegen meinen Nacken. Zehn Minuten lang rührten wir uns nicht. Wir lauschten dem Pferd, das jetzt fraß und geräuschvoll das Gras zermalmte. Das letzte Tageslicht verschwand hinter den Bäumen. Ich stand mitten auf dem dämmrigen Feld, mit Janir auf meinem Rücken, und verstand, wie er Woche um Woche alles war, was Clarisa brauchte.

Um uns herum setzte die Nacht ein, und bis wir den Hühnerstall erreichten, war es dunkel. Die Hennen hatten es sich für die Nacht auf der Stange bequem gemacht. Im Haus brannte eine Kerze. Janir bewegte sich nicht und machte auch keinen Lärm, aber er hielt meinen Nacken fest umschlungen, während ich ging. Ich umkreiste das Haus in einiger Entfernung, ging durch den Obstgarten in den Gemüsegarten und blieb mitten im Brokkolibeet stehen. Ich wollte nicht, daß unsere gemeinsame Zeit endete. Plötzlich öffnete sich die Tür, und Clarisa trat heraus. Sie sah um die Hausecke zur Weide, über die ich gerade gekommen war. Ich blieb hinter ihr still im Garten stehen. Wenn sie sich umgedreht hätte, hätte sie mich wahrscheinlich gesehen.

»*Juan?*« rief sie in die andere Richtung.

Janir sagte nichts, gab kein Geräusch von sich. Wie ich ihn dafür liebte! Zum ersten Mal waren wir beide Verbündete.

Fünf Minuten, nachdem Clarisa wieder ins Haus gegangen war, näherte ich mich dem Haus und stapfte mit den Stiefeln geräuschvoll auf die Stufen. Sie rannte zur Tür und öffnete sie.

»Wo bist du hingegangen?« fragte sie, wartete aber nicht auf eine Antwort. Sie drehte sich herum, hob Janir aus der Trage und öffnete sofort ihr Hemd. Janir saugte sich an ihrer Brust fest, während sie ihn in ihren Armen schaukelte.

Ich beobachtete die beiden, ein wenig grollend. Wie leicht es für Clarisa war, und wie schnell er wieder auf ihre Seite wechselte.

»Er hat die ganze Strecke bis zum Fluß gebrüllt«, erzählte ich ihr.

»Tatsächlich?«

Aber sie hörte gar nicht zu. Sie setzte sich mit ihm neben den Ofen, redete beruhigend auf ihn ein und sang etwas auf Spanisch. Sie fuhr mit der Hand über sein Haarbüschel, während sie ihn glücklich stillte, sein Mund auf einer Brustwarze und seine Finger auf der anderen.

Ich warf mich ebenso intensiv auf die Landwirtschaft wie früher auf die Literatur und den Unterricht. Ein Garten von 2000 Quadratmetern war nicht groß genug – nicht, wenn wir wie alle unsere Nachbarn ausreichend Kartoffeln für ein ganzes Jahr anpflanzen wollten, das wurde mir bald klar. Also borgte ich mir ein Zugochsengespann und pflügte ein angrenzendes Feld um. Nur wenige Geräusche sind so befriedigend wie das stete tiefe Rumoren eines Pflugs, der durch den Boden gezogen wird, der die Grasnarbe zerreißt und große Erdbrocken aufwirft. Feldlerchen stürzten sich hinter mir auf den Boden, um nach Würmern zu stochern. Die beiden massigen Tiere trotteten vor dem Pflug, und die Lederriemen des Gespanns knarrten im Sonnenlicht. Ich hätte die ganzen hundertfünfzig Hektar auf einmal umpflügen können.

Wir hielten Pferde, Kühe und genügend Hühner für einen kleinen Eierhandel. Unser Ziel war das Zurück-zur-Natur-Ideal, das autarke Leben auf dem Land, und meine Briefe in die Heimat waren voll präziser, bisweilen fanatischer Einzelheiten unserer Fortschritte. Nahrungsmittel und ihre Erzeugung war zur Manie geworden, und einmal konnte ich unseren Eltern und Freunden verkünden, daß alles, was wir in den vorausgegangenen acht Monaten gegessen hatten, von unserem Hof stammte – ausgenommen Weizen, Speiseöl und Salz.

Natürlich unterschied sich unser Campesino-Leben von dem unserer Nachbarn, denn wir hatten es freiwillig gewählt. Zu meinem achtundzwanzigsten Geburtstag hatten meine Eltern mir American Heritage-Aktien geschenkt: kein Treuhandvermögen, sondern einfach ein Geschenk. Ich hatte einige Aktien verkauft, um das College zu beenden und an die Universität zu gehen, aber es blieben noch fast 80 000 Dollar übrig. Während der beiden Jahre im Friedenskorps lebte ich eisern nur von den hundertzwanzig Dollar, die ich als monatliche Zuwendung erhielt, und im allgemeinen sprach ich nicht von meinem Geld. Es war mir peinlich, und nur selten erzählte ich jemandem davon. Obwohl Clarisa von dem Geld wußte, bestand ihr Ziel – wie meines – darin, ein elementares Leben zu führen.

Noch im College hatte ich gelesen, daß Bertrand Russell in seiner idealistischen Jugend sein gesamtes Erbe verschenkt hatte. Mir kam der Gedanke, es ihm gleichzutun. Nachdem ich mir allerdings überlegt hatte, wie meine Eltern einen solchen Akt aufnehmen würden, beschloß ich statt dessen, das Geld niemals sorglos auszugeben. Ich glaubte, wenn ich mich allem Luxus enthielt und wie ein Maultier schuftete, würde ich den korrumpierenden Einfluß des Geldes auflösen.

Während unseres ersten Jahres auf dem Hof beteiligten sich Clarisa und ich gleichermaßen am Gemeindeleben. Wir marschierten überallhin, freundeten uns mit anderen Familien an und stellten unseren Nachbarn tausend Fragen über Ziegen und Gartenarbeit, wie man Apfelmost herstellt und wie man das entzündete Euter einer Kuh behandelt, welche Pilze eßbar sind und welche Kräuter gegen Kopfschmerzen helfen. Wir tauchten ganz in diese ländlichen Einzelheiten ein, auch wenn wir darüber die andere Welt, in der wir lebten, vernachlässigten: unsere eigene Ehe.

Ich vermißte den Sex und die Zärtlichkeiten, die wir vor Janirs Geburt geteilt hatten. Wenn ich mich nun im Obstgarten oder nach dem Abendessen, wenn sie das Baby stillte, neben Clarisa legte, war sie immer leicht distanziert. Ich durfte neben ihr stehen, wenn sie das Essen bereitete, aber sobald ich ihre Schulter berührte, entzog sie sich mir. Offenbar bekam sie all den Körperkontakt, den sie brauchte, von ihrem Sohn, einem vollkommenen Wesen, das jede Nacht neben ihr schlief und das sie mit ihren Brüsten am Leben hielt.

Es hätte sicher geholfen, wenn ich damals schon verstanden hätte, was ich später gelesen habe, daß nämlich die Zurückhaltung einer Mutter oft hormonell bedingt ist, eine biologische Reaktion, von der Natur so gedacht, um das Band zwischen Mutter und Kind zu stärken und die Empfängnis des nächsten Kindes hinauszuzögern. Aber ohne Selbsthilfegruppe oder Freunde, mit denen ich darüber sprechen konnte, ohne entsprechende Talkshows, ohne Eltern-Kind-Zeitschriften, mußte ich meinen Weg ganz allein finden – als ob ich der allererste Vater auf diesem Planeten wäre, der diese Art der Entfremdung durchmachen mußte. Ich konnte nur annehmen, daß Clarisa mich weniger liebte. Obwohl sie mir durch ihre Schwangerschaft auf gewisse Weise nähergekommen war, hatte sie nun mit ihrem Sohn einen Raum betreten, der für mich keinen Platz mehr bot. Ich hatte schon von postnatalen Depressionen gehört. Aber Clarissa war nicht depressiv, sie ging nur völlig in ihrem Kind auf. Möglicherweise, so räumte ich ein, lag eine Logik in der Distanz, die sie zwischen uns aufrechterhielt. Zuneigung könnte zu Sex führen, Sex zu der Geburt eines Kindes, und die Geburt war die Hölle gewesen.

Tag für Tag vergrub ich meine Sehnsüchte in einer Vielzahl körperlich anstrengender Pflichten. Aber nach mehreren Monaten auf dem Hof schien es, als ob mich alles erregen könnte: ein Ritt ohne Sattel auf einem Pferd, die Sonne auf meiner Haut, Kühe, die Milch gaben, sogar der Wind, der über das Gras auf den Wiesen strich. Einmal wanderte ich zu einem kleinen Gehölz oberhalb des Rio Codingue, zog meine Kleider aus und marschierte nackt durch das Sonnenlicht. Ich strich mit meinen Hüften an den Farnen und Ästen entlang und rieb mich rittlings auf einem jungen Baum, bis ich einen Orgasmus hatte.

Eines Nachts saß ich allein am Ofen, nachdem Clarisa und Janir zu Bett gegangen waren, und las im Schein einer Kerze, als mich plötzlich das Heulen eines Berglöwen von meinem Stuhl riß. Jedes einzelne Haar an meinem Körper stellte sich auf. Ich hatte früher schon Berglöwen gehört, aber niemals so nahe. Ich trat in die mondlose Nacht hinaus und wartete auf ein weiteres Heulen. Als es nicht kam, trieb mich etwas dazu, die Sicherheit des Hauses zu verlassen und am Hühnerstall vorbei auf die Weide zu laufen. Obwohl ich nicht weiter als zwanzig Meter sehen konnte, stellte ich mir vor, wie die Raubkatze ihre Beute jagte oder federnd durch die Nacht lief. Eine Welle des Verlangens schoß durch mich hindurch. Ich ließ meine Hosen bis auf meine Knöchel fallen, stand auf der dunklen Weide, erregt und steif, mit zitterndem Körper.

Ich hoffte, die Dinge würden sich ändern, wenn Janir älter wurde. Aber Monat für Monat schliefen Clarisa und ich mit unserem Sohn zwischen uns. Hin und wieder, wenn er ein Nickerchen hielt, brachten wir eine leidenschaftslose Paarung zustande – doch ihr Herz war nicht daran beteiligt, und meines auch nicht. Ich vermißte den Sex zwischen uns, aber ich sorgte mich auch zunehmend, daß sie von mir wegtreiben könnte und niemals zurückblicken würde.

VIER

Im Alter von zwölf Monaten lernte Janir laufen. Innerhalb einer Woche konnte er es. Gleichzeitig machten seine verbalen Fähigkeiten sprunghafte Fortschritte. Er war ganz verzaubert von den Lauten, die er mit seinem Mund und seiner Zunge machen konnte, und gelegentlich kam so etwas wie ein Wort heraus. Auch wenn er gerade mal nicht brabbelte, schien er eine neue, kalkulierende Intelligenz zu besitzen. Manchmal drehte ich mich um und ertappte ihn dabei, wie er mich mit einem langen, kühlen Blick anstarrte, die Art unverhüllter Musterung, die sich Erwachsene selten zukommen lassen.

»Janir«, sagte ich, »wo schaust du hin?«

Als Antwort nur ein ausdrucksloser, prüfender Blick.

Dann gab es Momente, in denen ein wildes Lachen ohne erkennbaren Grund seinen ganzen Körper schüttelte. Dann Tränen, dann Langeweile, dann Wut, manchmal die ganze Skala binnen einer Stunde. Es schien wie ein Wunder, daß er in all diesen Gefühlen baden konnte, ohne dabei zu ertrinken. Wenn es warm war, weigerte sich Clarisa, ihn in eine Windel zu packen. Zuerst kam mir das eigenartig vor, aber dann fügte ich mich und schloß mich ihrem Kreuzzug an. Schließlich war das Saubermachen kein Problem, wenn er auf den Holzboden pieselte oder gar einen Haufen machte. Ohne Windel bekam er mehr Sonne und keinen Ausschlag, und er konnte seine Beine freier bewegen.

Gelegentlich stritten wir uns auch darüber. An einem kühlen Morgen im März marschierten wir zur Mendozastraße und stiegen in den Bus, der zweimal die Woche nach Temuco fuhr. Janir war 16 Monate alt, ein aufgewecktes, lebhaftes Kind, das überallhin laufen, Treppen steigen und den Gang im Bus hinunterrennen konnte. Clarisa reichte ihn mir zum Fenstersitz, damit sie Kleider zum Wechseln auspacken konnte. Raus aus den sperrigen langen Hosen und rein in die marineblauen Shorts und das weiße Hemd. Das war alles. Er besaß keine Unterwäsche. Es war warm im Bus, und Clarisa zog ihren Mantel aus. Sie trug das rote Samtkleid, in dem sie geheiratet hatte. In der vorherigen Nacht hatte sie ihre Haare in der Metallwanne gewaschen, und an diesem Tag glänzten sie.

Ich stellte Janir auf meine Beine, damit er aus dem Fenster sehen konnte. Für gewöhnlich warnte er uns, bevor er pieselte, und wahrscheinlich würde er es im Bus nicht einfach strömen lassen. Aber wenn er einen fahren lassen mußte, dann tat er es einfach. Erst schaute er konzentriert drein, dann erhellte ein Lächeln sein Gesicht.

»Clarisa«, sagte ich, »wir sollten ihm eine Windel anlegen.«

»Wie würde es dir denn gefallen, derart eingewickelt zu sein?«

»Ich halte hier eine Bombe in der Hand. Du weißt, daß er explodieren wird.«

»Erst später.«

Sie war die Expertin, das mußte ich zugeben. Ich arbeitete für gewöhnlich draußen, wenn er morgens sein Geschäft verrichtete. Also hielt ich ihn hoch und hoffte das Beste.

Der Bus setzte uns am Markt in der Stadt ab, und wir gingen zu einem Restaurant, dessen Besitzerinnen, zwei ältere Frauen, sich an Janir von früheren Besuchen erinnerten. Wie groß er geworden war! Wie schlau er war! Er reagierte auf ihre Aufmerksamkeit, indem er mit sicheren Schritten über den Fußboden stapfte. Sein Haar war dunkel und dicht. Auf seinem Hemd war ein Marinesymbol aufgestickt, und die Frauen nannten ihn scherzhaft »Seemann«, während er zwischen den Stuhlbeinen und unter den Tischen herumtollte und um die Ecken nach seinen Bewunderinnen lugte. Sie konnten nicht genug von ihm bekommen.

Ich setzte mich und studierte die Speisekarte. Als ich aufsah, stand Janir reglos mitten im Raum, mit diesem konzentrierten Ausdruck im Gesicht. Ich sprang auf, konnte aber nicht schnell genug zwischen ihn und die Frauen kommen – eine braune Wurst in der Größe eines Fleischballs fiel aus seinen Hosenbeinen auf den Boden. Gleich darauf folgte eine zweite.

Die Frauen bedachten uns mit eisigen Blicken, während Clarisa aufstand, Janir hochnahm und ihn forttrug. Ich nahm ein paar Servietten, entfernte die beiden Würste und trug sie zur Toilette, wo Clarisa Janir gerade die längst überfällige Windel anlegte. Er wirkte friedlich, aber Clarisa war fuchsteufelswütend.

Ich entschuldigte mich bei den Besitzerinnen. Sie ließen mich ausreden – aber als Clarisa mit Janir auftauchte, wandten sie ihren Blick zur Seite. Das machte Clarisa noch wütender.

»*Viejas cabronas*«, zischte sie: alte Ziegen. Das war eine deutliche Beleidigung. Während sie hinausstürmte, fügte sie auf Englisch hinzu: »Die glauben wohl, sie seien zu gut für die Scheiße meines Kindes. Sie sind nicht einmal gut genug, um seine Scheiße zu *essen*.«

Ich holte sie mitten auf dem Markt ein. »Sie können sich einfach nicht mehr daran erinnern, wie es ist, Kinder zu haben«, erklärte ich.

»Sprich mich nicht an. Und bleib mir mit deiner verdammten Harvard-Logik vom Leib.«

Ihre Worte trafen mich, also schwieg ich. Unser Schweigen wuchs. Wir sprachen erst auf dem Hof wieder miteinander. Da hatte ich zumindest eine Vorstellung davon, wie schwer es Clarisa fallen würde, Janir so zu erziehen, wie sie es wollte. In meiner Gegenwart war sie selbstsicher, aber draußen in der Welt fiel es ihr nicht so leicht, sich an ihre Instinkte zu halten, was für ihren Sohn richtig war und was dumm.

Wir besaßen einen Herd, und Clarisa hatte Janir mehrmals davor gewarnt. Aber letztendlich ließ sie ihn allein herausfinden, wie heiß so ein Gerät werden konnte – auf die unvermeidbare Art und Weise. Eines Abends stand er neben dem Herd, hob seine Finger und berührte ihn leicht. Dann schrie er vor Schmerz und Zorn auf. Clarisa nahm ihn hoch, und wir gossen kaltes

Wasser über seine Hand. Sie tröstete ihn, gab ihm die Brust und erklärte ihm erneut, daß manche Dinge zu heiß sind und nicht berührt werden dürfen. Das war das letzte Mal, daß er sich verbrannte.

Eines Nachmittags gingen wir in die Senke hinunter zur Scheune eines Nachbarn. Dort kletterten wir auf den Heuboden hinauf, um im Stroh zu spielen. Es ging drei Meter in die Tiefe, und dieses Gefühl leeren Raums unter seinen Füßen wollte Janir unbedingt erforschen. Clarisa ließ ihn an den Rand krabbeln und hinuntersehen. Er kniete dort, ganz bei der Sache, und rührte sich keinen Millimeter. Ich auch nicht – obwohl ich wie auf Zehenspitzen stand.

Als wir heimgingen, fragte ich: »Wußtest du, daß er nicht fallen würde?«

»Er ist nicht dumm. Er wollte nur hinunterschauen.«

»Er hätte ausrutschen können«, meinte ich.

»Er wußte, wie gefährlich es war. Deswegen ist er nicht hingelaufen, sondern gekrabbelt. Kleine Kinder kommen schon intelligent zur Welt. Zumindest dieses.«

Ich kannte keinen Menschen, der sein Kind so erzog wie Clarisa. Manchmal stritten wir darüber, und manchmal machte ich mir Sorgen, aber ich war mir sicher, daß es keine bessere Mutter gab.

Eines Morgens arbeitete ich im Gemüsegarten, als ich Clarisa schreien hörte. Ich sprang auf und rannte zum Obstgarten. Sie hielt den nackten Janir in ihren Armen, seine Gliedmaßen ausgestreckt, der Kopf nach hinten gesackt. *»Er kann nicht atmen!«* schrie sie.

Seine Lippen waren blau angelaufen. Ich nahm ihn ihr ab, legte ihn auf den Pelzmantel und preßte meine Handflächen auf seinen Brustkasten. Keine Wirkung. Clarisa stand heulend neben mir. Ich atmete in seinen Mund, aber er reagierte nicht. Er lag völlig reglos und atmete nicht. Ich konnte mich nicht an die Herz-Lungen-Massage erinnern, konnte überhaupt keinen klaren Gedanken fassen. Clarisa lief ziellos hin und her, packte meine Arme, und bald schon weinten wir gemeinsam. »*Janir, atme. O Gott, bitte atme doch.*« Er tat es nicht. Seine Lippen und Augenlider wurden tiefblau. Sein Brustkasten schien förmlich versteinert. Ich drückte darauf, aber es geschah nichts. Ich schob ein Augenlid hoch und legte eine unbewegliche braune Pupille frei. Clarisa wehklagte und jammerte weiter. Er starb vor unseren Augen.

Wasser, dachte ich. Ich hob ihn hoch und trug ihn zur Pumpe. Seine Arme und Beine schlugen gegen mich, während ich ihn an meine Brust preßte. Clarisa folgte: »*Pumpen!*« brüllte ich, und sie warf sich auf den Griff. Ich hielt ihn unter den Hahn und drückte seine Brust, während das eiskalte Wasser über ihn lief. Es war so kalt, daß es einem Kind den Atem nehmen konnte. Doch nur wenige Sekunden nach den ersten Spritzern fühlte ich eine kaum wahrnehmbare Bewegung in seinem Rumpf. Ich zog ihn vom Wasser weg und spürte, wie sein Körper von winzigen Zuckungen durchbebt wurde. Schließlich sog er verzweifelt Luft ein, dann noch einmal, und brach daraufhin in gewaltige Schluchzer aus. Wir hielten ihn zwischen uns, umfaßten ihn mit unseren Armen, während er weinte. Was für ein herrliches Geräusch! Er atmete zwischen den einzelnen Schreien, und als wir ihn zum Pelzmantel zurücktrugen, wurden erst seine Lippen rot, dann sein ganzer Körper. Wir legten ihn auf den Mantel, warfen uns neben ihm auf den Boden und schluchzten mit ihm.

Die Ursache für diesen Krampfanfall fanden wir nicht heraus, und ein solcher Vorfall ereignete sich nie wieder.

Unser zweiter Winter stand bevor, und als wir das nächste Mal nach Temuco fuhren, regnete es fast die ganze Reise über. Wir verbrachten die Nacht im Hotel de Ferrocarril, und als wir uns am nächsten Morgen zu unseren letzten Einkäufen aufmachten, nieselte es immer noch.

1971 gab es in der Provinz Cautín so wenig Gringos, daß wir von allen schon gehört hatten, auch wenn wir sie noch nicht persönlich kannten. Peter Dutton war einer davon, ein Freiwilliger des Friedenskorps, der zusammen mit den Mapuche-Indianern an der Wiederaufforstung arbeitete, und an diesem Morgen in der Stadt trafen wir ihn endlich. Er schüttelte meine Hand, die von Clarisa und sogar die von Janir in der Rückentrage, was mich sofort für ihn einnahm. Peter und ich trugen beide Gummistiefel, lange Ponchos aus Wolle und breitrandige, schwarze Filzhüte: die übliche Regenkleidung. Peter sprach ebenso flüssig Spanisch wie ich, und auf Spanisch unterhielten wir uns auch.

»*Qué nino más bello*«, sagte er zu Clarisa: was für ein hübscher Junge.

»*Claro*«, erwiderte sie: natürlich. Es hatten sich schon so viele Chilenen über Janirs Schönheit geäußert, daß sie es als selbstverständlich hinnahm. Wenn jemand kein Wort darüber verlor, sah sie ihn von der Seite an.

Peter war zwar gut gelaunt und höflich, konnte aber sein Erstaunen über Clarisas Bekleidung nicht ganz verbergen. Sie trug einen langen Rock und einen ausgebeulten kastanienbraunen Pulli mit V-Ausschnitt, einen von meinen, den sie sich angeeignet und fast durchgetragen hatte. Ihr Haar war feucht vom Regen, und sie war barfuß. Obwohl nur fünf Grad herrschten, hatte sie ihre Schuhe, den Poncho und ihren Hut im Hotel gelassen. Schließlich konnte sich Peter nicht länger zurückhalten. Er starrte ihre Füße an. »*No tiene frio?*« fragte er. Frierst du nicht?

»Ich verstecke mich nicht gern vor dem Wetter«, antwortete sie.

Er lächelte, fast lachte er. Peter hatte schon von uns gehört, aber wahrscheinlich hatte er sich etwas derart Merkwürdiges nicht vorgestellt.

Ich freute mich zwar nicht direkt auf den Winter, aber im großen und ganzen war ich in Chile ganz glücklich. Auf nahegelegenen Höfen hatte ich ein paar Freunde gefunden, meine Hennen legten fleißig Eier, und ich konnte immer noch eine Menge über Gartenbau und das bäuerliche Leben lernen. Clarisa war weniger zufrieden. Die bedrückenden örtlichen Gepflogenheiten, die sie früher erheiternd fand, verärgerten sie jetzt: beispielsweise wie stark die Frauen an Heim und Herd gefesselt waren. Sie verhöhnte die hiesige Kultur vor Ort und fiel in ein Stimmungstief. Manchmal war sie deprimiert, und manchmal bekam sie Wutanfälle. Eines Nachts warf sie unsere gußeiserne Pfanne auf einen Stapel Teller in der Spüle und zerschlug die Hälfte unseres Steingutgeschirrs. Ich glaube, der Anblick der Teller und Schüsseln hatte sie in Rage versetzt. Die Woche, in der sie spülen mußte, war fast vorüber, und vielleicht hatte ich etwas zu hartnäckig darauf bestanden, ihr erst in meiner Woche zur Hand zu gehen. Wir hatten sämtliche Aufgaben im Haushalt auf diese Weise im Wochentakt aufgeteilt. Eine Zeitlang schien das unsere Streitereien über Haushaltsfragen beizulegen, aber es lag mehr im argen. Ich glaube, Clarisa war letzten Endes durch all die Sorge um das Kind ausgebrannt.

Als Janir älter wurde, hatten wir zwei mehr und mehr Spaß miteinander. Wir spielten Verstecken oder gingen zum Angeln zum großen Fluß in zwei Kilometer Entfernung. Doch je aufgeschlossener ich ihm gegenüber wurde, desto mehr zog sich seine Mutter zurück. Vorbei waren die Tage, in denen sie mit ihm stundenlang die Käfer im Gras beobachten konnte. Sie war ausgelaugt, und ich verstand das.

Eines Tages besuchte uns Dona Tencha, eine der wenigen Nachbarinnen, mit denen sich Clarisa noch verstand, zusammen mit ihrer Tochter, die sechs Monate jünger war als Janir. Clarisa servierte den Tee, während Janir – nur mit einem T-Shirt bekleidet – auf dem kalten Boden spielte.

»Solltest du deinem Jungen nicht noch etwas überziehen?« fragte Dona Tencha behutsam.

Clarisa starrte sie mit eisiger Miene an. Doch nur wenige Minuten später schien sie ihr vergeben zu haben, denn sie hob Dona Tenchas kleine Tochter hoch, ging mit ihr im Haus herum und schaukelte sie in ihren Armen. Als das Mädchen plötzlich in Tränen ausbrach, reichte sie es ihrer Mutter zurück. »Sie ist nur bei mir richtig glücklich«, sagte Dona Tencha und öffnete ihre Bluse mit einem zufriedenen Gesichtsausdruck.

Zwanzig Minuten später versuchte Clarisa es erneut mit dem Baby. Sie setzte es auf die Arbeitsfläche neben der Spüle und kämmte ihr dünnes Haar. Ich stocherte im Feuer im Herd und sah zufällig in dem Moment hinüber, als Clarisa den pummeligen Arm des Babys zwickte. Wieder brach die Kleine in Tränen aus. Clarisa beobachtete die Kleine mit einem amüsierten, fast dankbaren Gesichtsausdruck und reichte sie ihrer Mutter, damit diese sie an ihrer Brust trösten konnte.

Nachdem Dona Tencha gegangen war, zeigte Clarisa keine Spur von Reue.

»Alte Schnüfflerin«, sagte sie.

»Hast du ihr Baby deswegen gezwickt?«

»Mit diesem Baby stimmt sowieso etwas nicht. Ich glaube, es ist schwachsinnig. Ich wollte nur mal sehen, wie fett es ist.«

»Wenn jemand Janir so zwickte, würdest du ihn umbringen.«

»Frauen wie sie sollten zu Hause bleiben, wo sie hingehören, anstatt hierherzukommen und mir zu sagen, was ich zu tun habe.«

Ich glaubte, als Clarisa dieses Baby zwickte, war das nur ihre Art, sich gegen die Konventionen einer Gesellschaft zu wehren, die ihre Kinder wie Puppen behandelt, sie in Decken hüllt und in dicken Pullis zur Unbeweglichkeit verdammt. Ich machte mir keine Sorgen um das Baby, wohl aber um Clarisa, die so blind gegenüber möglichen Folgen schien und jetzt auch noch ihre letzte Freundin in der Nachbarschaft vergrault hatte, als ob sie nie eine andere brauchen würde. Doch selbst in dieser Situation – wie immer, wenn sie die Regeln brach – verspürte ich zugegebenermaßen auch einen Funken tiefen Entzückens. Niemand würde Clarisa jemals zähmen. Darum hatte ich mich ja überhaupt erst in sie verliebt.

Als Janir achtzehn Monate alt war, hatte Clarisa ihn lange genug gestillt. Sie beschränkte sich bereits auf ein- oder zweimal am Tag, aber als sie versuchte, ihn ganz zu entwöhnen, klagte er laut und anhaltend. Schließlich bot ich meine Hilfe an. »Nimm dir drei Tage frei«, schlug ich vor. »Fahr nach Temuco, zieh in ein Hotel und schau dir ein paar Filme an.« Ich hoffte, Janir und ich würden uns in ihrer Abwesenheit näherkommen, und er wäre dann eher bereit, den Bruch zu vollziehen. Vielleicht fände Clarisa auch langsam wieder Geschmack am Sex. Darauf wartete ich nämlich immer noch.

Ich versuchte, seinen Entzug zu teilen, indem ich während der Abwesenheit seiner Mutter fastete. Ich kochte für ihn – seit annähernd einem Jahr nahm er schon feste Nahrung zu sich –, trank selbst jedoch nur Tee. Jeden Morgen melkte ich die Kuh und machte Käse; für den Rest des Tages nahm ich mir frei. Wir machten lange Spaziergänge zum Fluß, wo wir uns ans Ufer legten und ich ihm Hunderte von Regeln und Vorschriften nahebrachte, die er im Laufe seines Lebens zu befolgen hatte – damit er sie mit seinem immer kraftvolleren *Nein!* verwerfen konnte. Er liebte dieses Spiel.

»Wenn du groß bist«, sagte ich, »mußt du die Kuh melken.«

»Nein!« schrie er.

»Du mußt kochen und das Geschirr spülen.«

»Nein!«

»Du mußt Arzt oder Anwalt oder Indianerhäuptling werden.«

»Nein!«

»Du mußt aufhören, in Restaurants auf den Boden zu machen.«

»Nein!«

Nachts vermißte er seine Mutter. Ich machte mir Sorgen um sie, allein in der Stadt und weit weg von ihrem Kind. Aber ich liebte es, mich nach dem Abendessen neben Janir ins Bett zu legen, wie es die beiden bisher jede Nacht getan hatten, und neben ihm zu liegen, bis er einschlummerte. Am dritten Tag trug ich Janir die Straße hoch, um meinen Freund Don Fernando Lopez und seine Frau zu besuchen. Nach drei Fastentagen war ich durch Janir geschwächt und müde. Nicht mein Körper hatte klein beigegeben, sondern mein Geist. Mein Geist wollte wandern. Er wollte seine eigenen Wege beschreiten und dort flanieren, wo es ihm gefiel – aber Janir wollte, daß ich ihm überall dorthin folgte, wohin *sein* Geist uns führte.

Kein Wunder, daß Clarisa in ein Stimmungstief gefallen war. Im Laufe meines Lebens hatte ich als Zimmermann, als Steinmetz, als Putzmann und als High-School-Lehrer gearbeitet – aber nichts hatte mich so ausgelaugt, wie diese drei Tage, in denen ich einen kleinen Jungen betreute. Die Tatsache, daß Frauen das seit Tausenden von Jahren taten, machte es nicht leichter.

Wenigstens hatte ich keinen Hunger mehr. Der war nach sechsunddreißig Stunden verschwunden. Ich saß friedlich am Küchentisch der Familie Lopez, während sie Janir mit Apfelsoße und in Milch eingeweichtem Brot fütterten. Später auf dem Heimweg vermißte ich Clarisa. Ich wußte nicht einmal mit Sicherheit, wo sie war oder wann sie zurückkommen würde. Zum ersten Mal seit ihrer Schwangerschaft machte ich mir Gedanken um andere Männer. Janir saß auf dem Heimweg in seiner Rückentrage und plauderte in seiner selbsterfundenen Sprache. Als wir heimkamen, stand die Tür auf, doch Clarisa war nirgends zu sehen. Ich trat wieder ins Freie, immer noch mit Janir auf dem Rücken, und rief ihren Namen. Keine Antwort. Dann sah ich sie: Sie stand in ihrem langen weißen Kleid im Obstgarten. Ich ging an den früchtetragenden Bäumen vorbei auf sie zu. Clarisa schien dünner als bei ihrer Abreise. Sie sagte nichts und streckte ihre Arme auch nicht nach ihrem Sohn aus. Ihr dunkler Blick war entmutigend: die Apathie, der Mangel an Fröhlichkeit oder auch nur an Freude, uns wiederzusehen. Ich umarmte sie, aber sie reagierte nicht. Janir strampelte, um aus der Trage zu kommen, und ich setzte ihn ihr zu Füßen. Er streckte seine Ärmchen zu ihr hoch, aber sie verschränkte ihre Arme über der Brust.

»Es wird nicht mehr genuckelt«, erklärte sie ihm.

FÜNF

Der Winter brach mit Kälte und Regen über uns herein, und Clarisa zeigte unseren Nachbarn die kalte Schulter. Ich fühlte mich einsam und isoliert, und unsere Familie dümpelte wie eine winzige Insel im Hinterland von Chile vor sich hin. Eines Nachts kamen wir auf San Salvador zu sprechen: die warmen Nächte in der Stadt, die Nachbarskinder, die auf der Straße Fußball spielen, und die wohlriechenden Düfte der Tropen.

»Janir hat Nichten und Neffen dort«, meinte Clarisa. Ihr Gesicht wirkte weicher als seit vielen Wochen.

Ich stand auf und legte Holz nach. Ein prüfender Blick auf Janir, der in unserem Bett schlief, dann holte ich noch mehr Holz. Ich setzte mich vor Clarisa.

»Laß uns zurückgehen«, sagte ich. »Wir verkaufen den Hof und gehen zurück.«

Einige Sekunden lang starrte sie in das Feuer. Sie nickte. »In Ordnung«, sagte sie. So schnell wurde das entschieden.

Dennoch haftete der Beigeschmack der Niederlage daran. Wir hatten nie darüber gesprochen, wie lange wir in Chile bleiben wollten – aber auf jeden Fall länger als zwei Jahre. Ich verkaufte meine Hühner an Don Fernando, verkaufte die Kühe, die Pferde und verkaufte den Hof. Ich fand einen Mann mit einem Tieflader, der uns und unsere Schrankkoffer an einem eisigen Morgen abholte. Clarisa saß mit Janir in der Fahrerkabine, aber ich stand auf der Ladefläche, damit ich das Land, das wir verließen, ein letztes Mal in mir aufnehmen konnte: die Bäume, die ich gepflanzt hatte, die Holzzäune, den fruchtbaren Lehmboden im Garten, die gehäufelten Reihen von Kartoffeln. Die Nachbarn würden kommen, um sie auszugraben. Wir hatten sie verschenkt.

Ich wußte, eines Tages würde ich wieder einen Hof haben. Das mußte ich einfach glauben.

Nach unserem beschaulichen Leben auf dem Lande schien uns San Salvador mit all seinen Menschen und seinem Lärm beinahe zu erschlagen. An den Abenden schürten die Frauen nach dem täglichen Regenschauer im Freien ein Feuer, in Stahleimern oder Ziegelfeuerstellen, und kochten *pupusas*, dicke, mit Käse oder Würstchen gefüllte Tortillas. Es war auch in der Nacht warm genug, um sich auch leicht bekleidet wohl zu fühlen. In der Innenstadt, unter Geschäftsmarkisen und Überhängen, lebten obdachlose Mütter mit ihren Kindern auf Pappkartonunterlagen. Der Krieg mit Honduras, der noch gar nicht so lange vorüber war, hatte hunderttausende Salvadorianer zurück in die Heimat getrieben, aber es gab nicht genügend Grund und Boden für sie, und viele landeten auf den Straßen der Hauptstadt. Clarisa und ich mieteten ein kleines Haus in der Nähe ihrer Mutter, in einer Gasse mit Avocadobäumen. Die Avocados fielen nachts geräuschvoll zu Boden, und am nächsten Tag aßen wir sie zu Mittag. Einige Male ließen wir Janir bei seiner Großmutter, gingen in ein Restaurant und ins Kino, nahmen dann ein Taxi nach Hause und liebten uns sanft, fast feierlich.

Ich war blind genug, um mir einzubilden, genau das würden wir beide wollen. Aber eines Abends – wir lagen beide kurz vor dem Geschlechtsverkehr halb angezogen im Bett – verlor ich meine Erektion. Ich war entsetzt, und es war mir auch peinlich.

»Ist schon in Ordnung«, sagte Clarisa. Sie wirkte gelassen, fast erleichtert, und knöpfte ihre Bluse zu. Mir wurde klar, was ich die ganze Zeit über schon geahnt haben mußte: Sie war überhaupt nicht erregt, sondern hatte sich einfach meinem Verlangen gefügt. Das war so untypisch für sie, daß es meine Erektion förmlich umgehauen hatte.

Wir lagen schweigend nebeneinander. Wie bei den meisten Menschen – wie in unseren eigenen Familien – blieb vieles ungesagt. Meine Ehe zerbröselte mir unter den Händen, aber ich hatte Angst, darüber zu reden. Ich hatte nie gelernt, wie man das macht. Anstatt über alles offen zu sprechen und vielleicht auch zu kämpfen, machte ich einfach schweigend weiter.

Janir verbrachte einen Großteil seiner Zeit im Haus seiner Großmutter Paquita, umgeben von Frauen. Paquita ging zwar zur Arbeit, kam aber zum Mittagessen und zur Siesta nach Hause. Clarisas jüngere Schwester Eva Luz lebte ebenso dort wie ihr Bruder Max, eine verheiratete Cousine und zwei Dienstmädchen. In jenen Tagen konnte man Mädchen oder junge Frauen, die im Haus wohnten und kochten, putzten und die Kinder hüteten, schon für dreißig Dollar im Monat bekommen. Jeder im Haus war verrückt nach Janir: Sie reichten ihn von einem Arm zum anderen, küßten und liebkosten ihn und redeten auf Spanisch auf ihn ein.

Ich war nicht sicher, wie meine Rolle Clarisa gegenüber in diesem Frauenhaus aussah. Paquita war der Meinung, ich solle meine Autorität ausüben, aber das fiel mir schwer. Ich hatte immer das Gefühl gehabt, Clarisa besitze die Kontrolle in der subtilen Dynamik der Macht – und sei es nur, weil sie mich weniger begehrte als ich sie. Ich wollte ihre Zuneigung, aber das konnte ich ihr doch unmöglich befehlen.

Sie war launenhaft und stritt sich mit mir, mit ihrer Mutter und allen anderen im Haus. Manchmal stürmte sie hinaus auf die Straße und wanderte dann allein durch die Stadt und besuchte alte Freunde: ob Männer oder Frauen, wollte sie nicht sagen. Hin und wieder roch ich Marijuana an ihren Kleidern und in ihren Haaren. Bisweilen bildete ich mir ein, sie habe sich in einen anderen verliebt. Dafür gab es keinerlei Beweise, nur ihre innere Distanz und die kalten Blicke, mit denen sie mich bedachte, wenn ich mich nach ihren Erlebnissen erkundigte.

Eines Nachmittags entdeckte ich Janir und Clarisa im Wohnzimmer von Paquitas Haus. Clarisa saß leicht vorgebeugt auf der Couch und spielte auf einer Holzharfe. Janir lehnte gegen ihren Rücken, spielte mit ihren Haaren, krabbelte in ihren Schoß und zupfte an einer Saite. Er zappelte und drehte sich in ihren Armen und schlug dann mit dem Kopf gegen ihre Schulter – nur ganz leicht, dafür aber mehrmals. Sie ignorierte ihn völlig und hörte mit ihrem Harfenspiel nicht auf.

Die Harfe war ein chilenisches Folkloreinstrument, das sie am Tag unserer Abreise in Santiago gekauft hatte. Sie war etwas über einen Meter lang, unförmig und ungestimmt, und Clarisa war nicht musikalisch. Sie saß einfach da und schlug sie an.

»Willst du nicht mal lernen, wie man auf diesem Ding spielt?« fragte ich.

Sie sah mich nicht an und reagierte nicht. Diese neue Passivität an ihr machte mich verrückt, und Janir auch. Und an diesem Tag war da noch etwas anderes, denn sie hatte ihren Rock hochgezogen und die Harfe zwischen ihre Beine geklemmt und hielt sie mit ihren Schenkeln gepackt. Ihre nackten Zehen berührten die Fliesen unter der Couch, und die Harfe ruhte wie ein Geliebter zwischen ihren Beinen: So hatte sie mich seit Wochen, wenn nicht gar Monaten nicht mehr gehalten. Ich hatte große Lust, einen Streit vom Zaun zu brechen. An ihre Apathie hatte ich mich gewöhnt, aber jetzt ließ ihre Haltung vermuten, daß ihre Sinnlichkeit keineswegs verschüttet war, sondern im Gegenteil vielleicht sogar geschürt und angestachelt war.

»Das ist doch lächerlich«, sagte ich. »Du kannst ja nicht einmal die einfachste Melodie spielen.«

»Na und?«

»Wie soll dein Leben denn weitergehen? Willst du in der Stadt bleiben?«

»Janir, véte a tu papá.« Sie stieß ihn von ihrem Schoß, aber er klammerte sich an ihre Beine und griff nach den Saiten der Harfe. »Du gehst ja auch nicht gerade zielgerichteter vor«, erklärte sie.

Ich hob Janir hoch. Er schien zufrieden, aber ich wußte, daß dieser Zustand nicht von Dauer war. Bald würde er unruhig werden und seiner Mutter wieder auf die Nerven gehen in dem Versuch, ihre Aufmerksamkeit zu erregen.

»Ich möchte immer noch auf einem Bauernhof leben«, ließ ich sie wissen.

»Aber zuerst möchte ich für ein paar Wochen in die Staaten fahren.«

Sie stellte die Harfe zur Seite.

»Ich möchte Alan und meine Eltern wiedersehen«, erläuterte ich. Meinen Bruder hatte ich in den vier Jahren, die er bei der Küstenwache diente, nicht ein einziges Mal gesehen, und meine Mutter wollte bald nach Indien reisen.

»Ihr könnt gern mitkommen, wenn ihr wollt.«

»Möchtest du denn, daß wir mitkommen?«

Nein, das wollte ich nicht. Ich fürchtete, sie könnte mich bloßstellen. Ich wollte nicht, daß meine Eltern sie so erlebten, mit ihren ungepflegten Haaren und dem leblosen Gesichtsausdruck. Ich wollte sie nicht sehen lassen, wie distanziert Clarisa sich verhielt. Aber ich sagte: »Natürlich.«

Sie stand auf, nahm mir Janir ab, hielt ihn mit einem Arm fest und strich mit dem anderen über sein Haar. Er wurde ruhig. Nach dieser Aufmerksamkeit hatte er sich gesehnt.

»Dein Vater ist ein Lügner«, sagte sie auf Spanisch zu ihm. Ohne mich eines Blickes zu würdigen, ging sie mit ihm in die Küche. Ihre nackten Füße klatschten auf die Fliesen. »Ich würde ihm nicht vertrauen«, sagte sie.

Im Laufe der Jahre verwandelte eine merkwürdige Dynamik meine Beziehung zu Paquita. Wir hatten zwar nicht gerade als Feinde begonnen, aber unserem Verhältnis zueinander lag doch eine gewisse Spannung zugrunde: Ich wollte ihre Tochter ins Bett bekommen, und Paquita wollte sicherstellen, daß Clarisa dort nichts Unglückseliges geschah. Paquita und ich mochten uns immer schon, aber mir war klar, daß sie es vorgezogen hätte, wenn ich etwas konventioneller gewesen wäre. Trotz meiner gutbürgerlichen Erziehung hatten die Sechziger mich ganz in ihren Bann geschlagen: Ich trug meine Haare lang und hing einigen abwegigen Vorstellungen über die Landwirtschaft und das bäuerliche Leben an. Aber ich war nie so unberechenbar wie Clarisa, und das trieb Paquita und mich schließlich in dasselbe Lager. Wenn es um die Betreuung von Janir ging, waren wir beide nun eine verschworene Gemeinschaft, und sie erklärte sich damit einverstanden, ihn im Auge zu behalten, während ich in die Staaten fuhr.

Die ganze Familie begleitete mich zu dem alten, Wind und Wetter ausgesetzten Flughafen in Ilopango. Ich nahm Janir in die Arme und trug ihn durch die Abfertigungshalle. Ich erzählte ihm, daß ich weg müsse, aber bald wiederkommen würde. Das »bald« war eigentlich eine Lüge, aber er hörte kaum zu. Ich stellte ihn auf meine Füße und marschierte mit ihm durch die Halle, schaukelte dabei wie ein Elefant und sang »*Wumm, wumm-wumm, wumm-wumm.*«

Er kam langsam in das Alter, an das ich mich aus meiner eigenen Kindheit noch bruchstückhaft erinnern konnte. Ich hatte es immer geliebt, wenn mein Vater Elefant mit mir spielte – aber damals war ich wohl schon älter. Janir, noch keine zwei Jahre alt, war daran nicht interessiert. Er wollte nur, daß ich durch das Flughafengebäude hinter ihm herjagte, glucksend, mit wehenden Haaren und einem aus der Hose gerutschten Hemd. Es machte uns viel Spaß, aber auf das, was dann kam, konnte ich ihn nicht vorbereiten: Ich würde sechs Wochen lang aus seinem Leben verschwinden.

Ich flog nach New York und fuhr weiter nach Westport, Connecticut – in die Stadt, in der ich aufgewachsen war. Meine Eltern waren zwar geschieden, aber mein Vater lebte mit seiner zweiten Frau immer noch dort. Seine Gegenwart wirkte sich beruhigend auf mich aus. Obwohl ich eine Frau aus El Salvador geheiratet und mein Studium abgebrochen hatte und nach Chile gezogen war, um Hühner zu züchten, hatte er nie versucht, mich in eine andere Richtung zu drängen. Er wußte aber auch keinen Rat für meine Ehe mit Clarisa: Er hoffte, wir würden uns zusammenraufen. Außerdem wollte er seinen Enkelsohn kennenlernen.

Ich besuchte meinen Bruder Alan in Vermont und Nana in New York. Nana war unsere Haushälterin und mein Kindermädchen – eigentlich meine zweite Mutter –, die für meine Eltern gearbeitet hatte, seit ich sechs Monate alt war. Sie hatte fast zwanzig Jahre bei uns gelebt und blieb auch danach ein Teil der Familie.

Meine Mutter hatte vor kurzem ihre Stelle als festangestellte Ärztin beim Blauen Kreuz aufgegeben, um vier Wochen lang eine Yoga-Reise durch Indien zu machen. Es ging ihr körperlich nicht besonders gut, und sie war besorgt angesichts des anstrengenden Terminplanes der Tour und des Gewichts, das sie in ihrem Rucksack würde tragen müssen. In den letzten zehn Jahren – seit der Katastrophe der Scheidung in ihren späten Vierzigern – litt sie unter Depressionen. Sie trank, nahm zu viele Beruhigungsmittel und wechselte von einer Arbeitsstelle zur anderen. Sie war schon bei mehreren Psychiatern in Behandlung gewesen und hatte sich zweimal in eine Privatklinik einweisen lassen. Aber niemand in der Familie konnte ihr helfen. Wir mußten unser eigenes Leben führen, und keiner von uns wußte etwas über richtige Depressionen. »Du solltest joggen«, sagte mein Bruder zu ihr. »Geh unter Leute«, lautete mein hoffnungsvoller Rat.

In Clarisa hatte ich mir eine Frau gewählt, die sich von meiner Mutter ganz und gar unterschied. Das glaubte ich zumindest. Mom war Ärztin, lange Zeit sehr ehrgeizig, und im allgemeinen fühlte sie sich von dynamischen Männern und Frauen angezogen. Clarisa war all das egal. Sie war impulsiv, ging ganz in sich selbst auf und war sorglos in Hinblick auf die Zukunft. Beide Frauen hatten große Probleme, aber Clarisa hielt ich für launenhaft und kapriziös, meine Mutter dagegen für depressiv – als ob diese Charakterzüge nichts miteinander gemein hätten.

In jenen Tagen hätte ich über die Andeutung, daß ich in Clarisa meine Mutter geheiratet haben könnte, nur gelacht. Doch heute sehe ich, wie mein Weg schnurstracks zu Clarisa führte. Ich wählte eine Frau, die nur aus Emotionen bestand, jemanden, der die zarte Verbindung nähren konnte, die ich zu meinen eigenen Gefühlen hegte. Als ich noch jünger war, hatte meine Mutter das getan. Wie das bei Männern oft der Fall ist, fand ich nach ihr eine Frau, die in ihre Fußstapfen treten konnte, und heiratete sie.

Als ich noch ein Teenager war – ein schwieriges Kind, gefangen in der drückenden Atmosphäre eines Internats in New England –, fand Mom stets einen Weg, um mich daran zu erinnern, daß unter der äußeren Hülle unseres Lebens noch ein Gefühlsleben existierte. Wenn ich zu Weihnachten oder in den Sommerferien nach Hause kam, lag immer ein Buch auf meinem Nachttisch: Anne Morrow Lindberghs ›Muscheln in meiner Hand‹, Virginia Woolfs ›Ein Zimmer für sich allein‹, Lawrence Durrells ›Justine‹. Beim Abendessen im Familienkreis pflegte man nicht viel über Emotionen zu sprechen, aber die Bücher, die meine Mutter mir schenkte, handelten nur selten von etwas anderem.

Nach der Scheidung meiner Eltern wünschte ich mir, meine Mutter möge dieselbe fröhliche und selbstsichere Frau bleiben, die sie in meiner Kinderzeit war. Doch diese Tage waren vorbei, und mir fiel es schwer, ihre Veränderung zu akzeptieren. Dennoch kamen wir irgendwie miteinander aus, unterhielten uns als Erwachsene häufiger und kamen uns näher. Nach meinem ersten Jahr im Friedenskorps flog sie nach Mittelamerika, und wir mieteten einen Wagen, mit dem wir eine Woche lang durch Guatemala fuhren. Wir erzählten uns Geschichten und sprachen ununterbrochen miteinander.

Die erste Nacht verbrachten wir in einem deutschen Hotel mit Blick auf den Atitlán See, einer Unterkunft, die so sauber und ordentlich war, daß wir uns direkt nach Mitteleuropa versetzt fühlten. Es gab dort ein Klavier, und nach dem Abendessen setzte ich mich in einen Sessel mit Schonbezug, während Mom aus ihrem Lieblingsstück spielte, dem Forellenquintett von Schubert. Als Kind war ich oft zu diesen Klängen eingeschlafen, während sie unten, direkt unter meinem Schlafzimmer, Klavier spielte.

In der folgenden Nacht, in einem einfacheren Hotel in Chichicastenango, löschten wir das Licht in unserem kleinen geweißelten Zimmer, setzten uns ins Bett und beobachteten die züngelnden Flammen im Ofen in der Ecke. Mom erzählte mir, wie sie im Alter von siebzehn Jahren den Ohio-Tauchwettbewerb gewonnen hatte – und ihre beiden Vorderzähne auf dem Boden des Schwimmbads von Columbus verloren hatte. Niemand bot ihr auch nur ein Aspirin gegen die Schmerzen an, und Jahre später half ihr die Erinnerung an diesen Unfall, sich für ein ganz bestimmtes Fachgebiet der Medizin zu entscheiden: die Anästhesie.

Sie erzählte mir, wie sie mit neunzehn Jahren, vor lauter Angst, nicht noch einmal gefragt zu werden, einen Lastwagenfahrer namens Larry Tidball geheiratet hatte. Larry zog mir ihr nach Beaumont in Texas, wo seine Eifersucht und seine Besitzansprüche sie mit der Zeit auslaugten. Schließlich packte sie zwei kleine Koffer mit ihren besten Kleidern, ihren Schuhen und ein paar Büchern und fuhr zu ihren Eltern nach Brooklyn, wo ihr Vater als Musiklehrer arbeitete. Man schrieb das Jahr 1937, und meine Mutter war zweiundzwanzig Jahre alt. »Ich hatte mein Diaphragma eingepackt«, fügte sie hinzu. »Das habe ich meinen Eltern natürlich nicht erzählt. Aber nach einer Woche brach ich zusammen und gab zu, daß ich weder zu Larry noch nach Texas zurückkehren wollte. Pop legte seinen Arm um mich. Er überraschte mich wirklich. ›Ginny‹ sagte er, ›du mußt gar nichts tun, solange du nur bereit bist, den Preis dafür zu bezahlen.‹«

Unser Gespräch in dem geweißelten Zimmer erstarb. Wir waren an solch intime Momente nicht gewöhnt – allein Seite an Seite im selben Bett zu liegen, war schon eine Neuheit. In der Stille, die ihren Geschichten folgte, erinnerte ich mich daran, wie wir beide eine kleine Holzhütte am Straßenrand irgendwo in Vermont oder New Hampshire geteilt hatten, auf dem Rückweg von einem Familienurlaub. Ich war wohl sieben oder acht Jahre alt. Nachdem wir unsere Taschen ausgepackt hatten, zündeten wir ein Feuer im Kamin an und schwammen dann eine Runde in dem kalten Wasser des Sees hinter der Hütte, im letzten Licht der violetten Abenddämmerung.

Hinterher in der Hütte, immer noch zitternd, drehte sich Mom um, schlüpfte aus ihrem Badeanzug und wickelte sich in ein Handtuch. Ich tat dasselbe, und wir kauerten zusammen vor dem Feuer und sogen die Hitze der Flammen auf. Ich war mir ihres und meines eigenen Körpers deutlich bewußt, beide nackt unter den Handtüchern, in einem Raum, der nur durch das Feuer erhellt wurde.

Damals hatte Mutter aufgehört, mich in den Arm zu nehmen. Vielleicht war es deswegen möglich, nebeneinander in unseren Handtüchern vor dem Feuer zu kauern. Mom war mir körperlich immer sehr nahe gewesen, als ich noch ein kleines Kind war – ich weiß das von frühen Fotos –, aber das war jetzt vorüber. Und ich bin sicher, ich fand das vollkommen normal, denn kein Junge in meinem Alter, den ich kannte, lag je in den Armen seiner Eltern. Trotzdem war ich auf ihren Körper eingestimmt, auf ihre starke körperliche Präsenz – ob Mom nun im Garten Tomaten pflanzte, Kopfsprünge in den Swimmingpool machte oder sich Sonntag früh einfach in ihrem weißen Morgenmantel auf der Couch im Wohnzimmer ausruhte. Seit frühester Kindheit war mir klar, daß sie und ich die beiden sinnlichen Mitglieder unserer Familie waren – und die beiden, deren Emotionen am dichtesten unter der Oberfläche brodelten. Ich konnte es damals nicht in Worte fassen, aber ich wußte es dennoch.

Jetzt denke ich an damals zurück. Ich versuche mich daran zu erinnern, wann sie mich das letzte Mal im Arm hielt. Ich bin mir nicht sicher. War ich wirklich erst fünf oder sechs, damals, als ich mich auf Jimmys Island verirrte? Jimmys Island war ein kleines Wäldchen, das bis zu dem Sumpfland hinter unserem Haus in Connecticut reichte, und an einem Spätnachmittag im Herbst vergaß ich meinen roten Pulli auf einem Zweig, nachdem ich mit einem Freund dort gespielt hatte. In der Abenddämmerung ging ich allein zurück und fand ihn – aber dann, außer Sichtweite unseres Hauses, verirrte ich mich. Die Nacht brach schnell herein, Möwen flatterten in den Bäumen über mir mit den Flügeln, und ich konnte den Heimweg nicht mehr finden. Ich blieb irgendwo stehen und weinte ohne Unterlaß, bis Mom mit einer Taschenlampe kam und mich fand. Sie kniete sich neben mich auf den laubbedeckten Boden, hielt mich fest und schaukelte mich in ihren Armen. Daran erinnerte ich mich jetzt: wie sie mich ganz fest im Arm hielt und erst losließ, als ich es ihr sagte.

Jeder von uns hat Erinnerungen, die er nie jemandem erzählt oder sie niederschreibt. Erinnerungen an Kleinigkeiten vielleicht, die aber aus irgendeinem Grund lebendig bleiben. Hier ist so eine, die ich noch nie erzählt habe, dennoch erinnere ich mich seit vierzig Jahren an sie: Ich bin neun Jahre alt. Meine Mutter fährt Alan und mich in unserem Cabrio nach Maine. Es ist Sommer, das Verdeck ist heruntergeklappt, und wir fahren an einer Baustelle vorüber. Der Fahrer einer Dampfwalze schaut just in dem Augenblick in unseren Wagen, als ein Windstoß Mutters Rocksaum hochwehen läßt und für einen kurzen Moment ihre Schenkel entblößt. Sie zieht den Rock wieder herunter, aber es ist ihr überhaupt nicht peinlich. Statt dessen lacht sie, es scheint ihr zu gefallen. Nach kurzem Zögern lacht auch der Dampfwalzenfahrer.

Während meines Aufenthalts in Moms New Yorker Wohnung stellte ich ihre Entscheidung in Frage, einen guten Job beim Blauen Kreuz für eine vierwöchige Reise nach Indien aufzugeben. Sie hatte zwar Unterricht bei Jerry, dem Leiter der Reise, genommen, war aber keine überzeugte Yoga-Anhängerin.

»Ich habe bereits gekündigt und kann nicht zurück«, erklärte sie. »Außerdem ist das eine wunderbare Gelegenheit. Ich möchte sie nicht verpassen.«

Ich nahm diese unwahrscheinliche Erklärung hin – und fand einige Jahre später heraus, daß sie in Wirklichkeit vom Blauen Kreuz entlassen worden war und sie die Reise als Entschuldigung für ihre »Kündigung« vorgeschoben hatte.

Am Tag ihres Abflugs brachte ich sie in ihrem alten Chevy zum Flughafen. Es war ein heißer Oktobernachmittag, und auf ihrer Stirn lag eine dünne Schweißschicht. Nach langem Schweigen fragte sie: »Liebst du sie noch?«

Ich wechselte auf die rechte Spur und fuhr etwas langsamer. »Ich glaube ja. Manchmal will ich es nicht mehr, aber ich tue es.«

»Wie geht sie mit Janir um?«

»Sie streiten viel, manchmal wie zwei kleine Kinder. Dann ist sie wieder sehr lieb zu ihm. Mal so, mal so.«

Mom starrte auf die heruntergekommenen Häuserzeilen von Queens. »Ihr Vater hat Selbstmord verübt, nicht wahr?«

Ich nickte. »Als sie sieben war.«

»Warum?«

Clarisa hatte mir erzählt, ihr Vater habe nicht verkraften können, daß ihn jemand bei einem Geschäftsabschluß betrogen hatte. Das war noch so eine Erklärung, die ich einfach hingenommen hatte, und jetzt, wo ich sie wiederholte, klang sie auch für meine Ohren unzureichend. Schließlich fügte ich noch hinzu: »Ich weiß eigentlich nicht warum.«

»Vielleicht sollte sie einmal mit jemandem darüber sprechen. Mit einem Psychiater.«

Der Gedanke gefiel mir nicht. Ein kitzliger Punkt zwischen uns: Ich hatte noch nie viel Vertrauen in Moms Therapeuten gehabt. Heute schreibe ich zumindest einem von ihnen zugute, daß er sie während schwieriger Zeiten am Leben hielt. Aber damals stand ich dem ganzen Berufsstand äußerst skeptisch gegenüber.

»Ich zweifele, ob sie dafür lange genug still sitzen könnte«, meinte ich.

»Während ihrer Schwangerschaft wollte sie ja nicht einmal zu einem Gynäkologen.«

Wir fuhren über schlaglochübersäte Highways zum Flughafen. »Wirst du weiterhin Landwirtschaft betreiben?«

»Das würde ich gern.«

»Kannst du davon leben?«

»Vielleicht werde ich nicht gerade üppig leben«, antwortete ich.

Mom rollte ihr Fenster herunter. Sie fühlte sich nicht gut, das konnte ich sehen. »Ich vermute, so geht es den meisten von uns«, sagte sie, »gleichgültig, wieviel Geld wir haben.«

Wir näherten uns dem Flughafen, und der Verkehr wurde zähflüssig. Mom war schon den ganzen Tag unruhig gewesen, nun lehnte sie sich auf ihrem Sitz vor. Sie sah schlecht aus.

»Geht es dir gut?« fragte ich.

Sie griff in eine kleine Handtasche, nahm eine Plastiktüte heraus und übergab sich. Dann knotete sie den Beutel zu und legte ihn auf den Boden hinter ihrem Sitz.

Eine Zeitlang sprach keiner von uns, dann sagte sie: »Ich habe nur ein wenig Angst vorm Fliegen.«

Ich wußte, daß mehr dahintersteckte, aber ich sagte nichts. Sie hatte Angst, ihre sichere Stadtwohnung zu verlassen und mit einer Gruppe von Menschen, die sie nicht kannte, um den halben Globus zu fliegen. Ich fragte mich, ob sie einen Vorrat an rezeptpflichtigen Medikamenten mitgenommen hatte – und ob sie derzeit überhaupt etwas einnahm.

Am Flughafen trafen wir Jerry und die anderen Reiseteilnehmer. Sie sahen alle sehr jung und fit und abenteuerlustig aus – keiner von ihnen, außer Jerry, nahm auch nur die geringste Notiz von meiner siebenundfünfzigjährigen Mutter. Für sie war Mom unsichtbar. Jerry kam zu uns herüber und begrüßte uns, aber er mußte sich weiter um die Organisation kümmern und konnte nicht lange bleiben. Ich fühlte mit ihr. Plötzlich war Virginia Thorndike, die immer eine attraktive und findige Frau gewesen war, die für ›Vogue‹ und ›Life‹ gearbeitet hatte, die mit vierunddreißig wieder aufs College gegangen war, graduierte und dann die medizinische Fakultät besuchte, die Anästhesistin wurde und fünfzehn Jahre lang in der Stadt praktizierte – plötzlich war sie der Doofi, neben dem im Schulbus keiner sitzen will. Während die anderen Reiseteilnehmer plauderten und ihre Ausrüstungen verglichen, stand Mom abseits, ihr Gesicht kalkweiß in der Neonbeleuchtung. Ich fürchtete, sie müsse sich wieder übergeben. Ich wollte nicht, daß sie mir Schande bereitete. Wenn ich mich jetzt daran erinnere, ist es furchtbar. Ich wollte, daß sie ins Flugzeug steigt und nicht vor all diesen Leuten zusammenbricht.

Während sie an jenem Morgen in ihrer Wohnung am Packen war, hatte ich eines ihrer Fotoalben aus dem Regal genommen und durchgeblättert. Dort fand ich in alten Schwarz-weiß-Aufnahmen Beweise besserer Zeiten.

1938, ein Jahr bevor sie meinen Vater traf, steht sie in einem von Philip Johnsons Glashäusern neben dem japanisch-amerikanischen Bildhauer Isamu Noguchi. Mom ist jung, schlank und unsicher. Noguchi ist kleiner, älter und lockerer. Er betrachtet sie gelassen. Ich weiß nur wenig über ihre Beziehung, aber das Foto ist vielsagend. »Ich liebte es, wie er roch«, sagte sie einmal zu mir, »nach Sandelholz.«

Dann ein Schnappschuß aus dem Jahr 1949, den mein Vater mit seiner Leica auf einer verschneiten Straße im österreichischen Lech gemacht hat. Ich bin sieben, und wir drei sind zum Skifahren dort. Mom steht wie eine Eins, die Ski geschultert, einen Anorak flott um die Hüfte gewickelt. Sie hat soeben das Slalomrennen für Touristen gewonnen.

Ein Jahr später überzieht sie mit mir und meinem Bruder Weihnachtsplätzchen mit Zuckerguß: die gleichen Pfefferkuchen, die schon ihre Urgroßmutter im 19. Jahrhundert buk. Mom trägt eine Schürze und lächelt, sie scheint ganz im Familienleben aufzugehen.

Im darauffolgenden Sommer liegen Alan und ich zu beiden Seiten von Mom auf dem Rasen hinter der Kaimauer unseres Hauses in Connecticut. Wir tragen unsere Badekleidung. Wir sind geschwächt von »der Krankheit«, wie wir es nennen: vollgesogen mit Wasser nach geschlagenen fünf Stunden im Long Island-Sund. Mom trägt einen zweiteiligen Badeanzug mit angesetztem Schößchen, der die Kluft zwischen der vernünftigen Mutter und der sinnlichen Frau überbrückt. Sie ist dunkelhaarig, fröhlich und schlank und sieht aus wie die meisten Frauen, zu denen ich mich im Laufe meines Lebens hingezogen fühlte.

Auf dem Flughafen übte sie, ihren Rucksack an- und abzulegen. Es war eine einfache Bewegung, die ich mit einer Hand durchführen konnte, sogar im Dunkeln oder während ich mich an der Haltestange in einem überfüllten Bus festhielt. Aber Mom brachte es einfach nicht zuwege. Sie hob den Rucksack an beiden Riemen hoch und schlüpfte mit einem Arm durch einen hindurch, aber dann schwang der Rucksack, in dem sich viel zu viele Ausrüstungsgegenstände und Kleidungsstücke befanden, von ihrem Arm und fiel zu Boden.

Ich haßte mich für meine Ungeduld. Sie war alt und fett und unbeholfen. Ich versuchte, meine mangelnde Toleranz zu unterdrücken, konnte es aber nicht. Ich wollte, daß sie endlich nach Indien flog und sich inmitten dieser Menge von gesunden jungen Menschen erholte. Meinen ganzen Glauben setzte ich auf diese Fremden.

Mom wollte sich von mir nicht helfen lassen und versuchte es nochmals mit dem Rucksack. Als sie ihn nicht anlegen konnte, ließ sie ihn auf den Boden sinken und setzte sich auf einen der Stühle. »Ich werde es später noch einmal probieren«, sagte sie.

Jerry, so hoffte ich, würde sich in Indien um sie kümmern. Schließlich war sie Ärztin, und sicher war er froh, daß er sie auf dieser Reise bei sich hatte – selbst wenn sie im Moment mehr Hilfe zu brauchen schien als sonst jemand. »Sie sind alle so jung«, sagte sie und sah ihre Mitreisenden an.

Es stimmte mich versöhnlicher, sie so besorgt zu sehen. »Du mußt nicht mitfliegen«, meinte ich. Ich hatte Angst, sie könnte ihre Absichten ändern, aber ich sagte es trotzdem.

»Nein, ich will. Das wird mir guttun. Hör mal, du mußt nicht warten. Der Flug geht erst in zwei Stunden.«

»Ist schon in Ordnung. Ich hab's nicht eilig.«

»Geh schon, John, es wäre dumm zu warten. Mir geht es gut, ehrlich.«

Es ging noch eine Weile hin und her, dann umarmte ich sie und verabschiedete mich. Es war mir unangenehm, sie in der Öffentlichkeit zu umarmen. Doch wahrscheinlich hätte ich mich auch unwohl gefühlt, meine Arme um ihre gewaltigen Schultern zu legen, wenn wir allein gewesen wären. Ich glaube, keiner von uns hat sich je an die Veränderungen ihres Körpers gewöhnen können.

»Du bist ein wundervoller Sohn«, erklärte sie.

Ihre Worte waren mir peinlich – doch nur eine Stunde später, als ich den Tränen nahe auf dem Sofa in ihrer Wohnung lag, sollte ich mich an diese Worte klammern, sie sogar laut vor mich hinflüstern.

Nach unserer Umarmung auf dem Flughafen drehte ich mich

um und ging. Hinter der nächsten Ecke blieb ich stehen, wartete einen Moment und blickte verstohlen in die Abfertigungshalle zurück. Sie stellte sich bereits dem jungen Paar neben ihr vor. Sie schüttelten sich die Hand und unterhielten sich. Die beiden jungen Leute trugen Polohemden und Shorts. Mom war in einen übergroßen Trainingsanzug gehüllt, und ihr Kopf wackelte leicht beim Sprechen, was sie älter wirken ließ. Aber das Pärchen schien interessiert, nicht einfach nur höflich. Wahrscheinlich erzählte sie ihnen gerade, daß sie Narkoseärztin war. Das war eine ihrer Visitenkarten, und sie setzte sie unbekümmert ein. Als angestellte sowie als freischaffende Ärztin hatte sie Hunderte, vielleicht Tausende von Operationen hinter sich gebracht, und gelegentlich kam sie nach Hause und erzählte meinem Bruder und mir elektrisierende Geschichten: Einmal hatte sie einen Patienten gerade in Narkose versetzt, als der Chirurg mit seinem Daumen die Herzwand des Patienten durchstieß. Der ganze Raum war mit hauchzarten Blutspritzern übersät, bis der Riß genäht war.

Sie hatte jede Menge guter Geschichten auf Lager. Am 7. Dezember 1941 speisten sie und mein Vater mit Henry und Clare Boothe Luce. Henry war der Gründer von Time, Inc. und der Chef meines Vaters bei ›Life‹. Clare war Theaterautorin, später Botschafterin in Italien. Mitten während des Essens trat der Butler mit einem gefalteten Stück Papier auf einem silbernen Tablett ein. Es war die Nachricht von Pearl Harbor – und er brachte sie direkt zu Clare, nicht zu Henry. Meine Mutter liebte diese Geschichte.

Dann konnte sie zur Abwechslung von dem Gangster erzählen, mit dem sie vor noch gar nicht so langer Zeit ausgegangen war, ein Sizilianer, ganz in schwarz gekleidet, der in ihrem Haus wohnte und sie zweimal mit zum Hunderennen nach Jersey genommen hatte. Er trug sein Bargeld, ein dickes Bündel Hunderter, in seiner rechten Jackentasche, wo es, wie Mom es nannte, »eine unschöne Ausbeulung« verursachte.

Wie sie sich in den letzten zehn Jahren an ihr Leben geklammert hatte. Es schmerzte mich, sie zu beobachten: Sie traf sich immer noch mit Menschen, zeigte sich immer noch von ihrer besten Seite und kämpfte dennoch immer gegen die Verzweiflung an.

Schließlich drehte ich mich um und ging. Ich sah sie niemals wieder.

Von New York fuhr ich per Anhalter nach Boulder. Wir hatten jetzt 1972, die Revolution stand in voller Blüte, und meine Mitfahrgelegenheiten waren bemalte Lieferwagen, ausgediente Leichenwagen und ein Bus voller Jünger eines Mannes namens »Michael World Peace« aus Missouri.

In Boulder wohnte ich bei Bruce und half ihm, den Rohbau eines Hauses zu errichten. An den Abenden unterhielten wir uns ausführlich über Clarisa, die Ehe und Liebeskummer. Ich schob meine Abreise immer weiter hinaus, weil mir schon viel zu lange ein Freund gefehlt hatte, mit dem ich über alles sprechen konnte: ein alter Freund aus meiner eigenen Welt.

Nach zwei Wochen überraschte Mom mich mit einem Anruf aus New York. Sie war in Indien erkrankt und schon früher nach Hause zurückgekehrt. Sie hatte den Flieger von Neu Dehli nach Kairo genommen und es dort allein geschafft, in das Flugzeug nach New York umzusteigen, aber als sie am Flughafen eintraf, war sie bewußtlos. Ein Krankenwagen brachte sie ins Presbyterian Hospital, und jetzt klang sie wieder erholt. Das tat sie immer, wenn sie aus einem Krankenhausbett oder der Wartehalle einer Klinik anrief, weil sie dann stets nüchtern war.

In derselben Nacht rief ich Clarisa in San Salvador an. Sie war ausgegangen, aber Paquita gab mir Janir an den Hörer. Schon bevor er an den Apparat kam, hörte ich ihn plappern – aber dann verstummte er plötzlich. Ich sagte ihm, ich sei sein Dad und würde bald zurückkommen, aber er sagte immer noch nichts. Paquita ließ mich wissen, daß es ihm gut ginge, daß er und sein Vetter Frankie sich großartig amüsierten. Wir vermieden es, über Clarisa zu sprechen und wie es ihr ging. Es schmerzte schon so genug, wenn ich an Janir dachte.

Eine Woche später, an meinem dreißigsten Geburtstag, rief Mom mich wieder an, diesmal aus ihrer Wohnung. Schon bei ihren ersten Worten konnte ich hören, wie undeutlich sie sprach. Sie hätte mir ein Geschenk geschickt, erzählte sie – aber ich unterbrach sie.

»Du bist betrunken«, klagte ich.

»Das bin ich nicht. Ich darf nicht trinken, ich nehme Beruhigungsmittel.«

»Dann sind es die Pillen. Schau, Mom, ich kann es doch hören. Ich merke es immer. Warum rufst du mich in diesem Zustand an?«

»Es ist dein Geburtstag«, meinte sie.

Das war mir egal. Ich wollte es nicht hören. Lange Zeit sprach keiner von uns. Dann sagte sie schließlich: »Ich weiß, ich habe ein paar Fehler gemacht, aber dich und Alan zu bekommen, war das Beste, was ich in meinem Leben je zustande gebracht habe.«

Sogar dafür hatte ich mein Herz verschlossen. Ich wollte kein rührseliges Geschwätz. Na gut, sie sagte mir also wie so oft, daß sie mich liebte, daß ich ein gutaussehender junger Mann war, daß Alan und ich wunderbare Söhne wären. Sie war schon zu oft betrunken und unter Tabletteneinfluß gewesen, als daß ich so leicht nachgegeben hätte. Ich wollte, daß sie die ganze Arbeit erledigte, daß sie mich auftaute, und damit bewies, daß sie mich liebte, nachdem sie soviel angerichtet hatte.

Zwei Tage später rief Nana mich an, kurz nachdem ich von der Arbeit kam. »John«, sagte sie, »deine Mutter ist letzte Nacht gestorben.«

Ich sackte gegen die Küchentheke und schloß meine Augen. Vor diesem Augenblick hatte ich mich gefürchtet. Nana und ich hatten oft darüber gesprochen: daß Alkohol und Beruhigungstabletten eine tödliche Kombination seien und daß es eines Tages geschehen könnte. Aber ich hatte nie wirklich daran geglaubt. Mom und ich hatten doch erst vor kurzem miteinander gesprochen: Erst zwei Tage zuvor hatten wir uns unterhalten, als ob wir ewig Zeit hätten, als ob uns noch viele Jahre blieben.

»John?« fragte Nana.

»Ja, ich bin hier. Es geht mir gut.« Ich war noch nicht verzweifelt, nur geschockt.

»Ganz sicher?« hakte sie nach.

»Erzähl mir alles«, verlangte ich.

Eine Freundin hatte sie auf dem Boden ihres Wohnzimmers gefunden. Sie war dort ohnmächtig geworden – oder hatte sich einfach hingelegt und war eingeschlafen. Ihr Körper wirkte friedlich, und es gab weder einen Abschiedsbrief noch sonst einen Hinweis, daß sie es vorsätzlich getan haben könnte.

Ich ging in der Küche in Boulder auf und ab und zog die Telefonschnur hinter mir her. Nach alldem, was sie in den letzten zehn Jahren durchleiden mußte, sagte Nana, war es auf gewisse Weise so am besten. Ich wußte, daß sie recht hatte.

In dieser und der nächsten Nacht weinte ich nicht. Ich spürte nur den Schock und das schuldbeladene Gefühl von Erleichterung. Der Kummer kam später: die Jahre, in denen ich sie jeden Tag vermißte.

Die Autopsie zeigte schließlich, daß Mom drei verschiedene rezeptpflichtige Medikamente genommen hatte. Aber ich glaube nicht, daß sie sich umbringen wollte. Sie wollte nur das Bewußtsein verlieren. Schon früher hatte sie mit Tabletten experimentiert, und wahrscheinlich glaubte sie als Ärztin zu wissen, wie weit sie gehen konnte. Aber sie hatte sich geirrt und die Grenze überschritten. Als mein Bruder ihren Badezimmerschrank ausräumte, fand er Magnumfläschen mit Seconal, Valium, Librium und anderen Tranquilizern. Sie hatte diese Hilfsmittel gegen Elend und Depression regelrecht gehortet und war so lange zwischen wachem Bewußtsein und Vergessen hin und her gewechselt, daß sie das Gespür für die Gefahr dabei verloren haben mußte.

Ich flog zurück nach New York, traf mich dort mit Dad und Alan, und wir holten Moms Asche aus der Aussegnungskapelle ab. Sie gaben uns die Asche in einem schmucklosen Behälter mit einem Druckverschluß, wie eine Farbdose ohne Aufdruck. Dad trug den Behälter auf die Straße, und wir standen in dem schwachen Sonnenlicht der Stadt, unsicher, was wir als nächstes tun sollten. Wir gingen essen, sprachen jedoch nicht viel. Ich glaube, jeder von uns sorgte sich um die anderen beiden. Das Gewicht des Behälters überraschte mich, und als Al und ich allein damit auf ein paar Stufen in der Park Avenue saßen, öffneten wir den Deckel mit einer Münze. Es war gar keine Asche, sondern Kalziumfragmente von Knochen und Zähnen. Ich griff hinein, holte ein paar Stücke heraus und schlug damit gegen den Rand des Behälters. Al betrachtete sie nüchtern, völlig ausdruckslos. Ich drückte den Deckel wieder zu, und wir gingen zu Fuß weiter, während auf der Straße zahlreiche Taxis an uns vorbeirollten. Wie merkwürdig, gerade so etwas durch Manhattan zu tragen. Was wäre, scherzte ich, wenn ein Straßenräuber sich mit der Dose auf und davon machte? Wir schmunzelten darüber, lachten sogar. Hilfe, er hat unsere Mutter gestohlen! Es war eine Farce, es war lächerlich. Es war leichter, als zu weinen.

Drei Tage später hielten wir eine Gedenkfeier ab, am Strand von Sagaponack, am östlichen Ende von Long Island. Nichts Religiöses, denn keiner von uns war Kirchgänger. Es ähnelte mehr einer Quäker-Versammlung, bei der alle, die etwas sagen wollten, aufstanden und es sagten. Ich wartete bis zum Schluß, dann erzählte ich, daß meine Mutter diesen Strand von allen anderen am liebsten hatte; wie wir hier seit 1949 immer wieder herkamen, wie unsere alljährlichen Picknicks mit Freunden aus dem nahegelegenen Sag Harbour zu Meilensteinen meines eigenen Glückes wurden.

Es war November, aber warm. Die Trauernden standen im Kreis am Strand, dreihundert Meter vom Parkplatz entfernt. Ich hatte sie alle zu Moms Lieblingsbucht laufen lassen.

Was ich eigentlich sagen wollte, aber nicht konnte, war, daß meine Mutter die Hölle durchlaufen hatte. Niemand hatte darüber gesprochen oder es auch nur erwähnt. Das Glätten und Polieren ihrer Lebensgeschichte hatte bereits begonnen, und die Qual ihrer letzten Jahre schien unaussprechlich: ihre Einsamkeit und ihre Depressionen, der Schock, alt zu werden, und die Angst, nie wieder eine Liebesgeschichte zu erleben.

Al und ich öffneten die »Farbdose« und warfen den Inhalt ins Meer. Die Stücke versanken und hinterließen nur winzige Kräusel auf dem Wasser. Wir näherten uns den Uferwellen, wie wir es als Kinder getan hatten, und sprangen zurück, wenn eine auf uns zukam. Und dann hörte ich mit dem Springen auf: Ich wollte meinen Widerstand brechen lassen, und ich wollte, daß es durch das Meer geschah. Ich umklammerte die Dose und marschierte in die Wellen hinein, meine Schuhe versanken im Sand, während das Wasser gegen meine Knie klatschte. Ich stand am Rand des grauen, leeren Ozeans, schluchzte schließlich auf, warf den letzten Rest der Asche hinaus und ließ mich vom Wasser umspülen. Ich bewegte mich erst wieder, als Dad ins Wasser kam, seinen Arm um meine Schulter legte und mich zurück an den Strand führte.

Ein Gedanke hatte meine Tränen fließen lassen: Sie hatte niemals Janir getroffen.

SECHS

Ich flog zurück nach Boulder und kaufte einen Pickup, mit dem ich nach El Salvador fahren wollte. Mir war nicht klar, was ich dort tun würde, aber ich wollte zu meiner Familie zurück.

Ein paar Tage vor meiner Abreise aus Colorado rief Paquita mich an und erzählte mir, daß sie Clarisa in eine Privatklinik für psychisch Kranke hat einweisen lassen. »Ich mußte es tun«, erzählte sie. »Sie hat sich vollkommen verrückt benommen. Die Behandlung dauert nur zehn Tage, und ich glaube, es geht ihr bereits besser.«

»Was meinst du mit verrückt?«

»Du kennst doch Clarisa. Ihre Gedanken sind zügellos.«

Ich war mir gar nicht so sicher, ob das wirklich ein Grund war, sie einzusperren. »Was ist mit Janir?« fragte ich.

»Feliz«, erklärte Paquita kurz angebunden. Glücklich. Aber dem Klang ihrer Stimme nach hielt ich Zweifel für angebracht.

Seit meiner Rückkehr aus New York bewegte ich mich wie in Zeitlupe. Die Welt schien unverändert, aber meine Mutter war nicht mehr ein Teil davon. Ich schloß mich dem Bauarbeitertrupp von Bruce an, aber ich machte zu viele Fehler. Eines Tages beim Mittagessen verabschiedete ich mich von Bruce, fuhr zurück zu seinem Haus, warf meine Tasche in den Pickup und machte mich auf den Weg nach Mittelamerika. Ohne Lebensmittel, Wasser oder Straßenkarten fuhr ich los, überquerte bei El Paso die Grenze und war Tag und Nacht durch die Weiten von Mexiko unterwegs. Ich aß an den Taco-Imbißbuden am Straßenrand und schlief auf ein paar alten Decken im Pickup. Die Schlaglöcher in den Straßen setzten dem großen Chevy schwer zu, und mich zermalmte die Erkenntnis, daß ich meine Mutter niemals wiedersehen würde.

Und was wäre, wenn Janir etwas geschehen würde?

In den engen Straßen der Colonia Cucumacayán hatte sich wenig verändert. Als ich vor Paquitas Haus vorfuhr, war Clarisa der erste Mensch, den ich sah: Sie stand in der Tür, schälte eine Orange und begann sie zu verspeisen.

»Hallo, Clarisa.« Ich parkte und sprang aus dem Wagen.

»Qué tal?« fragte sie kühl, als ob ich nur wenige Tage und nicht zwei Monate fortgewesen wäre. Sie warf einen Teil der Schale auf die Straße und aß einen weiteren Schnitz der Orange. Ich ging um den Lastwagen herum und umarmte sie.

»Wie geht's Janir?« fragte ich.

»Janir«, rief sie gleichgültig über ihre Schulter. *»Ven, aqui está tu papá.«* Janir kam auf nackten Füßen herangelaufen. Er war gewachsen. Bei meinem Anblick blieb er stehen. Er griff sich den Saum von Clarisas Rock, versteckte sich hinter ihr und lugte zu mir hervor. Als ich mich zu ihm hinkniete, trat er einen Schritt zurück. Er fürchtete sich vor mir.

»Janir« sagte ich, *»soy tu papá«*. Sein Haar war lang und seiden und von der Sonne ausgebleicht. Sein Gesicht hatte ausgeprägtere Konturen. Er war jetzt ein kleiner Junge, zweieinviertel Jahre alt. Janir zog am Rock seiner Mutter. *»Mamá«*, sagte er. *»Vamos a la tienda.«*

Erstaunlich! Als ich weggefahren war, hatte er kaum ein Wort gesprochen, und nun kamen schon ganze Sätze. Er wollte zum Laden gehen. »Er liebt Gebäck«, erklärte Clarisa.

»Komm«, sagte ich und streckte meine Hand aus, »laß uns Gebäck holen.« Aber er wollte nicht von seiner Mutter weg. Sie setzte ihn mit einem Schwung auf ihre Hüfte, und wir gingen die Straße hinunter zu einem Laden an der Vorderseite eines Wohnhauses. Janir zeigte auf ein süßes Stückchen, und ich kaufte es für ihn. Ich wollte ihn in meine Arme nehmen, ihn halten, sein Haar riechen und spüren, wie schwer er war. Das konnte ich vergessen: Er wollte nicht einmal das süße Stückchen aus meiner

Hand nehmen. Ich mußte es Clarisa reichen, die es daraufhin ihm gab. Er aß langsam, beobachtete mich aus ihren Armen. Er wirkte nicht nur schüchtern, sondern ablehnend. Ich war zu lange fortgewesen.

»He, Kumpel«, sagte ich zu ihm. »Ich bin dein Dad. Ich werde von nun an immer bei dir bleiben!«

Wir gingen zu meinem Wagen zurück, wo Clarisa ihn auf die Ladefläche setzte. Er schien dort entspannter und erforschte meine beiden alten Taschen. »Wie ist es dir ergangen?« fragte ich Clarisa. »Ich habe gehört, du warst im Krankenhaus.«

»Das war ein Einfall meiner Mutter. Sie hätte Janir am liebsten ganz für sich. Sie will ihn so erziehen, daß er wie alle anderen wird.«

Ich sprach es zwar nicht aus, aber allmählich kam mir der Gedanke, daß das gar keine so schlechte Idee wäre. Ich fragte sie, ob sie im Krankenhaus Gespräche mit irgendwelchen Ärzten gehabt hatte.

Clarisa ignorierte die Frage. Sie lehnte sich gegen den Wagen und starrte mich an. »Hat deine Mutter sich umgebracht?«

Ich hatte das Gefühl, als ob sie mir ins Gesicht geschlagen hätte. Ich starrte sie an, aber sie wich nicht zurück, sie wartete nur auf eine Antwort.

»Es wurde noch keine Autopsie durchgeführt«, erklärte ich. »Sie haben Gewebeproben eingefroren. Es gibt keinen Abschiedsbrief. Ich glaube, sie ist im Schlaf gestorben.«

»Mein Vater war ein großartiger Mann«, sagte Clarisa. Sie stemmte ihre Hände auf die Hüften und bedachte mich mit einem wilden Blick. »Daß du es ja nie wagst, ihn zu verurteilen.«

Ich wußte, worauf sie abzielte: Nun hatten wir beide ein totes Elternteil, und beide waren durch Selbstmord gestorben.

Janir beobachtete uns vom Lastwagen aus. Er verstand kein Englisch, aber er sah, daß wir uns stritten, und er rief nach Clarisa, damit sie ihn hochnimmt. Ich langte ins Führerhaus und zog das erste von mehreren Geschenken heraus, die ich ihm gekauft hatte: einen altmodischen Schachtelteufel. Ich ließ ihn ein paar Mal herausspringen, dann bat ich Clarisa darum, und schließlich probierte Janir es selbst. Er ging sorgfältig mit dem Spielzeug um, ernsthaft, als habe er vergessen, wie man spielt.

Den Rest seiner Geschenke packte ich in den nächsten Tagen aus: kleine Lastwagen, Bulldozer und Schaufelbagger – Spielzeuge, die ich selbst als kleines Kind geliebt hatte. Er stellte sie in einer Reihe auf dem Wohnzimmerboden auf und rollte sie eine Zeitlang vor und zurück, aber sehr begeistert war er nicht. Wahrscheinlich war er zu klein dafür. Am Ende fand ich im Ort einen Spielwarenladen und kaufte ihm ein paar Stofftiere und einen großen weichen Sitzsack, auf dem er gerne herumsprang. Ich kaufte mir sein Vertrauen zurück, das war mir klar, aber Tatsache war, zumindest in gewissem Maße, daß es gekauft werden konnte.

Im Anschluß an das erste Abendessen nach meiner Rückkehr brachte Clarisa Janir ins Bett und kam danach nicht mehr aus ihrem Zimmer. Paquita und ich gingen spazieren, bummelten schweigend durch die Straßen der unmittelbaren Nachbarschaft. Es war warm, und überall standen die Türen auf. Zwei alte Männer spielten unter einer Straßenlaterne Schach und ignorierten die flatternden Motten. Der *sereno*, der private Schutzmann, fuhr auf einem alten Fahrrad Patrouille und blies in seine hohe Pfeife, um sowohl Diebe als auch Einwohner wissen zu lassen, daß er seiner Arbeit nachging.

»Hat man ihr Medikamente gegeben?« fragte ich.

»Ja. Um sie ruhigzustellen.«

»Aber keine Elektroschocks?«

»Nein, nein, ihr Geist sollte sich nur einmal ausruhen können.«

»Von was?« fragte ich.

»Von all ihren verrückten Vorstellungen. Sie ist bei allem gegenteiliger Ansicht. Nichts kann sie wie eine normale Mutter tun. Sie hat dafür einfach keinen Instinkt.«

Ich erinnerte Paquita daran, wie aufmerksam sich Clarisa Janir gegenüber gezeigt hatte, als er noch jünger war. Paquita ließ mich ausreden, aber ihre Ansicht war schon unverrückbar fest.

An der Hauptstraße nahm sie mich am Arm. »Wenn du mit Clarisa eine gemeinsame Wohnung mietest, solltet ihr Janir nicht mit euch nehmen«, sagte sie. »Bei mir wird es ihm besser gehen, da ist immer jemand, der ein Auge auf ihn hat.«

Ich war mir nicht sicher, ob wirklich eine Gefahr bestand. Als ich zögerte – nicht bereit, Paquita zu versprechen, daß ich Janir bei ihr lassen würde –, ließ sie noch ein paar Andeutungen fallen. Sie sei nicht in der Lage gewesen, ihre Tochter zu kontrollieren, erzählte sie . . ., und vielleicht gebe es da auch andere Männer.

Das könnte der Grund sein, warum Clarisa mir einen so kühlen Empfang bereitet hatte, dachte ich. Aber anstatt eifersüchtig zu sein, fühlte ich mich nur taub und erschöpft. Ich stand immer noch unter dem Eindruck des Todes meiner Mutter und des Wiedersehens mit Janir, der sich vor mir zu fürchten schien.

Ich verbrachte einige Nächte auf der harten Couch in Paquitas Wohnzimmer. Eine lächerliche Situation, wie ich meinte: Ich war verheiratet, konnte aber nicht mit meiner Frau schlafen. Ich durfte sie nicht einmal berühren, und nachts schloß sie sich immer mit Janir ein. Ich wollte sie in den Arm nehmen, wollte mit ihr über meine Mutter und die Bestattung sprechen, doch sie war nicht interessiert.

Hatte andererseits ich eine Ahnung davon, über was *sie* sprechen wollte? Nein. Wie unterschiedlich alles im Rückblick aussieht, und wie deutlich erkennbar meine eigenen Fehler heute sind, wie ein Relief.

Drei Tage später mietete ich eine Wohnung in einem tristen Teil der Stadt. Mittags, als ich sie mietete, schien sie ganz in Ordnung, aber als ich am selben Abend mit meinem Gepäck und einer Baumwollmatratze anrückte, wirkte alles schäbig. Ich rollte die Matratze auf dem staubigen Fliesenboden aus und legte mich, den Tränen nahe, hin. Ich dachte an meine Mutter: Gott sei Dank konnte sie mich jetzt nicht sehen. Aber natürlich konnte sie es vielleicht doch.

Clarisa schien es nicht zu kümmern, wo ich lebte oder wie oft ich vorbeischaute. Sie wollte Geld, um ein Auto zu kaufen. Als ich mich dieser Idee widersetzte, wollte sie sich den Pickup von mir ausborgen. Der Chevrolet war schwer zu handhaben und wog fast eine Tonne; ich wollte ihn ihr nicht anvertrauen. Ihr kalifornischer Führerschein war abgelaufen, also sagte ich ihr, sie solle sich eine salvadorianische Fahrerlaubnis besorgen, dann würde ich es mir überlegen. Das machte sie wütend – denn wir wußten beide, daß ein Führerschein in El Salvador nicht so einfach zu bekommen war wie in den Vereinigten Staaten. Ich hielt sie nur hin, und sie wußte das.

Ich verdingte mich ohne Arbeitserlaubnis als Englischlehrer und gab abends ein paar Unterrichtsstunden. Außerdem transportierte ich Obst mit meinem Freund Julio Torres. In der Morgendämmerung fuhren wir zum Hof seines Onkels, füllten den Pickup mit Orangen, Grapefruits oder Melonen und brachten sie zum Großhandelsmarkt in der Stadt. Es war ein riskantes Unternehmen – der Pickup hatte Nummernschilder aus Colorado, und jeder hätte mich der Einwanderungsbehörde melden können –, aber ich liebte die Geschäftigkeit und das Feilschen, und die Chance zu beweisen, daß ich Geld verdienen konnte.

Ich arbeitete auch gern auf dem Markt, weil wir um elf am Vormittag fertig waren und ich Janir jeden Tag von seiner Vorschule abholen konnte. Paquita hatte die Schule ausgewählt, weil dort größter Wert auf Schicklichkeit und Anstandsformen gelegt wurde – Eigenschaften, die, wie sie hoffte, Clarisas »Formfehler« als Mutter ausgleichen würden. Jeden Tag kurz vor Mittag versammelte sich eine Schar Hausmädchen vor dem imposanten alten Gebäude, um ihre Schutzbefohlenen abzuholen, während wir, die wir im Auto kamen, in zwei Reihen auf der Straße parkten. Ich hatte mir Haare und Bart schneiden lassen und zog jeden Tag nach dem Säubern des Pickup ein frisches Hemd an. Bald kannten alle Mädchen, die an der Schule arbeiteten, den Gringo-Vater mit dem großen, weißen Auto. Sie machten sich stets viele Umstände mit Janir, und ich war nicht der einzige, der dachte, er sei das süßeste Kind weit und breit.

Paquita brachte ihn jeden Morgen auf dem Weg zu ihrem Unterricht zur Schule, nachdem sie ihm ein sauberes, gebügeltes Hemd mit einem kleinen, am Kragen befestigten Taschentuch angezogen hatte. Die ersten Male, als ich ihn abholte, sah er mich auf der Heimfahrt kaum an. Aber nach ein paar Tagen freundete er sich mit dieser Situation an, und schon bald schüttelte er das Mädchen ab, das ihn zur Straße begleitete, und krabbelte ganz allein in den Wagen. Auf der Heimfahrt plauderte er auf Spanisch, und in der zweiten Woche lehnte er sich an mich und half mir mit der Gangschaltung. Kindersitze waren in El Salvador in jenen Tagen unbekannt, und keiner machte sich die Mühe, für eine kurze Fahrt durch die Stadt einen Sitzgurt anzulegen.

Das Mittagessen wurde serviert, sobald wir zu Paquita kamen. Manchmal war Clarisa anwesend, meistens jedoch nicht. Wenn sie fehlte, wurde sie von niemandem erwähnt. Nach dem Essen legten Janir und ich uns auf die immer frisch gewischten Fliesen im Wohnzimmer und spielten mit ein paar Holzblöcken, die ich ihm aus nicaraguanischer Zeder geschnitzt hatte. Oder ich trug ihn aufs Dach, und wir sahen zu, wie die Tauben von Haus zu Haus flogen. Er warf seine Arme um meinen Hals und ließ sich von mir halten.

Wenn ich Clarisa fragte, wo sie ihre Tage verbrachte, antwortete sie ausweichend. Und ich drängte sie nicht. Ich fürchtete mich vor dem, was ich möglicherweise hören würde. Es war leichter, ihr wegen ihrer inneren Distanz zu grollen und mich ganz auf die Arbeit und die Sorge um das Kind zu werfen.

Janir und ich verbrachten die Nachmittage zusammen. Um ein Uhr hielten wir während der drückenden Hitze Siesta. Danach duschten wir, um wieder wach zu werden, und unternahmen Expeditionen im Chevy. Janir liebte den Pickup. Wir fuhren durch die Stadt zu einem öffentlichen Freibad, hinaus zum See am Ilopango oder zu den grünen Gipfeln an der »Teufelstür«. Manchmal war er auf der Heimfahrt müde und schlecht gelaunt. Er verlangte nach seiner Mutter und einer Art elementarer Tröstung, die ich ihm nicht geben konnte. Dann wieder rollte er sich auf meinem Schoß ein oder legte sich mit dem Kopf auf meine Oberschenkel und streckte seine braunen Beinchen auf dem Sitz aus.

Auf einem unserer Ausflüge kamen wir an ein paar Elefanten vorbei, die durch die Straßen der Stadt marschierten. Jeder hatte den Schwanz des Elefanten vor ihm mit seinem Rüssel umklammert. Sie warben für einen Zirkus, dessen Plakate seit einer Woche an Mauern und Laternen klebten. Ich fuhr so nahe an den Elefanten vorbei, wie ich konnte, dann parkte ich und hob Janir auf die Ladefläche, damit er die großen Tiere vorbeitrampeln sah. Janir konnte sich nicht bremsen, und in überschäumendem Glück sprang er auf und ab. »*Elefante-camello!*« schrie er. »*Elefante-camello!*«

Aus einem seiner Bücher hatte er irgendwie zwei Tiere zu einem einzigen vermengt: ein Elefantenkamel. Er sprang in meine Arme und umarmte mich ganz beseelt: »*Mira, papi, qué chulo los elefante-camellos!*« Seine Begeisterung bei ihrem Anblick war zu groß, als daß ich ihn verbessern mochte, also sang er, als ich ihn am Samstag nachmittag mit zum Zirkus nahm, immer noch wie eine Art Mantra: »*Elefante-camello, elefante-camello, elefante-camello!*«

Clarisa, die Janir gegenüber früher so aufmerksam war, kam und ging jetzt, ohne ihn weiter zu beachten. In den meisten Nächten schlief er immer noch in ihrem Bett, aber für gewöhnlich hatte sie das Haus schon verlassen, wenn ich ihn nach der Schule heimbrachte, und häufig kehrte sie erst zurück, nachdem ich mich abends auf den Weg zu meinem Unterricht gemacht hatte. Ich fragte sie erneut nach ihren Plänen. Was tat sie den ganzen Tag? Wohin ging sie?

»Ich bin in einer Klasse bei Ricardo Aguilar«, erklärte sie.

»In Malerei?«

Sie verschränkte die Arme über der Brust. »Wir sind eine Gruppe, und wir malen jeden Tag.«

»Und ihr raucht Hasch?«

Sie sah mich nur an.

»Wir sind immer noch verheiratet«, sagte ich. »Denkst du hin und wieder auch mal daran?«

»Wenn wir verheiratet sind, warum bist du dann so geizig? Warum kaufst du mir keinen Wagen? Du hast doch selbst einen.«

»Den Pickup brauche ich für meine Arbeit.«

»Du spielst damit.«

»Ich fahre mit Janir spaziren.«

»Du hast genug Geld«, erklärte sie. »Warum bist du nur so verdammt knauserig?«

Ich hätte ihr problemlos einen Wagen kaufen können, das stimmte. Aber ich hatte Angst davor. Ich dachte, sie würde ausrasten, wenn sie ein Auto hätte, würde überall hinfahren und eines Tages einfach nicht wiederkommen.

»Clarisa«, sagte ich, »laß uns herausfinden, was wir als nächstes tun sollen.«

»Finde du es heraus. Ich will ein Auto.«

Mein Geld lag in New York auf der Bank. Unser Geld. Sie hatte jedes Recht, mich um ein Auto zu bitten, aber in diesem Punkt hatte ich die Kontrolle über sie, und ich hatte Angst davor, meine Kontrolle aufzugeben. Paquita stand auf meiner Seite und mahnte mich ständig, Clarisa keinen Wagen zu kaufen. Sie sah eine Katastrophe voraus, wenn ich Clarisa jemals hinter ein Lenkrad ließe.

Janir war jetzt zweieinhalb Jahre alt und klammerte sich immer noch sehr an seine Mutter. Wenn sie nach Hause kam, ließ er alles und jeden stehen und liegen, einschließlich meiner Wenigkeit, und rannte zu ihr. Aber sie reagierte immer zurückhaltender auf ihn. Sie ließ ihn an sich hochkrabbeln, sah jedoch zur Seite, wenn er seine Arme um ihren Hals schlang, mit ihrem Haar spielte oder seine Finger in ihre Ohren bohrte. Ihre Passivität machte ihn nur noch hektischer.

Ich enttäuschte Paquita immer mehr, die glaubte, es sei meine Aufgabe, Clarisa gegenüber meine Autorität auszuspielen. Doch das konnte ich nicht. Ich konnte mich weigern, ihr einen Wagen zu kaufen, aber ich konnte nicht darauf bestehen, daß sie mir ihre Zuneigung schenkte. Und nach einer Weile war ich zu stolz, darum zu bitten. Ich begehrte sie immer noch, aber ich wollte eher verdammt sein, als einen Annäherungsversuch zu unternehmen. Laß sie den ersten Schritt tun, dachte ich. Aufgrund ihrer Kälte schuldete sie mir das.

Wenn ich nicht durch meine eigene Unsicherheit so blind gewesen wäre, hätte ich möglicherweise erkannt, daß Clarisa dringender Hilfe brauchte als ich. Statt dessen zog ich mich in meine Schale aus verletztem Stolz zurück. Ich hatte dasselbe getan, als meine Mutter mich mit ihren Depressionen und durch ihren Medikamentenmißbrauch verletzt hatte.

Clarisa kam eines Nachts zu spät zum Abendessen nach Hause. Sie trug eine alte Bluse und einen langen Zigeunerrock, roch nach Hasch und vermied den Blickkontakt mit mir oder Paquita. Janir krabbelte von seinem Stuhl und lief auf sie zu, aber Paquita ließ Clarisa nicht in die Küche.

»So wirst du nicht an meinem Tisch sitzen«, erklärte sie. »Du siehst aus wie eine Wegelagerin.«

»Schau dich doch selbst an«, fauchte Clarisa. »Du wirst mir nicht sagen, wie ich mich anzuziehen habe.«

»Solange du in meinem Haus lebst, werde ich das sehr wohl. Und solange ich mich um deinen Sohn kümmere.«

»Dann bringe ich ihn eben *woanders* hin!« schrie Clarisa. »Du versuchst ja schon lange, ihn mir zu stehlen.« Sie wirbelte zu mir herum. »Gib mir Geld. Ich finde schon einen Platz für mich.«

Paquita hob warnend einen Finger. »Untersteh dich«, sagte sie zu mir. Janir zerrte am Rock seiner Mutter, weinte und klammerte sich an sie. Schließlich hob Clarisa ihn hoch und verschwand in ihrem Zimmer. Nach einer Weile beruhigte Janir sich, und wir hörten, wie seine Mutter ihm leise Kinderlieder auf Spanisch und Englisch vorsang.

Paquita und ich saßen peinlich berührt am Küchentisch. Sie klopfte nervös mit dem Schuh auf den Fliesenboden. Wir sahen einander an und wendeten dann den Blick ab. Clarisa hatte immer noch Mutterrecht, und keiner von uns war bereit, ihr das abzusprechen.

Eine Woche später badete ich Janir in der freistehenden Wanne im Waschraum. Die Ecken der Wanne waren gefließt, aber eckig, und ich hielt ihn fest, damit er nicht hinfallen konnte. Seit meiner Rückkehr hatten wir zusammen nicht viel zu lachen gehabt, aber jetzt holten wir das so richtig nach. Er quietschte, als ich Wasser über ihn goß, und sprang auf und ab, während ich sein Haar shampoonierte.

»Wasserbaby«, sagte ich.

»Soy muchacho«, rief er, *»y tú eres nino.«* Er war der Junge und ich das Baby. Er griff mit einer seifigen Hand nach meiner Nase, schlängelte sich in meinen Armen und spritzte mein Hemd naß. Wie ich dieses ausgelassene Kind vermißt hatte! Ich lehnte mich vor und gab ihm einen schlabberigen Kuß auf seinen Bauch: Blubb-blubb-blubb.

Er wurde still. Ich dachte schon, er hätte den Kuß nicht gemocht – aber ein Schatten hatte sich über sein Gesicht gelegt, und er starrte zur Tür.

»Ich nehme ihn«, erklärte Clarisa und trat ein. Gehorsam streckte Janir ihr seine Ärmchen entgegen. Sie glitt zwischen uns und hob ihn hoch.

»Laß mich ihn noch abspülen«, sagte ich. »Sein Haar ist voller Shampoo.«

Sie ignorierte mich und trug ihn in die Küche. »Man muß ihm nicht die Haare waschen. Was er braucht, ist ein Bad im Ozean.« Sie stellte ihn auf den Küchentisch, wo das Seifenwasser von seinem Körper auf das Plastiktischtuch strömte. Janir lächelte mir zögernd zu. Er wußte, daß er damit die Regeln brach. Auf gewisse Weise war er wie seine Mutter.

»Guineo«, verlangte er. Er wollte eine Banane.

Clarisa schälte eine und reichte ihm die Hälfte. »Affen lieben Bananen«, sagte sie.

Er schob die ganze Hälfte in seinen Mund, dann lief er in gebückter Haltung über den Tisch, grunzte und ließ seine Arme bis zu seinen Füßen baumeln. Paquita wäre gar nicht glücklich, wenn sie jetzt den Raum beträte, dachte ich. Und ich fragte mich, ob sie recht hatte, ob Clarisa wirklich auch noch die letzte

Beziehung dazu verlor, Dinge auf normale Weise zu tun. Janir setzte sich auf das Tischtuch, dann streckte er sich auf dem Tisch aus und wackelte vor und zurück, so schlüpfrig wie ein Fisch und wie ein Schimpanse grunzend. Ich hatte einen verrückten Sohn und eine verrückte Ehefrau. War der eine normal und die andere nicht?

Ich zog einen Stuhl heran und setzte mich rittlings darauf. »Clarisa«, sagte ich, »nächste Woche werde ich nach Guatemala fahren.«

Sie reichte Janir die zweite Hälfte der Banane. »Um nach einem Hof Ausschau zu halten«, ergänzte sie.

Wir hatten schon früher darüber gesprochen. Obwohl sie nie auch nur einen Hauch von Interesse für meine Pläne gezeigt hatte, sprach ich ab und an darüber, dort etwas Land zu kaufen und eventuell gemeinsam mit Freunden aus den Staaten eine bäuerliche Kommune zu gründen. »Ich möchte Janir mitnehmen«, sagte ich.

Sie starrte mich an. Ihr dichtes Haar fiel über ihr Gesicht. Sie trug einen der Seidenröcke von meiner Mutter und eine weiße Bauernbluse, jetzt feucht von Janir. »Nein«, erklärte sie.

»Er muß auch mal etwas Zeit mit mir verbringen. Mehr als nur ein paar Stunden. Ich brauche das auch.«

»Dir gefällt es nicht, daß er mich mehr liebt.«

»Er kann uns beide lieben«, sagte ich. »Das hier ist kein Wettbewerb.«

Aber die Wahrheit tat weh. Gleichgültig, was Janir und ich taten, gleichgültig wieviel Spaß wir hatten, sie mußte nur ihre Arme ausstrecken, und schon ging er mit fliegenden Fahnen zu ihr über.

»Er sollte nicht auf einem Bauernhof leben«, sagte sie. »Das ist zu ruhig für ihn.«

»Und was ist mit dir?« So nahe waren wir dem Thema Trennung noch nie gekommen. »Wäre es auch für dich zu ruhig?«

»Was ist denn so falsch an der Stadt?« wollte sie wissen.

»Ich möchte eben immer noch Bauer sein.«

»Ich aber nicht.«

Janir stand auf dem Tisch auf. Er griff nach mir, nahm mein Hemd in die eine Hand und Clarisas in die andere und zog uns zueinander. Wir hatten uns auf Englisch unterhalten, und ich glaube nicht, daß er viel davon verstanden hat, aber er wußte genau, was sich da abspielte.

SIEBEN

Wir fuhren am frühen Morgen los, überquerten noch vor Mittag die Grenze und gewannen in Guatemala langsam an Höhe. Janir machte ein ausgedehntes Nickerchen, wachte dann auf, spürte die kühlere Luft und sah sich mißtrauisch um. In Guatemala Stadt trafen wir auf das übliche undurchdringliche Verkehrschaos aus Lastwagen, Bussen und Abgasen, und bevor wir uns hindurchkämpfen konnten, fing Janir an zu klagen: »*Yo quiero a mi mamá. Yo quiero a mi mamá.*« Er wollte seine Mutter. Ich versuchte, ihm zu erklären, daß dies wie einer unserer Ausflüge durch San Salvador wäre, nur länger, aber er wollte sich nicht trösten lassen. Er lag auf dem Sitz, schlug mit dem Kopf dagegen, ließ sich auf den Boden plumpsen und weinte unaufhörlich. Ich konnte nirgends anhalten, also fuhr ich weiter. Ich war angespannt vom Verkehr, und mein Hals fühlte sich an wie ein Stahlkabel.

Schließlich, schon auf halber Strecke nach Antigua, bog ich zu einem hölzernen Imbißstand unter einigen Pinien ab und kaufte ihm eine Schale Erdbeeren mit Sahne. Das war eine Delikatesse, die er liebte, die es jedoch im tropischen El Salvador nur selten gab. Aber jetzt wollte er nicht essen. Er starrte unbeugsam auf die Schale vor seinem Gesicht, sah so beleidigt aus wie ein alter Mann. Ich aß meine Erdbeeren, dann seine, hob ihn hoch und trug ihn zurück zum Lastwagen. Immer noch schweigend rollte er sich auf dem Sitz zusammen und schlief wieder ein. Das war eine Erleichterung, aber ich fühlte mich trotzdem hundeelend.

Zwei Stunden später wachte er auf, langsam und schmollend. Er wollte meine Erklärungen, wohin wir fuhren oder wann wir uns wieder auf den Heimweg machten, nicht hören.

Meine Ehe, mein ganzes Leben brach über mir zusammen. Vielleicht riß Clarisa alles auseinander, aber ich war nicht stark genug, mich dagegen zu wehren. Ich war viel zu unsicher, zu verkrampft und zögerlich. Es gab so vieles, was ich noch nicht gelernt hatte: Menschen zu berühren oder offen darüber zu sprechen, wenn es Probleme gab. Mit Clarisa hatte ich schon ein paar Fortschritte erzielt – und mein nächster Lehrer würde mein Sohn sein. Nach dem Abendessen weinte Janir wieder lange Zeit, während ich unsere Schlafstätte auf der Ladefläche herrichtete. Wir parkten am Rand eines Pinienwaldes über Chichicastenango. Die Nacht war zwar kühl, aber ich hatte eine Schaumstoffmatte, eine Decke und einen Schlafsack. Janir krabbelte neben mich, wimmerte leise, aber ununterbrochen: »*Yo quiero a mi mamá.*« Schließlich klammerte er sich an mich und ließ zu, daß ich meine Arme um ihn legte. Ich glaube, das tröstete mich mehr als ihn.

Ich hätte ihn zu Hause bei seiner Großmutter lassen sollen, dachte ich, bei seiner Tante und den Hausmädchen und dem ganzen geschäftigen Haushalt. Was für eine verrückte Idee, ihn auf einen Schlag jedem zu entreißen, den er kannte, und allem, mit dem er sich wohl fühlte.

Aber als wir am nächsten Morgen erwachten, schwand mein Unwille, mich um ihn zu kümmern. Es war das erste Mal seit einem Jahr, daß ich die Nacht allein mit ihm verbracht hatte. Obwohl der Schlafsack mit einer Frostschicht überzogen war, war es im Innern unseres zerknauschten Nestes gemütlich. Während wir darauf warteten, daß die Sonne über den Bergen im Osten aufging, kamen zwei Indios vorüber. Sie trugen Feuerholz, das mit einer Schlinge an ihrer Stirn befestigt war. Sie nickten kaum merklich in meine Richtung, als ich meinen Kopf über die Seitenwand des Pickup hob. Ich kuschelte mich wieder neben Janir. Sogar nach der langen Nacht roch er nussig und sauber. Ich erinnerte mich an den Gesichtsausdruck von Clarisa, wenn die beiden eng beieinander lagen: Das ist besser als alles andere.

Als die Sonne das Auto beschien, standen wir auf, stellten uns auf unser im Schatten der Pinien stehendes Bett und pinkelten gemeinsam auf den Waldboden hinunter. Er konnte bereits höher und weiter pinkeln als ich, und sein Vergnügen darüber war nicht zu verkennen. Ich zog meine Schuhe an, half ihm bei seinen, wusch unsere Hände und Gesichter mit Wasser aus einer Plastikflasche und fuhr uns dann in die Stadt, um zu frühstücken.

Ich liebe Guatemala. Den meisten Touristen geht es ebenso. Die einheimische Bevölkerung hat so etwas Zuversichtliches, in ihrer Gegenwart spürt man Trost. Vielleicht ist es das einfache Alltagsleben, das uns anspricht, oder die prachtvolle Kleidung oder ihre uralten Traditionen. Als Außenseiter wußte ich nur wenig über ihre Kultur. Bei früheren Besuchen hatte ich überwiegend zu *ladinos* Kontakt gefunden: zu Mestizen oder Indianern, die sich der lateinamerikanischen Lebensweise angepaßt hatten. Das sollte auch für diese Reise gelten, doch eine Sache war anders: Zuvor hatte ich nur Männer getroffen, und jetzt eröffnete sich mir die Welt der Frauen. Wann immer ich mit Janir durch eine Stadt ging, traten sie auf uns zu und lächelten ihn an, berührten sein Haar, wollten ihn auf den Arm nehmen. Manchmal ließ ich das zu und manchmal nicht. Sie sagten alle, wie hübsch er sei. Sie liebten seine goldene Haut und seinen ernsten Blick. Großmütter näherten sich uns, verspielte Mädchen und junge Frauen mit Kleinkindern in Tüchern auf ihrem Rücken.

Und seine Mutter? lautete stets die Frage.

Zu Hause, antwortete ich. Sie brauche eine Ruhepause, und ein Kind mache so viel Arbeit.

Sie nickten sachlich. Ich wußte nicht, ob das eine vertraute Saite in ihnen anschlug oder ob sie meine Erklärung zusammen mit anderen verrückten Gringo-Ideen einfach auf einen Haufen warfen.

Während der Reise fiel mir auf, wie selten Männer in Mittelamerika mit einem kleinen Kind reisten. Ich stach heraus, und das gefiel mir: Es baute mich auf. Ich würde hier immer ein Außenseiter sein – ungeachtet der Tatsache, daß ich fließend Spanisch sprach, mit Clarisa verheiratet war und jahrelang in El Salvador gelebt hatte. Aber Janir öffnete mir einige Türen. An einem kühlen Abend bot ich an einer belebten Tankstelle einer jungen Frau, die ihren Bus verpaßt hatte, eine Mitfahrgelegenheit an. Sie wollte in Richtung Huehuetenango, und das wollte ich auch. Wäre ich allein gewesen, hätte ich ihr das niemals angeboten, und sie hätte auch nicht angenommen. Aber sie hatte mich mit Janir gesehen.

»Ich bezahle Sie dafür«, sagte sie.

»Dafür besteht gar keine Veranlassung. Ich fahre sowieso in Richtung Huehue, und im Wagen ist noch genug Platz.«

»Und seine Mutter?« fragte sie.

»Sie ist zu Hause«, sagte ich. »Sie … ist krank.«

Wir hoben die drei schweren, mit Stoff umwickelten Bündel der Frau auf die Ladefläche des Pickup. Sie waren voller Decken, Pullis, Mäntel und anderer Kleidungsstücke. Sie erbot sich, mit den Bündeln zusammen auf der Ladefläche zu sitzen, aber ich ließ das nicht zu, dafür war es viel zu kalt. Sie zierte sich, ich drängte sie, und schließlich stieg sie schüchtern in die Fahrerkabine und setzte sich trotz des breiten Sitzes dicht ans Fenster. Ihre Kleider und ihr Haar rochen nach Rauch von Holzfeuer. Sie stellte ihre Füße unter die Heizung, und als sich der Wagen langsam erwärmte, öffnete sie den Reißverschluß ihres Parka, unter dem eine nach altem Muster bestickte Bluse sichtbar wurde. Ihre Kleider waren zum Teil traditionell und zum Teil modern, und sie sprach fließend Spanisch, aber ihre Gesichtszüge zeugten von reinem Indianerblut.

Janir taute erst nach einigen Meilen auf. Ich glaube, sie zog ihn in dem Moment in ihren Bann, als sie ihre schwarzen Zöpfe löste und sie über ihrer Stirn neuerlich zusammenflocht. Er beobachtete sie angestrengt, während sie dieser gewohnheitsmäßigen Tätigkeit nachging – dann kletterte er auf ihren Schoß und ließ sich von ihr halten. Eine Weile führten sie ihr eigenes Gespräch auf der anderen Seite des Pickup, dann streckte er sich in ihren Armen aus. Das Armaturenbrett warf ein schwaches grünes Licht auf die beiden, und als Janir schläfrig wurde, sang sie ihm erst ein Wiegenlied auf Spanisch, dann ein weiteres in ihrer eigenen Sprache. Er lag sanft schaukelnd in ihren Armen, während wir über den unebenen Straßenbelag des Pan-American-Highway fuhren.

»Welche Sprache sprechen Sie?« fragte ich sie.

»Ich spreche Mam.«

»Und die Worte in Ihrem Lied ... was besagen sie?«

»Sie sagen, daß Ihr Sohn zu einem starken Mann heranwachsen wird. Er wird pflanzen und ernten. Er wird ein Haus bauen und heiraten. Er wird Vater vieler Kinder werden.«

Ihr Name war Otilia. Sie war verheiratet und hatte ein Kind gehabt, ein Mädchen, das als Kleinkind gestorben war. Ihr Ehemann war Lastwagenfahrer und transportierte Baumwollarbeiter vom Hochland hinunter zur Küste und wieder zurück. Er war meistens unterwegs, und sie bekam ihn nicht oft zu sehen. Sie und ihre Mutter führten ein Bekleidungsgeschäft in Huehuetenango.

Als wir dort ankamen, half ich ihr, die Bündel herunterzuheben, und sie wollte mich erneut für die Reise bezahlen. Ich ließ das nicht zu. »Tausend Dank«, sagte ich zu ihr, »daß Sie für meinen Sohn gesungen haben. Es ist nicht leicht für ihn ohne seine Mutter.«

Sie trat auf mich zu, so nahe, daß ich einen bestürzenden Moment lang glaubte, sie wolle mir einen Kuß geben. Statt dessen sagte sie: »Sie haben Glück, daß Sie ihn haben. Nun werden Sie niemals einsam sein.«

Im Laufe der folgenden Woche fuhren Janir und ich Hunderte von Meilen durch das Hochland nördlich von Huehuetenango, dann nach Osten bis nach Nebaj und Cobán. Wir wohnten in Hotels und teilten uns ein Einzelbett in kleinen, dunklen Zimmern. In den kalten Morgenstunden, sobald die Sonne aufging, zog ich uns beide an, dann gingen wir zum Markt und frühstückten. Holzfeuer rauchten, Hunde wühlten nach den letzten Resten von weggeworfenen Lebensmitteln um die Marktstände herum, und Kinder, die nur ein paar Jahre älter waren als Janir, fegten den Boden unter den hölzernen Tischen und Bänken. Das strahlende Sonnenlicht, das sich über unsere Rücken ergoß, war uns ebenso willkommen wie die Tortillas, die schwarzen Bohnen, die Rühreier und die dampfende heiße Schokolade. In den letzten zweieinhalb Jahren hatte ich Janirs Windeln gewechselt, ihn auf meinem Rücken getragen und ihn zum Strand, zum Zirkus und zum Puppenspieler gefahren. Aber ich war immer das »auch noch vorhandene« Elternteil. In Guatemala änderte sich das von Grund auf. Zehn Tage lang aßen wir zusammen, schliefen zusammen, waren nie auch nur für zwei Minuten voneinander getrennt. Im Wagen saß er auf meinem Schoß und half mir beim Steuern. Zur Schlafenszeit, auf den durchgelegenen Matratzen und unter den kratzigen Wolldecken irgendeines primitiven Hotels, klammerte er sich an mein T-Shirt und legte seinen Kopf auf meine Brust. Nacht für Nacht konnte keiner von uns genug davon bekommen.

Manchmal, wenn er eingeschlafen war, lag ich neben ihm und dachte an Clarisa. Ich erinnerte mich an die Hotels in den Kleinstädten, in denen wir gewohnt hatten, als wir nach Janirs Geburt in Chile nach Land suchten. Als uns einmal die Dämmerung viele Meilen von der nächsten Ortschaft entfernt überraschte, nahm uns ein altes Pärchen für die Nacht auf. Sie gaben uns etwas zu essen – Kartoffelsuppe und Kartoffeln noch extra auf einem Teller –, und wir schliefen in einem Bett, das so schmal war, daß sich einer von uns verkehrt herum, mit den Füßen zum Kopfende, betten mußte. Janir, kaum einen Monat alt, lag zwischen uns. Aus Angst, ihn zu zerquetschen, wachte ich alle zwanzig Minuten auf und war am Morgen völlig erledigt. Und doch verspürte ich ein Gefühl der Nostalgie für jene Zeit, als meine Träume und die von Clarisa noch identisch waren.

Tagsüber hielten Janir und ich oft an, um spazierenzugehen oder an einem Flußufer zu Mittag zu essen, und gelegentlich trafen wir auf Männer, die an steilen Hängen die Erde umgruben oder ihre Felder für die nächste Maisernte vorbereiteten. Ich liebte es, sie bei der Arbeit zu beobachten: das Aufblitzen ihrer Hacken beim Graben, ihr stetiger Schritt über die Hügel, die Gesprächs- und Liederfetzen in Mam, Quiché oder Cachiquél, die ins Tal hinunterschwebten. Ich hatte oft genug selbst eine Hacke geschwungen und diese Arbeit in meinen Knochen gespürt, aber bei den Indianern sah es sehr elegant aus. Nachdem ich ihre Lieder gehört und ihre frisch umgegrabene Erde gerochen hatte, war ich mehr denn je davon überzeugt, daß die Arbeit mit der Erde für mich noch nicht vorüber war.

Aber die Reise setzte Janir langsam zu. Er wurde schwierig, langweilte sich, weinte, war hungrig, mußte pieseln, hielt mich bei allem auf, was ich tun wollte. Wenn ich ihm nicht genügend Aufmerksamkeit schenkte, brach er in sein *Yo quiero a mi mamá* aus und ertränkte mich in einer Sturzflut aus Tränen. Eines Tages trug ich ihn auf meinen Schultern eine Meile aufs Land hinaus, dann bat ich ihn, zurück selber zu laufen. Er wollte nicht. Er bestand darauf, daß ich ihn tragen sollte. Als ich mich weigerte, bekam er einen Wutanfall. Er warf sich auf den Boden, wälzte sich im Schmutz und war schließlich über und über mit Staub bedeckt. Warum zur Hölle hatte ich ihn nur mitgenommen? Er war viel zu jung für eine solche Reise, und ich war für dieses Rund-um-die-Uhr-Kinderhüten nicht geschaffen. Was wäre, wenn ich das jeden verdammten Tag tun müßte?

Am nächsten Morgen ging ich mit ihm zum Schwimmen. Er klammerte sich an meinen Hals, während wir durch den Fluß plantschten, und auf dem grasbewachsenen Ufer fing er plötzlich an zu lachen. Völlig grundlos. Vielleicht über die wirbelnden Wasserstrudel oder über einen vorbeifliegenden Vogel. Die pure Lebenslust strömte aus ihm heraus. Ich legte mich neben ihn und schaute ihm tief in die wilden Augen. Er hielt sein Gesicht dicht vor meines, kaum drei Zentimeter entfernt, hob seine Augenbrauen und wackelte mit dem Kopf. Janir wußte, daß er mich zum Lachen bringen konnte, und so war es auch. Es war köstlich. Es war, als ob man sich frisch verliebt.

In der Nähe der Stadt Cobán fand ich eine sanfte, ansprechende Landschaft vor. Aus dem verschlafenen Postamt schickte ich einen Brief an Peter Dutton, meinen Freund aus Chile. Er lebte mit seiner Freundin Rhonda in Mexiko Stadt, und ich fragte ihn, ob er nicht einen Bauernhof gründen wolle. Dann fuhr ich mit Janir nach El Salvador zurück.

Obwohl ich mich für den Augenblick, wo er mich verlassen und wieder in die Arme seiner Mutter laufen würde, gestählt hatte, geschah das nicht. Nach zehn Tagen Trennung schien seine verzweifelte Bindung an sie einen Riß bekommen zu haben. Er blickte sie wachsam an, sogar als sie ihn hoch hob und küßte.

»Was ist los?« fragte sie ihn in dieser Nacht. »Liebst du mich nicht mehr?«

Er beobachtete sie vorsichtig. »Doch«, sagte er.

»Vergiß nicht, *ich* habe dich zur Welt gebracht.«

»Nein«, sagte er.

»Wer denn sonst? Er vielleicht? Ohne mich wärst du nicht hier.«

»*No*«, schrie er.

»O doch.«

In einer anderen Nacht zwickte sie ihn, so wie sie Dona Tenchas Baby in Chile gezwickt hatte. Janir kam zu mir gerannt und erzählte es mir, und als ich Clarisa zur Rede stellte, lachte sie nur. »Er hat es verdient«, sagte sie. »Er ist genauso wie du, viel zu sehr mit sich selbst beschäftigt.«

Ein paar Tage später nahm mich ihre Mutter beiseite.

»Du solltest ihn mitnehmen«, sagte sie. »Er gehört zu dir.«

Paquita hatte bereits etwas entschieden, was erst ganz langsam in mein Bewußtsein drang.

Es verbreitete sich das Gerücht, daß am Wochenende eine Party am Strand stattfinden sollte. Enrique Suarez, ein charismatischer Guru und Ex-Revolutionär aus Guatemala, wollte angeblich teilnehmen, und ich bot zwei Freunden, Mano Echeverria und Antonia Brooke, eine Mitfahrgelegenheit an. In allerletzter Minute teilte Clarisa mir mit, daß sie ebenfalls, mit Enrique und einigen anderen, kommen und Janir mitnehmen würde. Zu diesem Zeitpunkt war unsere Ehe nichts weiter als das: Wir besuchten durch Zufall dieselbe Party.

Ich sammelte Mano und Antonia in der Stadt auf, und wir fuhren in Richtung Meer. Mano war kaum zwanzig und arbeitete als Straßendichter und -musiker, und Antonia war eine junge Frau mit heller Haut und haselnußfarbenem Haar, halb Engländerin, halb Salvadorianerin. Ich hatte sie einige Wochen zuvor im Rahmen meines Unterrichts getroffen, und wir hatten Gefallen aneinander gefunden. Aber ich war verheiratet, darüber hatten wir bereits gesprochen.

Auf halbem Weg zum Strand, in der Hafenstadt La Libertad, bemerkte ich, daß ich den Schlüssel zu meinem Tankschloß vergessen hatte und nicht tanken konnte. Ich beschloß, nicht weiterzufahren, und parkte hinter der Tankstelle, wo wir auf Enrique und seinen Pickup warteten. La Libertad ist einer der heißesten Orte in El Salvador, und um drei Uhr nachmittags brannte die Sonne immer noch erbarmungslos. Antonia setzte sich unter einen Mandelbaum, und Mano ging über die Straße, um etwas zum Trinken zu kaufen. Er kehrte mit eisgekühltem Orangensaft für uns drei zurück. Antonia rieb sich eine Flasche über ihre Wangen und ihren Nacken. Sie war unglaublich attraktiv – aber ich wollte mich auf nichts einlassen. Wir saßen unter dem Mandelbaum und beobachteten in dem gleißenden Licht die unterschiedlichen Verkäufer: Jungen mit Kaugummi, Frauen, die *quesadillas* verkauften, und einen Kerl mit einem Handkarren voller geschälter Kokosnüsse.

Vierzig Minuten später rollte Enriques alter Pickup in unser Blickfeld, und wir winkten ihm zu. Ich kletterte vorne hin zu Enrique und einem jungen Paar aus Guatemala, und Mano und Antonia setzten sich nach hinten zu Clarisa, Janir und vier anderen, die alle auf einer Matratze unter dem Aluminiumschutzdach lagen. Janir blieb dicht bei seiner Mutter. Trotz unserer zehn Tage in Guatemala war es wieder seine Mutter, nach deren Aufmerksamkeit er sich verzehrte.

Enrique lümmelte hinter dem Lenkrad, klein und mit gewölbter Brust. Sein dichtes graues Haar fiel bis über die Schultern. Auf der Haight Street in San Francisco wäre er sicher nicht weiter aufgefallen, aber hier in El Salvador stach er heraus wie ein bunter Hund. Von Mano hatte ich erfahren, daß Enrique angeblich schon zweihundert Mal auf einem LSD-Trip war, und der ganze Wagen roch nach Marihuana. Auf dem Weg nach El Palmarcito – einem kleinen, halbmondförmigen Strand, zehn Meilen die Küste entlang – machten ein paar Joints die Runde.

Wir parkten und gingen den langen, sandigen Weg zum Meer unter einigen gigantischen roten Jasminbäumen entlang. Clarisa trug Janir, und ich trug unsere Taschen. Wir hatten bisher kaum ein Wort gewechselt, und ich war völlig in das Rauschen der Wellen versunken, als Clarisa stehenblieb, zu mir herumwirbelte und fauchte: »Ich weiß, daß du sie ficken willst.«

Ich wollte es leugnen, tat es dann aber doch nicht. Selbstverständlich würde ich mich wie ein Ehrenmann benehmen und nie mit Antonia schlafen – aber welchen Unterschied machte das schon? Ich hatte mit dem Gedanken gespielt, und Clarisa wußte das. Sie starrte mich an, furchtlos und hart.

»Tu, was du willst«, sagte sie. »Mir ist es egal. Hier, nimm ihn, er ist mir zu schwer.«

Janir glitt ohne weiteres aus ihren Armen in meine; er wollte nur ans Wasser. Also ließ ich die anderen zurück und trug ihn zum weit entfernten, geschützten Teil des Strandes. Dort spielten wir im seichten Wasser. Er sprang in eine kleine Welle, wurde von den Beinen gerissen, stand wieder auf und sprang in die nächste und dann in die übernächste, unzählige Male, ohne dieses Spiels müde zu werden. Sein Lachen hallte in der ganzen Bucht wider. Clarisa forderte ihn eine Stunde später zurück, als die Sonne im Meer versank. Ich fand, sie sah irgendwie seltsam aus, vielleicht immer noch wütend – aber ich ließ Janir entscheiden, und er wechselte bereitwillig zu ihr. Sie trug ihn den Strand hoch.

Jemand entfachte ein Feuer, und als die Dunkelheit über der Bucht hereinbrach, entwickelte sich zwischen Enrique und mir ein langes Gespräch. Wir lagen auf dem glänzenden Sand, während die Wellen heranrauschten, uns umspülten und sich wieder zurückzogen. Ich fragte ihn nach der Revolution in Guatemala Anfang der sechziger Jahre, und er erzählte Geschichten von mitternächtlichen Morden, Verhaftungen und Fluchtversuchen. Gäbe es nicht seine mit kleinen Narben übersäte Brust, hätte ich an einigen seiner Geschichten sicher gezweifelt. Die glatten Einkerbungen aus Narbengewebe, die entstanden, wenn man mit brennenden Zigaretten gefoltert wurde: Solche Verbrennungen waren, wie jeder wußte, eine übliche Foltermethode des guatemaltekischen Militärs. Ich hatte zuvor schon derartige Narben gesehen, jedoch noch nie in solcher Fülle.

Wir lagen immer noch am Meer, als Antonia aus der Dunkelheit auftauchte. Sie legte sich neben mich. »Ich glaube, du solltest mal nach dem Rechten sehen«, sagte sie. »Es geht um Clarisa.«

Auf halber Strecke über den Strand hörte ich Janir weinen. Clarisa stand neben dem Feuer, von den Flammen erleuchtet, und sah die anderen an. Ihr ganzer Körper drückte Ablehnung aus. Sie hielt Janir in ihren Armen, aber locker, wie einen Sack Weizen, der verstreut werden soll. Seine Schreie klangen verzweifelt, und ich schämte mich, daß ich ihn so lange überhört hatte. Clarisas Haar war zerzaust, sie trug weite Hosen und eine offene Bluse, die ihre Brüste halb offenlegte. Sie schielte zu mir herüber, dann senkte sie ihr fratzenhaft entstelltes Gesicht zu Janir hinunter.

»Er will *Miiilch*«, sagte sie auf Englisch. Ihre Worte waren so verzerrt, daß ich sie anfangs gar nicht verstand. »Es gibt keine *Miiilch*, und er will welche. Er *brauuucht* welche.«

Sie starrte Janir an, als ob eine Kreatur aus dem Weltall in ihren Armen gelandet wäre. War das die Folge unseres Marihuana-Konsums? Sie sah gepeinigt aus, und Janir panisch. Ich versuchte, ihn ihr abzunehmen, aber sie wollte ihn nicht loslassen, und er wollte auch nicht von ihr weg. Vergeblich bot ich ihm süßes Brot und Kokosmilch an. Er ignorierte mich, strampelte wild und jammerte bitterlich, während er sich gleichzeitig an sie klammerte. Er wollte sie, aber er konnte sie nicht haben.

Ihr langer Kampf aus Bedürfnis und Zurückweisung hatte schließlich und endlich seinen Höhepunkt erreicht. Ich fühlte mich verwirrt, fast gelähmt – bis Antonia zwischen uns trat und mich mit festem Blick ansah. »Das ist nicht richtig«, sagte sie auf Englisch. »Entweder sie liebt ihn, oder sie muß ihn hergeben.«

Plötzlich war mir alles klar. Clarisa hatte Probleme, aber sie wollte Janir nicht aufgeben. Vielleicht dachte sie, er könne sie retten – und möglicherweise hatte er das bislang auch getan. Aber nun spiegelte sich in seinem Kummer mein eigener wider. Ich hatte meine Ehe mit Clarisa immer als Kampf um ihre Zuneigung gesehen, einen Kampf, den ich seit seiner Geburt verlor. Aber das lag nun hinter uns. Ich mußte meinen Sohn vor seiner eigenen Mutter beschützen.

»Ich nehme ihn«, erklärte ich.

Clarisa trat einen Schritt zurück und funkelte mich an. *»Ni pensar, jueputa.«* Vergiß es, du Hurensohn.

Ich zögerte.

Antonia meinte: »Tu es, John.«

Ich schob meinen Arm zwischen Janir und seine Mutter und zog ihn zu mir. Sie zerrte ihn zurück, und wir landeten alle drei im Sand. Dann hatte ich ihn und rappelte mich auf die Beine. Ich ging mit ihm fort, ohne mich umzudrehen – im Vertrauen darauf, daß sich die anderen um Clarisa kümmern würden.

Auf dem ganzen Weg zum Strand tobte er in meinen Armen. Ich kniete mich mit ihm am Rand des Wassers nieder, aber das Meer war ihm in diesem Augenblick gleichgültig. Er schrie und schluchzte. Als ich meinen Griff lockerte, versuchte er, wieder zu Clarisa zurückzulaufen, stolperte und kroch auf allen Vieren weiter. Ich hob ihn hoch und preßte ihn an mich. Ich kam mir wie ein Monster vor. Ich hatte ihn seiner Mutter entrissen, gegen beider Willen, und nun hielt ich ihn gefangen. Er kämpfte gegen mich an, als ich mich mit ihm in das seichte Wasser legte und die Wellen aus der Dunkelheit auf uns zuschwappen ließ: Ich tat alles, was ihn ablenken und seiner Trostlosigkeit Einhalt gebieten konnte, seiner unsäglichen Trauer.

Nach zwanzig Minuten konnte er nicht mehr, und seine Schreie ebbten ab. Ich trug ihn auf den trockenen Sand und legte mich mit ihm hin. Wasser, Luft und Sand hatten alle dieselbe Temperatur. Ich hielt ihn in meinen Armen, während er sich an mich klammerte, sich entspannte und mit einem Schaudern einschlief. Ich ließ ihn zehn Minuten lang in Tiefschlaf fallen, dann trug ich ihn zur Gruppe zurück und legte ihn auf eine Decke. Clarisa hatte sich etwas beruhigt. Antonia saß neben ihr und hielt ihre Hand. Ich bat Antonia, ein Auge auf Janir zu werfen, dann nahm ich Clarisa am Arm und ging mit ihr den Strand entlang.

Wie gewöhnlich nach einem Ausbruch wirkte sie gebändigt. Ich setzte mich vor ihr in den Sand. Unsere Knie berührten sich. Der Mond war über den Felsen im Osten aufgegangen. Ich wollte sie dazu bringen, mir in die Augen zu sehen.

»Clarisa«, sagte ich. »Du mußt dich nicht so verhalten. Was immer du hast, wir können darüber sprechen.«

Sie sagte nichts.

»Ich will nicht, daß du verrückt wirst«, meinte ich. »Ist es das, was mit dir geschieht?«

Da war etwas, wovor sie sich fürchtete, dessen war ich mir sicher. Da ich selbst immer Angst gehabt hatte – vor Konfrontationen, vor gefährlichen Wahrheiten –, bildete ich mir ein, ihr würde es ebenso ergehen. Es mußte etwas so Furchtbares sein, dachte ich, daß der Wahnsinn reizvoller erschien als geistige Gesundheit. Und in diesem Augenblick war ich mir sicher, daß ich sie retten konnte. Nur ich kannte sie, also konnte nur ich sie retten. Wir waren beide verletzt worden, aber zusammen würden wir es überwinden. »Geh nicht«, flehte ich sie an. »Komm zurück zu uns. Du darfst Janir nicht verlassen, er braucht dich. *Ich* brauche dich.«

Clarisa wirkte kalt, teilnahmslos. Sie starrte auf ihre Füße und sprach kein Wort, dennoch flehte ich weiter. Ich sagte es immer und immer wieder. Ich war überzeugt, daß sie die Wahl hatte. »Bitte, Clarisa, du kannst dagegen ankämpfen.«

Schließlich hob sie ihen Kopf und starrte mich an. »Du hast doch keine Ahnung.«

Eine Woche später reiste ich für kurze Zeit nach Cobán zurück, um mich mit Peter und Rhonda zu treffen. Wir fuhren herum, fanden in der Nähe des Dorfes San Juan Chamelco einen Hof mit zwanzig Hektar Land, der zum Verkauf stand, und unterzeichneten den Kaufvertrag mit der Besitzerin.

Als ich am Sonntag nachmittag nach San Salvador zurückkehrte, bat ich Clarisa, mit mir zusammen die *pupusas* für das Familienabendessen einzukaufen. Sie begleitete mich, war aber argwöhnisch: Sie wußte, daß etwas im Busch war. Wir verlangten die dicken, käsegefüllten Tortillas, wickelten sie in ein Tuch und machten uns auf den Heimweg.

»Ich muß dir etwas sagen«, erklärte ich.

»Du willst wieder einen Hof kaufen.«

»Ja. Aber zuerst fahren Peter und Rhonda zurück in die Vereinigten Staaten und heiraten dort. Ich werde auch ein paar Monate zurückgehen. Und Janir nehme ich mit.«

»Das wirst du nicht.«

»Ich möchte, daß er Nana und meinen Vater und Alan kennenlernt.«

»Du bekommst ihn aber nicht.«

»Morgen besorge ich die Fahrkarten. Den Pickup werde ich verkaufen. Du kannst das Geld dafür haben und dir einen Wagen kaufen, wenn du willst.«

Sie bedachte mich mit einem haßerfüllten Blick, und ich verlangsamte den Wagen: Wenn sie schon explodierte, sollte es hier sein, nicht zu Hause. Wortlos, völlig ruhig, nahm sie das Tuch mit den dampfenden *pupusas* und warf es auf die Straße hinaus.

Bevor der Wagen noch richtig vor dem Haus stand, stürmte sie hinaus und rannte ins Innere. Ich folgte ihr bis hinauf zum Dach, wo ich sie brüllen hören konnte. Janir, der dort mit einem der Hausmädchen gespielt hatte, kauerte vor Clarisa, während sie ihn anschrie.

»Ich bin deine Mutter. Du kannst nicht mit ihm gehen. Du wirst es dort hassen, das sind alles Rassisten. Die mögen keine Menschen mit brauner Haut. Du mußt hier bei mir bleiben.«

»Clarisa«, sagte ich, »ich habe es ihm noch gar nicht erzählt. Er weiß noch gar nichts davon.«

Sie hörte mir nicht zu. Ununterbrochen wiederholte sie, daß er in El Salvador bleiben müsse. Ich wartete darauf, daß Janir in

Tränen ausbrechen würde. Er war nahe dran, aber er tat es nicht. Statt dessen drehte er sich zu mir um und hob seine Arme

Mehr brauchte ich nicht. »Ich nehme ihn«, sagte ich und hob ihn hoch. Clarisa tobte weiter. Paquita und Eva Luz waren hinter mir her gestürmt, und ich wußte, daß sie auf meiner Seite standen. Aber ich brauchte nicht ihre Unterstützung, sondern die von Janir, und diesmal hatte er sich für mich entschieden.

Fünf Tage später flogen wir nach Miami, von dort weiter nach New York. Ich war unglücklich im Flugzeug, mit Janir auf meinem Schoß. Clarisa war mit dem Rest ihrer Familie zum Flughafen gekommen, aber als es Zeit war, an Bord zu gehen, war sie nicht da. Sie war davongegangen, ohne sich zu verabschieden. Zuerst war ich wütend, überzeugt, sie habe das absichtlich getan. Dann wurde ich traurig, und schließlich reuig. Ich verließ sie, als sie sich unter der Knute einer Neurose befand, vielleicht des Wahnsinns, und nahm unseren Sohn mit. Es half auch nicht, mich daran zu erinnern, daß es so für ihn am besten war.

Janir schien glücklich angesichts dieses Abenteuers. Er bezauberte die Stewardessen, die Passagiere auf den Plätzen neben uns und alle anderen, denen er seine Aufmerksamkeit schenkte. Mein Vater holte uns in New York vom Flughafen ab und fuhr uns über stark befahrene Highways nach Connecticut. Für mich war die Rückkehr immer ein Schock: die unzähligen Autos, die gestriegelten Rasenflächen, die großen Brocken Rindfleisch zum Essen. Doch diese neue Welt berührte Janir nicht. Im Mai waren wir in Huehuetenango, im Juni in Westport in Connecticut. Was ihn betraf, war von Kulturschock nicht die Rede. Er war bezaubernd und quirlig und plauderte mit meinem Dad auf Spanisch. Ich übersetzte für beide, und nicht ein einziges Mal war *Yo quiero a mi mamá* zu hören.

Mein Vater verstand sich zwar immer großartig mit Kindern, aber er wußte nicht recht, was er mit einem Zweieinhalbjährigen anfangen sollte, der kein einziges Wort Englisch sprach. Sogar Nana schien ein wenig unsicher, als wir einige Tage später zu ihr nach Manhattan fuhren. Wir saßen vor ihrem Haus auf der

Upper West Side und ließen Janir den Spielplatz erkunden, während wir über meine Mutter und Nanas Nichte sprachen. Janir unterbrach uns ständig. Er wollte, daß ich ihn auf der Schaukel anstieß, und legte sich dann über meine Knie. Als Nana ihn auf Englisch ansprach, beäugte er sie mißtrauisch.

Nach dem Tod meiner Mutter war Nana der Dreh- und Angelpunkt meiner Familie geworden. Von ihr erfuhr ich alle Neuigkeiten und den Klatsch. Ich verbrachte mehr Zeit mit ihr als mit Alan oder meinem Vater. Ihr richtiger Name lautete Imogene Graves. Sie hatte sich um mich gekümmert, seit ich noch nicht einmal ein Jahr alt war, und als meine Familie von Manhattan nach Connecticut umzog, begleitete sie uns – obwohl sie verheiratet war und ihr Mann in der Stadt arbeitete.

Sie war schwarz, aber hell genug, um noch »durchzugehen«. In einem Erinnerungsbruchstück aus meiner frühen Kindheit – ich war vielleicht fünf oder sechs Jahre alt – sehe ich sie, wie sie mir erzählt, daß sie eine Negerin ist. Ich glaubte ihr nicht. »Nein«, sagte ich, »das bist du nicht.«

»O doch, das bin ich.«

»Das bist du *nicht*!« rief ich. Sie konnte es nicht sein – obwohl ihr Ehemann zweifelsohne einer war.

»Ich bin eine Negerin«, erklärte Nana.

Sie lebte bei uns in Westport, verbrachte aber jedes zweite Wochenende bei ihrem Ehemann Graves in ihrer Wohnung am Morningside Park in Harlem. Sie hatten nie eigene Kinder, und als ich noch klein war, nahm Nana mich immer im Bus mit zu sich, und ich durfte die Nacht über bei ihr bleiben. Graves – sein voller Name war George Graves, aber jeder, der ihn kannte, nannte ihn nur beim Nachnamen – war der Geschäftsführer von Sugar Ray Robinsons Friseurgeschäft in Harlem. Bei einem meiner Besuche dort hob Graves mich hoch, setzte mich auf einen der hohen roten Stühle und fuhr mich an den fleckenlosen Spiegeln entlang durch die mit parfümierten Ölen gesättigte Luft.

An den dazwischenliegenden Wochenenden fuhr Graves mit dem Zug nach Westport und wohnte bei uns im Haus. An drückend heißen Samstagnachmittagen schnitt er mir und Alan stundenlang akribisch die Haare. Am liebsten wäre ich einfach vom Stuhl gesprungen, hätte mir das Tuch vom Hals gerissen und mich am Strand ins Wasser gestürzt.

Graves erzählte uns mit Vorliebe Geschichten von berühmten Boxern und Musikern, denen er die Haare schnitt, und erklärte mir einmal sehr anschaulich das Zahlenlotto von Harlem, das auf den Ergebnissen der Pferderennen basierte. Nana hatte eine Lieblingszahl, und die spielte er jede Woche für sie. Sie wettete auch bei Boxkämpfen, und Freitag nachts saßen mindestens zwei kleine weiße Jungs in Westport wie gebannt vor dem Fernsehgerät, um die Ballantine-Kämpfe zu sehen, und feuerten zusammen mit Nana ihre schwarzen Lieblingsboxer an.

Heute scheint es wie ein Klischee oder schlimmer: Wir waren weiß, sie war schwarz und uns ergeben. Aber ich war ein besitzergreifendes Kind, das nichts von Klischees oder sozialer Gerechtigkeit verstand. Ich liebte Nana, und sie war mein. Ich hatte eine Mutter, einen Vater, einen Bruder und Nana. Wenn ich nachts krank wurde, war sie diejenige, nach der ich rief. Sie war Teil meiner Familie, und in mancherlei Hinsicht bin ich ihr Sohn. Was sie von Kinderpflege wußte, vermittelte sie mir durch ihr Beispiel, und als Janir auf die Welt kam, hatte ich es im Blut, Vater zu sein, obwohl ich noch nie etwas von Kindspech, Koliken oder der Fontanelle gehört hatte.

Nachdem Graves verstorben und Alan und ich erwachsen waren, blieb Nana noch einige Jahre in Harlem. Sie mochte ihre alte Wohnung, aber die Nachbarschaft wurde immer schlimmer. Erst starben zwei Menschen in ihrem Haus an einer Überdosis, dann gab es einen Mord. Schließlich fand mein Vater eine neue Wohnung in einem Wohnbauprojekt der Upper West Side. Sie war zwar nicht so schön und auch nicht so gemütlich wie ihre alte Wohnung, dafür aber sicherer.

Nach dem Essen legte ich Janir auf Nanas Bett und ließ ihn fernsehen. Es lief eine kitschige Sendung, in der alle Englisch sprachen, aber er war fasziniert. Nana und ich saßen am Küchentisch, aßen Schokokekse und spielten Gin Rommé. Nach dem

Ritual des Kartenspiels war es Zeit für den Austausch von Geschichten, insbesondere die Geschichte von Clarisa. »Klingt nicht so, als ob sie in der Lage wäre, sich um ein Kind zu kümmern«, meinte Nana. »Du weißt, bei Eva hat es auch so angefangen.«

Das machte mir Angst, denn ihre Schwester Eva war in einer staatlichen psychiatrischen Einrichtung im Bundesstaat New York gelandet, einer furchteinflößenden Institution. Ich hatte Nana mehrmals dorthin gefahren, nachdem ich meinen Führerschein in der Tasche hatte. Stets schauten eine Reihe von Frauen aus den Fenstern und umklammerten die Gitterstäbe. Einige brüllten schauerlich, andere starrten uns einfach an, während wir aus dem Wagen stiegen. Sobald wir im Gebäude waren, mußten wir uns einen Weg an den Patientinnen vorbei bahnen. Eine schaukelte stöhnend vor und zurück, trug ein Sackkleid und rappelkurz geschnittenes Haar. Eine andere zog ihre Röcke hoch und kratzte ihre entblößten Genitalien. Eine dritte zerriß Zeitungspapier in immer kleinere Streifen und bewachte ihre Handarbeit sorgsam. Das war noch zu der Zeit, bevor die Kranken mit Medikamenten ruhiggestellt wurden. Eva war ansprechbarer als die meisten anderen Frauen, dennoch kam sie nie aus der geschlossenen Abteilung heraus. Dort starb sie dann auch.

Nein, dachte ich, in diese Kategorie gehörte Clarisa nicht. Nicht einmal annähernd.

Um halb zehn lag Janir immer noch wach auf Nanas Bett. »Ist es für das Kind nicht höchste Zeit zum Schlafengehen?« fragte sie. »Deck das Bett für ihn auf. Wir öffnen den Wein später.«

Ich mußte ihr erklären, daß Janir nicht allein einschlafen konnte, ich mußte mich neben ihn legen.

»Sei kein Narr«, meinte Nana. »Mach das Licht aus und laß die Tür einen Spalt breit offen. Er weiß, daß wir hier sind.«

»Das kann er nicht, Nana. Das hat er noch nie.«

»Wovon sprichst du eigentlich?«

»Er mußte noch nie allein einschlafen. Irgend jemand legt sich immer neben ihn. Clarisa oder Paquita oder ich oder sonst jemand.«

Nana war empört. »Ist das so ’ne spanische Sache?«

»Keine Ahnung. Clarisa hat in Chile damit angefangen.«

Janir, der unserem Gespräch lauschte, kam aus dem Schlafzimmer und klammerte sich an mein Bein. Er war immer wachsam, wenn es einen Streit oder eine Auseinandersetzung gab. Er sah Nana mißtrauisch an, hatte sie bereits zur Feindin gestempelt.

Nana war in der Tat die Zuchtmeisterin in meiner Familie gewesen. Obwohl meine Eltern nicht an körperliche Bestrafung glaubten, ließen sie zu, daß Nana mich und Alan auf die Rückseite unserer Beine schlug, wenn wir uns danebenbenahmen. Nana befahl uns, ins Freie zu gehen, einen Seitentrieb von einer Hecke zu schneiden und die Blätter abzureißen. Dann mußten wir ihr die Rute für unsere Bestrafung reichen. Jetzt hielt sie bei Janir die Zeit für gekommen, Strenge zu zeigen.

»Bring das Kind ins Bett«, sagte sie, »und erkläre es ihm, damit er es versteht. Sag ihm, daß wir nirgendwo hingehen.«

Ich wagte einen Versuch. Ich putzte seine Zähne, ließ ihn pieseln, hob ihn auf das Bett, umarmte und küßte ihn und erklärte ihm, daß er sich jetzt nur hinlegen und still sein müsse, und schon bald würde er einschlafen. Er schenkte dem nicht weiter Beachtung, bis ich den Raum verlassen hatte. Dann brach er in Tränen aus, und seine Schreie hallten durch die Wohnung. »Laß ihn weinen«, erklärte Nana streng. »Er wird darüber hinwegkommen.«

»Hast du mich jemals so weinen lassen?«

»Aber natürlich.«

Wir saßen am Tisch und versuchten, Karten zu spielen, aber Janirs Schluchzen hörte nicht auf. Ich kannte den Unterton: Er war nicht einsam, und er fürchtete sich auch nicht – er war beleidigt. Er wollte seinen Kopf durchsetzen.

Nach fünfzehn Minuten hatte Nana genug. »Guter Gott«, sagte sie, »geh schon und leg dich zu dem armen Jungen.«

Ich tat es, und wenige Augenblicke, nachdem ich mich neben ihm ausgestreckt hatte, schlief er ein, sein müdes Gesicht tränenüberströmt. Als ich wieder zu Nana kam, saß sie immer noch über unser Kartenspiel gebeugt, ihre Hände unter dem Kinn verschränkt.

»Es tut mir leid, John, ich kann das nicht. Ich bin zu alt.«

»Du kannst was nicht?«

»Ich dachte immer, ich könnte mich um deine Kinder kümmern, wenn du welche hättest. Entweder deine oder die von Alan. Aber ich habe die Geduld dafür nicht mehr.«

Ich zog meinen Stuhl nahe an sie heran und legte meinen Arm um ihre Schulter. Ich wollte nicht, daß sie sich um Janir kümmerte. Wie sollte sie das auch bewerkstelligen? Außerdem wollte *ich* es tun. »Er ist mein Sohn«, sagte ich, »das ist meine Aufgabe.«

»Ich bin dreiundsiebzig Jahre alt. Ich kann nur noch nach dir und Alan schauen. Ihr seid immer noch meine Jungs.«

»Das sind wir«, bestätigte ich.

»Du hast ein wunderbares Kind, aber er ist auch eine Nervensäge. Sobald du dich niederläßt, solltest du lieber dafür sorgen, daß du auch Zeit für dich hast.«

Jahre zuvor hatte meine Mutter für 8000 Dollar ein heruntergekommenes Haus in Sag Harbor gekauft, an der Südspitze von Long Island. Jetzt gehörte es meinem Bruder, aber es stand leer und mußte renoviert werden. Ich hatte immer noch ein paar Freunde in Sag Harbor – Patty Coughlan und ihre Familie, die uns Anfang der fünfziger Jahre als erste dorthin eingeladen hatten –, und ich war der Ansicht, Moms Haus in der Garden Street wäre ein guter Ort, um dort den Sommer zu verbringen. Ich kaufte einen alten Ford Falcon von einer Witwe in Bethpage, feilschte in salvadorianischer Manier, bis ich sie auf hundertfünfzig Dollar heruntergehandelt hatte, und fuhr dann mit Janir nach Sag.

Anfang der Siebziger war Sag Harbor auch im Sommer ein friedliches Dorf. Zum Strand am Sagaponack, wo wir die Asche meiner Mutter dem Meer überantwortet hatten, waren es nur sieben Meilen über die Insel, und ich ging fast jeden Tag mit Janir dort schwimmen. Es war Ende Juni, die Kartoffelfelder hinter den Dünen standen in voller Blüte, und außer an den Wochenenden war der lange weiße Strand menschenleer.

Ich hielt das Haus sauber, ging einkaufen, machte die Wäsche und kochte. Das war alles kein Problem für mich, denn ich hatte das schon zuvor getan, sowohl allein als auch mit Clarisa. Haushaltspflichten schienen mir immer der einfachste Teil der Kinderbetreuung. Weitaus nervenaufreibender war Janirs ständige Forderung nach Aufmerksamkeit.

Ich folgte Nanas Ratschlag und suchte nach einem Kinderhort. Es gab ein paar Frauen in Sag, die als Tagesmütter arbeiteten, aber keine wollte einen Jungen aufnehmen, der noch keine drei Jahre alt war und nur Spanisch sprach. Schließlich hörte ich von einer Spielgruppe in Springs, die sich immer morgens traf, und fuhr mit Janir dorthin, um mich umzusehen. Judy Hubbard, die Leiterin der Gruppe, zögerte nicht lange. »Natürlich nehme ich ihn«, sagte sie. »Er ist göttlich.«

Janir entschied sich da schon sehr viel langsamer. Er betrachtete die Gruppe argwöhnisch – konnte aber dem Anblick der spielenden Kinder nicht widerstehen. Er drehte sich zu mir um und nickte würdevoll. Fünf Minuten später hing er neben einem anderen Jungen von einem Dschungel-Klettergerüst. In den nächsten Wochen lernte er in der Spielgruppe seine ersten englischen Wörter: Katze, Hund, Lastwagen, hallo. Und seine ersten ganzen Sätze: »Ist nicht so schlimm« und »Laß mich deine Schuhe zubinden.« Ich führte darüber eine Liste.

Ich liebte es, den Morgen für mich zu haben, und machte mich sofort im Haus, das mein Bruder verkaufen wollte, an die Arbeit. Ich deckte einen Teil des Daches mit neuen Schindeln, strich die meisten Zimmer und ließ alle Türen abbeizen. Ich konnte mich glücklich preisen, wieder einmal, Geld auf der Bank zu haben, und verwendete es nun, um meine Zeit mit Janir zu verbringen. Mein sparsames Naturell war fest verankert: Ich zog mich einfach an, aß genügsam, fuhr einen alten Wagen und achtete auch ansonsten auf jeden Pfennig. Im Laufe der Jahre hielt nicht jeder diese Wirtschaftlichkeit für meine liebenswerteste Eigenschaft. Aber durch Janir wurde ich noch geiziger. Es hatte keinen Sinn, jetzt mit dem Geld um sich zu werfen, dachte ich, wenn wir später einmal dringend Geld benötigen könnten.

Nach der Spielgruppe fuhren wir zum Strand, um zu schwimmen, Sandburgen zu bauen und Fußball zu spielen. Später ein Nickerchen zu Hause, dann ein Imbiß, eine Schlacht mit dem Gartenschlauch im Hof, und am späten Nachmittag gingen wir durch die stillen Straßen der Stadt spazieren. Ich hatte ein Dreirad gekauft und schob es von hinten mit einem alten Besenstiel an. Janir liebte die Spaziergänge dann am meisten, wenn *er* entscheiden durfte, wohin wir gingen, in welche Straßen wir abbogen, wann wir Neuland erkundeten und wann wir uns auf den Heimweg machten. Eines Abends gab ich ihm beim Essen ein vorschnelles Versprechen: Wenn er all seine Karotten aufäße, würde ich ihn zum Spielplatz bringen und ihn, so lange er wollte, auf der Schaukel anstoßen. Er ging voll darauf ein. Innerhalb weniger Minuten hatte er die Karotten hinuntergeschlungen, war auf sein Dreirad geklettert und zum Aufbruch bereit. Auf dem Spielplatz hob ich ihn auf seine Lieblingsschaukel – mit einem Stoffsitz, in dem er fast völlig verschwand.

»Anschubsen«, befahl er und ich begann.

»Stärker«, sagte er, und ich stieß ihn stärker an. Alle drei Sekunden berührte die Schaukel meine Hände, und ich stieß wieder ab. Es war eine sich wiederholende Aufgabe, die ich sehr beruhigend fand, eine Gelegenheit, meinen Geist auf Wanderschaft zu schicken. So ging es zwanzig Minuten, während Janir die Metallstangen umklammerte, an denen sein Sitz befestigt war. Dreißig Minuten, dann vierzig – und er sagte kein Wort. Die Dämmerung brach herein, und ich stieß ihn immer noch an. Ich war müde, aber fest entschlossen, mich nicht zu beklagen. Ich würde zu meinem Versprechen stehen.

Nach einer Stunde war ich erschöpft. »Reicht es jetzt?« fragte ich hoffnungsvoll.

Janir schüttelte den Kopf. »Weiter«, befahl er.

Nach eineinviertel Stunden stieß ich ihn immer noch an. Gab

es für ihn *überhaupt* eine Grenze? Die Dämmerung war vorüber und der Himmel rabenschwarz. »Janir«, sagte ich, »laß uns nach Hause gehen.«

»Me prometiste«, meinte er streng. Ich hatte es ihm versprochen.

»Wir kommen morgen wieder her«, wandte ich ein. Das war kein besonders gutes Argument, weil wir sowieso jeden Tag kamen. »Ich schlafe gleich ein«, sagte ich zu ihm. »Hast du immer noch nicht genug?«

»No.«

»Janir, hab Mitleid mit deinem alten Dad.«

Zum ersten Mal schaute er sich zu mir um. Er ging kurz in sich und sagte dann: »Ist gut.«

Ich ließ die Schaukel ausschwingen. Als sie fast stillstand, sprang er mit einem Lächeln herunter. Er hatte gewonnen. Er ging direkt zu seinem Dreirad, warf mir einen unbeschwerten Blick über die Schulter zu und rief: *»A la casa.«*

Ich war wohl jetzt Teil des gesellschaftlichen Umbruchs, auch wenn ich selbst es nicht so empfand. Weder in Lateinamerika noch in den Vereinigten Staaten kannte ich auch nur einen einzigen alleinerziehenden Vater und begegnete während des ganzen Sommers auch keinem. Es gab keine Bewegung, mit der ich mich identifizieren konnte: Ich war einfach nur ein Mann, der mit seinem Sohn in einer stillen Straße im alten, nicht sehr angesagten Sag Harbor lebte. Ich hatte Janir, der mehr Aufmerksamkeit verlangte, als ich ihm geben konnte, und ständig ging mir im Kopf herum, was mit Clarisa und unserer Ehe geschah.

Eines Nachts rief ich in San Salvador an und sprach mit ihrer Mutter. Clarisa sei nicht da. Sie fahre in ihrem Wagen spazieren.

»Sie hat einen gekauft?« fragte ich.

»Gleich nach deiner Abreise«, erwiderte Paquita.

»Und sie hat einen Führerschein?«

»Das sagt sie zumindest. Ich habe keinen gesehen. Sie hat einen Volvo gekauft und fährt damit überall hin.«

Paquita war darüber nicht sehr glücklich, aber aus der Ferne freute ich mich für Clarisa. Nun hatte sie, was sie am meisten wollte: ihre Freiheit.

Nanas Mißbilligung von Janirs Einschlafritual überzeugte mich, etwas daran zu verändern. Weil wir uns in einem neuen Haus und in einer neuen Stadt befanden, übereilte ich meinen Plan nicht, sondern bereitete ihn Schritt für Schritt vor. Sein Schlafzimmer lag im ersten Stock unter der Dachschräge neben meinem, ein verputztes Zimmer mit Parkettboden, hochschiebbaren Fenstern und einem knarrenden alten Bett auf Rollen. Obwohl Janir allein von der Matratze herunterrutschen konnte, war er noch zu klein, um wieder hinaufzuklettern. Zur Schlafenszeit hob ich ihn hoch, dann legte ich mich neben ihn und las ihm auf Englisch aus einem der einfachsten Kinderbücher der örtlichen Bibliothek vor.

Er verstand noch nicht viel Englisch, aber er liebte es, wenn man ihm etwas vorlas. Wenn ich Geschirr spülte oder einkaufen ging oder ihn auch nur auf seinem Dreirad herumschob, tat ich das oft nebenbei und dachte an etwas anderes. Aber wenn ich ihm eine Geschichte vorlas, konnte ich das nicht – und später, als ich das Geschichtenerzählen lernte, forderte er »eine Geschichte aus deinem Mund«, was bedeutete, ich sollte spontan etwas erfinden. Meine Gedanken konnten dann nicht abwandern, das wußte er. Für gewöhnlich erzählte ich ihm nach einigen Büchern auf Englisch auch eine Geschichte auf Spanisch. Es folgte ein Fingerspiel, dann ein Lied, dann ein Kuß, und dann legte ich mich neben ihn, bis er einschlief. Die ganze Prozedur dauerte etwa fünfundvierzig Minuten, manchmal auch eine Stunde.

So ging es ein paar Wochen lang, bis ich ihm sagte, daß die kommende Nacht anders sein würde. Ich würde ihm natürlich etwas vorlesen, ihm eine Geschichte erzählen, ihn umarmen und ihn küssen – aber jetzt sei er alt genug, um allein einzuschlafen. Er hörte meine Worte, aber er achtete kaum darauf. Am nächsten Tag wiederholte ich die Warnung mehrmals, und nochmals am Abend, als ich mich zu ihm aufs Bett setzte. Wir durchliefen die ganze übliche Routine. Aber anstatt mich dann neben ihn zu legen, stand ich auf. Er sah mich erschrocken an.

»Ich bin unten«, erklärte ich ihm. »Du schläfst jetzt ein, und ich sehe dich morgen früh.« Und noch bevor ich die Tür erreicht hatte, war er vom Bett gesprungen und tappste über den Boden hinter mir her. Ich hob ihn hoch. »Wenn du nicht im Bett bleibst«, sagte ich, »werde ich die Tür schließen. Das willst du doch nicht, oder?« Er sah mich aus weit aufgerissenen Augen an.

»Also gut. Ich bringe dich jetzt wieder ins Bett und lasse die Tür offen. Ich bin dann unten.«

»Papi, no.«

Nun lag Panik in seinem Blick. Ich hob ihn wieder ins Bett und deckte ihn zu – aber kaum machte ich mich in Richtung Tür auf, folgte er mir schon wieder.

»Tut mir leid«, sagte ich und schloß die Tür, bevor er mich eingeholt hatte. Er keuchte, er jammerte, er warf sich gegen die Tür und hämmerte dagegen. Er war völlig außer sich. Ich kauerte auf der obersten Stufe der Treppe, wie eine Kugel zusammengerollt, während Janir in seinem Zimmer, nur einen Meter entfernt, einen Erstickungsanfall bekam, stolperte und fiel. Er schlug mit dem Kopf auf den Boden. Er verschluckte sich an seinen eigenen Tränen und imitierte seinen Tod sehr naturgetreu. Ich mußte meine Arme mit aller Kraft um meinen Brustkorb pressen, um die Tür nicht zu öffnen.

Nach zwanzig quälenden Minuten hörten seine Schluchzer auf. Mein Herz fühlte sich an wie mit Stacheldraht umwickelt. Er schlug nochmals gegen die Tür, brach in einen weiteren Tränensturzbach aus, dann kehrte langsam Stille eine. Ich wartete noch zehn Minuten, dann hob ich den Riegel und schob die Tür langsam auf, bis sie gegen seinen Kopf stieß. Er war auf dem Boden in seinem T-Shirt und seiner Unterwäsche eingeschlafen, sein Haar zerzaust und sein Gesicht immer noch rot. Ich quetschte mich durch den Türspalt, hob ihn sanft auf, legte ihn aufs Bett und deckte ihn zu. Schließlich ging ich nach unten und setzte mich mit einem Buch in einen Sessel. Ich versuchte zu lesen, schaffte aber nicht mal einen einzigen Absatz.

Am nächsten Tag verlor keiner von uns auch nur ein Wort

darüber. Aber nach der Gutenachtgeschichte im Bett erklärte ich ihm, daß er auch in dieser Nacht allein einschlafen müsse. Ein schrecklicher Ausdruck huschte über sein Gesicht. Er wollte wieder aus dem Bett gleiten und mich zurückhalten. Ich hielt ihn fest: »Du willst doch nicht, daß ich die Tür wieder schließe, oder?«

»*No,* Daddy. Nicht die Tür.«

»Dann mußt du im Bett bleiben. Du bleibst da und schläfst ein, und ich lese. Ich bin immer bei dir.

Er weinte, aber er blieb im Bett. Ich ging nach unten, setzte mich mit einem erbärmlichen Gefühl in den Sessel und wartete – diesmal dauerte es nur fünf Minuten. Ich gab ihm nochmal fünf Minuten, dann schlich ich die Treppe hoch und lugte in sein Zimmer. Er schlief, aber sein Körper hatte sich noch nicht entspannt. Seine Fäuste umklammerten immer noch die Decke, und er atmete nur flach. Ich fürchtete, ich könnte ihn schon allein dadurch aufwecken, daß ich ihn ansah. Ich kniete mich neben das Bett und lauschte seinem Atem.

Manchmal hatte ich das Gefühl, mit Janir ein großartiges Abenteuer zu erleben. Dann wieder war ich verzweifelt, fühlte mich einsam, als Außenseiter in einer Kleinstadt. In vielerlei Hinsicht führte ich ein angepaßtes Leben: Ich stand früh auf, zog mein Kind an, machte ihm Frühstück, brachte es zu seiner Spielgruppe, ging zur Arbeit. Und doch waren wir alles andere als eine normale Familie. Janir hatte keine Mutter, und ich hatte keine Frau, mit der ich meine Gedanken und Gefühle teilen konnte – von meinem Bett ganz zu schweigen.

Janir war stets ein zärtliches und körperorientiertes Kind. Ich war in einer für New England typischen Familie aufgewachsen, in der Körperkontakte nicht üblich waren – aber Janir war gegenüber derlei Konventionen immun. Wenn wir meine alte Freundin Patty Coughlan besuchten, krabbelte er auf mir herum, sprang mich an, spielte mit meinen Ohren und meinen Haaren. Ich war diesbezüglich ein klein wenig befangen, aber insgeheim liebte ich es. Es gab nichts, was ich mehr wollte oder brauchte.

Bald schon entdeckte ich, daß Sag Harbor voller Frauen war. An manchen Abenden, wenn ich Janir auf seinem Dreirad in die Stadt schob, um ihm ein Eis zu kaufen, trat ich kurz in die Harpoon Bar oder das vor nicht allzu langer Zeit renovierte American Hotel, um einen Blick auf die Anwesenden zu erhaschen. Dort saßen stets Frauen, tranken, rauchten und plauderten. Ich sprach jedoch nie eine an. Wegen Janir, der auf dem Bürgersteig hinter mir Tier- und Motorengeräusche nachmachte, konnte ich nur ein oder zwei Minuten bleiben. Ich wollte ihn nicht mit in eine Bar nehmen, und mir kam nie der Gedanke, daß sich eine Frau von einem Mann mit einem Kleinkind angezogen fühlen könnte.

Einmal traf ich eine attraktive Frau, während ich Patty besuchte. Sheila war groß, schlank und geschieden und hatte – völlig unglaublich – zwei erwachsene Söhne. Noch schwerer zu glauben war die Tatsache, daß sie siebzehn Jahre älter war als ich. Sie saß mir gegenüber in Pattys Wohnzimmer, trug einen Tennisrock mit weißen Socken und Turnschuhen und nippte an einer Limonade, während wir über Scheidungen sprachen. Sie hatte gerade eine schwere Scheidung hinter sich gebracht und war froh, endlich alles überstanden zu haben.

Sheila war wohlhabend, gebildet und sexuell viel erfahrener als ich. Das vermutete ich zumindest. Ich hatte nicht den Mut, sie nach ihrer Telefonnummer zu fragen. Ich wäre zu Stein erstarrt, wenn sie es abgelehnt hätte, mir ihre Nummer zu geben, und ich fürchtete außerdem, Patty zu schockieren. Daher brach ich nach einer Weile wieder auf. Ich schob Janir auf seinem Dreirad nach Hause, machte ihm etwas zu essen und steckte ihn ins Bett. Dann saß ich im dunklen Wohnzimmer und dachte an Sheilas glatten Hals und ihre langen Beine. Wenn ich in Gegenwart von Frauen doch nur einen Hauch mehr Selbstbewußtsein hätte. Es wäre keine Liebesgeschichte geworden, dachte ich, nur eine Affäre. Aber genau das wollte ich.

Am 4. Juli fuhr ich mit Janir nach Long Beach hinüber, um das Feuerwerk anzuschauen. Auf der Fahrt versuchte ich ihm zu erklären, was ein Feuerwerk ist, aber »explodierende Leuchtkörper am Himmel« sagte ihm nichts. Wir fanden einen Platz am Strand, setzten uns auf eine Decke und aßen Spaghetti und gebackene Bananen. Solange er es nur aß, kochte ich ihm alles, was er wollte. Er war nicht knochig, aber an manchen Tagen hatte es den Anschein, als könne man seine Nahrungsaufnahme in Gramm messen.

Nach dem Essen am Strand las ich ihm aus den Babar-Büchern vor, die ich als Kind so geliebt hatte. Er wies auf die Elefanten auf der Innenseite des Umschlags, die sich mit ihren Rüsseln gegenseitig am Schwanz festhielten, und rief *»Elefante-camellos!«* Wir machten es uns auf unserer Decke gemütlich, als immer mehr Leute kamen und die noch freien Stellen am Strand belagerten. Zu unserer Linken saß eine Familie mit drei Kleinkindern, einem Korb voller Lebensmittel, einer Kühltasche, einem Hund und Stühlen für die beiden dickärschigen Eltern: Zorbas schlimmster Alptraum. Auf der anderen Seite näherte sich ein junges Paar und ließ sich nur mit einem Sechserpack Bier und einem Schlafsack auf den Sand fallen. Janir saß auf meiner Brust und spielte mit meinen Ohren, ganz und gar selbstverloren. Wir waren hier die Außenseiter: ein braunes Kind und ein bärtiger Vater, die mitten in einer amerikanischen Feier Spanisch sprachen. Ich hatte meinem Empfinden nach wenig gemeinsam mit den sturen Eltern zu meiner Linken und war viel mehr an den zwei jungen Leuten interessiert, die sich auf dem Schlafsack gegenübersaßen, Händchen hielten und miteinander redeten, als seien sie allein am Strand.

Es wurde dunkler. Eine Horde junger Mädchen spazierte vorbei, die Hände in ihren hinteren Hosentaschen vergraben. Obwohl sie eindeutig auf Männerfang waren, wurden sie still, als drei Jungs in die andere Richtung an ihnen vorbeigingen, und alle ignorierten einander.

Ich hatte meinen Sohn, aber keine Frau. Otilia, die Frau, die ich in Guatemala im Wagen mitgenommen hatte, hatte sich geirrt: Ich *war* einsam. Als das Licht über der Noyack Bucht verschwand, fing das junge Pärchen an, sich zu küssen. Nach kurzer Zeit hatten sie sich in ihrem Schlafsack zusammengerollt, so daß er wie ein großer runder Kokon aussah. Sie zappelten und gelegentlich lachten sie.

Es hupte, und jemand rief hinter uns: »Legt schon los!« Ein Beifall spendender Chor schloß sich ihm an, aber es dauerte noch zwanzig Minuten, bevor der erste Feuerwerkskörper in den Himmel schoß und unter donnerndem Getöse explodierte.

Janir sprang auf die Beine, seine Augen fest auf das blendende blaue Licht gerichtet – bis eine zweite Rakete hinaufschoß und sich ebenso prachtvoll entfaltete. Dann eine weitere und wieder eine – unzählige Feuerwerkskörper schossen in den Himmel mit einem lauten *Krawumm*. Einige explodierten krachend, andere pfeifend. Janir blickte so andächtig wie ein Kirchgänger. Er lehnte sich gegen meine Knie, sprach aber kein Wort. Ich spürte, wie die aufeinanderfolgenden kraftvollen Salven durch seinen Körper vibrierten, und weidete mich an seiner Verwunderung. Ich war glücklich.

Einige Nächte später rief ich in El Salvador an. Clarisa war wieder nicht da. Paquita erzählte mir, daß sie mit einem Stein ein Loch in die Windschutzscheibe ihres Wagens geschlagen hatte, damit sie beim Fahren den Wind in ihrem Gesicht spüren konnte. Sie hing am Strand mit einigen amerikanischen Surfern herum, die keinen guten Einfluß auf sie ausübten, meinte Paquita: ein dekadentes Leben und keinerlei Ehrgeiz.

Einige Wochen darauf rief Paquita mich an. Clarisa hatte mit zwei Surfern einen Unfall gebaut: Totalschaden am Wagen, sie selbst im Krankenhaus. Einer ihrer Wangenknochen war zerschmettert, und die Ärzte versuchten, ihn zu rekonstruieren.

Ich fühlte mit ihr, eine unmittelbare und automatische Reaktion. Doch in derselben Nacht, als ich neben Janir lag und ihm die übliche Gutenachtgeschichte vorlas, mußte ich mir ständig in schrecklichen Einzelheiten einen Unfall vorstellen, bei dem er mit Clarisa im Wagen gesessen wäre. Ich sah ihn durch die zerschmetterte Windschutzscheibe, im Volvo herumgeschleudert, sein Gesicht aufgeschlitzt und mit gebrochenen Knochen.

Ich stand auf und schüttelte diesen Alptraum ab. Janir schlief bereits, lag sicher in seinem Zimmer. Es würde ihm gutgehen, denn ich kümmerte mich um ihn. Aber Clarisa steckte in Schwierigkeiten, also brachen wir drei Tage später nach El Salvador auf.

ACHT

Ich packte den Wagen, machte Janir auf dem Rücksitz ein kleines Nest zurecht und verließ Sag Harbor um vier Uhr früh, um den morgendlichen Berufsverkehr in New York zu vermeiden. Wir schafften es nicht. In der Morgendämmerung füllte sich der Long Island Expressway mit Pendlern, und um sechs Uhr hieß es nur noch Stop-and-Go. Die Autos flimmerten vor Hitze, und die Sonne ging rotglühend über den ausgedehnten Häuserzeilen auf. Janir wachte auf und kletterte auf den Vordersitz.

»Daddy«, sagte er, »ich muß mal.«

Wir waren mitten auf der vierspurigen Straße. Ich kroch mit dem Wagen ein paar Meter vor, hielt an, kroch weiter. Alle Fahrer blickten grimmig, starrten vor sich auf den Verkehr.

»*Daddy.*« Janir klang nachdrücklicher.

Ich zog ihm die Unterhosen aus, rollte die Scheibe herunter und hielt ihn hinaus. Alle taten so, als ob sie nichts bemerkten. Janir pieselte lange und selbstzufrieden. Ich zog ihn wieder in den Wagen, und wir krochen weiter auf die Stadt zu.

Es ging durch New York, New Jersey und Pennsylvania. Ich hatte einen Kindersitz gekauft, aber Janir wollte partout nicht darin sitzen. Er spielte mit seinen Spielsachen, er malte, er langweilte sich, er fand sich mit den endlosen Stunden auf der Straße ab. Wir wohnten bei Freunden und in Motels, wo er von Bett zu Bett springen und die Matratzen wie Trampoline benutzen konnte. Er packte immer die Seifenstücke und Duschgelfläschchen aus der Plastikverpackung, verwendete alle Handtücher und zog das Wachspapier von den sterilisierten Gläsern.

Nach einer vollen Woche auf der Straße kamen wir bei Paquita an. Clarisas Gesicht war immer noch vom Unfall verfärbt, und die Ärzte hatten drei Drähte in ihrer Wange und ihrer Schläfe verankert, um die Knochen wieder an Ort und Stelle zu ziehen. Man konnte die Drähte aus rostfreiem Stahl durch ihre Haut hindurch sehen; sie formten ein zitterndes Dreieck, das zehn Zentimeter ihrer rechten Gesichtshälfte einnahm. Sie sah niederschmetternd aus, und um den Apparat zu schützen, bewegte sie sich unnatürlich steif. Janir ließ sich von ihr umarmen, aber es war eine unbeholfene Umarmung. Obwohl unsere Umarmung gleichermaßen gezwungen war, erzählte Clarisa freimütig alles über den Unfall. Sie berichtete, wie sie mit zwei amerikanischen Surfern Quaaludes gegessen hatte und die beiden sie dann überredet hatten, sie mit in die Stadt zu nehmen – Quaaludes ist eine hypnotische Droge und der Fahrtüchtigkeit alles andere als zuträglich. Clarisa fuhr ohnehin sehr eigenwillig, und einer der Surfer bestand darauf, sich selbst ans Steuer zu setzen. Er fuhr den Wagen in den Graben, aber Clarisa wurde verletzt. Trotz Clarisas Schnittwunden im Gesicht warteten die beiden bis zum nächsten Morgen – als sie den Bus nehmen konnten, und kein Taxi bezahlen mußten –, bis sie Clarisa ins Krankenhaus brachten. Sie setzten sie an der Notaufnahme ab und verschwanden.

Ich hätte sie am liebsten umgebracht.

Clarisa tat alles als Schicksal ab. Sie schien überhaupt keinen Groll zu hegen. Als ich sie zu den Einzelheiten des Unfalles befragte, erzählte sie davon, als ob das alles einer anderen zugestoßen wäre. Ich wurde mit ihr einfach nicht warm. Vielleicht lag es ja an den Drähten, aber ich hatte das unheimliche Gefühl, mit jemand anderem als Clarisa zu reden, mit jemandem, der nur wie Clarisa aussah.

Als sie Janir in dieser Nacht in ihrem Zimmer zu Bett brachte, setzte ich mich auf die Stufen vor dem Haus. Ich fühlte mich von allen isoliert. Einige Nachbarn, die ich kannte, gingen auf der Straße vorbei, und wir tauschten die üblichen Grüße aus: *Buenas noches, buenas noches.* Aber das war nicht meine Welt, und plötzlich schien mir alles fremd: die staubige Straße, die dickbäuchigen und überarbeiteten Frauen, die Kinder, die auf dem Gehweg Fußball spielten, mit einem Ball, in dem keine Luft mehr war.

Auf der langen Fahrt nach El Salvador hatte es Augenblicke gegeben, sogar Stunden, in denen ich mich der Vorstellung hingab, daß ich mich mit Clarisa wieder vertragen würde. Möglicherweise hatte sie ihre Meinung hinsichtlich eines Lebens auf dem Lande geändert, und wir drei könnten nach Guatemala ziehen, dachte ich – so mächtig ist der Motor der Ehe. Jetzt schien das unwahrscheinlich.

Einige Monate zuvor hatte ich ein leidenschaftliches Wiedersehen am Flughafen von San Salvador beobachtet. Der Mann war Amerikaner wie ich – das schloß ich zumindest aus seinem wie mit der Kreissäge abgesäbelten Haarschnitt und den Khakihosen. Die Frau war Salvadorianerin wie Clarisa. Nachdem er den Zoll verlassen hatte, ließ er seine Taschen fallen, legte seine Arme um die Hüften der Frau und bedeckte ihren Mund und ihren Hals mit hungrigen Küssen. Sie schmolz an seiner Brust dahin und erwiderte seine Küsse feurig. Sie hielten kurz inne, um ein paar Worte zu wechseln, und dann, völlig blind für ihre Umwelt, küßten sie sich erneut. Es war mir peinlich, sie zu beobachten. Ich hatte das Gefühl, ein Paar beim Liebesspiel im Schlafzimmer überrascht zu haben. Dennoch konnte ich meine Augen nicht abwenden. Ich spähte von der anderen Seite der Halle herüber, folgte ihnen sogar zum Taxi-Stand und beobachtete, wie sie in ein Taxi einstiegen. Beide waren nicht mehr jung, wahrscheinlich zehn oder fünfzehn Jahre älter als ich. Der Mann arbeitete vermutlich als Berater für das amerikanische Militär – und nichts verachtete ich Anfang der Siebziger mehr. Die Frau war keine Schönheit: Sie hatte stämmige Hüften und ein flaches Gesicht. Doch ihre Reaktion aufeinander sandte einen Schauer über meinen Rücken. Hatte ich so etwas *jemals* für Clarisa empfunden? Ich konnte mich fast nicht mehr daran erinnern.

Ich saß immer noch auf den Stufen, als Janir hinter mir angeschlurft kam. Er wollte, daß ich ihm eine Geschichte erzählte – und dann in meinem Bett schlafen. Clarisa beobachtete uns, als ich ihn an ihrem Zimmer vorbeitrug. Ihr Gesicht war eine traurige Maske. Dieser Eindruck wurde durch die Drähte, die auf ihrer Wange zitterten, noch unterstrichen. Ich sah sie an – und wandte meinen Blick ab.

In der zweiten Nacht lud ich alle zum Essen ein. Die ganze Familie war in Janir vernarrt und bewunderte sein Englisch. Clarisa schien entspannt – ihr Sohn war jetzt bei ihr. Er starrte nicht länger auf die fremden Drähte, und die beiden lachten sogar ein wenig über einen gemeinsamen Scherz. Ich fühlte mich innerlich zerrissen. Einerseits wollte ich, daß sie sich verstanden – andererseits wollte ich ihn auf eine selbstsüchtige Weise ganz für mich. Nicht für einen Tag, nicht einmal für eine Stunde wollte ich ihn hergeben. Ich wollte nicht das »auch noch vorhandene« Elternteil sein.

Samstagabend saßen wir alle vor Paquitas neuem Fernsehgerät, während Clarisa in der Praxis ihres Arztes anrief. Es war keiner da. Clarisa tigerte im Zimmer auf und ab, eine Hand auf ihre Hüfte gestützt, die andere auf ihrem Kinn. Sie hatte genug von den lästigen Drähten. Als sie im Krankenhaus anrief, riet man ihr, einen Arzt Montag früh zu konsultieren. Schließlich handele es sich ja nicht um einen Notfall. Aber Clarisa wollte die Drähte sofort loswerden. Sie starrte sie in einem Handspiegel an, wirkte wütend und verstört.

Paquita und ich stritten mit ihr. Die Drähte seien von entscheidender Bedeutung, hatte man uns mitgeteilt, nur mit ihrer Hilfe würden Clarisas Gesichtsknochen wieder in ihre ursprüngliche Stellung zurückfinden. »Das ist doch Scheiße«, fluchte Clarisa. »Sie sind mir im Weg.«

Ich verstand selbst nicht, wie die Drähte wirken sollten. Es waren nur drei Drähte, die am Ende zusammengedreht und ein klein wenig gebogen waren. Clarisa schlug mit dem Handrücken dagegen, und ich zuckte zusammen. »Ich kann damit nicht schlafen«, erklärte sie. »Jedes Mal, wenn ich mich umdrehe, stoße ich dagegen. Ich hasse sie.«

»Warte doch bis Montag«, drängte ich sie. »Ich begleite dich, und wir reden mit dem Doktor.«

Sie funkelte mich an, als wäre ich einer ihrer Feinde. Janir sah fern, seine Haare waren dunkel und noch feucht von der Dusche. Er konzentrierte sich ganz auf die Sendung, ignorierte unsere hitzige Debatte. Clarisa ging ins Badezimmer und verschloß die Tür. Als sie wieder herauskam, hielt sie die Drähte in der Hand. Sie sah errötet und triumphierend aus. Sie hatte die Drähte aufgedreht und sie dann einfach durch ihr Fleisch gestoßen. Es floß nicht einmal Blut.

In diesem verblüffenden Augenblick erkannte ich die Frau wieder, in die ich mich verliebt hatte. Aber jetzt machte sie mir auch angst. Ihre Impulsivität, die mich anfangs zu ihr hingezogen hatte, schien mir jetzt gefährlich und selbstbetrügerisch.

Zwei Tage später fuhr ich nach Cobán in Guatemala, um mich mit Peter und Rhonda zu treffen – und kurz darauf platzte der Vertrag mit der Farm. Die Besitzerin wollte auf einmal doch nicht mehr verkaufen, und wir hatten keine Möglichkeit, den Verkauf zu erzwingen. Das war auch gut so, dachte ich. Wenn ich mich schon in Sag Harbor einsam fühlte, was würde ich dann allein mit einem dreijährigen Jungen im guatemaltekischen Hochland tun?

Obwohl wir uns nach einem anderen Anwesen umsahen, war meine Begeisterung für dieses Projekt verschwunden. Am Ende der Woche kehrte ich nach San Salvador zurück und ließ Peter und Rhonda allein weitersuchen. Letztendlich zogen die beiden in den Süden von Belize, kauften sich dort Land und gründeten einen Hof.

Bei meiner Rückkehr hatte Paquita einen Entschluß gefaßt. Sie stand im Unterrock in ihrem Salon und bügelte eine Bluse, kurz bevor sie nach der Siesta wieder zur Arbeit mußte. »Sie ist viel zu verantwortungslos«, erklärte sie. »Sie kann sich nicht um Janir kümmern. Einer von uns muß das tun.«

»Warum?« fragte ich. »Was hat sie denn getan?«

»Du warst doch dabei.«

»Sprichst du von den Drähten?«

»Sie hat einfach keine Selbstkontrolle. Ein Kind braucht jemanden, auf den es sich verlassen kann.«

»Aber sie ist seine Mutter«, sagte ich.

Die Dynamik war mir vertraut: Wann immer Paquita Clarisa angriff, sprang ich zu ihrer Verteidigung herbei. Und in diesen Augenblicken war ich davon überzeugt, daß Clarisa nicht verrückt war, nur merkwürdig. Nanas Schwester war verrückt gewesen.

Paquita zog ihre Bluse an. »Du weißt ja, daß ihr Vater auch im Krankenhaus war, bevor er sich umbrachte«, sagte sie.

»Nein, das wußte ich nicht.« Von Clarisas Vater war mir eigentlich nur bekannt, daß sie ihn vergöttert hatte.

»Er war ein guter Mann, aber er hatte auch einige dieser Probleme. In seiner Familie gibt es noch mehr solche Leute.«

Ich hatte schon ein paar Geschichten davon gehört, aber damals wußte ich noch nichts darüber, wie sich Wahnsinn in einer Familie vererben kann, und schenkte dem nur wenig Beachtung. Es gab da einen exzentrischen Onkel in San Salvador und eine verrückte Tante in Kalifornien, beide von Rubios Seite, und Paquita erwähnte jetzt *la debilidad*, wie sie es nannte, die Schwäche, die unter den Verwandten ihres Ehemannes kursierte. Wir hatten nie über Schizophrenie gesprochen, und ich hatte nur eine schemenhafte Vorstellung von dieser Krankheit. Aus dem Klang des Wortes schloß ich, daß man in zwei Persönlichkeiten gespalten war. Heute weiß ich, daß es sich bei der Schizophrenie um eine psychotische Störung handelt, die von Selbsttäuschungen, magischem Denken und anderen emotionalen Störungen gekennzeichnet wird – aber Anfang der siebziger Jahre hätte ich das Verhalten eines Menschen niemals so mit Medizineraugen gesehen. Ich hatte von Ronald D. Laings Aphorismus gehört, Wahnsinn sei die angemessene Reaktion auf eine verrückte Welt, und die Irrsinnigen wären näher an der Wahrheit als der Rest von uns. Diese romantische Vorstellung hatte mich in ihren Bann gezogen und wahrscheinlich meine Wahrnehmung von Clarisa als einem Menschen mit einem medizinischen Problem hinausgezögert.

Eines Tages traf ich auf der Straße den gutaussehenden und einnehmenden Ricardo Aguilar, einen Freund aus meiner Zeit beim Friedenskorps und Clarisas Zeichenlehrer. Ich beäugte ihn während unserer Unterhaltung mißtrauisch: Ob er wohl mit Clarisa geschlafen hatte? Aus seinem Verhalten ließ sich nichts erkennen.

Er deutete mir gegenüber an, Clarisa habe ihre Seele verloren. »Jemand hat sie gestohlen«, sagte er im Brustton der Überzeugung. »Du solltest sie zu Maria nach Oaxaca bringen.«

»Die *curandera*?« fragte ich.

»Sie könnte eine Zeremonie durchführen, um Clarisas Seele zurückzuholen.«

»Wie kann ich sie finden?«

»Fahr einfach nach Oaxaca und frag nach ihr. Dort kennt sie jeder.«

»Ich glaube nicht, daß Clarisa mich begleiten würde.«

»Zwinge sie«, erklärte Ricardo. »Frag sie nicht erst lange, nimm sie einfach mit.«

Ein paar Tage lang dachte ich ernsthaft über einen solchen Ausflug nach. Aber als ich das Clarisa gegenüber erwähnte, starrte sie mich an und sagte: »Sei doch kein Idiot. Warum sollte ich mit einer Medizinfrau sprechen?«

»Es wäre, als ob du mit einem Psychiater sprichst.«

Sie machte eine wegwerfende Bewegung. »Hat das denn deiner Mutter genützt?«

Während unseres Aufenthalts in Sag Harbor war Janir meistens ein fröhliches Kind gewesen. Jetzt blies er Trübsal, weinte viel, wachte mit Alpträumen auf und konnte dann nicht wieder einschlafen. Jede zweite Nacht machte er ins Bett, und fast dauernd zankte er sich mit Clarisa. Manchmal verwöhnte sie ihn, und manchmal setzte sie ihm zu. Eines nachmittags fand ich die beiden in der Küche. Clarisa drängte ihn, ein paar *nances* zu essen, säuerliches gelbes Obst in der Größe von Trauben. Sie lachte, aber sie hielt ihn am Hals, während sie die Früchte zwischen seine Lippen preßte. Janir zappelte und schrie: *»No!«*

»Was zur Hölle machst du da?« fragte ich.

Janir glitt von seinem Stuhl und rannte aus dem Raum. Clarisa lachte nur. »Als ich in seinem Alter war, habe ich *nances* geliebt«, sagte sie. »Mit ihm stimmt etwas nicht. Du hast ihn zu lange mit in den Norden genommen.« Ihre alte Akzeptanz seiner Wünsche und seiner Neugier – ich erinnerte mich daran, wie sie ihn an den Rand des Heubodens krabbeln und drei Meter in die Tiefe schauen ließ – war nun völlig verschwunden. Sie war ihm gegenüber unnachgiebig: Sie wollte, daß er das aß, was sie ihm aussuchte, die Bücher las, die sie auswählte, die Kleider trug, die sie ihm bereitlegte. Im Haus sollte er zudem gar keine Kleider tragen. Clarisa hielt es für gesünder, wenn er nackt herumliefe. Sie fragte ihn nicht, was er davon hielt, sondern zog ihm einfach Hemd, Hose und Unterhose aus und erklärte ihm, daß es so natürlicher wäre. Manchmal war Janir darüber froh, denn es war warm im Haus, und ohne seine Kleider fühlte er sich oft wohl. Aber wenn er es einmal nicht wollte, versteckte sie seine Kleider und gab sie ihm nicht heraus. Das rief jammernde Proteste bei Janir hervor, und dann mußten entweder Paquita oder ich einspringen und die Situation in Ordnung bringen.

Eines Abends kam ich früher nach Hause. Ich konnte Janir nirgends entdecken und ging zu Clarisas Zimmer. Ich klopfte an. Sie war dort, Janir aber nicht. »Er ist auf dem Dach«, sagte sie.

»Wer ist bei ihm?«

»Keine Ahnung.«

Ich rannte die Treppe hoch. Dort saß er völlig nackt und spielte in einem Sandhaufen, den der Dachdecker, der einige Ziegel reparierte, zurückgelassen hatte. Es ging ihm gut – aber um das Flachdach war nur ein zwanzig Zentimeter hohes Geländer gezogen, und er hätte sehr leicht auf die Straße fallen können. Janir war kaum drei Jahre alt.

Ich wollte, daß Janir eine Mutter hatte, aber nicht auf diese Weise. Ich trug ihn nach unten, bat das Hausmädchen, ihn zu baden, und verließ das Haus. Ich marschierte einmal um den Block – aber ich hatte meinen Entschluß schon gefaßt. Ich ging zurück ins Haus, klopfte an Clarisas Tür, trat ein und stellte mich neben sie. Sie lag in Unterwäsche und einem T-Shirt auf dem Bett und las die Comicseite einer Zeitschrift. Schließlich blickte sie auf. »Ich gehe zurück in die Staaten«, sagte ich. »Mit Janir.«

Ihre dunklen Augen verengten sich. Sie funkelte mich an, machte aber keine Bewegung. Ich hatte einen Wutausbruch erwartet, fliegende *pupusas*, einen erbitterten Kampf. Statt dessen starrte sie mich nur kalt an, dann drehte sie sich um und zog ihre Beine an die Brust. Sie lag bewegungslos in embryonaler Stellung. Ich wollte ihre Schulter berühren, sie irgendwie trösten, aber ich wagte es nicht.

»Ich werde gut für ihn sorgen«, sagte ich.

»Das solltest du auch. Und jetzt verschwinde.«

Am Nachmittag vor unserer Abreise teilten wir unsere gesamte Habe in zehn Minuten auf. Clarisa machte sich nichts aus den Werkzeugen, also gab es nichts weiter aufzuteilen als ein paar Bücher und Platten, und wir wußten beide, wem die gehörten. Nach fünf Jahren Ehe besaßen wir nicht einen gemeinsamen Gegenstand.

Seit dem Tag, an dem ich ihr mitgeteilt hatte, daß wir gehen würden, hatte sie sich in einer sehr gedrückten Stimmung befunden. Nun nahm sie Janir mit hinaus zu meinem Wagen und setzte sich mit ihm auf den Beifahrersitz. Ich beobachtete sie vom Haus aus. Sie legte ihren Arm um ihn, und sie schienen sich zu unterhalten – aber nach fünf oder zehn Minuten kletterte er zum Fenster hinaus, sprang auf die Straße und kam wieder ins Haus.

Ich bekam, was ich wollte, aber es machte mich nicht glücklich. Clarisa wirkte traurig, saß zusammengesunken im Auto, mit dem Kinn auf der Brust. Ihre Trauer schürte meine eigene. Ich marschierte in den beiden vorderen Räumen des Hauses auf und ab, tat so, als würde ich packen und alles vorbereiten, aber insgeheim behielt ich Clarisa im Auge. Alle im Haus ignorierten sie. Sie wußten, wie leicht Clarisa explodieren konnte, und wahrten Distanz.

Nach dreißig Minuten ging ich hinaus, öffnete die Fahrertür und setzte mich hinter das Lenkrad. Lange Zeit sagte keiner von uns ein Wort. Wir saßen einfach nur nebeneinander, brutzelten in der Hitze und beobachteten die Straße. Irgendwann hatte sie sich mit der Tatsache abgefunden, daß ich ihr Janir nahm. Ich war der Ansicht, sie wüßte um ihre Probleme. Schließlich drehte sie sich um und starrte mich an, ihre dunklen Augenbrauen zu einer einzigen Linie zusammengezogen.

»Er gehört auch mir«, sagte sie. »Vergiß das ja nicht.«

Am nächsten Morgen versammelte sich die Familie auf dem Gehweg. Wir wurden von allen umarmt und erhielten Segenswünsche für die Reise. Ich hatte die letzten beiden Stunden damit verbracht, mich gegen einen Ausbruch meiner Schuldgefühle zu stählen, aber Clarisa umarmte mich und Janir nur kurz und schweigend und trat dann zurück. Die Sonne schien sengend auf uns alle: Freunde, Familie, Dienerschaft und eine Gruppe barfüßiger Nachbarskinder. Paquita weinte hemmungslos. Ich würde schreiben, versicherte ich, und ich würde mehr Geld schicken. Wir würden alle in Kontakt bleiben. Aber über die Zukunft wurde nur wenig gesagt, und keiner sprach aus, daß dies das Ende für mich und Clarisa war. All unsere Hoffnungen ruhten nun auf Janir.

Als wir in den Wagen gestiegen waren, umarmte Janir noch einmal alle durch sein offenes Fenster, dann fuhren wir los. Clarisa stand mitten in ihrer Familie, wirkte klein und unsicher und ganz und gar nicht in der Lage, etwas Destruktives anzustellen. Janir lehnte sich gegen meine Schulter. Wir ließen die pastelfarbenen Häuser des Viertels hinter uns, dann die ganze Stadt. Wir fuhren an den Kaffeeplantagen von Santa Tecla vorbei und hinunter ins Tiefland.

Janir zerrte an meinem Hemd.

»Denkst du nach, Daddy?«

Er meinte: Ob ich traurig war? »Ich glaube schon«, sagte ich.

Nach sieben Jahren verließ ich Lateinamerika für immer. Auf dem Weg zur Grenze nach Guatemala schwappte eine Welle der Nostalgie über mich hinweg: Sehnsucht nach der Zeit, in der Clarisa und ich auf dem großen Markt der Stadt mit seinen vierzig verschiedenen Obstsorten eingekauft hatten, nach den Nächten, in denen wir durch einen Regenschauer zum Haus ihrer Mutter gerannt waren, nach den heimlichen Nachmittagen in brütender Hitze, an denen die Leidenschaft all meine weniger wichtigen Gefühle ausgelöscht hatte.

Janir zu schützen war meine Ausrede, um mich von einer Ehe zu befreien, die mich erdrückt hatte. Vielleicht war es ja auch eine vernünftige Entschuldigung, aber in Wahrheit konnte ich zwar meinem Sohn Liebe und Fürsorge schenken, nicht aber seiner Mutter, weil ich jemanden brauchte, der meine Liebe erwiderte. Clarisa war dazu nicht fähig, sie hatte allzu hart mit dem Chaos zu kämpfen, das in ihr tobte. Wir waren beide zu zerbrechlich. Sie brauchte jemanden, dem sie vertrauen, dem sie sich anvertrauen konnte, und ich hatte zuviel Angst vor ihrem merkwürdigen Verhalten, um ihr zuzuhören.

Janir machte ein ausgedehntes Nickerchen, dann wachte er auf und quengelte. Ich wußte nicht, ob es daran lag, daß er seine Mutter und seine Familie verlassen hatte, oder ob er einfach keine Lust mehr hatte, im Auto zu sitzen. Wir hatten die Reise gerade erst in die umgekehrte Richtung gemacht, und nun verlangte ich von ihm, das schon wieder auf sich zu nehmen. Er klagte und jammerte und weinte, und nach nur einem halben Tag erwachten schon Zweifel an dieser Reise in mir.

Kurz nach Sonnenuntergang schlief er wieder ein. Ich hielt an einer Ranch am Straßenrand, füllte meine Thermoskanne mit körnigem schwarzen Kaffee und fuhr die Nacht über durch, um eine möglichst lange Strecke zu schaffen, während er schlief. Unter dem Einfluß von einem Liter Koffein schien die Welt gleich sehr viel freundlicher. Endlich war ich auf dem Weg nach Hause. Ich würde irgendwo einen Hof finden, Freunde für mich und Janir, und dann eine Frau. Sie würde ebenso faszinierend wie Clarisa sein, aber viel vernünftiger. Wie schnell ich vergaß, wieviel Clarisa mir bedeutet hatte, wieviel sie mir beigebracht hatte, wie sehr sie mit mir verwachsen war.

Im schwachen Licht der Morgendämmerung hielt ich an einem See im Bundesstaat Veracruz. Janir drehte sich unter seiner Decke um, seine Augenlider dunkel und reglos, seine langen Wimpern berührten seine Wangen. Ich streckte mich auf den Vordersitzen aus und schlief sofort ein – nur um eine Stunde später wieder geweckt zu werden. Janir hatte Hunger. Wir aßen zwei ölige Omelettes in einem Restaurant mit Seeblick, dann fuhren wir um den See herum. Ich hoffte, eine Badestelle zu finden, aber es gab weder einen Strand noch einen leichten Zugang zum Ufer. Schließlich stellte ich den Wagen am Straßenrand ab, und wir stiegen einen dicht mit Büschen bewachsenen Abhang hinunter. Ich war immer noch groggy, und der Sprung ins Wasser tat mir gut. Janir klammerte sich an meinen Hals, während ich zwanzig Meter hinausschwamm. Dann setzte ich ihn im seichten Wasser ab, wo er herumsprang und mit den Armen wedelte, als ob er schwimmen konnte. Er konnte es auch fast. Janir ging es prächtig, aber ich war schnell wieder müde. Ich zog meine Kleider an und legte mich in das herrlich warme Sonnenlicht.

»Janir, ich muß ein Nickerchen machen. Wenn ich einschlafe, dann darfst du nicht ins Wasser, okay?«

»Okay.«

»Nicht einen Schritt. Nicht einmal mit den Zehen.«

»Werd ich nicht, Papi.«

»Versprichst du mir das?«

»Ich werd's nicht.«

Ich legte meinen Kopf auf meinen Arm. »Nur ein kurzes Nickerchen«, sagte ich.

Ich driftete in einen köstlichen Schlummer, während Janir neben mir saß und auf Spanisch plauderte. *»Mira, Papi, mira al pájaro.«* Guck mal, ein Vogel, sagte er.

Ich öffnete meine Augen und schloß sie wieder. O Gott, nur schlafen.

»Mira a las hormigas«, sagte er, guck mal, die Ameisen – aber ich trieb immer weiter ins Vergessen.

»Mira, Papi. Mira. Mira a la culebra.«

Ich sprang wie von der Tarantel gestochen auf. Keine drei Meter entfernt glitt eine Schlange so dick wie mein Handgelenk über ein Stück Holz. Ich konnte nur etwa dreißig Zentimeter von ihr sehen, während sie aus dem hohen Gras heraus- und wieder hineinglitt, aber sie muß mindestens drei Meter lang gewesen sein. Ich packte Janir und hechtete den Abhang hoch. Das Adrenalin prickelte in meinen Zehen und meinen Fingerspitzen. Ich setzte ihn auf die Motorhaube des Wagens und erteilte ihm eine verspätete Warnung vor Schlangen.

Wir fuhren in Richtung Norden nach Veracruz. Ich war jetzt hellwach, sah immer noch, wie sich die Schlange über den Holzscheit schlängelte. Ich fragte mich, wie es weitergehen sollte. Wir hatten den Schutz von Clarisas salvadorianischer Familie verlassen, und ich hatte keine Ahnung, wohin wir sollten. Wir waren völlig ziellos. Mein Bruder wollte das Haus in Sag Harbor verkaufen, und Long Island war überdies viel zu überfüllt. Es war November, und der Winter stand vor der Tür. Ich hatte große Lust auf einen Winterschlaf – doch nur fünf Minuten nach meinem ersten Nickerchen war ich schon von einer gigantischen Schlange aus dem Schlaf gerissen worden.

Um ein Uhr nachts überquerten wir den Pánuco auf einer Fähre. Janir schlief, aber ich weckte ihn auf, damit er die Überfahrt miterleben konnte. Er sagte kein Wort, nahm aber alles mit großer Ehrfurcht in sich auf: die dunklen Wassermassen, den Geruch nach feuchter Erde und Zweigen, die große Fähre, die gegen die Strömung ankämpfte, bis sie mit lautem Knirschen am Kai anlegte. Wir fuhren inmitten von Limousinen und Bussen herunter, durch Tampico hindurch und weiter in Richtung Brownsville, Texas. Mein Schlafrhythmus war völlig durcheinander. Der alte Falcon brummte, während wir unter einem klaren Sternenhimmel durch die Ebenen von Tamaulipas fuhren, an Lastwagen vorbei, die wie Überseedampfer beleuchtet waren, und mit einem heulenden Wolf Man Jack im Radio.

Zwei Tage später kamen wir in Beaumont, Texas, an. Ich tauschte den Falcon gegen einen Chevy Pickup, einen Halbtonner. Der Lastwagen war stabil und warm, und Janir schlug Purzelbäume auf den geräumigen Sitzen, während wir über den Bundeshighway dahinrollten. Ich war jetzt aufgeregt und auch ein bißchen ängstlich. Das ist es, dachte ich: Ich habe meinen Jungen bei mir und werde ihn erziehen.

NEUN

Auf unserem Weg nach Westen legten wir in Athens einen Zwischenstop ein, einer Kleinstadt in der südöstlichen Ecke von Ohio und Sitz der Ohio University. Ein Freund, ebenfalls leidenschaftlicher Gärtner, hatte Athens als möglichen Wohnort vorgeschlagen. »Eine herrliche Landschaft«, hatte er mir erzählt, »und guter Boden.«

Ich erkundigte mich nach einem Restaurant mit Vollwertkost, ging mit Janir dort essen, und innerhalb einer Stunde hatten wir schon ein Dutzend Leute kennengelernt. Man schrieb das Jahr 1973, aber in Athens herrschte immer noch der Geist der Sechziger – für einen langhaarigen Vater und seinen dreijährigen Sohn am geeignetsten, um Freundschaften zu schließen. Roger und Linda Jahnke hatten einen Sohn, der kaum älter war als Janir. Sie besaßen Land in den Wäldern, führten einen Kräuterladen und halfen in der alternativen Schule des Ortes aus. Ich genoß es, wie unbefangen sie mit Janir umgingen. Roger hob ihn hoch und trug ihn so selbstverständlich zum Laden, als ob er ihn schon seit Jahren kannte – und Janir ließ das zu.

Wir hatten uns erst dreißig Minuten unterhalten, als Roger meinte: »Warum ziehst du nicht hierher? Das Land ist billig, und unsere Schule ist großartig.« Er lächelte. »Außerdem könnten wir einen weiteren Schüler gut gebrauchen.« Am nächsten Tag fuhr ich die kurvenreiche Kiesstrecke zu einem alten Bauernhaus auf einer Hügelkette. Kay Woyar war die einzige Lehrerin an der White Oak Schule, und sie öffnete die Tür, kaum daß der Wagen stand. »Ich habe euch kommen hören!«

Sie war eine Frau von grenzenloser Energie. Ihre zweijährige Tochter Joy rannte uns voraus, als Kay uns durch den Bücherraum führte, den Umkleideraum, das Musik- und Wissenschaftszimmer. Die meisten Kinder waren etwas älter als Janir, und er beobachtete sie mit einer Faszination, als wäre er ausgehungert.

Nach unserem Rundgang machte Kay uns Tee und erklärte mir die Philosophie der Schule. »Wir richten uns nach dem britischen Grundschulsystem«, erläuterte sie. »Wir stufen unsere Schüler nicht automatisch nach Alter oder Klasse ein. Sie lernen das, wozu sie bereit sind, und arbeiten sowohl mit jüngeren als auch mit älteren Kindern. Ich versuche außerdem, ihnen beim Aussuchen ihrer Aufgaben völlige Freiheit zu lassen, und sie dürfen sich, solange sie wollen, mit ihrem Projekt beschäftigen. Hier gibt es keine Schulglocke.«

Als wir unseren Tee getrunken hatten, sagte sie: »Warum läßt du ihn nicht eine Weile hier?«

Ich warf einen Blick auf Janir. Er sah sich kurz um und nickte dann. »Hol mich später ab«, sagte er.

»Wann? In einer Stunde?«

Er dachte darüber nach. »In zwei Stunden.«

An diesem Nachmittag fuhr ich ohne Pause über die entlegenen Straßen der Gemeinden Ames und Bern. Das Land war – wie versprochen – herrlich. Stoppelige Maisfelder füllten die versteckt liegenden Senken, und die Hügel waren voll von Harthölzern. Es gab Obstgärten, Wiesen, alte Bauernhöfe und umzäunte Gärten. Ich hatte das Gefühl, am richtigen Ort zu sein.

Anfang Dezember fuhren wir nach New England. Dort lebten mein Vater und mein Bruder, und ich sah mir Grundstücke in Vermont und Massachusetts an. Aber das Land war teuer, und die meisten Menschen waren reserviert. Kurz nach Weihnachten kehrten Janir und ich nach Ohio zurück, schrieben ihn an der White Oak Schule ein und zogen in eine Hütte auf dem Grundstück von Roger und Linda. Es war eine winzige, primitive Unterkunft ohne fließendes Wasser, Elektrizität oder Telefon, aber wir hatten schon einmal so gelebt, und es würde reichen, bis wir eine eigene Farm gefunden hatten.

Ich wußte, ich würde nie viel Geld verdienen, wenn ich in den

Appalachen von Ohio eine Gemüsegärtnerei führen würde. Aber ich wollte eine Arbeit, bei der ich mir mein eigenes Arbeitspensum vorgeben konnte und viel Zeit für Janir hatte. Ich brauchte vier Monate, aber dann fand ich den richtigen Ort: zur Hälfte eine alte Obstfarm, 110 Hektar insgesamt, davon fünfzehn Hektar im Tiefland. Die Apfel- und Pfirsichbäume waren allesamt vernachlässigt oder gar gefällt, aber es gab zwei Bäche, ein kleines Haus, eine wackelige Scheune und eine funktionierende Erdgasquelle, die uns kostenlos mit Wärme versorgte. Der Preis betrug 23 000 Dollar – fast exakt die Summe, die ich aus dem Nachlaß meiner Mutter bekommen hatte. Der einzige Haken war: Ich konnte erst im Herbst einziehen.

Als die White Oak Schule im Juni ihre Pforten wegen der Sommerferien schloß, organisierte ich mit vier anderen Eltern eine Spielgruppe. Vier Tage in der Woche hatte ich frei, dafür war ich jeden Mittwoch an der Reihe mit den Kindern. Janir und ich lebten immer noch in der winzigen Hütte bei Jahnkes, also verbrachten wir einen Großteil des Tages im Freien. Die Kinder angelten Elritzen in den schlammigen Bächen, wir bauten ein Schloß aus Ziegeln, altem Holz und Kleiderresten, und manchmal fuhr ich die ganze Bande zum Dow Lake, um zu schwimmen. Heute denke ich: Großer Gott, fünf wilde Gören auf dem Vordersitz meines Pickup und nicht eines davon angeschnallt.

Nach dem Mittagessen erzählte ich ihnen immer eine Geschichte in einer Lichtung zwischen Eichen und Walnußbäumen. An einem stillen Tag im Juli trug ich einige Decken und drei Bücher aus der Bibliothek hinaus, aus denen ich ihnen zum Einschlafen etwas vorlesen wollte. Wir legten uns auf die Decken, und ich begann mit Beatrix Potter. Die Kinder lagen um mich herum, drei und vier und fünf Jahre alt. Als ich mit Peter Hase fertig war, schlug ich das nächste Buch auf. Zwei Eichhörnchen huschten vorbei. Das Licht war gedämpft, und es wehte auch nicht der leiseste Windhauch. Meine Augenlider wurden schwer.

Als ich aufwachte, waren die Kinder verschwunden. Ich

sprang auf die Beine, rannte in Panik durch den Wald und rief ihre Namen. Zwei waren ganz in der Nähe, wühlten sich glücklich durch das Unterholz. »Bleibt dort«, sagte ich zu ihnen und rannte weiter, um auch die anderen zu finden. Joshua Jahnke war zurück zur Hütte gegangen, aber Janir und Sara Dewees waren bis zur Ausfahrt gewandert und kletterten dort auf einem Haufen Ziegeln herum, dem Lieblingsversteck von Mokassinschlangen.

Ich brachte alle in die Hütte und versuchte, ihnen eine Lektion zu erteilen.

»Das nächste Mal weckt ihr mich auf«, sagte ich. »Okay?«

Sie wirkten gar nicht besorgt. Wo denn überhaupt mein Problem lag? »Wir verirren uns schon nicht«, meinte Sara.

»Ich bin fünf«, erklärte Joshua.

»Genau«, sagte der dreijährige Janir. »Er ist *fünf.*«

Wir konnten zwar erst im September auf die Farm ziehen, aber ich durfte schon vorher das Land bearbeiten. Ich ging jeden Tag dorthin, legte einen Garten an, säuberte die Felder und bereitete alles für die nächstjährige Ernte vor. Ich kaufte einen soliden Traktor für 900 Dollar, einen abgeflachten Ford aus dem Jahr 1942 mit Zapfwellenantrieb und wuchtigen Reifen. Ich fand einen großen Pflugaufsatz, der auf den dreizackigen Zughaken des Traktors paßte, und eine Mähmaschine für die Felder. An den Samstagen fuhren Janir und ich durch die Gegend und erstanden auf Farm-Auktionen Schaufeln, Rechen, Ketten, Brecheisen, Mistgabeln und Vorschlaghammer.

Jede Woche, manchmal jede zweite Woche, wechselte ich mich im Babysitten mit einem anderen Elternpaar ab und hatte dadurch eine freie Nacht nur für mich. Normalerweise fuhr ich in die Stadt, aß zu Abend und schlenderte dann zu Swankys, einer lärmigen Bar voller Hippies, Haschpflanzern, Architektur- und Tanzstudenten, jungen Fakultätsangehörigen und gelegentlich auch Rockern. Ohne meine übliche Unsicherheit tanzte ich dort allein auf der überfüllten Tanzfläche. Ich traf auch ein paar Frauen, aber ich lud nie eine ein. Wie sollte ich mich mit einer

Frau verabreden? Ich hatte nur wenige Nächte frei, und Janir und ich wohnten immer noch in der beengten kleinen Hütte in den Wäldern.

Eines Abends riefen wir aus einer Telefonzelle in der Stadt seine Mutter an. Sie hatte ihre Aufenthaltsgenehmigung für die USA erneuern lassen, war nach San Francisco zurückgezogen und hatte uns ihre Telefonnummer geschickt. Während zwei fette Motten gegen die Scheibe klatschten, hob ich Janir auf die Ablagefläche und steckte Vierteldollarmünzen in den Schlitz. Nach zehnmal Läuten hob jemand ab und rief Clarisa ans Telefon. Ich wußte nicht, ob es sich um eine Art von Kommune handelte oder einfach nur um eine Pension, in der sie ein Zimmer angemietet hatte. Wir schrieben uns manchmal, und ich schickte ihr jeden Monat etwas Geld, aber seit einem halben Jahr hatten wir nichts mehr voneinander gehört.

»Wie geht es Janir?« fragte sie.

»Gut. Er ist hier.«

Ich reichte ihm den Hörer und er sagte »Hi«. Er lauschte, setzte sich aufrecht auf das Brett, nickte und sagte »ja« und »nein«. Manchmal konnte er wegen des Verkehrs nicht alles verstehen. Er war so sehr auf der Hut, daß ich am liebsten geweint hätte. Schließlich sagte er »Okay, tschüß« und reichte mir den Hörer.

»Er klingt bekümmert«, meinte Clarisa.

Ich sagte ihr nicht, daß er beim Abendessen noch nicht so geklungen hatte und daß er zwanzig Minuten später wahrscheinlich wieder vor sich hinplappern und Lieder singen würde. »Er hat ein paar Freunde gefunden«, sagte ich.« Hier gibt es eine wunderbare Schule, und in den Sommerferien ist er in einer Spielgruppe.«

»Wirst du dort bleiben?«

»Ja, ich habe eine Farm gekauft.«

»Also kann ich ihn einmal besuchen.«

Ich zögerte nur eine Sekunde. »Klar.«

Einen Augenblick lang schwieg sie. Dann: »Gibt es dort nur Weiße?«

»Nicht nur.«

»Was ist mit seinen Freunden?«

»Die meisten von ihnen sind weiß«, räumte ich ein. »Aber nicht Jesse.«

»Wehe, du sorgst nicht gut für ihn!«

»Clarisa, das tue ich.«

Stille. Schließlich sagte sie, viel leiser als zuvor: »Er klang so weit weg.«

»Es geht ihm gut«, versicherte ich. Ich legte meinen Arm um Janir und sagte: »Deine Mom schickt dir eine Umarmung.«

Er wirkte schon viel gelöster: »Sag ihr, daß wir zum See gegangen sind.«

»Er sollte viel schwimmen«, meinte Clarisa. »Schwimmer bekommen gute Muskeln.«

Wieder Stille. »Wo wohnst du?« fragte ich.

»Die Leute hier sind unhöflich. Ich werde mir etwas anderes suchen.«

»Schick mir deine neue Nummer«, bat ich. »In einem Monat bekomme ich ein Telefon.«

Zwei Tage später sprach ich mit einem Anwalt. Er riet mir, das vorübergehende Sorgerecht zu beantragen – das würde helfen, sollte es diesbezüglich später zu einer Auseinandersetzung kommen. Wir leiteten die notwendigen Schritte ein.

Auf einem Tanzvergnügen traf ich eine junge Frau, und nach einer durchtanzten Nacht lud sie mich für den kommenden Freitag zum Abendessen zu sich nach Hause ein.

»Großartig«, meinte ich. »Ich werde meinen Sohn mitbringen.«

»Deinen Sohn?«

»Er ist drei.«

»Prima«, sagte Deborah, »bring ihn mit. Ich würde ihn gern kennenlernen.«

Ich war nicht sicher, ob sie es auch so meinte, aber sie holte einen Umschlag aus ihrem Wagen und zeichnete mir auf der Rückseite den Weg zu ihrem Haus auf: mit Kreuzungen, Stopschildern und Briefkästen. Damals lebte jeder auf einer Farm.

Janir und ich kamen um sieben Uhr an, was für uns später Nachmittag war. Deborahs baufälliges Haus sah aus, als ob es beim nächstbesten Windhauch in sich zusammenfallen würde – aber glücklicherweise regte sich kein Lüftchen, nur der blaue Augusthimmel und eine unscharfe organgefarbene Sonnenscheibe waren zu sehen, die über den Hügeln im Westen glühte. Reife Pfirsiche hingen an den Zweigen eines Baumes vor der Eingangstür. Deborah trat heraus, nur mit Shorts und einem ärmellosen T-Shirt bekleidet. Ihre Arme waren glatt und ihr Haar weich.

»Hallo«, sagte sie etwas zu gutgelaunt. »Wie ist dein Name?«

Janir war nicht an Erwachsene gewöhnt, die in der Gegenwart von Kindern nervös wurden. »Janir«, erwiderte er kühl.

Deborah sagte seinen Namen, allerdings nicht ganz richtig.

»Ja-*niir*«, wiederholte er.

»Möchtest du etwas Limonade?«

»Klar. Hast du ein Fernsehgerät?«

»Nein, tut mir leid, ich habe ... nichts für Kinder.«

Er zuckte mit den Schultern. Langweilige Orte war er gewöhnt: das Postamt, die Mühle, das Landwirtschaftsbüro, zu viele Hofverkäufe. Manchmal gab es andere Kinder, manchmal nicht. Wenn es keine gab, fand er sich damit ab. Ich sah mich forschend in Deborahs Wohnzimmer um und fand ein paar alte Ausgaben des ›National Geographic‹ für ihn. Als Deborah entdeckte, daß sie Janir kein Unterhaltungsprogramm bieten mußte, damit er sich wohlfühlte, entspannte sie sich allmählich.

Ihr Essen beeindruckte ihn. »Das ist ein *gutes* Abendessen«, verkündete er, als sie Lasagne mit viel Käse und einen Salat aus ihrem Garten auftischte. Später stopfte er ihren selbstgemachten Pfirsichkuchen in sich hinein. Deborah und ich spülten ab, dann setzten wir uns nebeneinander an den Küchentisch. Unsere Beine berührten sich fast. Ich nahm ihre Hand und hielt sie fest. Ein paar große Fliegen summten durch die Küche, doch mit der einsetzenden Abenddämmerung wurden sie ruhiger. Die Bäume draußen waren nurmehr schattenhafte Umrisse. Janir war auf der Couch im Wohnzimmer eingeschlafen.

»Er ist sehr nett«, sagte sie.

»Ich kann nicht glauben, daß er ohne eine Geschichte eingeschlafen ist. O *Scheiße*!« Ich sprang vom Tisch auf. »Warte hier.«

Ich hatte vergessen, ihn pinkeln zu lassen. Ich hob ihn hoch und trug ihn ins Freie. Sein Kopf rollte wie der eines Neugeborenen gegen meinen Hals; er war bereits in Tiefschlaf gefallen. Ich stellte ihn auf das Gras, machte seinen Gürtel auf und zog seine Hose herunter. Wenn er jetzt nicht pinkelte, würde er mit Sicherheit ins Bett machen. »Janir, wach auf. Du mußt pieseln.«

Er stand auf dem mondbeschienenen Gras und hielt sich leicht schwankend aufrecht, schlief aber nichtsdestotrotz immer noch fest. Deborah stand neben mir und sah zu.

»Janir, du mußt es tun.«

Abgelenkt von meinen Visionen, wie ich Deborah küßte, hatte ich seine Einschlafrituale völlig vergessen und ihn wegschlummern lassen. Es war nicht das erste Mal, daß er einfach eingeschlafen war, daher kannte ich die Phasen. In den ersten zehn Minuten konnte ich ihn mühelos aufwecken, und auch nach einer halben Stunde war es noch möglich, ihn zurück ins Wachbewußtsein zu zerren. Aber danach stieg er in unerreichbare Tiefen ab. Entweder jetzt oder nie, während er sich noch im Zwischenstadium befand. Ich schüttelte ihn ein wenig, aber da wäre er beinahe umgefallen.

»Janir«, flehte ich, »pinkel einfach. Mach schon.« Sein Penis stand im Mondlicht hervor, aber nichts geschah. »Tu es«, drängte ich ihn. »Laß es einfach strömen. Du kannst es.«

»Okay«, sagte er, vollkommen unbeteiligt. Er konnte sprechen, aber er konnte nicht mehr pinkeln. Er war schon zu weit weggetreten.

Ich wollte nicht klein beigeben. Ohne fließendes Wasser in der Hütte war das Säubern eines Schlafsacks eine herkuleische Aufgabe. Ich rüttelte ihn und zerzauste sein Haar.

Gottverdammt. Das erste Mal, daß ich seit meiner Trennung von Clarisa mit einer Frau ausging, und prompt hatte ich ihn dreißig Minuten lang vergessen. Ich überlegte mir kurz, ihn zur

Couch zurückzubringen und die Folgen später zu erdulden. Aber als ich Deborah ansah, trat sie einen Schritt zurück. Sie wirkte argwöhnisch, gar nicht wie eine Frau, die ans Küssen denkt.

»Janir«, sagte ich, »wach auf. Du mußt pinkeln.«

Er zitterte, trat dann einen Schritt vor. »Werd ich auch«, murmelte er, aber nichts geschah. Deborah sah schweigend zu, während ich seine Finger und seine Ohren kniff, sogar an dem zuständigen Körperteil zog. Ich sprach auf ihn ein, sagte ihm, er solle sich entspannen und sich einfach gehenlassen. Es war gegen all das, was ich ihm beigebracht hatte – aber schließlich, nach fünf endlosen Minuten, schoß ein großer Strahl über das Gras, und sein wütendes Gesicht entspannte sich. Kaum war er fertig, schlief er schon wieder. Ich zog ihn wieder an und hob ihn hoch.

»Ich glaube, ich gehe jetzt besser«, sagte ich.

»Das war erstaunlich.«

»Vielleicht ...«, schlug ich vor, »... vielleicht bekomme ich einen Babysitter für ihn. Dann könnten wir in der Stadt essen gehen. Und hinterher bei Swankys tanzen.«

Sie zögerte. »Weißt du, ich bin dieser Tage wie ein rohes Ei.« Sie klopfte sich mit den Fingern auf die Brust. »Da ist eine Schale um mich herum, und ich will momentan nicht, daß irgend jemand ihr Risse zufügt.«

Natürlich, klar. Sie wollte nicht, daß *ich* ihrer Schale Risse zufügte. Aber ich nickte nur und sagte, ich würde das verstehen.

Ich trug Janir zum Pickup und legte ihn auf den Vordersitz. Deborah folgte uns und verabschiedete sich, aber wir berührten einander nicht. Ich kletterte in den Wagen, winkte ihr noch einmal zu und fuhr dann die kurvenreiche Straße in die Stadt hinunter. Ich verstand sie wirklich: Ich war zehn Jahre älter und hatte ein Kind. Nach all dieser Zeit mit Janir hatte ich nur vergessen, wie beängstigend diese Aufgabe auf Außenstehende wirken konnte.

Am 1. September zogen wir in unser neues Haus. Jetzt hatten wir sanitäre Anlagen und Strom und, wichtiger noch, dieses lebenswichtige Gerät für alle Alleinerziehenden: das Telefon. Ich konnte jetzt andere Eltern spontan anrufen und eine Übernachtungsmöglichkeit für Janir finden oder seine Freunde zu uns einladen.

Ich ließ Clarisa unsere Adresse und Telefonnummer zukommen, und eines Samstags im Oktober rief sie an. Überraschung, Überraschung: Sie sei nicht in in San Francisco, sondern am Flughafen von Columbus und ob wir sie dort abholen könnten?

Janir lief vor mir in die Ankunftshalle, blieb vor Clarisa stehen und ließ sich von ihr hochheben. Sie hielt ihn mit geschlossenen Augen fest und drehte sich dabei leicht im Kreis. Janir umarmte sie. Nicht sehr fest, aber er schien doch froh, in ihren Armen zu sein. Ich fragte mich, ob ich wirklich das Richtige getan hatte. Sie war seine Mutter, und vielleicht hätte ich darum kämpfen müssen, daß beide einen engeren Kontakt hatten. Als ich sie so zusammen sah, ihre dunklen Köpfe Seite an Seite, hatte ich einen schrecklichen Moment lang das Gefühl, einen Fehler begangen zu haben. Clarisa hatte einen winzigen Koffer bei sich und eine ramponierte Raggedy Ann Puppe, so groß wie Janir. Er dachte, die Puppe sei für ihn, aber Clarisa erklärte: »Nein, sie gehört mir.« Als sie ihn auf den Boden setzte, inspizierte er die Puppe. Ein Auge fehlte und aus ihrer Hüfte quoll Füllmaterial.

»Sie ist kaputt«, sagte Janir.

»Du darfst sie tragen, wenn du möchtest.«

Wir gingen zum Wagen. Janir hielt die Puppe, deren Füße auf dem Boden schleiften.

»Warum hast du eine Puppe?«

»Hast du keine Puppe?«

»Ich habe Tiere.«

»Was für Tiere?«

»Einen Teddybären.«

Wir setzten uns nebeneinander auf den Vordersitz: ich, Janir, Raggedy Ann und Clarisa. »Läßt dich dein Vater keine Puppen haben?« fragte sie.

»Er kann alles haben, was er will«, sagte ich.

»Ich habe eine Puppe, weil ich dich nicht mehr habe«, erklärte sie Janir.

»Du hast mich doch«, antwortete er entrüstet.

»Gut, warum kommst du dann nicht mit mir nach San Francisco?«

Janir verschränkte seine Arme. »Kann ich nicht. Daddy und ich haben jetzt ein Haus.«

»Sei bloß nicht so hochnäsig.«

»Ich bin nicht hochnäsig, *du* bist hochnäsig.«

Ich fuhr schnell zu einem Fast-Food-Restaurant in der Stadt, bevor die beiden anfangen konnten, sich zu streiten. Es hatte sich nicht viel verändert.

Am darauffolgenden Sonntag nachmittag besuchten wir drei ein Erntefest auf dem Vergnügungsplatz in Athens. Wir aßen, schauten uns einige Ausstellungsstücke an, ließen Janir Karussell fahren und spielten Volleyball. Vielmehr ich spielte. Ich nützte den Besuch von Clarisa aus. Es gab sonst keine anderen Kinder, und sie setzte sich mit Janir an den Rand des Spielfeldes. Janir sprang ein paar Mal auf, um den Ball zu fangen. Er gab ihn nur ungern wieder her – natürlich wollte er auch spielen. Als der Ball wieder einmal an ihm vorbeiflog, rannte er hinterher, aber eine der Spielerinnen war schneller. Sie griff nach dem Ball und meinte lachend: »O nein, du nicht, du bist viel zu langsam.«

Clarisa stürmte auf die Frau zu und schrie: »*Lassen Sie ihn in Ruhe!* Fassen Sie ihn nicht an!« Sie schnappte sich Janir und hielt ihn im Arm, als ob die Frau mit einem Messer hinter ihm her wäre. »Was wissen Sie schon von Kindern? Haben Sie überhaupt ein Kind? Sie sind selbstsüchtig und krank. Sie wissen gar nichts.«

Janir sah erschrocken aus und Clarisa derangiert. Ihr langer Rock schleifte auf dem Boden, und ihr zerzaustes Haar fiel über Janir, während sie ihn an sich drückte. Mir war das ganze peinlich. Ich nahm ihr Janir ab. Wir verließen das Spielfeld und gingen über das Gras zum Parkplatz. Als ich zurücksah, standen die beiden Teams immer noch bewegungslos zu beiden Seiten des Netzes und starrten uns nach.

In den nächsten vier Tagen nahm ich Janir von der Schule. Wir verlebten eine recht friedliche Zeit, aber Clarisa und Janir stritten viel, und sie war kein pflegeleichter Gast: Sie kritisierte den Hof, der ihr zu weit von der Stadt entfernt war. Ihr gefiel nicht, wie ich Janir anzog und was ich ihm zu essen gab. Sie mochte einen meiner Freunde nicht, der vorbeikam, um sich ein Abschleppseil zu leihen.

Ich hatte gehofft, mit meiner Arbeit voranzukommen, verbrachte aber statt dessen einen Großteil meiner Zeit als Schiedsrichter zwischen den beiden. Am Ende der Woche freute es mich zu hören, daß sie wieder nach Hause wollte. Ich kaufte ihr ein Flugticket, wir brachten sie nach Columbus, und sie stieg in das Flugzeug nach San Francisco. Ihre Raggedy Ann Puppe hatte sie Janir überlassen.

Ich war erleichtert, als sie ging, denn nur mit uns beiden war alles viel einfacher. Auf dem Heimweg erzählte ich ihm: »Ich habe ihr gesagt, sie könne uns jederzeit besuchen. Ist dir das recht?«

»Ja.«

»Sicher?«

»Ist schon in Ordnung«, sagte er – aber mehr bekam ich nicht aus ihm heraus.

Verglichen mit dem, was ich mir als junger Mann erträumt hatte, führte ich ein merkwürdiges Leben. Ich hätte nie gedacht, jemals als Farmer zu arbeiten. Ich weiß noch, wie ich einmal an einem kalten Winterabend in der Dämmerung durch New Hampshire fuhr. Es war mein letztes Jahr am College. Ich starrte durch die vereisten Windschutzscheiben meines VW Käfers auf ein großes schneebedecktes Feld und ein weißes Farmhaus, aus dessen Kamin der Rauch kerzengerade in den Himmel stieg. Eine schlichte und schöne Szene, denke ich heute. Aber damals konnte ich mir beim besten Willen nicht vorstellen, an einem derart gottverlassenen Ort zu leben. Ich brauchte das urbane und intellektuelle Leben, nicht die Isolation einer kleinen Farm.

Ich erinnere mich auch, ›Silas Marner‹ von George Eliot gelesen zu haben. Darin adoptiert ein alter Weber ein junges Mädchen und widmet ihr den Rest seines Lebens. In der High School kam mir das sehr deprimierend vor. Das letzte, was ich in meinem Leben wollte, war, allein und ohne eine Frau ein Kind großzuziehen. Und doch kümmerte ich mich jetzt, mit zweiunddreißig Jahren, um einen kleinen Jungen, der mir mehr bedeutete als sonst jemand auf der Erde – und ich lebte auf einer kleinen Farm in der vollen Überzeugung, daß das Wichtigste, was ich tun konnte, die Pflege meines Grund und Bodens war.

Zu Halloween gaben die Eltern der White Oak Schule auf Marens Farm, die an einem Hang lag, eine Party für ihre Kinder. Maren machte gerade ihren Doktor in Chemie; sie hatte einen Sohn in Janirs Alter und einen Lebensgefährten aus der Arbeiterklasse – einen Typ, dem eines Tages die Knarre auf den Boden fallen würde und der sich dabei selbst in den Magen schießen, es aber überleben würde. Am Abend vor der Party fertigte ich für Janir ein passendes Kostüm: Auf ein orangefarbenes Sweatshirt nähte ich einen schwarzen Mund, eine schwarze Nase und schwarze Augen, so daß es aussah wie ein Kürbis. Janir trug es in die Schule, aber ohne große Begeisterung. Er wollte als Gepard gehen. Er liebte Geparden, seit er gehört hatte, sie seien die schnellsten Lebewesen auf vier Beinen. »Ich bin *schnell*«, sagte er mindestens ein halbes Dutzend Mal am Tag. Aber ein Gepardenkostüm lag jenseits meiner näherischen Fertigkeiten, also mußte er sich mit einem Kürbiskostüm begnügen.

Ein Freund brachte mich um vier Uhr nachmittags zur Party. Janir entdeckte uns, als wir die Auffahrt hinaufgingen. Er raste den Hügel herunter, mit wehenden Haaren und wildem Gesichtsausdruck, und trug einen gefleckten Umhang, an den ein Stück Seil als Schwanz aufgenäht war. Kay, seine Lehrerin, hatte ihn so ausstaffiert. Janir krachte in voller Fahrt in den Graben neben der Straße, rappelte sich aber ohne Jammern wieder hoch und verkündete triumphierend: »Ich habe beschlossen, ein Gepard zu sein!« Er war in das Alter der märchenhaften Phantasie eingetreten. Wenn wir nachts Monster spielten, brachte er das Untier direkt in unser Wohnzimmer: »Hat es dich gestochen, Daddy? Hat es dich in Brand gesteckt? Ich werde *ihm* jetzt einheizen! Schau mal! Da kommt es, da ist es!«

Nun sprang er in meine Arme und erzählte mir von dem unheimlichen Bau in Marens Wohnzimmer: »Es ist furchtbar schwarz innen drin, wirklich gruselig.«

Er krümmte den Rücken, rollte mit den Augen und bog im Rausch der Furcht seine Finger zu Klauen. Ich hielt ihn fest und trug ihn zum Haus, aber auf halber Strecke strampelte er sich frei und rannte voraus, begierig, zu den anderen Kindern zurückzukommen.

Ellie McGlynn war auch dort. Sie stand allein auf der Veranda. Ihr Sohn Teague war einer von Janirs Schulfreunden, aber ich hatte erst wenige Male mit ihr gesprochen und sie immer als überaus zurückhaltend empfunden. Sie wirkte immer noch reserviert, abseits des Partygeschehens – aber auch anmutig. Ihr üppiges blondes Haar fiel auf die schwarzen Schultern ihres langärmeligen Wollkleides. Sie trug schwarze Strümpfe und kastanienbraune Socken, die über den Rand ihrer Stiefel geschlagen waren.

Wir schüttelten uns die Hand, immer noch sehr formell, und dabei schoß es wie ein Stromschlag meinen Arm hinauf. Ich starrte sie an, versuchte, meine Verwirrung zu kaschieren. »Ist Teague auch hier?« fragte ich.

»Er ist drin bei den Kindern. Ich bin nur mal kurz herausgekommen. Momentan scheine ich gar nicht genug Tageslicht abbekommen zu können.«

»Und die Sommerzeit endet auch noch nächste Woche.«

»Ich hasse es, du nicht auch?«

Sie war jetzt überhaupt nicht zurückhaltend. Vielleicht, weil wir allein waren, wohingegen uns in der Schule immer Menschen umgaben. Sie ließ ihre Hände in die Vordertaschen ihres Kleides gleiten. »Am liebsten würde ich in den Süden ziehen«, sagte sie.

»Bist du nicht gerade erst von einer Reise zurückgekehrt?« Das hatte ich in der Schule von Kay gehört.

»Wir waren in England.«

Wir – da schloß ich auf Ellie, Teague und seinen Vater Michael. »Hat es euch gefallen?«

»Es war wunderschön. Allerdings nicht so toll für Teague. Wir haben William Blakes Geburtshaus besucht und uns seine Manuskripte angesehen. Das war herrlich.«

»Du bist nach England gefahren, um dir Blakes Manuskripte anzusehen?«

Sie zögerte. »Ja, vermutlich war es so.«

Sie wandte ihre Augen ab, was mir die Gelegenheit gab, ihren glatten Hals anzusehen. Ich versuchte, nicht unhöflich zu starren; ich bemerkte ihn nur, saugte ihre Anwesenheit in mich auf. Obwohl nur wenige Meter zwischen uns lagen, klaffte zwischen uns ein Abgrund: Sie war verheiratet.

Nach eine Weile ging ich hinein und begrüßte die anderen Eltern. Michael war nicht da. Ich aß etwas, dann sah ich mir den unheimlichen Bau im Wohnzimmer an, ein Pappkartonhaus. Ich wickelte mich in eine Decke und schlurfte durch das Dunkel, grunzte und bellte und erschreckte die Kinder, die es wagten, hineinzugehen. Sie traten in Gruppen ein oder tapfer ganz allein. Ich packte diejenigen, die mir am nächsten standen, am Knöchel und zog sie in meinen Bau, gurgelte wie ein Dämon, während sie in Panik kreischten. Dann ließ ich sie davonkommen, zurück zur Tür und zur Sicherheit ihrer Freunde.

Nach meiner Einlage wanderte ich durch die unteren Räume des Hauses. Keine Ellie, also ging ich wieder hinaus. Sie war immer noch auf der Veranda, saß mit angezogenen Beinen auf einem Schaukelstuhl, einen Teller zu ihren Füßen. Die Sonne war untergegangen, und das Licht zog sich über die flachen Felder zurück. Ihr Gesicht schien in der Dämmerung zu glühen. Ich setzte mich auf einen anderen Stuhl. »Ist Michael nicht mitgekommen?« fragte ich.

»Er ist nicht sehr gesellig.«

Ich hätte beinahe gelacht. »Du auch nicht.«

»Mit Horden von Kindern kann ich nicht so gut umgehen.

»Und Teague?«

»Er liebt Horden.«

»Das tut Janir auch«, meinte ich.

»Teague hatte nie sehr viele Freunde, aber über Janir spricht er oft. Ich glaube, die beiden verstehen sich recht gut.«

»Ich habe ihn da drin am Fuß gepackt. Er ist so blond, daß mir gleich klar war, es kann nur er sein.«

Ellie steckte sich eine Haarsträhne hinter ihr Ohr. »Kay hat mir erzählt, daß du Janir allein großziehst.«

Ich nickte. »Ich habe ihn jetzt fast schon ein ganzes Jahr.«

»Ist es schwer?«

»Manchmal kann ich nicht glauben, daß das schon alles gewesen sein soll.«

»O Gott, ich weiß.«

Wir wandten unsere Blicke ab. Ich hatte mich hin und wieder bei anderen Eltern ausgeweint, aber noch nie bei jemanden, den ich gerade erst getroffen hatte.

»Es wird sicher leichter, wenn sie älter sind«, erklärte ich. »Hilft dir Teague irgendwie? Räumt er sein Zimmer auf oder so?«

»Machst du Witze?«

Ich lachte. Ich mochte jedes einzelne Wort von ihr. »Janir will immer nur spielen«, sagte ich.

»Teague ebenso. Und wir wollen es ja auch so.«

»Ja, aber … ich lese gern. Ich habe das College besucht und hatte früher mal ein paar hochtrabende Ideen.«

Sie lächelte. »Die mußt du möglicherweise aufgeben.« Ich war mir nicht sicher, ob sie scherzte. Sie stand auf und schlüpfte in eine Wolljacke. »Wir geben auch sonst alles auf, nicht wahr?«

»So ziemlich.«

Es war fast dunkel. Ellie zog ihre Jacke enger um sich, dann trat sie die Verandastufen hinunter auf den Steinweg. Das Licht aus den Fenstern ergoß sich auf den Rasen. »Es wird kälter«, sagte sie. »Mir graut es, wenn ich an den Winter denke, dir nicht? Kalte Autos und kalte Häuser.« Sie trat fest auf einen der Steine, und der Saum ihres Kleides erzitterte. »Brauchst du jemanden, der dich nach Hause fährt?«

Wir lebten beide an der McDougal Road, unsere Häuser standen kaum eine Meile voneinander entfernt. Wir sammelten unsere Söhne und deren Halloween-Süßigkeiten ein und verfrachteten die Kinder auf den Rücksitz von Ellies Volkswagen. Innerhalb weniger Minuten waren sie eingeschlafen. Ellie fuhr über einen Seitenweg heimwärts, kurvte durch Felder und dunkle Wälder auf einer Route, die so selten befahren wurde, daß ganze Schichten aus braunen Eichenblättern auf der Straße lagen. Langsam pflügte sie sich hindurch. Sie schaltete in den zweiten Gang, fuhr kaum zwanzig Meilen die Stunde, und erkundigte sich nach Janirs Mutter.

Ich hätte meine übliche schnelle Erklärung von mir geben können, aber ich dachte: Ich will ihr näherkommen, ich werde ihr sagen, was wirklich geschah. Doch zuerst langte ich nach hinten und legte meine Hand auf Janirs Brust, um mich zu vergewissern, daß er auch schlief. Wir sprachen oft über seine Mutter, aber ich wußte, daß es anders klingen würde, wenn ich es einer Außenstehenden erzählte. Er schlief fest, seine Arme hingen reglos herab wie die eines Babys.

Ellie hörte schweigend zu, während ich unser Leben in Chile und den langsamen Zusammenbruch meiner Ehe beschrieb. Eine Zeitlang dachte ich, sie würde gar nichts sagen. Vielleicht hatten sie diese intimen Geschichten aus dem Munde eines Menschen, den sie kaum kannte, eingeschüchtert. Sie fuhr weiter, noch langsamer als zuvor. Schließlich warf sie einen Blick auf den Rücksitz.

»Janir ist wunderhübsch«, sagte sie. »Sieht er seiner Mutter ähnlich?«

»Sehr.«

»Sie muß sehr schön sein.«

»Das ist sie.«

»Was hält er davon, ohne sie aufzuwachsen?«

»Ich glaube, manchmal vermißt er sie. Aber sie ist schwierig, und bei mir ist das Leben verläßlicher.«

Ellie sah auf die Straße. Sie schwieg. Wir waren jetzt nahe an meiner Farm, und als wir den Hang hinunterfuhren, tauchten die Scheinwerfer die Kieszufahrt in weißes Licht. Sie stellte ihren Fuß auf die Bremse, und wir wurden immer langsamer. Schließlich sah Ellie zu mir herüber und fragte: »Woher wußtest du, daß deine Ehe vorüber war?«

Janir und ich verlebten unser erstes Thanksgiving zu zweit. Ich hatte zwei Apfelkuchen gebacken, und wir besuchten eine Feier auf Helpless Far, einer örtlichen Kommune. Am nächsten Morgen – es waren noch Schulferien – bekam ich einen Anruf von Ellie.

»Teague treibt mich noch in den Wahnsinn«, sagte sie. »Er braucht einen Spielkameraden. Könntest du mir Janir für den heutigen Tag ausleihen?«

»Aber ja, ich bringe ihn gleich vorbei.«

Trotz Janirs Schneckentempo brauchten wir weniger als dreißig Minuten, und als wir ankamen waren die McGlynns noch beim Frühstück. Michael stand auf und begrüßte mich. Wir hatten uns mittlerweile kennengelernt, weil Ellie und ich uns mit dem Schulweg der Kinder abwechselten: Ich fuhr sie am Morgen hin, und Ellie brachte sie am Nachmittag zurück. Aber ich war noch nie in ihrem zweistöckigen Holzhaus gewesen. Es war sauber und gemütlich, mit einer aufgeräumten Küche, einem glänzenden Kohlenofen und auf Hochglanz polierten Holzschränken. In meinem eigenen einfachen Heim war das Wohnzimmer mit dem Teppich kaum mehr als ein Spielplatz für Janir. Hier waren alle Möbelstücke mit Sorgfalt ausgesucht. Es gab eine hohe Kommode, eine Kirchenbank und einen zierlichen Sekretär. Eine Totenmaske von William Blake hing neben einem von Ellies Gemälden an der Wand. »Setz dich«, sagt sie, »und sieh dir bloß die Bilder nicht an. Ich bin noch Anfängerin.«

»Nein, sie sind gut.«

Ich wußte nicht, ob sie wirklich gut waren oder nicht, aber ich fand sie eindrucksvoll: dunkle Wälder, schimärenhafte Tiere und Frauen, die durch die Luft schwebten.

»Wie wär's mit Frühstück?« meinte Michael. »Es gibt reichlich.«

Ich konnte nicht sagen, ob er von Natur aus so barsch war oder ob er sich in Gegenwart von Janir und mir nicht wohl fühlte. Aber das Frühstück sah gut aus, also setzte ich mich. Nicht so Janir. Er und Teague rannten die Treppen hoch, um im Kinderzimmer zu spielen.

»Willst du Landwirtschaft betreiben?« fragte Michael.

»Nur eine Gemüsefarm, ich fange mit ein paar Hektar an. Der Landwirtschaftsmarkt hier sieht ziemlich gut aus.«

»Ellie hat mir erzählt, daß du in Südamerika gelebt hast.«

»Wir hatten eine herrliche Farm dort unten. Meine Frau und ich.«

»Wo ist sie?«

»Sie lebt jetzt in San Francisco.«

Ellie bewegte sich behutsam zwischen Tisch und Küchentheke, bestrich Toast mit Butter und goß uns Tee ein. Eine Zeitlang stand sie neben dem Kohlenofen und wärmte ihre Hände hinter ihrem Rücken. Michael aß schnell und trank seinen Tee in großen Schlucken. Er war blond, Ellie war blond, und ihr Kind war blond. Ich war dunkel und mein Junge noch dunkler.

Ich war kaum fertig, als Michael seinen Stuhl zurückschob, aufstand und sagte: »Ich muß Unterholz lichten. Bei so einem Wetter sind wir die meiste Zeit draußen.«

Die Anspielung war so deutlich, daß ich Ellie dankte, Janir rief, um ihn zum Abschied zu umarmen, und Michael nach draußen folgte. Er zeigte mir ihren Garten und das winzige Studio, in dem er Gedichte schrieb. Dann ging ich nach Hause.

In der Dämmerung kehrte ich zurück und wurde wieder eingeladen, diesmal zu einer Tasse Tee und Früchtekuchen. Der Tisch war mit farblich abgestimmten Tassen und Untertellern, mit glänzendem Besteck, alten Tellern und einem zierlichen Milchkännchen gedeckt. Michael hatte Holzscheite in den Ofen nachgelegt und fegte den Boden um den Korb mit dem Feuerholz. Er setzte sich erst, nachdem Ellie den Tee serviert hatte. Zweimal ging sie hinter seinem Stuhl vorbei und legte ihre Hand auf seine Schulter – eine Geste, die irgendwie beruhigend wirkte.

Trotz der unterschwellig merkwürdigen Stimmung, war ich von dem Eindruck einer glücklichen Familie zwischen Herd und Heim hingerissen. Wie verlockend mir all das schien.

Ich aß vier Stück Kuchen, erzählte Geschichten von Peru und Chile und bereitete mich schließlich auf den Heimweg vor. Ich packte Janir warm ein, nahm ihn mit nach draußen und hob ihn auf meine Schultern. Die Kälte der Nacht war jetzt beißend. Ellie folgte mir mit einer Taschenlampe, die sie mir für den Heimweg leihen wollte, nach draußen.

Ich hatte beide Hände um Janirs Knöchel gelegt, schwenkte sie hin und her und lächelte. »Ich habe keine Hand mehr frei«, sagte ich.

»Die Auffahrt ist ziemlich steil.«

»Ich werd's schon schaffen. Danke, daß du dich um Janir gekümmert hast.«

»Ich habe mich gefreut, daß er hier war.«

»Bring Teague mal vorbei, wenn du Hilfe brauchst. Jederzeit.«

»Das werde ich, keine Sorge. Janir, es war schön mit dir. Paß gut auf deinen Dad auf, okay?«

»Okay. Aber er paßt auf *mich* auf.«

Sie langte nach oben, um sein Bein zu tätscheln, und dabei berührte ihre Hand die meine. Ich stand reglos, aber mein ganzer Arm prickelte. Ellie sagte Gute Nacht und ging wieder hinein.

Ich hätte sie am liebsten ausspioniert, wollte in ihr Haus spähen, um zu sehen, wie sie und Michael privat miteinander umgingen. Obwohl sie die äußere Form einer Ehe aufrechterhielten, vermutete ich, daß hinter den Kulissen nicht alles ganz so reibungslos ablief. Das tut es natürlich selten.

Die Auffahrt war mit Kies bestreut, und ich mußte mich auf meine Schritte konzentrieren, damit ich nicht stolperte und Janir fallen ließ. Sobald wir auf die McDougal Road kamen, war er munter und wollte sich unterhalten. Er preßte seine Handflächen gegen meine Stirn, und ich marschierte weiter, ohne an Ellie denken zu können, viel zu sehr damit beschäftigt, Janirs Flut an Fragen über Sterne und Autos zu beantworten und was er als Baby getan hatte.

Jahre später, als ich Ellie bei einem Fest wieder traf, erzählte sie mir folgende Geschichte:

In diesem ersten Herbst, als wir uns kaum kannten, ging sie mit zwei Freundinnen essen. Sie waren alle verheiratet, und an diesem Tag waren sich alle drei einig, daß sie einen Bund für's Leben geschlossen hatten. Ellie war ebenso zuversichtlich wie die anderen. Sie und Michael hatten zwar ein paar Probleme, aber sie war sich sicher, daß sie ein Paar bleiben würden. In ihrem ganzen Leben würde sie nur diesen einen Mann haben.

Sie und ich hatten uns damals schon kennengelernt, aber kaum miteinander gesprochen. In diesem Herbst meldete ich mich freiwillig einen halben Tag in der Woche für den Schuldienst und fertigte mit den Kindern Landkarten: große, einfache Karten von der Schule und den umliegenden Straßen und Häusern. Eines Nachmittags fuhr Ellie hoch, um Teague abzuholen, und als sie gerade seine Sachen einsammelte, kam Janir weinend in das Schulhaus gelaufen. Er hatte sich die Hand an einem Stück Glas geschnitten. Ich holte den Erste-Hilfe-Kasten, säuberte die Wunde und legte ein Pflaster auf, dann setzte ich mich mit ihm auf die Veranda. Ich hielt ihn im Arm und ließ ihn weinen.

»Das war schon alles«, erzählte Ellie. »Aber als ich an diesem Nachmittag nach Hause fuhr und über meine Ehe nachdachte, wurde mir klar, was ihr fehlte.«

Ellie fuhr uns zur Weihnachtsfeier ins Schulhaus. Michael war nicht mitgekommen, und ich fragte nicht nach dem Grund. Alle anderen Eltern waren auch da, und wir gingen mit den Kindern eine Viertelmeile die Straße hinunter, um vor den Häusern einiger Nachbarn Weihnachtslieder zu singen. Wir trotzten dem eisigen Wind, der über die Hügelketten pfiff. Nach unserem Auftritt vor dem dritten oder vierten Nachbarn zogen wir uns in das mollig warme Schulhaus zurück, tranken heiße Schokolade und aßen Plätzchen. Zuerst wahrten wir die Distanz. Ich beobachtete Ellie aus den Augenwinkeln, starrte von der anderen Seite des Raumes auf ihren langen Hals und die Wölbung ihrer Brust.

Ich sprach mit allen, außer mit ihr, und jedes Wort war ein Ablenkungsmanöver, um meine Besessenheit zu verbergen.

Schließlich gab ich klein bei. Ich bahnte mir meinen Weg durch die Menge zu ihr, wir tauschten ein paar Worte und schlenderten langsam in den Musik- und Wissenschaftsraum. Dort sprachen wir über die Weihnachtsfeste unserer Jugend: Schneestürme in Pennsylvania und Eis auf dem Long Island Sound. Ellie lehnte sich gegen das Schulklavier, und unter ihrem grauen Rock wurde die Linie ihrer Schenkel sichtbar. Wir sprachen über unsere Eltern und unsere Söhne.

Ihre unruhigen Finger glitten über die arg mitgenommenen Tasten. Wenn ich noch näher kam, dachte ich, würden sie mich berühren. Die Noten von ›South Pacific‹ lagen auf dem Klavier. Wir hatten das Musical beide als Jugendliche gesehen, und bald schon sangen wir Lieder daraus: ›I'm Gonna Wash That Man Right Outa My Hair‹ und ›Dîtes-moi, pourquoi, la vie est belle.‹ Ich bin kein Sänger, aber ich sang mit Inbrunst. Wir hatten gerade mit ›Some Enchanted Evening‹ begonnen, als Roger und Linda Jahnke in den Raum guckten, uns einen Augenblick ansahen und sich schnell wieder zurückzogen. Wir hörten auf zu singen und traten einen Schritt auseinander. Die letzten Noten hingen noch in der Luft. Ich war nervös. Zweifelsohne konnte jeder sehen, was vor sich ging. *Falls* überhaupt etwas vor sich ging.

Als die Feier vorüber war, zogen wir den Kindern ihre Mäntel und Fäustlinge an und schoben sie in Ellies Wagen. Janir war erschöpft und schlief unter einer Decke auf dem Rücksitz ein. Teague krabbelte nach vorn und setzte sich auf meinen Schoß. Er sagte nichts, aber gelegentlich drehte er seinen Kopf herum und sah mich an. Der Wagen wurde nur langsam warm, während Ellie über die eisigen Kieswege fuhr. Die ersten Meilen stieß er kleine Dampfwolken aus. Die Lichter des Armaturenbretts fielen über ihren Rock. An ihrem rechten Handgelenk lugte unter ihrem Handschuh ein weißes Oval an Haut hervor. Teague nickte, zuckte einmal, zweimal zusammen, und ließ dann seinen Kopf gegen meine Brust fallen. Er war eingeschlafen.

Wir wechselten auf dem ganzen Weg nach Hause kein Wort. Als wir auf die McDougal Road einbogen, nur eine Viertelmeile von meinem Haus entfernt, sagte Ellie schließlich: »Es gibt da einen Ort in der Stadt, das Haus einer Freundin. Sie arbeitet tagsüber, und manchmal male ich dort. Möchtest du mal zum Essen vorbeischauen?«

Meine Finger, meine Zehen, meine Lippen wurden taub. Irgendwie brachte ich es fertig zu antworten: »Ja, das würde ich sehr gern.«

ZEHN

In diesem Winter trafen wir uns einmal, manchmal zweimal die Woche heimlich in einer Wohnung. Nach Weihnachten mietete Ellie die untere Hälfte eines Hauses in der Hanlin Avenue an. Michael wußte davon nichts. Ellie besaß den einzigen Schlüssel und kam immer als erste an. Sie entzündete die Gasheizung in dem großen, hellen Schlafzimmer. Es gab keine Möbel, aber das Licht strömte auf den vernarbten Holzboden, während wir ein paar Decken vor der Heizung ausbreiteten. Dort knieten wir uns hin, immer noch ein wenig scheu, mit kalten Händen und Gesichtern, und tauschten den ersten zärtlichen Kuß. Langsam, bisweilen auch hastig, schälten wir uns aus unseren Kleidern: mein kariertes Hemd und meine Cordhose, ihr dunkelblaues Kleid und ihre weißen Kniestrümpfe.

Später aßen wir vor der züngelnden Gasflamme zu Mittag. Ellie brachte Joghurt und Obst mit, ich Dattel-und-Erdnußbutter-Sandwiches. Sie zog mein Hemd an und wollte unbedingt von allen Frauen hören, die ich jemals geküßt hatte. »Erzähl mir alles«, befahl sie.

Also tat ich es. Als ich fertig war, sah sie unglücklich aus.

»So sehr viele waren es nicht«, sagte ich.

»Mehr als bei mir.« Sie starrte in die Gasflamme. »Ich habe nie etwas getan.«

»Du hast das hier getan. Und du warst verheiratet.«

»Ich *bin* verheiratet.«

»Wirst du es ihm sagen?«

»Bitte, dränge mich nicht. Ich bin jetzt seit sieben Jahren verheiratet. Ich möchte einfach wissen, wie das hier ist. Wenn Michael etwas davon erfährt, wird es nicht mehr gehen. Ich finde es wunderschön, und ich will nicht, daß er kommt und es kaputtmacht.«

Sie drehte sich um und legte sich auf meinen Schoß. Ihr Hemd fiel auf. Ich kniete über ihr, massierte ihr Gesicht, dann ihren Hals und ihre Brüste. Sie hatte eine schmale Taille und einen festen kleinen Bauch. Ihre Rippen hoben und senkten sich. Sie schloß ihre Augen und ließ mich gewähren.

Zwanzig Minuten später, als wir gehen mußten, zog sie ihre Kleider nur langsam wieder an. Sie ließ sich bei jedem Knopf viel Zeit – und dann, als sie fertig war, stellte ich mich vor sie und knöpfte alle wieder auf, damit sie die Prozedur wiederholen mußte. Nur zögernd trennten wir uns.

An einem feuchten Winternachmittag stand ich einen halben Meter tief in dem klebrigen Lehmboden meiner Farm und grub einen Keller für mein neues Gewächshaus. Ich hatte mich in Schweiß gearbeitet. An meinen Stiefeln klebte der Schlamm zwölf Zentimeter dick, und obwohl ich meine Schaufel mit Paraffin eingerieben hatte, saß nach jedem Stoß noch mehr Lehm daran fest.

Ich wollte keine heimliche Affäre. Zwei Wochen, nachdem sie ihre Wohnung angemietet hatte, erzählte Ellie mir, daß sie bald aus dem gemeinsamen Holzhaus ausziehen würde. Dennoch war ihre Ehe nicht gescheitert. Sie lebte immer noch mit Michael zusammen, schlief immer noch jede Nacht an seiner Seite. Als ich sie fragte, ob sie noch Sex miteinander hatten, wandte sie ihren Blick ab und wollte nicht antworten.

Ich kratzte den Lehm von meinen Stiefeln. Schließlich traf ich eine Entscheidung: Ich würde ihr sagen, daß es aus war. Ich wollte eine Frau für mich allein und niemanden, der verheiratet war und eine Meile entfernt lebte. Das war für mich eine Sackgasse. Ich hatte ohnehin schon genug Liebeskummer und wollte nicht noch einmal verletzt werden. Eine Stunde später kam Ellie die Auffahrt hochgefahren und brachte die Kinder von der Schule. Die Jungs rannten ins Haus, und wir standen außer Sichtweite unter einem Apfelbaum. Ihr Gesicht war rot vor Kälte.

»Janir ist ein solcher Schatz«, sagte sie. »Während ich fahre, stellt er sich manchmal auf den Sitz hinter mir und spielt mit meinen Ohren.«

»Er liebt Ohren.«

»Und mit Teague versteht er sich großartig. Er ist so voller Leben und Phantasie. Er denkt sich Spiele aus. Wir müssen zum Beispiel alle roten Autos zählen und bekommen dafür Punkte. Hast du ihm das beigebracht?«

»Das habe ich mit meinem Bruder immer gespielt, als wir noch klein waren.«

»Ein Punkt für ein Pferd, zwei Punkte für einen Hund, ...«

»Drei für einen Hasen«, ergänzte ich, »und vier für ein Schaf.«

»Aber fünfzig für einen Elefanten?«

»Er liebt Elefanten.«

»Ich liebe deinen Sohn«, sagte sie. Sie öffnete ihren Mantel, nahm meine kalte Hand und schob sie unter den Gürtel ihrer Jeans auf ihre nackte Haut. »Aber den ganzen Tag kann ich nur daran denken, dich wiederzusehen.«

Wir küßten uns. Ich küßte ihre Augen, ihre Lippen, ihre Zähne. Ich erwähnte mit keinem Wort meine Entscheidung, mich von ihr zu trennen. Ich konnte mich nicht einmal daran erinnern, jemals eine solche Entscheidung getroffen zu haben. Ich wollte mit ihr durchbrennen und mit ihr zusammen unsere beiden Jungs großziehen. Unsere Familie wäre maßgeschneidert: Janir bekäme einen Bruder und ich die vollkommene Frau. Sie war normal und tapfer und schön, und sie liebte meinen Sohn.

Janir hatte Fieber, und um Mitternacht war seine Temperatur auf über vierzig Grad angestiegen. Ich wußte wenig über Kinderkrankheiten, denn in seinen viereinhalb Jahren war Janir nicht ein einziges Mal krank gewesen: nie erkältet, nie die Grippe, nicht einmal Ohrenschmerzen. Das einzige Mal, daß er einen Arzt zu Gesicht bekam, war bei unserer ersten Reise in die Vereinigten Staaten; damals ließ ich ihn impfen. Ich kannte keine Ärzte in Athens, und die Notaufnahme war meiner Meinung nach ein Ort, an dem Knochenbrüche gerichtet und Schnittwunden genäht wurden.

Aber ich wußte, wie gefährlich hohes Fieber sein konnte. Ich ignorierte seine wütenden Aufschreie und wickelte ihn in feuchte Tücher, bis seine Temperatur unter vierzig Grad gefallen war. Danach hielt Aspirin das Fieber in Schach, aber er schlief die ganze Nacht äußerst unruhig. Ich wachte selbst oft auf, immer dann, wenn er sich im Bett wälzte. Ich tupfte seine Stirn mit einem feuchten Tuch ab und überprüfte regelmäßig seine Temperatur, während er schlief.

Am nächsten Tag ging ich nur einmal kurz aus dem Haus, für einen Spaziergang zum See. Ich mußte durch zehn Zentimeter hohen Schnee stapfen, und als ich zurückkam, war ich erschöpft. Nach dem Abendessen konnte ich mich kaum noch bewegen. Ich krabbelte in meinen Schlafsack, breitete mehrere Decken darüber und verbrachte die nächsten fünf Stunden mit Schüttelfrost. Gegen zwei Uhr nachts hörte ich auf zu zittern und bekam hohes Fieber. Ich stand auf, badete kalt, nahm vier Aspirin und legte mich wieder hin. Aber ich konnte kaum schlafen. Ständig halluzinierte ich, Janir sei aufgewacht und ohne Stiefel in den Schnee gelaufen; alle seine Zähne wären ausgefallen; er würde versuchen, uns auf einem Campingkocher im Wohnzimmer Ravioli zu kochen.

Den nächsten Tag verbrachten wir zusammen im Bett, beide halb im Delirium. Janir baute Rampen aus den Decken und ließ seine Autos hinunterrollen. Er kritzelte in seine Malbücher, und einmal rollte er über seine Stifte und brach die meisten von ihnen in zwei Hälften. Er weinte jämmerlich. »Ich fühle mich nicht gut«, sagte er.

»Es tut mir leid, Janir, aber ich kann dir nicht helfen. Tu, was du willst. Spiel mit irgend etwas.«

Er glitt aus dem Bett und kam mit seinen Murmeln und einer Schachtel Lego-Steine zurück. Das Bett war ein Chaos; es sah aus, als ob das letzte Stündchen der Erde geschlagen hätte. Regelmäßig fiel einer von uns in einen fiebergeschüttelten Schlaf.

An diesem Nachmittag schaute Ellie auf ihrem Weg von der

Schule bei uns vorbei, um zu sehen, wie es uns ging. Obwohl ich sie und Teague nicht in das Krankenzimmer ließ, kehrte sie nach dem Abendessen allein mit einem Topf Hühnersuppe zurück. Ich brachte nichts herunter, aber Janir war hungrig. Sie fütterte ihn im Bett, flößte ihm die Suppe mit einem Löffel in den Mund. Ich lehnte mich gegen die Wand und sah zu, wie sie sich um ihn kümmerte. Zum ersten Mal beobachtete ich sie unvoreingenommen, ohne Verlangen. Ich wollte sie heiraten

Zwei Tage später waren Janir und ich immer noch so schwach wie neugeborene Lämmer. Wir schafften es irgendwie nicht, uns richtig zu erholen. Ellie rief ihren Arzt an und fuhr uns zu ihm in die Stadt. Er verpaßte uns zwei Penizillinspritzen – Schluß mit dem Herumexperimentieren mit Kräutertee und Orangensaft –, und am folgenden Tag waren wir auf dem Weg der Besserung.

Michael fuhr über das Wochenende nach Pittsburgh. Ellie und ich fanden Freunde, die sich vierundzwanzig Stunden lang um die Buben kümmerten, und verbrachten einen Tag und eine Nacht zusammen in ihrer Wohnung in der Stadt. Wir kauften eine Matratze und legten uns auf die frischen Laken, während das Sonnenlicht durch die Vorhänge auf uns fiel. Sie zog mich spielerisch aus, zerrte mit ihren Zähnen an meinen Kleidern und summte dabei *»Dîtes-moi ...«*

Genau um sechs traten wir hinaus in das letzte Purpurlicht der Abenddämmerung. Die bedächtigen Glockenschläge von St. Paul schwebten über unser Ende der Stadt. Wir gingen zu dem chinesischen Restaurant in der Union Street, sahen uns prüfend um, entdeckten niemand, der uns kannte, und aßen zum ersten Mal gemeinsam in der Öffentlichkeit. Der Nervenkitzel war nicht zu leugnen.

In dieser Nacht lagen wir einander zugewandt auf der neuen Matratze, ihre Hände in mein T-Shirt vergraben.

»So kühn waren wir noch nie«, sagte ich.

»Ich weiß wirklich nicht, was in mich gefahren ist.« Sie lächelte, schon im Halbschlaf.

»Hast du keine Angst?« fragte ich.

»Ich werde dich niemals gehen lassen.«

Ein paar Minuten später zog sie ihre Hände zurück und steckte sie zwischen ihre Beine. Langsam schlief sie ein, wie ein Stein, der durch das Wasser in die Tiefe sinkt.

»Ellie«, sagte ich. Ich beobachtete sie in dem schwachen Licht der Straßenlaternen. »Bist du noch wach?«

Sie war es nicht, war schon in den Tiefen des Schlafes.

»Ellie, ich liebe dich.«

Ich dachte, sie könnte jeden Moment ihre Augen öffnen und lächeln.

»Ellie McGlynn, ich liebe dich.«

Ich übte für das Tageslicht. Ich hauchte diese Worte – die gefährlichsten und wichtigsten unserer Sprache – in ihr Unterbewußtsein, denn wenn ich es ihr richtig sagte, sollte sie nicht in Ohnmacht fallen.

ELF

Anfang März, vor Beginn der Wachstumsperiode, flogen Janir und ich nach Osten und besuchten meinen Vater. In den vergangenen Wochen war ich von Ellie wie besessen gewesen und hatte Janir nicht genug Aufmerksamkeit geschenkt. Jetzt klammerte er sich am Flughafen und auf dem Weg in die Maschine an meinen Hals und stellte mir endlos viele Fragen. Sobald wir abgehoben hatten, stand er auf seinem Sitz auf und spähte aus dem Fenster. »Ist das ein Fluß, Daddy? Ist das da unten Schnee? Können wir im Flugzeug essen? Wann kommen wir an? Wird das Flugzeug landen? Wird Nana gemein zu mir sein? Wird sie mich austauschen? Können wir einen Hund haben? Hattest du einen Hund, als du klein warst? Wo ist die Toilette? Darf ich allein hingehen?«

Er war auf dem Höhepunkt seiner Fragestellerzeit angelangt. Fünf Tage in der Woche stellte er mir Hunderte von Fragen, und ich tat mein Bestes, um sie zu beantworten. Aber schon nach einer Stunde im Flugzeug gab ich das erste Mal auf.

»Janir, hör auf mich zu löchern. Laß mich lesen, sonst ...«

»*No*«, sagte er. »Du mußt es mir sagen. Bist du schon einmal mit einem Flugzeug abgestürzt? Hast du jemals einen Flugzeugabsturz gesehen? Bin ich schon einmal geflogen? Wie alt war ich da? Habe ich bald Geburtstag? Was kriege ich dann geschenkt? Warum hast du meinen blauen Mantel weggegeben? Ich mag den Mantel. Wie nennt man das Ding, das man statt Treppen benützt? Genau, Rolltreppe. Wann darf ich mal Rolltreppe fahren? Das möchte ich gern, wenn wir ankommen. Ich möchte es gleich!«

»Janir, halt die Klappe.«

In unserem Haus war das ein verbotener Satz, schlimmer noch als jeder Fluch. Er setzte sich hin und schmollte, den Tränen nahe.

»Es tut mir leid«, sagte ich. »Aber manchmal machst du mich einfach verrückt.«

»Manchmal machst du *mich* verrückt.«

Janir starrte ein paar Minuten lang aus dem milchigen Fenster, dann erholte er sich langsam. Er sah sich um. Wißbegierig und unternehmungslustig untersuchte er die Tasche an der Sitzlehne vor sich, mit den Zeitschriften und dem Beutel für Luftkranke. Er prüfte die in Plastik eingeschweißten Notlandeinstruktionen und legte seinen Finger unter die Worte, als ob er sie lesen könnte.

»Dann legt man das an«, sagte er leise und fuhr mit dem Finger von einer Illustration zur nächsten »Dann öffnet man die Tür. Dann springt man hier heraus.«

Ich hätte sein süßes Gesicht küssen können. Aber ich tat es nicht, weil ich ihn nicht unterbrechen wollte, wenn er gerade mal so selbstverständlich mit sich beschäftigt war. Als die Stewardess vorbeikam, stellte er sich wieder auf seinen Sitz und fragte sie: »Kann ich bitte noch eine Cola haben?« Mich überging er dabei völlig.

»Aber natürlich, junger Mann.«

Als sie ihm das Getränk brachte, eine ganze Dose, sah Janir ihr in die Augen und sagte: »Recht herzlichen Dank.«

Whow! Woher kam nur diese Sprachgewandtheit? Zu Hause konnte ein ganzer Monat vergehen, ohne daß er die Worte bitte oder danke in den Mund nahm, denn ich verlangte es nicht von ihm. Ich ging davon aus, daß er es aufgeschnappt hatte, wie Kinder alles aufschnappen: durch Vorbild. Natürlich gefiel es mir, wenn er sich aufmerksam, höflich und wortgewandt zeigte – aber ich wollte, daß es aus ihm heraus kam, nicht von einem Katalog an Regeln. Ich hielt nichts davon, mein Kind so zu schulen, daß es Erwachsene glücklich machte.

Andere Eltern hörte ich oft sagen: »Kannst du nicht bitte sagen, Jennifer?« oder »Sag danke zu dem netten Mann, Freddie.«

Diese Indoktrination war mir immer schon gegen den Strich gegangen: sag Guten Tag, sag Aufwiedersehen, sag Entschuldigung, sag den Leuten, wie sehr es dir gefallen hat. Clarisa hätte Janir nie so erzogen, da war ich mir sicher.

Bei der Erziehung unseres Sohnes war sie immer bei mir. Manchmal konnte ich sie beinahe durch seine Adern fließen sehen. Vor zwei Tagen hatte ich Janir einen Mann im Eisenwarenladen vorgestellt. Joe war ein netter Kerl, ein Zimmermann, der mir bei meinem Gewächshaus helfen wollte – aber für Janir war er einfach ein weiteres Glied in einer langen Kette aus Erwachsenen, die durch sein Leben marschierten.

»Hallo«, sagte Joe fröhlich.

Janir sah an ihm hoch und wieder herunter. Seine Augen verengten sich, er fletschte seine kleinen Zähne und knurrte wie ein Hund: *»Grrgghh.«* Das war seine Art zu sagen: »Ich kann dich sehen, aber komm mir nicht zu nahe. Ich kenne dich noch nicht, und ich bin mir gar nicht so sicher, ob ich dich kennenlernen will.«

Man muß es Joe hoch anrechnen, daß er das Ganze lustig fand: Er lächelte einfach und knurrte zurück. Für mich verhielt sich Janir absolut vernünftig. Warum sollte ein vierjähriges Kind dem Erwachsenenritual des Händeschüttelns und Smalltalks über Dinge, die es nur langweilen, ausgesetzt werden?

Und doch muß ich zugeben, daß es mich im Flugzeug freute, wie höflich er sich verhielt, als die Stewardess seine Cola brachte. Schließlich bestätigte das meine Theorie, daß er alles von allein lernen würde, wenn die Zeit dafür reif war. Ich war über sein Benehmen so entzückt, daß mir erst nach seiner zweiten Cola einfiel, daß er eigentlich nicht mehr als eine pro Tag trinken durfte.

Er konnte manchmal ziemlich brummig sein, war aber ein Kind, das andere Menschen bezauberte. Nach unserer Landung in New York betörte er den Busfahrer, der uns vom La Guardia Airport in die Stadt fuhr, dann drei ältere Frauen aus Queens in einem Donut-Shop in der Nähe von Grand Central Station, dann eine säuerlich blickende Schwarze in der U-Bahn. Janir sprang vor mir in den Wagen, stellte sich direkt vor sie und verkündete freudig: »Ich und mein Daddy werden uns hier hinsetzen.«

»Werdet ihr das?«

»Ja!«

Sie rutschte beiseite und machte uns Platz. Janir setzte sich neben sie.

»Wohin fährst du denn?« fragte sie ihn.

»Wir besuchen meinen Großvater und fahren Rolltreppe. Was ist da drin?« Er bohrte seinen Finger in ein Päckchen, das in Geschenkpapier eingewickelt war und aus einer Einkaufstüte ragte, die sie zwischen ihren Beinen hielt.

»Das ist für meinen Patensohn. Er ist ungefähr in deinem Alter.«

»Was ist ein Patensohn?«

»Na, du weißt doch ... ein Patensohn. Ich habe ihn taufen lassen. Ich gehe mit ihm in die Kirche.«

»Was ist taufen?«

Die Frau warf mir einen Blick zu. »Ein Junge wie du sollte getauft sein.«

Janir hielt seine Hände hoch und wies jedwede Verantwortung von sich. Und natürlich hatte er recht, es war meine Schuld, ich war ein langhaariger, ungläubiger Hippie. Er stupste gegen das Päckchen. »Was haben Sie ihm gekauft?«

»Eine Garage mit Autos und Lastern. Glaubst du, es wird ihm gefallen?«

»Sind es Rennautos?«

Kurze Pause. »Ich bin mir nicht sicher.«

»Das sind die besten.«

Die U-Bahn raste an einer Haltestelle vorüber, dann durch einen dunklen Tunnel. Janir und die Frau unterhielten sich, bis die Bahn langsamer wurde und ich aufstand. Er glitt von dem Sitz und nahm meine Hand. Ich nickte der Frau zu, und als sich die Türen öffneten, traten Janir und ich auf den Betonbahnsteig hinaus. Er sah nicht zurück und verabschiedete sich auch nicht – und mein erster Impuls war, ihn daran zu erinnern. Aber ich tat es nicht. Er hatte das Gespräch begonnen, und er sollte es so beenden, wie er wollte.

Im Büro meines Vaters erkannte Janir seinen Großvater in dem Moment, als wir den Empfangsbereich betraten. »Mein *Großvater*!« rief er und rannte in seine Arme.

»Mein Enkel«, sagte Dad und hob ihn hoch. Er trug ihn herum und stellte uns den Leuten vor, zeigte uns sein eigenes Büro, wo die Layouts für die nächste ›Horizon‹-Ausgabe an einer Korktafel an der Wand geheftet waren. Janir interessierte sich für den Ausblick aus den Spiegelglasscheiben und für die Geräusche der Stadt, die von unten heraufdrangen. Dad setzte ihn auf einen Tisch, auf dem er sich vor das Fenster stellen und seine Nase und seine Handflächen gegen die kalte Scheibe pressen konnte. Ich legte meinen Arm um ihn und stopfte sein Hemd in seine Hose. Hier auf der Sixth Avenue wirkten seine Cordhose und seine Turnschuhe ein wenig schäbig.

Dad führte uns zum Essen in ein typisches New Yorker Restaurant aus: überfüllt, lärmig, kleine Tische und kein Platz, damit ein Kind spielen oder auch nur zappeln konnte. Janir aß die Hälfte seines Tellers leer, dann blätterte er in einem Buch, dann setzte er sich auf meinen Schoß. Schließlich durfte er sich zu meinen Füßen auf dem Teppichboden ausstrecken, während Dad und ich uns unterhielten. Ich gab ihm den Inhalt meiner Taschen – Schlüssel, Wechselgeld, Füller, Brieftasche – und ließ ihn damit auf dem Boden spielen. Doch schließlich hielt es der Kellner nicht länger aus.

»Nein, nein, nein«, sagte er, als er sich unserem Tisch näherte und sich vor uns aufbaute. »So geht das nicht.«

Leck mich sonstwo, hätte ich am liebsten gesagt. Damals regte ich mich schnell über die Forderungen auf, die man an Kinder stellte. Aber ich hob Janir einfach hoch und setzte ihn auf seinen Stuhl – und stellte mir vor, was Clarisa an meiner Stelle getan hätte. Sie hätte es nicht einfach hingenommen, so wie ich. Sie hätte dem Kerl die Stirn geboten, ihn in seine Schranken gewiesen, hätte einen derartigen Aufstand verursacht, daß er sich verzweifelt bemüht hätte, sie wieder zu beruhigen. Wer von uns beiden war wohl unvernünftiger: sie oder ich?

Nach dem Mittagessen nahm ich Janir mit zu Bloomingdale und fuhr mit ihm Rolltreppe. Ich sagte ihm zwar nicht, daß er so lange Rolltreppe fahren durfte, wie er wollte, aber ich beschloß, es zumindest zu versuchen. Kinder bekommen so selten genug von dem, was sie sich wünschen: genug Aufmerksamkeit, genug Umarmungen, genug Geschichten, genug Fahrten im Karussell. Daher versuchte ich in regelmäßigen Abständen, Janir seine eigenen Grenzen finden und ihn etwas so lange tun zu lassen, wie er Lust hatte.

Das geschäftige Erdgeschoß bei Bloomingdale war voller Spiegel, Makeup-Verkaufstheken, eleganter Frauen, bimmelnder Glöckchen und dem Duft nach Parfüm. Wir schwebten auf der Rolltreppe in die Höhe, vorbei an Gläsern und Damenschuhen, an Gartenmöbeln und Lederkoffern, bis hinauf zum obersten Stock und wieder hinunter. Und wieder hoch und wieder runter. Die Metallstufen stiegen hoch und runter und verschwanden am Ende ihrer Strecke in einem Mechanismus, den Janir unendlich faszinierend fand, ebenso wie ich es als Kind empfunden hatte.

Ich unterbrach ihn nur ein einziges Mal, um ihm ein Hemd, eine Hose und ein Paar Lederschuhe in Braun und Beige zu kaufen, die er sofort seine »Großstadttreter« taufte. Er trug sie auf dem Weg zur Rolltreppe und zu unseren nächsten Fahrten.

Er wollte ein Stockwerk allein hoch- und wieder runterfahren, und ich gestattete es ihm. Ich konnte ihn fast die ganze Strecke über sehen. Aber dann wurde er immer kecker und wollte zwei Stockwerke allein fahren. Auch das ließ ich zu, aber ich war erleichtert, als er wieder in mein Blickfeld gefahren kam – mit einem Gesichtsausdruck, als ob er einen Gipfel im Himalaya erklommen hätte. Er war erst viereinhalb Jahre alt. Obwohl ich ihm aufgetragen hatte, es nicht zu tun, sprang er vor mir von seiner Stufe, bevor sie flacher wurde und verschwand, rollte sich über die Schulter ab und kam lächelnd wieder hoch.

Wir wohnten nacheinander bei meinem Vater, bei Nana und bei meinem Bruder in Maine. Insgesamt blieben wir zehn Tage fort. Ich dachte ständig an Ellie, erzählte aber nur Nana von ihr. Es war mir peinlich, eine Affäre mit einer verheirateten Frau zu haben, und ich bezweifelte, ob ich Alan oder meinem Vater von der überwältigenden Wirkung dieser Frau auf mich erzählen konnte: die Verzückung, die eine Verletzung der Regeln rechtfertigte.

Ich nahm Nana das Versprechen ab, wie ein Grab zu schweigen, dann erzählte ich ihr die ganze Geschichte. »Guter Gott«, murmelte sie mehrmals, hörte mir aber bis zum Ende zu. Wir saßen an ihrem Küchentisch, spielten Karten und aßen Fannie Mae Schokokekse, wie immer.

»Wird sie ihren Ehemann jemals verlassen?« fragte Nana.

»Ich weiß es nicht.«

»Liebt sie dich ebenso wie du sie?«

»Ich glaube schon.«

»Wäre sie Janir eine gute Mutter?«

»Sie ist eine großartige Mutter. Aber manchmal ist es verwirrend. Er hat bereits eine Mutter.«

»Er kann zwei Mütter haben«, erklärte Nana.

»Ja, ich denke, das kann er. Ich hatte auch zwei.«

Sie nahm meine Hände in die ihren. Sie wirkte älter, ihre Augen waren müde und weich. »Tu, was du tun mußt, John. Aber sei vorsichtig. Du brauchst nicht noch mehr Probleme, als du sowieso schon hast.«

Wieder in Ohio fand ich im Briefkasten eine Postkarte mit einem Zitat in Ellies zierlicher Handschrift:

> »*Through the sureness of fire and times burnt clear – hear it in the lineaments' song. Breathing sigh. Two virginities meet, commingling showry head to braided feet.*«

Blake, dachte ich. In dem »showry head« erkannte ich unsere langen Haare, auf dem Kissen ineinander zerwühlt, und in den »braided feet« unsere ineinander verhakten Zehen, wenn wir nach dem Liebesspiel auf dem Rücken lagen. Unter das Zitat hatte sie geschrieben:

John, wann kann ich dich sehen? Ich bin in die Stadt gezogen. E.

Ich setzte mich auf die Couch, ohne auszupacken, während Janir herumrannte, sein Bett, sein Spielzeug und den Rasen vor dem Haus inspizierte – nach zehn Tagen in der Ferne schien ihm alles neu. Ich war mit großen Zweifeln an dieser Affäre nach Hause gekommen, aber jetzt war Ellie aus dem Holzhaus ausgezogen. Zwischen ihr und Michael war nun alles aus, da war ich mir sicher. Sie hatten sich zu oft gestritten. Die Ehe befand sich im Endstadium.

In der Hoffnung, die ganze Nacht mit ihr verbringen zu können, lieferte ich Janir bei Will Dewees und seinem Sohn Jesse ab, fuhr in die Stadt, parkte drei Häuserblocks von ihrer Wohnung entfernt und schlich mich durch die kalten Straßen. Es war Mitte März und der Frühling nichts weiter als ein Versprechen: die steifen Knospen der Ulmen und Guldenbäume hingen über dem knochigen Flieder. Ich hielt Ausschau nach Michaels Pickup, nahm eine Abkürzung durch einen Hinterhof und tauchte auf der Hanlin Avenue wieder auf.

Teague schlief in seinem Bett im Wohnzimmer. Ellie und ich unterhielten uns in der Küche, flüsternd, beide ein wenig scheu. Wir hatten uns zehn Tage lang nicht gesehen und möglicherweise unsere Ansichten geändert. Aber dem war nicht so. Bald darauf lag sie in meinen Armen. Ihre Küsse benetzten meinen Hals wie Melonenschnitze, während ich unter ihrem Pulli die feste Haut über ihren Rippen abtastete.

»Gott sei Dank bist du zurückgekommen«, sagte sie.

»Natürlich bin ich zurückgekommen.«

»Meine Sehnsucht nach dir hat mir Angst gemacht.«

»Du brauchst keine Angst zu haben. Ich liebe dich.«

»Tust du das?«

»Ich habe es dir gesagt, bevor ich gegangen bin. Während du schliefst.«

Sie zog ihren Rock über ihre Schenkel. »Ich glaube, ich habe dich gehört.«

Doch zuerst mußte ich über Michael sprechen. »Hast du es ihm gesagt?«

»Ich möchte ihn nicht verletzen. Ich muß langsam vorgehen.«

»Wie langsam?«

»John, ich will jetzt nicht darüber nachdenken. Nicht, wo du gerade erst zurückgekommen bist.«

Plötzlich an der Tür, dreimal, viermal ...

»Ich werde nicht aufmachen«, flüsterte sie. »Wahrscheinlich sind es die Jungs von oben.«

»Geh schon«, sagte ich. »Mach die Tür auf. Ich bin bereit.«

»Nein, laß uns erst mal abwarten.«

Klopf klopf klopf ... klopf klopf klopf.

Wer immer es war: Schließlich verließ er die Veranda, stieg in einen Wagen ein und fuhr davon. Für mich klang das nach einem Pickup: einer, wie Michael ihn fuhr.

Eine Stunde später lagen wir nackt im Bett, ihre Haare in meinem Gesicht, ihr Atem in meinem Mund. Das Telefon klingelte. Ellie sprang hoch, warf eine Decke über ihre Schultern und rannte in die Küche, um abzunehmen. An ihrem beruhigenden und beschützenden Tonfall erkannte ich sofort, daß Michael am anderen Ende war. Ich hörte zu, wie sie ihm eine Lüge nach der anderen auftischte, er konnte sich quasi eine aussuchen: Sie war ausgegangen, sie war spät zurückgekommen, sie fühlte sich nicht gut, sie hatte ihn nicht klopfen hören.

Als sie vom Telefon zurückkam, war ich angezogen und band gerade meine Schnürsenkel zu. Ich konnte damit nicht leben. Sie kam auf Zehenspitzen herein, mit eingefallenen Schultern. »Was ist los?« fragte sie.

»Willst du ihn ewig anlügen?«

»Er ist verletzt. Ich glaube, er weiß es. Ich will ihn nur beschützen.«

»Nein, das willst du nicht. Du willst *dich* beschützen.«

Ich war wütend und eifersüchtig. Es gab nichts mehr zu sagen. Ich griff mir meinen Mantel und ging. Ich rannte durch die

Straßen zu meinem Auto und fuhr hinaus zu Will, um Janir einzusammeln. Ich wollte ihn bei mir haben. Ich hob ihn aus dem Bett, warm und mit schlaffen Muskeln, und trug ihn zum Wagen. Er wachte nicht auf, klammerte sich aber aus den Tiefen seines Schlafes heraus an mich. Wir gehören zusammen, dachte ich; solange wir ein Mann und ein Junge sind, werden wir unzertrennlich sein. Kann das irgendein Paar von sich behaupten und sicher sein, daß es auch stimmt?

Ellie kam auf die Farm und blieb drei Tage. In der Nacht lagen wir im Bett und lasen Liebesgedichte von Ovid aus einem Buch, das sie in der Bibliothek gefunden hatte. Morgens fuhr ich die Kinder zur Schule und kam zurück, um lange Reihen Salat mit ihr auszusäen, dann Spinat, Pfirsiche und Rüben. Ich hatte stets die Eröffnung des Landwirtschaftsmarktes im Juni vor Augen. Wir arbeiteten hart, machten nur zum Mittagessen eine Pause. Dann legten wir uns auf das Gras, Ellies Kopf ruhte auf meinem Bauch, und die Sonne ließ die Härchen auf ihren Armen schimmern. Manchmal sagten wir kein Wort, einen solchen Schlag hatte uns die Liebe versetzt.

Am dritten Tag rief Clarisa an, als wir gerade mit dem Mittagessen fertig waren. Sie brauchte Geld: fünfhundert Dollar – und zwar schnell. Sie klang besorgt.

»Wofür?« fragte ich sie.

»Ich brauche es einfach.«

»Wofür, Clarisa?«

»Schick mir einfach das Geld, okay?«

Sie wollte, daß ich es noch am selben Nachmittag telegraphisch überwies. Obwohl Ellie und ich am Dow Lake spazierengehen wollten, ließ ich alles stehen und liegen und überließ Ellie sich selbst, um in die Stadt zu fahren, bevor die Bank ihre Pforten schloß.

Wenn Clarisa anrief, sprang ich immer noch. Das hatte nichts damit zu tun, daß wir verheiratet waren oder getrennt lebten. Es lag an Janir. Als mir das klar wurde, fragte ich mich, inwieweit Ellie sich von Michael würde lösen können.

ZWÖLF

Clarisa und ich wurden geschieden. Ich nahm mir den Vormittag frei, zog denselben blauen Anzug an, in dem ich geheiratet hatte, und fuhr zum Bezirksgericht. Man hatte ihr in San Francisco eine amtliche Benachrichtigung über die Scheidung und die Sorgerechtsanhörung zugestellt, und obwohl sie darauf nicht reagiert hatte, fürchtete ich, sie könnte in letzter Minute vor Gericht erscheinen, wild entschlossen, um Janir zu kämpfen.

Doch weit und breit war nichts von ihr zu sehen.

»Der Mutter ist bekannt, daß heute über das Sorgerecht entschieden wird?« fragte der Richter meinen Anwalt.

»Ja, Euer Ehren.«

Die Augenbrauen des Richters schnellten in die Höhe. »Sie scheint nicht sehr an ihrem Kind interessiert.«

»Nein, Euer Ehren.«

Die Jahnkes und Will Dewees bezeugten meine elterlichen Fähigkeiten sowie mein allgemeines Verantwortungsbewußtsein, und nach fünfzehn Minuten war alles entschieden. Ich erhielt das volle Sorgerecht, Clarisa wurden Besuchsrechte »in vernünftigem Rahmen« zugesprochen, und der Richter setzte die symbolische Summe von zehn Dollar im Monat als Kindesunterhalt fest, die sie mir zu zahlen hatte.

Als sie einige Wochen später anrief, erzählte ich ihr von der Scheidung, dem Sorgerecht und den zehn Dollar.

»Ich soll *dir* zehn Dollar zahlen?« sagte sie. »Du hast doch all das Geld, warum sollte ich dir etwas zahlen?«

»Klingt verrückt«, räumte ich ein.

Sie war nicht daran interessiert, was der Staat entschieden hatte, und anstatt das mir zugesprochene Sorgerecht anzufechten, ignorierte sie es einfach. »Ich möchte Janir sehen«, sagte sie.

»Wann?«

Was für eine dumme Frage an Clarisa. »Jetzt«, sagte sie.

Ich hielt sie einen Monat lang hin, aber tief im Innern konnte ich ihre Einstellung verstehen. Der Staat hatte mit der Frage der Besuchsrechte nichts zu tun. Meine wahre Autorität stammte von Janir, und er war derjenige, den ich dazu befragte. Ob er seine Mom besuchen wollte?

Er dachte kurz darüber nach. »Okay«, sagte er.

Aber ich schreckte davor zurück, Janir zu Clarisa nach Kalifornien zu schicken. Er war noch keine fünf, und ihr Leben dort schien allzu instabil. Schließlich erklärte ich mich damit einverstanden, ihn nach El Salvador zu bringen, wo Paquita sich schon auf ein Wiedersehen mit ihm freute und für sein Wohlergehen sorgen würde. Ich müßte ihn persönlich hinunterfliegen, aber dann hätte ich zwei Monate für mich und die Arbeit auf der Farm.

Nach zwei Nächten bei Paquita fuhren wir alle für ein paar Tage nach Atiquizaya. Paquita war dort aufgewachsen. Die Stadt erinnerte mich an das Macondo von García Márquez. Dort, im angestammten Haus ihrer Familie, war Clarisas unverheiratete Tante Blanca geboren und hatte ihr ganzes Leben verbracht. Nur ganz selten reiste sie bis nach San Salvador, eine zweistündige Fahrt mit dem Bus.

Wie so viele Häuser in Lateinamerika war es ein nach außen unscheinbares Einfamilienhaus, ein Wohnsitz, der Vorübergehenden nur wenig verriet. Von der Straße aus wirkten seine pockennarbigen Lehmmauern und ständig herabgelassenen Jalousien vernachlässigt, aber im Innern waren die hohen Wände im Salon mit uralten Fotos der Familie Betancourt in all ihrer steifen Pracht ausgekleidet. Es gab mehrere kühle Schlafzimmer mit heruntergelassenen Jalousien, eine überdachte Veranda und einen gewaltigen Innenhof mit drei Meter hohen Mauern. Im Innern dieses rustikalen Hofes hielt Blanca Hühner und Schweine, zog Gemüse und erntete das Obst von einem

Dutzend Bäumen: Avocados, Mangos, Granatäpfel, Orangen, Limonen und Bananen. Sie hatte sogar ein paar hundertjährige Tamarinden.

Es war Regenzeit, Winter in El Salvador. Jeden Nachmittag verdunkelte sich der Himmel, und ein gewalttätiger, reinigender Regensturm fegte über die Stadt. Die Erwachsenen warteten ihn auf der Veranda ab, aber Janir und sein Cousin Frankie zogen ihre Kleider aus und spielten in den Sturzbächen. Ich war mit viel Zweifeln gekommen, aber jetzt hatte ich ein gutes Gefühl dabei, Janir bei seiner Mutter zu lassen. Sowohl hier als auch in der Hauptstadt des Landes wäre er von Familienangehörigen und Menschen umgeben, die ihn liebten. Clarisa schien ruhig, ihrer Mutter ergeben und in vernünftigem Maße aufmerksam gegenüber Janir und seinem Cousin. Nur manchmal wirkte sie trübsinnig – aber das alte Haus in Atiquizaya war ein guter Ort für Trübsal, eine einschläfernde Enklave, die mich stets zu langen Nickerchen und abschweifenden Gesprächen bewegte.

In der Abenddämmerung bereitete Blanca Tortillas auf dem Lehmofen, schürte das Feuer darunter mit Stöcken, die sie einem alten Mann mit einem Esel abgekauft hatte. Der Abend brach fast unmerklich herein. Die Hühner setzten sich auf die Stangen in ihrem dunklen Stall, und wenn es zu dunkel wurde, um auf dem Hof noch etwas zu sehen, schaltete Blanca widerwillig zwei vierzig Watt Glühbirnen ein. Wir lagen unter ihnen in groben Sisal-Hängematten, die durch jahrzehntelangen Gebrauch mittlerweile glattgelegen waren. Die Zeit stand dort vielleicht nicht gerade still, aber sie war nahe dran. Ich erzählte Clarisa nichts von Ellie. Wenn sie es herausfinden sollte, indem sie Janir ausfragte, dann sollte es so sein. Eines Nachts machten wir nach dem Abendessen einen Spaziergang über die Plaza. Wir kamen am Rathaus vorbei, an einer Apotheke, die noch geöffnet hatte, an einem Kino, in dem wir uns bei einer unserer ersten Verabredungen einen mexikanischen Western in voller Länge angesehen hatten.

In der Nähe des Stadtrands nahm sie überraschend meine Hand und führte mich zu der Pforte eines Friedhofs. Sie war verschlossen, aber wir kletterten einfach über den Zaun und gingen zwischen den Grabplatten und kleinen Mausoleen zum Grab ihres Vaters. Er war im Familiengrab seiner Frau beerdigt worden. Zehn Minuten lang standen wir davor, hielten uns schweigend an der Hand, vereint durch die Tatsache, daß wir beide ein Elternteil verloren hatten.

Als wir zum bejahrten Haus der Familie zurückkehrten, schliefen Janir und sein Cousin bereits. Blanca und Paquita, die beiden Schwestern, schaukelten in ihren Hängematten, tauschten hin und wieder ein paar Worte aus und lauschten dem gelegentlichen *Plumps* einer Mango oder Avocado, die auf den weichen Boden fiel. Hin und wieder schlug eine Frucht auch auf dem Zinndach des Badezimmers auf, und alle zuckten zusammen.

Wir gingen früh zu Bett. Paquita hatte bei unserer Ankunft ihre Rechte geltend gemacht, und jetzt schlief Janir bei ihr, nicht bei seiner Mutter. Ich entfaltete ein breites Feldbett aus Segeltuch im Salon, auf dem ich schlief, und begnügte mich mit ein paar Laken. Ich las eine Weile unter einer einzigen schwachen Glühbirne, dann machte ich das Licht aus und schlief über die leisen Straßengeräusche ein – jemand ritt auf einem Pferd vorüber, zwei junge Männer, die sich unterhielten, gelegentlich ein Auto oder ein Lastwagen.

Irgendwann mitten in der Nacht wurde ich jäh wach, als Clarisa sich zu mir auf das Feldbett legte. Sie glitt zwischen die Laken und nahm mich in ihre Arme. Ihr Haar roch nach Tortillas und nach Rauch. Als ich ihren vertrauten mageren Körper hielt, fing sie an zu weinen. Unsere lange traurige Geschichte kratzte auch mir im Hals, und ich hätte selbst beinahe angefangen zu weinen. Aber dann streichelte sie meinen Rücken und meinen Hals und küßte mich. Ich zögerte, versuchte mich zurückzuhalten – denn trotz Anwälten und Richtern und sogar trotz Ellie McGlynn fühlte ich mich in Versuchung geführt, ja sogar erregt.

Schließlich schüttelte ich mich aus meiner Trance und rollte auf die andere Seite des Feldbetts, weg von ihr. Sie massierte mich weiter, bis ich das Laken abstrampelte, aufstand und auf dem kalten Fliesenboden stehenblieb. »Das ist vorbei«, erklärte ich flüsternd. »Ich will das nicht mehr.«

»Tu bloß nicht so stolz«, sagte sie, streckte ihren Arm aus und berührte mich. »Siehst du?«

Ich trat einen Schritt zurück. »Wir sind jetzt geschieden. Die Dinge haben sich geändert. Ich habe eine Freundin.«

Daraufhin wurde sie still. Sie warf mir einen kühlen Blick zu, stand wortlos von dem Feldbett auf und ging zurück in ihr Schlafzimmer. Ich legte mich hin, starrte auf die dunklen Fliesen an der Decke und konnte nicht einschlafen. Es tat mir leid, daß ich Ellie wie einen Vorschlaghammer eingesetzt hatte.

Wieder auf der Farm konnte ich nun, ohne Janir, zwölf bis vierzehn Stunden am Tag arbeiten. Hin und wieder sprengte ich bis zehn Uhr nachts und machte mich in der Morgendämmerung schon wieder an die Arbeit, düngte oder säte Sojabohnen auf einem Feld, das ich für die nächste Ernte vorbereitete. Eine ausgedehnte Regenperiode zögerte die Aussaat der Bohnen hinaus, aber schließlich war es doch soweit: Ich verteilte sie mit einer Handsämaschine und pflügte sie mit einem auf dem Traktor angebrachten, rotierenden Pflugaufsatz tief in die Erde. Hinter den Schneiden wurde die Erde in großen, dunklen Brocken aufgewühlt, und sechs Tage später sprangen die Sämlinge wie kleine Kadetten aus dem Boden.

Nana starb an einem Herzinfarkt. Ich flog nach New York und fuhr mit der U-Bahn nach Harlem, um sie im Beerdigungsinstitut ein letztes Mal zu sehen. Es wäre ihr unangenehm gewesen, dachte ich angesichts all der geflüsterten Unterhaltungen und des eindrucksvollen Bronzesargs. »Wenn ich mal sterbe«, hatte sie mir mehr als einmal gesagt, »legt mich einfach in eine Kiste und versenkt sie dann in der Erde.«

Am nächsten Tag fuhren Dad und Alan und ich zu ihrer Trauerfeier in einer Kirche in Harlem, dann zu ihrer Beerdigung nach Long Island. Dort hielt ein gelackter junger Vertreter des Bestattungsinstituts in schwarzem Frack und glänzendem Zylinder, der eine einzelne gelbe Rose an sein Herz preßte, den Vorsitz über das Begräbnis. Ich konnte Nana fast sagen hören, der Narr solle in seine Limousine zurück, aber schnell.

Wieder einmal setzte die Trauer erst später ein. Ich war viel zu sehr damit beschäftigt, das Richtige zu tun. Ich trug meinen blauen Anzug und hatte meine Haare zurückgebunden, aber ich war der einzige weiße Sargträger, und dieser Umstand war mir überdeutlich bewußt. Anstatt an Nana zu denken, dachte ich an Rassenfragen. Unsere Rasse war zwischen uns nur selten ein Thema gewesen, aber draußen in der Welt schien die Hautfarbe alles andere auf den zweiten Platz zu verweisen – insbesondere für mich, wenn *ich* von Schwarzen umgeben war.

Ellie hatte ständig Streit mit Michael gehabt und beschloß jetzt, sich auch räumlich weiter von ihm zu trennen. Sie ließ sich in Yellow Springs nieder, einer Kleinstadt in der Nähe von Dayton und Sitz des Antioch College. Eines Samstags nach dem Landwirtschaftsmarkt fegte ich meinen Pickup aus, stellte Ellies Möbel hinein und folgte ihr und Teague über die Landstraßen. Nach acht Jahren in Athens verließ sie ihr Heim, ihren Ehemann und all ihre Freunde.

Ohne Janir als Puffer verhielt sich Teague mir gegenüber reservierter. Er war jetzt sechs und verstand, daß ich bei der Trennung seiner Eltern eine Rolle spielte. In Yellow Springs weigerte er sich, uns beim Entladen des Wagens zu helfen, und als ich auf dem Weg zum Abendessen meinen Arm um Ellie legte, sagte er: »Tu's nicht, Mom.«

In der Nische setzte ich mich den beiden gegenüber. Ellie küßte ihn und hielt ihn im Arm, aber als sein Hamburger kam, wollte er ihn nicht essen. »Ich habe keinen Hunger«, sagte er. »Ich will nur mein Milchshake.«

Es war ein langer Tag gewesen. »Iß, was du möchtest«, erklärte Ellie einfühlsam – und nach der Hälfte seines Milchshakes langte er nach seinem Burger.

Auf dem Rückweg zu ihrer neuen Wohnung schlief er in ihrem Schoß ein. Er wurde ihr langsam zu schwer, darum hob ich ihn aus dem Wagen, trug ihn ins Haus und legte ihn auf seine Matratze. Ich blieb nicht über Nacht, zum Teil auch wegen Teague. Aber am darauffolgenden Samstag kehrte ich zurück und auch das Wochenende danach.

In der drückenden Sommerhitze, mit Temperaturen bei dreißig Grad und einem Abendhimmel, der um halb zehn immer noch hell war, lagen Ellie und ich nackt auf den Laken ihres Bettes. Neben uns bauschten sich die Spitzenvorhänge in der schwachen Brise, dann hingen sie reglos herab. Ellie legte sich auf ihr Kissen zurück, ihre Brüste flach auf ihrem Brustkasten, ihr Hals feucht unter ihren Haaren. Früher hatte ich mich immer von dunklen Frauen angezogen gefühlt, aber das war jetzt belanglos, denn ich liebte *diese* Frau, blauäugig und ungeheuer blond. Ich küßte sie bedächtig, überallhin, von den Zehenspitzen bis zu ihrem Scheitel.

Als ich am Morgen erwachte, starrte sie mich an, den Kopf auf ihre Hand gestützt. Wir betrachteten einander in dem kühlen grünen Licht. Dann legte sie einen Finger auf meine Lippen und glitt wie eine Tänzerin mit einem ausgestreckten Bein aus dem Bett. Teague wußte zwar, daß wir im selben Bett schliefen, aber sie wollte nicht, daß er uns dort zusammen sah.

Drei Wochen, nachdem ich El Salvador verlassen hatte, rief ich bei Paquita zu Hause an. Das Hausmädchen nahm den Hörer ab und ließ Janir holen. Er kam atemlos angerannt, nahm den Hörer und sagte: *»Sí?«*

»Janir, weißt du, wer hier spricht?«

»Ja! Es ist mein Dad!«

»Wie geht's dir, Kumpel?«

»Ich will jetzt zu dir nach Hause, *sofort*!«

Wie großartig es war, seine Stimme zu hören. Ich wollte gleichzeitig lachen, mit ihm reden und ihn im Arm halten. Es gefiel ihm in San Salvador nicht. Ich hörte mir seine Klagen über seine Mutter an, später bekam ich die Einzelheiten von Paquita zu hören: Die beiden hatten sich gestritten, und Clarisa ging es von Tag zu Tag schlechter.

Ich hängte ein und saß auf der Veranda hinter meinem Haus, während sich die Abenddämmerung über das Tiefland senkte und die Ziegenmelker ihr grelles Rufen begannen. Ich hatte Janir gar nicht so sehr vermißt. In meinem Bekanntenkreis gab es alleinerziehende Mütter, die es keine zwei Tage ohne ihre Kinder aushielten, aber ich war nicht so. Ich liebte meine Freizeit und wollte fast immer mehr davon. Doch nun brach eine Welt der Sehnsucht über mich herein. Ich stellte mir vor, wie er aussah, als er den Hörer des alten schwarzen Telefons in Paquitas Wohnzimmer an sein Ohr preßte, zuerst auf und ab sprang, dann traurig wurde und ganz still stand, den Blick zu Boden gesenkt.

Eine Woche später rief ich wieder an, und das erste, was er sagte, war: »Ich will nach Hause.« Beinahe hätte er geweint, aber nur beinahe, und er wiederholte seine Bitte mehrmals während unseres Gesprächs. Ich unterhielt mich darüber mit seiner Großmutter. Victor, der jetzt für Ford in Kentucky arbeitete, würde in zehn Tagen in die Vereinigten Staaten fliegen, und ich veranlaßte, daß Janir ihn begleitete.

Ich holte sie am Flughafen von Louisville ab. Janir sah mich schon von weitem, ließ die Hand seines Onkels los und rannte auf mich zu. Ich kniete mich mitten auf den geschäftigen Flur und ließ mich von ihm nach hinten werfen, rollte Hals über Kopf zu Boden. Dieses Spiel kannten wir schon lange. Er krabbelte auf meinen Brustkasten und rieb sein Gesicht an meinem. Gott, wie ich ihn liebte.

Andere Passagiere strömten um uns herum. Schließlich stand ich auf, und wir drei machten uns auf den Weg zum Gepäckfließband. Janir ging nicht, er hüpfte in seinen Großstadttretern. Er schoß an den Fließbändern vorbei, flitzte um die Säulen herum und sprang wieder in meine Arme.

Victor und ich tranken eine Tasse Kaffee, dann trug ich Janir zu meinem Pickup und fand anschließend die richtige Autobahn aus der Stadt heraus. Janir stand auf dem Sitz neben mir und spielte mit meinen Ohren, dann legte er seinen Kopf in meinen Schoß und bat mich, eine Geschichte zu erzählen. Ich hatte eine lange Geschichte parat, die ich mir auf dem Weg zum Flughafen ausgedacht hatte, ein Märchen über einen Bauer und einen Jungen, der mit den Tieren sprechen konnte. Janir schlummerte gelegentlich ein, aber immer, wenn ich aufhörte, brummelte er: »Erzähl weiter, Daddy.«

Ich spürte, wie er sich neben mir immer mehr entspannte, wie seine Arme und Beine zuckten, während sich seine Muskeln lockerten. Schließlich schlief er ein, so schlaff wie ein junger Hase. Obwohl ich ohne ihn gut zurechtgekommen war, fand ich es wundervoll, ihn wiederzuhaben. Seine Haare glänzten, seine Arme waren sonnengebräunt, und seine Wimpern waren lang und dick. Ich legte meine Hand auf seine Brust und spürte, wie er atmete, Meile um Meile durch diese Nacht in Kentucky.

Die Freude, ihn wiederzuhaben, wurde vorübergehend durch die Mehrarbeit gedämpft. Am nächsten Morgen konnte ich nicht einfach aus dem Bett springen und die Tomatenstauden beschneiden, ich mußte erst seine Taschen ausleeren, ihm sein Frühstück bereiten, die Küche saubermachen – und dann wollte er mit jemandem spielen.

Ich rief Suzanne Sweeney an, fuhr in die Stadt und holte ihren Sohn Matt ab. Am nächsten Tag war es ein anderer Freund, am darauffolgenden Tag wieder ein anderer. Ich schuldete fast jedem auf meiner Liste ein paar Stunden Babysitting, und auf diese Weise konnte ich das Saldo sehr gut ausgleichen – aber es bedeutete auch jede Menge Arbeit. Ich konnte nicht im Garten bleiben, ich mußte immer wieder ins Haus zurück und nach den Kindern sehen. Ich bereitete ihnen das Mittagessen, las ihnen eine Geschichte vor, baute eine Wasserrutsche auf dem Rasen, ließ die Arbeit ganz sein und ging mit ihnen zum See, um eine Runde zu schwimmen. Nach drei Tagen war ich erschöpft. Aber es gab kein Refugium. Wie ein Marathonläufer, der seine Meilen herunterreißt, beugte ich meinen Willen den unendlichen Runden aus Mahlzeiten, Spielen, Wäsche und Putzen. Das Haus war ein Schweinestall. Es gab nie genug zu essen. Janir hatte alle seine Freunde durch, und jetzt war ihm langweilig.

»Warum haben wir kein Fernsehgerät?« verlangte er zu wissen.

Ich zuckte mit den Schultern. »Kein Empfang. Nicht hier unten in der Senke.«

»Du willst nur keines.«

»Tja, das stimmt.«

»Du könntest eines für mich besorgen«, sagte er. »Lennie hat eines. Und er hat auch einen Welpen. Warum darf ich keinen Welpen habe?«

»Weil Welpen zu Hunden heranwachsen, und Hunde machen Arbeit, und ich habe schon genug Arbeit. *Du* machst viel Arbeit.«

»Mach' ich nicht.«

Nach nur zwei Minuten war er den Tränen nahe. In San Salvador hatte er in einem Haus voller Familienangehöriger gelebt, wo es immer jemanden gab, der ihm seine Aufmerksamkeit schenkte. Hier stritten wir, hitzig, bis wir uns langsam wieder dem Joch unseres Alltagslebens unterwarfen. Wenn wir ein Fernsehgerät besessen hätten, wäre es leichter gewesen. Wenn meine Familie in der Nähe gewohnt hätte, wäre es leichter gewesen. Und am allerleichtesten wäre es gewesen, wenn ich Ellie geheiratet hätte, denn dann wäre Teague zu einem Bruder geworden. Aber Ellie war dazu nicht bereit. Sie hatte noch zu sehr mit ihrer ersten Ehe zu kämpfen, um an eine zweite auch nur zu denken, so wie ich.

An manchen Abenden war ich zu ausgelaugt, um zu kochen, dann fuhr ich mit Janir zum Abendessen in die Stadt. Wir mochten das alte Towne House Restaurant, in dem wir immer eine Nische für uns bekamen. Wir nahmen Paddington-Bär mit uns und setzten ihn während des Essens in die Ecke.

Im Towne House gab es nichts, was man gemeinhin unter gesunder Ernährung versteht, nur riesige, saftige Burger, Steak mit Pommes und Schokoladeneis, das in zerkratzten Metallschalen serviert wurde. Nach dem Essen schlüpfte Janir auf meine Seite des Tisches, und ich las ihm eine Geschichte vor, als ob wir zu Hause auf der Couch säßen. Eine der Kellnerinnen, Marie, eine winzige Irin mit Strümpfen, die bis unter ihre Knie heruntergerollt waren, mochte Janir ganz besonders. Manchmal brachte sie ein Stück Kuchen auf einem Extrateller »für Paddington«. Sobald ich mit dem Vorlesen begann, setzte sie sich in die Nische hinter uns. Sie nahm eine Zigarette aus der Schachtel und tat so, als ob sie Pause hätte und rauchte. Sie zündete die Zigarette nie an, weil sie wußte, daß ich den Rauch verabscheute. Sie hörte einfach gern der Geschichte zu.

Eines Abends, ich hatte gerade die Geschichte beendet und Marie war wieder gegangen, um die Ketchupflaschen zu füllen, setzte sich Janir aufrecht hin und fragte: »Was macht Mom jetzt gerade?«

»Sie muß wohl wieder in San Francisco sein.«

»Wo ist das?«

»In Kalifornien. Dort haben deine Mom und ich geheiratet. Bevor du auch nur ein Punkt in der Ewigkeit warst.«

Janir war nicht in Stimmung für Scherze. Er packte mein Hemd und zerrte mit gerunzelter Stirn daran. »Ist sie nicht mehr bei Paquita?« fragte er.

»Ich glaube nicht. Vermißt du sie?«

Er sagte nichts.

»Warum bist du denn so bereitwillig zurückgekommen?« fragte ich – aber er antwortete immer noch nicht. »War deine Mutter da unten lieb zu dir?«

»Sie lacht über *Tia Blanca*«, sagte er. »Weil sie ihre Tortillas so komisch ißt.«

»Blanca hat keine Zähne mehr.«

»Und manchmal wird sie wütend.«

»Auf dich?«

»Ja. Und ich werde wütend auf sie. Weil sie mir schlechtes Essen gibt.«

Ich hätte zu gern gewußt, wie sein Aufenthalt in El Salvador verlaufen war, aber durch die Augen eines Fünfjährigen zu schauen kam einem Ratespiel gleich. Ich wartete, ob er noch mehr Informationsbrocken herausrücken würde – aber er hatte alles gesagt, was er sagen wollte.

Auf dem Heimweg saß er neben mir im Pickup. Es war auf gewisse Weise einfach, ein Einzelkind allein zu erziehen. Niemand half einem, aber es warf mir auch niemand Knüppel zwischen die Beine. Obwohl Janir kaum eine Mutter und ich nur zur Hälfte eine Frau hatte, hatten wir doch einander – Tag ein, Tag aus. Manchmal war das alles, was ich brauchte.

Am darauffolgenden Wochenende fuhren wir nach Yellow Springs, und in dem Augenblick, als ich in Ellies Haus trat, spürte ich ihr Unbehagen. Am Wochenende vorher hatte Michael sie besucht. Sie gab mir einen Kuß auf die Wange, hob Janir hoch und stellte ihm ein Dutzend Fragen zu seiner Reise. Dann ging sie in die Küche und bereitete das Abendessen zu.

Ich ließ sie nervös sein. Als wir an diesem Abend endlich ins Bett kamen, fragte ich sie, was los sei.

»Ich weiß es nicht«, sagte sie.

»Doch, das tust du.«

Sie wickelte die Decke um ihre Beine. »Es ist immer dieselbe alte Geschichte.«

»Du sprichst von Michael.«

»Er ist so hartnäckig.«

»Wobei?«

»Du weißt schon, er will seine Familie zurück.«

»Und du?« fragte ich.

Sie saß schaukelnd im Bett, stopfte die Decke unter ihre Kniekehlen. »Ich weiß nicht, was ich will.«

Ich wußte was ich wollte: daß Ellie Michael verließ. Trotzdem verstand ich, in welcher Zwickmühle sie sich befand. So wie sie Teague jetzt seinem Vater entriß, hatte ich Janir seiner Mutter genommen. Und zwei Jahre danach machte mir das immer noch zu schaffen.

Das ganze Wochenende war ich von Zweifeln gequält. Ich erinnerte mich an Ovids Maxime aus einem seiner Gedichte in ›Liebeskunst‹: Sie, die mir folgt, fliehe ich; ihr, die mich flieht, folge ich. Ovid schrieb einige herrliche Gedichte – aber er behauptete auch, daß nur die Unsicherheit die Liebe am Leben hält. Ich haßte diese Vorstellung, für mich klang das nicht nach wahrer Liebe. Und doch sehnte ich mich stets dann am meisten nach Ellie, wenn ich fürchtete, sie würde mich verlassen.

Ich beobachtete ihren Kampf mit dem Moloch Ehe. Ich hatte dasselbe erlebt und war als Single daraus hervorgegangen – bei ihr konnte das anders sein. Wenn sie Michael nicht verlassen sollte, wieviel Zeit hätte ich dann verschwendet? Janir wurde älter, er war bereits fünf Jahre alt, und ich wollte, daß er Geschwister bekam. Was wäre, wenn ich mit einer anderen Frau ganz von vorn anfangen müßte?

Aber ich wollte keine andere Frau. Ich wollte Ellie.

Ein paar Sonntage später, nach der Gutenachtgeschichte für die Kinder, setzte ich mich auf das Fußende von Ellies Bett. Sie schloß das Buch, mit einem Finger in der Mitte. »Zu schade, John. Du solltest eine Frau haben, die Kinder mag.«

»He, ich weiß, daß du Kinder magst. Zumindest unsere Kinder.«

»Sie treiben mich in den Wahnsinn.«

Es stimmte, ihre Geduld kannte immer engere Grenzen. Seit kurzem versuchte ich, die Zügel in die Hand zu nehmen, und erfüllte mehr als meinen Teil an der Kinderbetreuung, so wie sie es zu Anfang getan hatte. Aber das löste nicht das Problem, mehr Zeit für uns beide herauszuschinden. An manchen Wochenenden hatten wir keine freie Minute für uns selbst ohne die Jungs, bis die beiden nachts ins Bett gingen.

Wir verbrachten all unsere Tage mit ihnen. Wir gingen mit ihnen ins Kino, in die Höhlen, zu Clifton Gorge, zum Ententeich, zu einem Volksfest in Dayton, zur Bundesausstellung nach Columbus, in die Stadtbücherei, auf den Rasenplatz vor dem College, zum Spielplatz, zum Wasserreservoir, zur Mühle. Die Jungen vertrugen sich gut, aber oft wollten sie nur unsere Aufmerksamkeit.

In Ellies kleiner Wohnung versuchten wir, beim Austausch unserer Zärtlichkeiten möglichst diskret vorzugehen. Aber Teague war sechs Jahre alt, er wußte, was da ablief, und es war unmöglich, die Tatsache zu verbergen, daß ich den Platz seines Vaters im Bett seiner Mutter eingenommen hatte. Ich machte mir diesbezüglich Sorgen, aber ich schlief dennoch jedes Wochenende dort.

Als Janir in El Salvador war, hatte ich Teague besonders viel Aufmerksamkeit zukommen lassen. Ich las ihm Geschichten vor, spielte mit ihm Fangen in der Gasse und brachte ihm das Fahren auf seinem neuen Fahrrad bei. Auf einer gewissen Ebene kamen wir sehr gut miteinander aus – aber in diesem Monat hatte er auch einige ganz besonders schlimme Wutanfälle. Eines Abends, als Ellie einkaufen war, trat er seine Spielsachen mit Füßen und warf sie an die Wand. Als ein Flugzeug gegen ein Fenster krachte, verlor ich die Beherrschung. Ich hob ihn hoch, preßte ihn gegen die Wand und hielt ihn dort, bis er klein beigab und zu weinen anfing. Obwohl ich ihn nicht richtig schlug, hatte ich ihn in aller Deutlichkeit meine körperliche Überlegenheit spüren lassen.

Sofort packte mich Bedauern, ich stellte ihn wieder auf den Boden und versuchte, mich zu entschuldigen. Teague wollte mir nicht zuhören. Er rannte zu seinem Bett und vergrub sich unter der Decke. Ich kniete mich neben ihn, versuchte eine Erklärung, aber er rief durch seine Tränen hindurch ununterbrochen. »Ich will es nicht hören, ich will es nicht hören.«

Natürlich nicht. Wer will schon Dinge bereden, nachdem er körperlich überwältigt und gedemütigt wurde? Ich hatte hitzig und wütend reagiert und etwas getan, was ich haßte.

Als ich Ellie alles beichtete, sagte sie, daß sie es verstehen könnte. Aber den Rest des Wochenendes spürte ich eine leichte Distanz zwischen uns, den Hauch von Zurückhaltung.

Janir bekam nie solche Wutanfälle wie Teague. Statt dessen jammerte und klagte er – was mich auf lange Sicht fast ebenso verrückt machte. Häufig blieb mir ein Rätsel, was sein Jammern auslöste, und ich konnte nie vorhersagen, wann er in den zeternden Tonfall eines Dreijährigen verfallen würde. Manchmal jammerte er, wenn ich ihm nicht genügend Aufmerksamkeit schenkte, und manchmal, nachdem ich einen ganzen Tag mit ihm verbracht hatte.

Zweifelsohne lag das Jammern nicht außerhalb seiner Kontrolle, denn er jammerte nie vor anderen Eltern oder Kindern – nur bei mir. Eines Tages saß ich auf Ellies Couch und las, als ich ihn in der Küche fragen hörte: »Kann ich eine Limonade haben?«

»Lieber nicht, Janir. Wir essen gleich zu Abend.«

»Ich esse trotzdem meinen Teller leer.« Er klang überaus charmant, fast keß: seine beste Taktik gegenüber Ellie. »Ich verspreche es.«

»Tja, frag am besten deinen Dad.«

Er schielte um die Ecke, mit herabgezogenen Mundwinkeln, sein Gesicht schon leicht verzogen. »Darf ich eine Limonade haben?« fragte er mit Nachdruck.

Ich schüttelte den Kopf.

»Warum nicht?« wollte er wissen und verzerrte die Worte in einer unheilvollen Mischung aus Wehklagen und Niederlage.

Die Intensität seiner Klagen entsprach selten dem Umfang seiner Trauer. Zu Hause legte er ebensoviel Überzeugungskraft in »Ich *will* keine Pfirsiche zum Abendessen« wie in »Ich *will* nicht zum Zahnarzt.«

Ich fragte mich, ob er jammerte, anstatt zu weinen, ob die Qual in seiner Stimme Ausdruck eines Urverlustes war, eines Schmerzes, den ich niemals lindern konnte. Er sprach zwar nur selten über seine Mutter, aber möglicherweise war das ein Zeichen dafür, wie sehr er sie vermißte. Bei seinem Besuch in El Salvador hatten sich die beiden ständig gestritten, und er hatte unerbittlich gefordert, früher nach Hause zurückkommen zu dürfen. Dennoch mußte er über ihre Abwesenheit trauern.

Er hatte gesehen, wie seine Mutter sich ihm entfremdet hatte, und nun sah er, wie sehr ich in Ellie verliebt war. Ich wußte, daß er fürchtete, mich zu verlieren, und daher versicherte ich ihm häufig, daß ich ihn niemals verlassen würde. Ich sagte ihm, daß ich ihn immer lieben und immer für ihn sorgen würde – aber vielleicht hatte er trotzdem Angst.

Meistens war Janir ein robustes und sonniges Kind. Doch

ohne ersichtlichen Grund konnte er dann wieder das große Jammern anstimmen.

»Wann *essen* wir endlich?« klagte er, während ich das Abendessen vorbereitete. Bei ihm klang es so, als ob ich ihm angedroht hätte, seine Lebensmittelration zu streichen.

»Ich *weiß* nicht, wo meine Schuhe sind«, lamentierte er.

»Ich *habe* keine Freunde.«

»Warum tun wir nie, was *ich* will?«

Wenn ich entspannt war, konnte ich gelegentlich innerlich zurücktreten und seine Darbietung bewundern, die kunstvolle Art und Weise, wie er seine Sätze betonte. Man hätte ihn für einen Bluesmusiker halten können, der ein trauriges Saxophon bläst. Dann wieder kochte Zorn in mir auf, wenn er über die Hitze jammerte oder den Regen oder über kleinere Hindernisse auf dem Weg zur Erfüllung seiner Wünsche, oder wenn er zu lange jammerte. Dann hätte ich ihn am liebsten mit dem Gartenschlauch abgespritzt oder ihn in sein Zimmer gesperrt. Oder wäre in meinem Pickup losgefahren und hätte den kleinen Teufel ein paar Stunden sich selbst überlassen.

Im Laufe von zwei oder drei Jahren startete ich mehrere Feldzüge gegen diese Jammerei. Ich versuchte, ihn dafür zu bestrafen, aber das machte es nur noch schlimmer. Ich versuchte, es zu ignorieren, doch das gelang mir nicht. Am Ende konnte ich nichts anderes tun, als seine Kommentare abzuwägen und so neutral wie möglich darauf zu reagieren – wenn er jammernd nach dem Abendessen verlangte, fütterte ich ihn trotzdem, und wenn er an der Kasse im Supermarkt nach Schokolade verlangte, verwehrte ich sie ihm. Hinsichtlich Versprechungen und Drohungen war ich immer besonders vorsichtig. Wenn er im Wagen Theater machte, drohte ich ihm nicht damit, daß ich ihn am Straßenrand aussetzen und ihn zu Fuß nach Hause gehen lassen würde, denn es lag auf der Hand, daß ich das nicht tun würde. Wenn ich nicht willens war, es durchzuziehen, dann versprach ich ihm auch nicht, daß er Eis bekommen würde, sobald er seine Kartoffeln aufgegessen hatte, oder daß er nur dann zum Zirkus dürfe, wenn er sein Zimmer aufräumte. Schon gar nicht, wenn ich die Eintrittskarten bereits gekauft hatte.

Ich versuchte außerdem, ihn niemals zu belügen. Um mich herum sah ich lauter Eltern, die ihre Kinder ständig belogen. Sie erklärten, die Spritze beim Arzt würde nicht weh tun, daß keine Kekse übrig seien, daß sie nicht genug Geld hätten, um dieses oder jenes Spielzeug zu kaufen. Alles Lügen, und für gewöhnlich war den Kindern das auch klar.

Ich versuchte, nicht zu lügen – aber manchmal sagte ich auch nicht die ganze Wahrheit. »Daddy«, sagte Janir eines Tages beim Abendessen, »ich würde gern bei Joshua schlafen.«

»Ist in Ordnung, irgendwann demnächst darfst du das auch.«

»Nein, ich will heute nacht dort schlafen.«

»Tja ... woll'n mal sehen, was sich da machen läßt.«

Das war eine Lüge. Wir würden nicht sehen, was sich da machen ließ, weil ich bereits wußte, daß ich um halb acht Uhr abends nicht durch das halbe Land und wieder zurück fahren würde. Aber ich wußte auch, daß Janir den Aufstand proben würde, wenn ich ihm das mit diesen Worten sagte. Mit dem natürlichen Scharfsinn eines Fünfjährigen erkannte er, daß ich mich zwar widersetzen mochte, Jammern aber manchmal trotzdem funktionierte.

DREIZEHN

In diesem Sommer fuhr ich jeden Samstag nach dem Landwirtschaftsmarkt nach Hause, packte eine Tasche für Janir und mich und fuhr die zweieinhalb Stunden nach Yellow Springs. Woche für Woche konnte ich die Veränderung an Ellie beobachten. Am Ende des Sommers kam es ihr auf das häusliche Leben, das ihr bei unserer ersten Begegnung so wichtig war, kaum noch an. Bei meiner Ankunft war die Spüle oft voller Geschirr, die Böden waren staubig und die Betten nicht gemacht. Teague kümmerte sich selbst um sein Zimmer, und es war ein einziger Schweinestall.

»Mein ganzes Leben lang habe ich den Haushalt geführt«, sagte Ellie. »Mir reicht's.«

Obwohl unser Sex immer noch unwiderstehlich war, hatte sie an nichts mehr Interesse, was auch nur entfernt den Beigeschmack davon hatte, daß sie sich um mich kümmerte. Nachts hatten wir einander oft die Haare gebürstet – mein eigenes war fast so lang wie ihres –, doch das gehörte jetzt der Vergangenheit an. Es hatte eine Zeit gegeben, wo sie mir ein wunderbares Abendessen mit Artischockenherzen und einem Glas Beaujolais serviert hatte und als Nachtisch Schokoladenkuchen, aber jetzt mußte ich entweder selbst kochen, oder wir bestellten uns telefonisch eine Pizza.

Ich konnte damit leben. Ich brauchte niemanden, der meine Wäsche machte oder für mich kochte. Aber ich vermißte unsere alte Vertrautheit, und einen Monat lang versuchte ich sogar, mit ihr einen Handel abzuschließen: Wenn sie mir die Fingernägel schnitt, würde ich ihre Beine in der Wanne rasieren. Zum Teil war das ein Scherz, zum Teil aber nicht. Ich hatte Ellie erzählt, daß meine Mutter meine Nägel bis weit in meine Zwanziger geschnitten hatte. Wenn ich in den Ferien vom Internat oder vom College nach Hause kam, saßen wir oft beisammen und unterhielten uns, während sie meine Nägel schnitt und sie dann mit einer Nagelfeile glatt feilte. An dieses Ritual klammerten wir uns: eine letzte Entschuldigung, Händchen zu halten, nachdem uns der Körperkontakt unangenehm geworden war.

»Stell dir nur vor, wie schön das wäre«, scherzte ich mit Ellie. »Und denk an die symbolische Seite der Sache: Du stutzt meine Klauen zurecht.«

»Deine Mutter hat es getan, und jetzt willst du, daß ich es tue – da hast du deine symbolische Seite.«

Wir lachten, aber sie ignorierte meine Nägel, und ich wurde auch nicht länger zu ihr in die Wanne eingeladen.

Im August nahm sie einen Wochenendjob als Barkeeperin an. Jeden Samstagabend um zehn vor sieben, nur wenige Stunden, nachdem Janir und ich angekommen waren, steckte sie ihre Haare hoch und ging zur Arbeit. Sie war noch nie gesellig gewesen, und dieser Job fiel ihr nicht leicht, aber genau das war mit ein Grund, warum sie diese Stelle überhaupt angenommen hatte. Sie wollte arbeiten, wollte Geld verdienen und etwas von der Welt sehen. Wenn sie nach Mitternacht zurückkam, roch sie nach Bier und Zigaretten. Jeder in der Bar muß sie begehrt haben, da war ich mir sicher. Die Männer beobachteten sie – und die Frauen auch, denn in Yellow Springs gab es viele Lesben. Eines Abends lagen wir zu später Stunde auf dem Bett. Wir hatten uns gerade geliebt, und Ellie sagte: »Ich wünschte, jemand würde mir erklären, worum es bei flüchtigem Sex geht, damit ich es nicht selbst tun muß, um es herauszufinden.«

»Da ist nichts dran, El, wirklich nichts.«

»Möglicherweise nicht, aber ich möchte es trotzdem wissen.«

Ich lag neben ihr, einerseits ängstlich, andererseits von ihrer Ehrlichkeit tief getroffen – von der Freimütigkeit, die ich immer von ihr verlangt hatte.

Ende September kam Michael zu einem zweiten Besuch nach Yellow Springs. Das ganze Wochenende über versuchte er, Ellie zum Heimkommen zu bewegen – und sie war schon halb überzeugt.

»Warum kann ich euch nicht beide lieben?« fragte sie mich, als wir uns das nächste Mal sahen.

»Ich bin sicher, das tust du bereits.«

»Wer sagt denn, daß es entweder er oder du zu sein hat? Wer sagt, daß es das eine oder das andere Leben sein muß? Du liebst Clarisa doch auch noch, oder? Du hast es mir selbst gesagt.«

»Aber ich werde nicht zu ihr zurückgehen.«

»Tja, ich liebe Michael immer noch.«

Den ganzen Tag über schwappte dieses Thema wie Wellen über uns zusammen. Ellie, die bisweilen nach dem Abendessen eine Zigarette rauchte, aber nie in Gegenwart der Kinder, zündete sich jetzt eine nach dem Mittagessen an und rauchte sie mit zitternden Fingern am Küchentisch. Sie setzte sich, stand wieder auf, drückte die Zigarette aus, verschränkte ihre Arme unter ihren Brüsten. An ihrer linken Hand glänzte ihr Ehering, so wie immer.

Ich streckte meinen Arm aus und klopfte auf den Ring. »Sehen so deine Gefühle aus? Fühlst du dich immer noch verheiratet?«

»Ich *bin* noch verheiratet. Und ich fühle alles Mögliche. Setz mich jetzt nicht unter Druck.«

Es regnete den ganzen Tag. Die Wohnung war ein Schlachtfeld, und die Kinder brachten uns zur Raserei. Ich hatte das Gefühl, gleich zu explodieren, und als es Abend wurde, ging ich mit Teague und Janir zur Sporthalle, damit wir uns auf den Gymnastikmatten und den Trampolinen austoben konnten. Danach liefen wir im Dunkeln und in einem eisigen Platzregen nach Hause, während stürmischer Wind Unmassen an feuchten Blättern aufwirbelte. Für Anfang Oktober war es viel zu kalt. Als wir zurückkamen, war Ellie bereits zur Arbeit gegangen. Ich räumte das Haus auf und machte Abendessen für die Kinder, brachte sie ins Bad und las ihnen eine Geschichte von Roald Dahl vor. Um neun schliefen beide tief und fest. Irgendwie fiel es mir leichter, mich um die Kinder zu kümmern, wenn Ellie aus dem Haus war. Aber sobald ich allein war, konnte ich nicht einfach dasitzen und lesen. Um zehn zog ich meinen Mantel an, machte mich allein auf den Weg durch den Sturm und versuchte, mich zu beruhigen. Ich drehte eine Runde, dann eine weitere, kehrte zurück, um nach den Kindern zu sehen. Ich lugte durch ein Fenster hinein. In dem schwachen Schein eines Nachtlichts lagen sie zusammengerollt auf ihren Matratzen auf dem Boden, ein dunkler Junge und ein blonder, beide mit einem Stofftier im Arm.

Ich wollte Ellie und keine andere. Ich wollte sie heiraten oder zumindest mit ihr und unseren Jungen zusammenleben. Wenn sie das nicht wollte, wußte ich nicht, wieviel länger ich noch warten oder mit wieviel mehr Trauer ich leben konnte.

Und wieder war es Halloween, ein Jahr, nachdem Janir in seinem gefleckten Umhang mit dem Schwanz angelaufen kam und verkündet hatte: »Ich habe beschlossen, ein Gepard zu sein!« In diesem Jahr hatten die älteren Kinder seiner Schule »Süßigkeit-oder-Streich« entdeckt und wollten sich nicht mit einer Party in der finsteren Provinz begnügen. Also fuhren Will Dewees, ein paar der anderen Eltern und ich sie nach Athens und ließen sie in einem der besseren Viertel der Stadt los. Dort machte sich unser zerlumpter Haufen aus Geistern, Piraten und Astronauten auf Raubzug, stiefelte direkt über die gelackten Rasenflächen von einer Villa zur nächsten. Die Stadt erlaubte ihnen nur neunzig Minuten. Zuerst wirkte Janir grimmig und exotisch, mit einer Pappmachémaske, für die ich in der Nacht zuvor Stunden gebraucht hatte. Aber die Maske war zu groß und zu schwer und glitt ständig von seinem Gesicht. Nach den ersten beiden Häusern rannte er zu mir und reichte sie mir wortlos. Sie taugte nicht. Sie funktionierte nicht. Er hatte mich um ein einfaches Kostüm aus einem Laden gebeten, aber anstatt das zu kaufen, was er wollte, hatte ich versucht, einem Bild gerecht zu werden, das ich von den Halloween-Festen meiner Kindheit hatte, als meine Mutter für mich und meinen Bruder kunstvolle Kostüme geschneidert hatte. Daher die exotische Maske: einzigartig, aber nutzlos.

Nachdem er sie mir gereicht hatte, drehte Janir sich um und lief den anderen Kindern hinterher, sein schwarzer Umhang flatterte wild. Der Umhang war mein Abschlußtalar vom College, hochgesteckt, damit er darin laufen konnte, und jetzt lösten sich die Sicherheitsnadeln. Er stolperte, wäre beinahe gefallen, dann hob er den vorderen Teil hoch und hastete hinter seinen Freunden her. Er wollte mit den größeren Kindern mithalten und seine Tüte mit Süßigkeiten füllen – aber nun, ohne den Schutz einer Maske, mußte er sich einem Fremden nach dem anderen stellen und die unvermeidbaren Fragen über sein sich auflösendes Kostüm beantworten.

Einmal kam er an uns vorbei, den Tränen nahe, eine Hand in den Umhang gekrallt, in der anderen seine Papiertüte. Ich löste mich von der Gruppe der anderen Eltern, falls er meine Hilfe brauchte, aber er würdigte mich keines Blickes.

In seinem eigenen Revier war Janir oft selbstbewußt, sogar dreist. Wenn ich auf unserem Heimweg von Yellow Springs einen Anhalter mitnahm, prüfte er den Betreffenden, fing vom Rücksitz aus eine Unterhaltung an, kletterte manchmal auf seinen Schoß und spielte mit seinen Ohren.

Dann wieder, wie in dieser Nacht, drohte die Welt ihn zu überwältigen. Auf dem Heimweg in Wills altem Dodge hielt ich ihn im Arm. Er sagte nichts, kuschelte sich aber an mich. Die Süßigkeiten in seiner Tüte lagen vergessen auf dem Wagenboden. Will setzte uns ab, und ich trug Janir ins Haus. Ich war so zärtlich besorgt um ihn, daß ich ihn nicht losließ, auch dann nicht, als ich seine Süßigkeiten auf seiner Kommode ablud, seine Kleider aus- und seinen Pyjama anzog, ihm die Zähne putzte, die Decke aufdeckte, mich neben ihn legte und ihm eine Geschichte vorlas. Danach ein Lied über eine Dame und ein Krokodil, dann eine Umarmung, dann der Welt kürzeste Gutenachtgeschichte: »Es war einmal eine Fliege an der Wand, das war's.« Ich deckte ihn und seine Stofftiere zu, drehte das Licht aus und blieb neben ihm liegen, bis er eingeschlafen war.

An Thanksgiving versuchte ich, mit Ellie etwas für Weihnachten zu planen. »Wir könnten meinen Bruder besuchen«, schlug ich vor. »Oder nach North Carolina fahren und irgend etwas auf den Outer Banks anmieten. Dort ist es sehr friedlich.«

Sie starrte aus dem Fenster. »Klingt kalt und einsam.«

»Paßt doch prima zu dir«, sagte ich und verließ das Haus.

Sie folgte mir nicht, und wir sprachen nicht mehr darüber, aber in dieser Nacht hatten wir harten, erstklassigen Sex. Am nächsten Morgen gingen wir betont höflich miteinander um, distanziert und auf der Hut.

Meine Freunde Peter und Rhonda bewirtschafteten mittlerweile einen Bauernhof in Belize, und seit langem schon stand ihre Einladung im Raum, sie dort einmal zu besuchen. Ich wollte an Weihnachten nicht herumsitzen und mich wegen Ellie elend fühlen, also schrieb ich ihnen, daß Janir und ich kommen würden, und besorgte zwei Tickets.

Janir schlief auf dem Nachtflug von Columbus. Ich trug ihn in New Orleans aus der Maschine, legte ihn auf eine Bank und setzte mich den Rest der Nacht neben ihn, eingetaucht in Lael Wertenbakers brillantes Buch über die Krebserkrankung ihres Mannes (›Death of a Man‹). Tod, Verlust, Ende: über nichts anderes wollte ich lesen.

Am nächsten Morgen wuschen wir uns, frühstückten und bestätigten unsere Plätze für den Flug nach Belize – einen Flug, den hauptsächlich wohlhabende Salvadorianer gebucht hatten, die von dort nach El Salvador weiterreisten. Die Abflughalle war voller Männer in dunklen Anzügen und schicker Frauen in Midi-Röcken und Schuhen mit Plateausohlen. Wir hatten jetzt 1975. Mädchen trugen mit Volants besetzte Röcke und die Jungs Nylonhemden mit Seemöwenaufdruck. Janir teilte die Hautfarbe und Physiognomie der meisten Kinder in der Lobby, aber da endete auch schon jede Ähnlichkeit, denn sie verkörperten alle würdiges Latino-Bürgertum, und Janir war fanatischer Cowboy-und-Indianer. In der Nacht zuvor hatte er selbst seine Reisekleidung ausgesucht: Turnschuhe, sein abgetragenes Paar

Lieblingshosen und sein Big-Foot T-Shirt, auf dem ein Monster-Pickup eine Reihe anderer Fahrzeuge unter sich zerquetschte.

Ein Junge, der ungefähr in Janirs Alter war, spielte mit einem kleinen aufziehbaren Rennauto. Janir hatte mehrere davon zu Hause, und es tat mir sofort leid, daß ich keines mitgebracht hatte, denn der auf Hochglanz polierte Boden in der Abfertigungshalle war eine ideale Rennstrecke. Janir war in Gegenwart anderer Kinder oft sehr mitteilsam, aber in diesem Fall schlenderte er nicht hinüber, um den Jungen zu fragen, ob sie das Auto zwischen sich hin und herfahren lassen sollten. Ich verstand auch, warum nicht. Zum einen sprach der Junge Spanisch – was Janir, trotz all meiner Bemühungen, fast völlig verlernt hatte. Zum anderen war der Junge sehr heikel im Umgang mit seinem Spielzeug. Er kniete sich hin, sah sich um, ob auch ja keiner vorbeiging, dann schickte er den Wagen auf eine wohlüberlegte Fahrt und rannte sofort hinterher, um ihn wieder einzusammeln. Nie berührten seine Hände, seine gestreiften kurzen Hosen oder sonst etwas anderes als seine polierten Schuhe den Boden.

Ich glaubte schon, Janir würde sich an mich drängen, sich an meine Knie klammern und flüsternd fragen: »Daddy, kaufst du mir auch so ein Auto?« Statt dessen nahm er die kanadische Vierteldollar-Münze heraus, die ihm ein Mann am Ticketschalter geschenkt hatte, und hielt sie fest in seiner Hand. Als sich zwischen den Leuten in der Halle eine Lücke auftat, schleuderte er die Münze aus dem Handgelenk heraus von sich, so daß sie quer über den Boden glitt und direkt vor dem Jungen mit den gestreiften Hosen und den Lederschuhen liegenblieb. Dann sprang er los, warf sich mit einem Hechtsprung flach auf den polierten Boden und schlidderte bäuchlings direkt auf seine Münze zu. Er nahm sie, kniete sich hin, drehte sich zu dem Jungen um und starrte ihm lange in die Augen. Janir hatte ihn taxiert. Der Junge mochte neue Hosen und ein schickes Spielzeug haben, aber er konnte sich nicht mit einem Hechtsprung auf den Bauch werfen und mit seinen Kleidern den Boden wischen.

Lange Zeit spielten die beiden Seite an Seite, der Junge mit seinem Auto und Janir mit seiner Vierteldollar-Münze. Sie beobachteten einander, sprachen aber kein Wort. Janir war nicht besonders achtsam. Er rutschte über den Boden, rannte zwischen den Beinen der Leute herum, und manchmal lugte er auf der Suche nach seiner Münze sogar in Taschen und Koffer. Aber ich ließ ihn gewähren. Ich saß wieder einmal da und dachte an Clarisa. Meine Art, Janir zu erziehen, stammte zu großen Teilen von ihr. Sie hätte niemals aus einem Fünfjährigen einen kleinen Erwachsenen gemacht. Sie hätte ihn seine Welt ungehindert erkunden lassen, da war ich mir sicher.

Sowohl Janir als auch ich fanden Belize einschüchternd, mit seinem rauhen Straßenleben, den intensiven Gerüchen und dem verblüffenden englischen Dialekt, den ein Großteil der schwarzen Bevölkerung sprach. Wir verbrachten die Nacht in einem zugigen Holzhotel, wo Husten und Seufzer aus den anderen Zimmern zu hören waren. Um sieben Uhr morgens stiegen wir in einen Bus nach »PG«, Punta Gorda.

Nach einer Stunde Fahrt fühlte Janir sich ganz wie zu Hause. Er kletterte auf die Sitze, freundete sich mit allen in dem ausgedienten amerikanischen Schulbus an, setzte sich neben eine stattliche Schwarze und deren Kinder und brachte sie dazu, in seinen Chor »Eins-zwei-drei ... PG!« einzustimmen. Aber die Fahrt war nicht eins-zwei-drei zu Ende, sondern dauerte zwölf Stunden, und als wir im ländlichen Toledo-Distrikt aus dem Bus stiegen, war es bereits dunkel. Ein Jugendlicher bot sich an, uns den Weg zur Farm der Duttons zu zeigen, und nach einer Meile auf dem weißen Kiesweg wurde Janir müde. Ich hob ihn auf meinen Rucksack, wo er sich an meinen Kopf schmiegte, zusammensackte und einschlief. Die Straße bog auf weite Felder und einen vordringenden Dschungel, bis der Junge an einem Grasweg zwischen gepflegten Bananen- und Orangenbäumen stehenblieb.

»Dort unten«, sagte er und marschierte unverzüglich weiter.

Janir wachte auf und erklärte, daß er jetzt laufen wolle. Nach 300 Metern kamen wir zu einer Lichtung mit einem dunklen

Haus. Wir blieben einen Augenblick stehen, guckten es uns an und lauschten den Klängen der Nacht. Dann rief ich: »Aufwachen, *compadres*!«

Peter und Rhonda tauchten am oberen Fenster auf, völlig verblüfft: Sie hatten meinen Brief nicht erhalten.

Rhonda war als erste unten. »Und was macht diese Erdnuß hier draußen im Busch?« Sie hob Janir hoch und wirbelte ihn herum.

»Ich bin keine Erdnuß«, sagte er, aber es gefiel ihm.

Rhonda war ein Mädchen aus Kalifornien, so attraktiv wie eine Schauspielerin. Sie war in einem Vorort aufgewachsen, hatte dann Peter geheiratet, und jetzt hackte sie sich mit einer Machete durch den Busch, zog Gemüse und verkaufte es auf dem Landwirtschaftsmarkt in Punta Gorda.

»Im Dunkeln hast du aber wie eine Erdnuß ausgesehen«, meinte sie. »Bist du gar nicht müde?«

»Ich hab schon ein Nickerchen gemacht, und mein Daddy hat mich getragen. Jetzt kann ich die ganze Nacht wachbleiben.«

Peter und Rhonda hatten ihr Haus aus Pfosten, Brettern und Palmenwedeln gebaut. Es gab eine Küche mit einem Lehmboden im Erdgeschoß und ein luftiges Schlafzimmer im ersten Stock. Dort setzten wir uns auf Matten und unterhielten uns. Es war ein einfaches Leben hier in Belize: Sie bearbeiteten den Boden noch per Hand mit Hacken und Macheten, während ich in Ohio den Boden mit meinem alten Traktor pflügte. Aber wir waren alle froh, in der Landwirtschaft zu arbeiten, und ich freute mich sehr, ihre lächelnden Gesichter wiederzusehen, für kurze Zeit Ellie zu vergessen und über Kompostierung und Ackerbau zu sprechen. Peter und ich stellten fest, daß wir den Rat eines alten Indianerhäuptlings immer noch auswendig aufsagen konnten, den wir einst auf Spanisch an einer Wand im anthropologischen Museum in Mexiko Stadt entdeckt hatten:

Kümmert euch um die Belange der Erde.
Tut etwas. Schneidet Feuerholz, bearbeitet den Boden.
Pflanzt Feigenkakteen, pflanzt Agaven.

Ihr werdet zu trinken, zu essen, zum Anziehen haben.
Dann werdet ihr aufrecht stehen, und ihr werdet ehrlich sein.
Dann wird man von euch sprechen und euch loben.
Dann werdet ihr euch einen Namen machen.

Dieser Rat aus einer einfacheren Welt hatte uns durch die Jahrhunderte hindurch angesprochen und uns beide gepackt. *Haz algo:* Tut etwas. *Ten cuidado de las cosas de la tierra:* Kümmert euch um die Belange der Erde.

Als ich um fünf Uhr morgens aufstand, hatte Peter bereits das Frühstück und das Mittagessen gekocht. Den ganzen Morgen über säten wir Bohnen und Mais, dreschten Sesamsamen und pflanzten jungen Pfeffer um. Zu Mittag gab es Tortillas, Bohnen, Tomaten und Kürbis, anschließend schwammen wir eine Runde im Bach, dann arbeiteten wir wieder im Garten. In der Abenddämmerung genehmigten wir uns schließlich eine Schüssel Reis, der auf der Farm gewachsen war.

Jeden Abend kurz nach Sonnenuntergang ging Janir freiwillig ins Bett. Nach nur einer kurzen Geschichte schlief er ein, und um acht Uhr schlummerten auch Peter und Rhonda tief und fest. Ich blieb allein in der Küche, hängte die Petroleumlampe an einen Nagel neben den offenen Fensterläden, streckte mich in einer Hängematte aus, las ›The Rainbow‹ und ließ mich in die turbulente bäuerliche Welt Englands von D. H. Lawrence versetzen.

Nach einer Stunde war ich zwar immer noch hellwach, machte aber dennoch ein Eselsohr in die Seite und drehte das Licht aus. Das Zischen der Laterne wurde leiser, dann erstarb es ganz. Laß dich einfach treiben, dachte ich – immer noch in dem Versuch, meinen Seelenfrieden wiederzufinden. Wenn Ellie mich verlassen wollte, würde sie das tun, und es gab nichts, was ich hier in Belize dagegen tun konnte. Trotzdem konnte ich mich nicht entspannen. Mir war klar, wie leicht sie einen neuen Partner finden konnte – wenn sie nicht schon einen gefunden hatte.

Am Weihnachtsmorgen wachte ich mit dem ersten blauen Streifen am Horizont auf. Peter und Rhonda hatten bereits ein Feuer entfacht, Kaffee gemacht und die Geschenke ausgebreitet, die wir in der Nacht zuvor in Bananen- und Kolokasieblätter eingewickelt hatten. Wir drei knieten uns neben Janir und stupsten ihn an.

»Aufwachen, kleine Erdnuß«, sagte Rhonda. »Ich glaube, der Weihnachtsmann war hier.«

Er kämpfte sich auf die Beine, plumpste zurück auf seine Matte, dann sah er sich um und entdeckte im flackernden Licht der Kerze die Geschenke. Er sprang mit leuchtenden Augen auf.

»Schaut doch! Er war hier!« Er prüfte die Reste der Gaben, die wir in der Nacht zuvor bereitgestellt hatten. »Er hat in ein Plätzchen gebissen.«

»Vielleicht war das nur ein Kobold«, meinte Peter. »Vom Nordpol bis hierher ist es ziemlich weit.«

»Nein. Es war der Weihnachtsmann.« Janir starrte ehrfürchtig auf den Plätzchenteller, als ob ihn die Hand des Weihnachtsmannes eben noch berührt hätte. »Er hat die ganze Papaya gegessen, es ist nur ein bißchen Schaum übrig. Die Milch hat er nicht getrunken. Ich wußte, er würde keine Ziegenmilch mögen. He, das Geschenk gehört mir! Da steht mein Name drauf!«

Wir öffneten die Geschenke – ich hatte eine Schleuder und ein Gummibandflugzeug im Rucksack mitgeschmuggelt – und aßen die Plätzchen und den Früchtekuchen, den wir am Tag zuvor gebacken hatten. Wir tranken das traditionelle Getränk der *campesinos, maiz tostado*, einen bitteren schwarzen Kaffee aus geröstetem Mais.

Rhonda und Peter gingen wunderbar mit Janir um, erzählten ihm Weihnachtsgeschichten aus ihrer eigenen Kindheit und die örtlichen Legenden aus Belize. Ich versuchte, mich zu beteiligen, konnte aber kaum zuhören, so stark war meine innere Unruhe. Mir ging unablässig der Traum durch den Kopf, der mich gestern nacht aufschreckte: Ellie und ihre Schwester waren durch die Bäume an mir vorbeigeschwebt, beide silbrig und nackt.

»Hast du schon gehört?« fragte mich ihre Schwester.

»Nein, was?« fragte ich.
»Oh, ich muß es dir erzählen.«
Aber sie tat es nicht. Statt dessen wachte ich voller Panik auf und erriet sofort die Neuigkeit: Ellie verließ mich.

In dieser Nacht lag ich wieder in der Hängematte in der Küche. Das Licht war aus, und alle anderen schliefen. Um das Haus schwirrte und raschelte es. Es gab Taranteln im Holzstoß – Peter hatte dort am ersten Tag unseres Aufenthalts eine erschlagen – und Skorpione, die manchmal von den Dachbalken auf den Schlafzimmerboden fielen. Es gab alle möglichen Kreaturen im nahen Dschungel, doch ich konnte nur an Ellie denken.

Sie würde mich verlassen. Sie hatte sich auf mich gestürzt, um sich von ihrer Ehe zu lösen, aber nun war ich für sie ein Bremsklotz. Sie mußte weiterwandern und frei sein.

Ich lag in der schaukelnden Hängematte und versuchte, sie zum Halten zu bringen, aber es gelang mir nicht. Vielleicht waren es die Rosenholzpfosten, an denen sie hing – sie vibrierten unmerklich unter dem Gewicht des Hauses –, vielleicht hielten mein Atem oder mein Herzschlag die Hängematte in Bewegung, sie wollte einfach nicht reglos hängen.

Mittlerweile hatte ich die Grenzen meiner Freiheit akzeptiert, die die Vaterschaft mit sich brachte. Vor Jahren war ich bis ans Ende von Südamerika gereist, um die »wirklichen Notwendigkeiten« des bäuerlichen Lebens zu studieren – und machte in Ohio die Erfahrung einer Veränderung, die die meisten anderen verkümmern läßt: die elementare Zwangsarbeit, ein Kind großzuziehen. In den letzten Jahren war durch Janir mein Engagement in Sport, Musik und Schriftstellerei geschrumpft. Er hatte mich hinuntergezogen in die harsche Stagnation, in der gebildete Männer und Frauen ihre Zeit damit verbringen, Lunchpakete zu richten, schmutzige Turnschuhe zu säubern und lächerliche Brettspiele zu spielen. Doch nie kam mir der Gedanke, daß ich wegen Janir weniger über das Leben lernte. Ellie hatte mit 19 geheiratet, ein Kind bekommen und sieben Jahre lang in der ehelichen Zwangsjacke gelebt. Nun hatte sie genug davon. Ich hatte mich zur falschen Zeit in sie verliebt. Sie wollte flirten und tanzen und herausfinden, wie attraktiv sie für andere Männer war. Sie hatte auch nicht das geringste Interesse an einem konventionellen Leben.

Das Kohlefeuer im irdenen Herd war erloschen, und es herrschte vollkommene Dunkelheit. Nur zwölf Meter entfernt lag der Dschungel, vibrierend vor Geräuschen. Die Nächte waren so warm, daß die Vegetation ununterbrochen weiterwuchs. Ich lauschte, versuchte, ein Geräusch vom anderen zu unterscheiden. Schließlich stand ich auf und verließ das Haus in Richtung Busch. Ich fürchtete mich vor den Schlangen, aber ich ging trotzdem weiter. Ich stellte mich vor den Vorhang aus feuchten Kriech- und Kletterpflanzen, meine Eingeweide brannten, und mein Herz hämmerte gegen meine Brust.

Ellie McGlynn war ein Traum gewesen. Ich hatte gehofft, mit ihr und unseren beiden Buben davonzufliegen, auf einen Schlag eine Familie zu haben und meine Vergangenheit mit Clarisa vergessen zu können. Doch das würde nicht geschehen. Ich würde nicht in einem gemütlichen Heim mit Ellie enden, sondern nur mit meinem Sohn und dem Geist seiner Mutter, einer gestörten und ungebärdigen Frau, die mit Blutsbanden für immer an uns gefesselt war.

Ich trat in das Pflanzendickicht und dachte an die Geschichte, die ein Nachbar uns vor zwei Tagen erzählt hatte: Er war gerade am Unkrautjäten mit seiner Machete, als er ein dumpfes Geräusch aus dem Dschungel hörte und hineinlief, um nachzusehen, was es war. Seine Augen paßten sich an das Halbdunkel an, und er ging so lange weiter, bis er sah, was das Geräusch verursachte: ein kleines Reh, das im Würgegriff einer gigantischen Schlange um sein Leben kämpfte. In dieser Gegend fingen Schlangen ihre Beute manchmal, indem sie sich von oben auf sie herabfallen ließen.

Ich fühlte mich wie dieses Reh, fest im Würgegriff meines eigenen Lebens. Was ich mit Clarisa begonnen hatte, würde niemals enden.

Ich tastete mich noch ein paar Meter weiter in den Busch. Bläter streiften mein Gesicht, eine Kletterpflanze berührte meinen Arm und ließ mich zusammenfahren. Es gab viele Geräusche. Ich blieb stehen und lauschte. Etwas stach mich in den Knöchel. Eine Fer-de-Lance, dachte ich im ersten Moment, eine Korallenschlange. Aber dann folgte noch ein Biß und noch ein weiterer. Es waren Feuerameisen. Ich hastete in die Lichtung zurück, kratzte sie ab, zog erst eine Sandale aus dann die andere, während ich auf das Haus zutaumelte. Ich blieb schweratmend in der Küche stehen und tastete mich dann zur Leiter. Im Dunkeln kletterte ich nach oben, fand Janir und legte mich dann neben ihn auf die Matte. Er lag auf dem Rücken, hatte seine Decke abgestrampelt und war völlig nackt und schutzlos. Jetzt müßte nur ein Skorpion auf ihn fallen, dachte ich. Aber bislang hatte das keiner getan, und in den Tagen, die uns vor unserer Rückreise nach Ohio noch blieben, tat das auch keiner.

VIERZEHN

Sie verließ mich.

Ich tobte über meine Farm, brach durch das Unterholz, schlug mit meiner Machete auf Holzapfelbäume und wildwachsende Reben ein. Morgens brachte ich Janir zur Schule, dann fuhr ich wieder nach Hause, legte mich auf den Teppich im Wohnzimmer und weinte. Ich rasierte den Bart ab. Ich arbeitete zuviel und schenkte meinem Sohn zu wenig Aufmerksamkeit. Ich schloß mich einer Männergruppe an. Jeden Morgen fuhr ich gegen vier oder fünf Uhr früh aus dem Schlaf hoch, nachdem ich von Ellie geträumt hatte. Ich sammelte ihre Briefe und Fotos und verbrannte sie allesamt. Nichts half.

Das war das Jahr, in dem mich jede Frau zu begehren schien. Trug ich vielleicht ein Kainsmal? Zog mein Liebeskummer sie an? In den folgenden zwölf Monaten ging ich mit fünf feurigen und attraktiven Frauen aus. Ich sagte ihnen klipp und klar, woran sie mit mir waren, denn nachdem ich das mit Ellie durchlitten hatte, wollte ich andere nicht auf dieselbe Weise verletzen. Aber ich verletzte sie trotzdem, und mein Ruf als Mann mit einem eiskalten Herzen verbreitete sich durch die ganze Stadt. Ich hielt das für unfair, wo ich doch so ehrlich war. Aber in Wahrheit hätte ich zu Hause bleiben sollen. Ich war noch nicht bereit, jemanden zu küssen.

Freunde erzählten mir von Ellie: Sie hatte sich von Michael scheiden lassen und nach einigen kurzen Affären einen neuen Partner gefunden. Ich betete darum, daß sie sich in diesen Kerl verlieben und er sie dann verlassen sollte, damit sie am eigenen Leib zu spüren bekäme, wie weh das tat. Oder daß er bei einem Autounfall den Tod fand. Ich stellte mir alle Einzelheiten vor:

den Telefonanruf mitten in der Nacht, ihre Qual, wenn sie ihn im Leichenschauhaus identifiziert, ihre langen, durchweinten Nächte.

Und dann hatte er tatsächlich einen Autounfall. Das Problem war nur, daß Ellie und Teague mit ihm im Wagen saßen. Das brachte mich zur Besinnung. Ich liebte sie, ich wollte nicht, daß sie leiden mußte. Teague war nichts passiert, aber Ellie verletzte sich an der Halswirbelsäule und mußte wochenlang im Krankenhaus bleiben. Ihre Genesung schritt nur langsam voran.

In diesem Jahr kam Clarisa nicht nach Athens. Ich hörte von ihrer Familie, daß sie schwanger war, doch keiner wußte etwas über den Vater. Ich war dankbar für meine Zurückhaltung im vorangegangenen Sommer: zumindest wußte ich, daß *ich* nicht der Vater war.

Einen Monat nach der Geburt ihres zweiten Sohnes rief sie uns an und erzählte uns die Neuigkeiten. Janir sprach zuerst mit ihr. Er drehte sich zu mir um und sagte: »Ich habe einen kleinen Bruder!«

Das war nicht der Bruder, den ich mir für ihn gewünscht hatte, aber es freute mich, daß er es so aufregend fand. Als ich Clarisa an den Apparat bekam, nannte sie mir den Namen ihres neuen Sohnes: John Leslie Thorndike. Zuerst dachte ich, es sei ein Witz. Doch das war es nicht. »Von wem kommt das Leslie?«

»Von niemandem. Der Name gefällt mir einfach.«

Obwohl es mich damals ärgerte, daß sie sich meinen Namen geschnappt hatte, konnte ich es später mit Humor betrachten. Der erste John Thorndike war 1632 nach Boston gekommen und hatte seitdem mehrere amerikanische Namensvettern gehabt – aber wahrscheinlich keinen wie diesen Jungen, in dessen Adern auch nicht ein Tropfen Thorndike-Blut floß. Was würden die würdigen Matronen, die über unsere Ahnentafeln wachten, nur damit anfangen?«

»Wie geht es deiner Freundin?« erkundigte sich Clarisa am Telefon.

»Wir gehen nicht mehr miteinander.«

»Hat sie dich vor die Tür gesetzt?«

Woher wußte sie das? Ich war viel zu überrascht – und noch viel zu verletzt –, um so zu tun, als sei es nicht wahr. »Ja«, gab ich zu, »das hat sie.«

»Geschieht dir recht.«

»Warum?«

»Weil du sie gefickt hast.«

Clarisa konnte mir immer noch einen Pfeil durchs Herz bohren, jederzeit.

Einer meiner Rettungsanker in diesem Jahr war die Männergruppe, zu der ich mich mit fünf oder sechs Freunden zusammengeschlossen hatte. Damals waren Männergruppen etwas völlig Neues: Wir lasen weder Robert Bly noch C. G. Jung und gingen auch nicht auf Kreuzzug, wir trafen uns einfach jeden Montag abend bei Don Harse, aßen gestürzten Ananaskuchen und sprachen über unsere Emotionen. Manchmal weinten wir über unsere zerbrochenen Familien oder unsere unglücklichen Beziehungen. Vier von uns waren alleinerziehende Väter, darum ging es oft um unsere Kinder.

So wie wir es sahen, erzogen immer mehr Männer ihre Kinder allein. 1976 hatte die Gegenkultur immer noch eine solide Basis in Athens, Ohio. Außerhalb des Landes mochte die normale Gesellschaft wieder mit den Füßen scharren, aber hier, auf unseren Farmen und in unseren Kommunen, befanden wir uns mitten in einer fortdauernden Revolution. Für alleinerziehende Väter – für alle außerhalb der Norm – war das Leben hier einfacher. Die Sorge um ein Kind belastete uns zwar trotzdem, aber es war stets hilfreich, sich wie ein Pionier zu fühlen.

Will Dewees, der eiferndste unserer Gruppe, fuhr an einem Wochenende in den Bundesstaat New York, um bei einem Treffen der La Leche League unverlangt eine Rede zu halten. Will hatte seinen Doktor und trug einen Pferdeschwanz. Er lehrte an der Ohio University. Außerdem war er alleinerziehender Vater, und er hatte eine Botschaft für die Mitglieder dieser Liga, die sich mit der Zielsetzung gegründet hatte, die Tradition des Stillens hochzuhalten. Für Väter ist diese Tradition ein Problem, erklärte Will. Es trennt die Männer von ihren Kindern. Dadurch fällt es einem Vater schwer, beispielsweise mit seiner Tochter ein Band zu knüpfen. Er setzte sich statt dessen für den regelmäßigen Einsatz der Flasche ein, schon zu Beginn des neugeborenen Lebens.

Seine Rede wurde sehr zurückhaltend aufgenommen, aber wir lachten und amüsierten uns, als er mit seinem Erfahrungsbericht zurückkehrte.

In diesem Herbst, ich war vierunddreißig Jahre alt, machte ich Ernst mit einer neuen Sportart. Ich trat dem Volleyball-Team der Ohio University bei, unterwarf meinen Willen einem Trainer, der hohe Anforderungen stellte, und reiste zu Wettkämpfen im ganzen Bundesstaat. Meine Teamkameraden waren Studenten Anfang zwanzig, manche sogar jünger.

Ich nahm Janir zu Dutzenden von Trainingsrunden zur Sporthalle mit. Während unser Team gedrillt wurde, wanderte er durch das Gebäude, erforschte die Umkleideräume, den Bodybuildingraum, den Racketballplatz und die Gymnastikmatten. Gelegentlich trainierten wir auf der anderen Straßenseite im riesigen Convocation Center auf einem glänzenden Boden und unter einem dreißig Meter hohen Dach. Dort sammelte Janir Bälle für den Trainer ein oder jagte die Tauben, die unter dem Kuppelgewölbe hin und her flogen.

»He, Daddy!«

Ich steckte mitten in einem Schmetter-Training, suchte die Halle mit den Augen ab und entdeckte Janir, der auf einem Stuhl in der obersten Sitzreihe stand. Dort oben war es ziemlich steil. Ich hatte ihm schon zehn Mal gesagt, er solle vorsichtig sein.

»Was machst du da?« brüllte ich.

»Ich jage den Vogel!« Um die zwei Dutzend Tauben lebten in dem Gebäude. Niemand konnte sie fangen, und Janir hatte Gefallen an einer weißen Taube gefunden, die sich von den anderen abhob. »Der Zweihundertjahr-Vogel!« rief er.

Er war sechs und das Land zweihundert Jahre alt.

Er begleitete mich oft mit zu den Turnieren gegen die Universitäten Wesleyan, Oberlin und Kent State. Er nahm immer gern einen Freund mit – Matt oder Joy oder Jesse –, und ich ließ sie frei durch die Sporthalle streifen. Wenn es dort irgendwo Matten gab, auf die sie sich fallen lassen konnten, fanden sie sie. Gab es ein Schwimmbecken, das geöffnet war und einen Bademeister hatte, schwammen sie. Unweigerlich trafen sie auf jemanden von der Verwaltung oder den Hausmeister, aber Janir umgarnte sie für gewöhnlich. Er war immer schon ein Schlingel. So ist er heute noch. Er liebt es, sich bei einer Schlange vorne anzustellen, sich klammheimlich in ein Kino zu stehlen, etwas umsonst zu bekommen.

Wir konnten ihm für ein Samstags-Turnier keinen Begleiter finden, also mußte er sich selbst beschäftigen. Es wurde ihm bald langweilig, aber er hielt durch, und seine Belohnung nach unserem letzten Spiel war eine Dusche und eine ausgedehnte Runde »Seifenfußball«. Er rannte vor mir in den Duschraum, hob seine Arme und rief. »Das Spektakel kann losgehen.«

Ich warf ein Stück Seife auf den Boden, stieß dagegen und ließ es über die Fliesen schlittern. Janir stürmte hinterher, tauchte an den anderen Spielern vorbei. Seine Füße waren glitschig und der Boden hart, aber ich ließ ihn das Risiko eingehen, weil er dieses Spiel über alles liebte. Er schlängelte sich an allen vorbei, jagte zwischen ihren Beinen nach der Seife und zeigte keinerlei Schamgefühl angesichts seines nackten Hinterns.

Kein Wunder, daß ich so gut mit den College-Kindern in meinem Team auskam. Ihnen war es egal, ob Janir herumsprang und in sie hineinlief. Sie fanden das lustig. Je wilder es wurde, desto mehr gefiel es ihnen. Und sie liebten ihn für seine rücksichtslosen Kommentare. Als einer der Miami-Spieler – ein außergewöhnlich behaarter junger Mann – in den Raum trat und sich unter die Dusche stellte, blieb Janir stehen und inspizierte ihn.

»Du siehst aus wie eine Ziege!« rief er.

Jemand warf ein Handtuch über den Hauptabfluß des Duschraumes, und bald darauf stand das Wasser fünf Zentimeter hoch auf dem Boden. Der Himmel auf Erden für Janir. Er stieß sich von der Wand ab, rannte zwei Schritte und machte einen Bauchklatscher auf den Boden. Zwanzig Minuten lang machte er so weiter, bis alle Spieler fertig geduscht hatten und nur noch wir zwei im Raum waren. Ich drehte alle Duschköpfe auf und ließ sie laufen und verschwendete mehrere hundert Liter Wasser, nur um meinen Jungen glücklich zu machen.

Im Laufe dieses Jahres hörte er mit dem Jammern auf. Vielleicht lag es daran, daß ich mich nicht mehr mit Ellie traf. Vielleicht war er aber auch einfach aus dem Alter herausgewachsen.

Im Frühling fragte mich Clarisa, ob ich ihm eine Flugreise quer durch das Land erlauben würde, um seinen Halbbruder kennenzulernen. Sie würden alle bei Clarisas Tante Teresa in San Francisco wohnen, also erklärte ich mich einverstanden. Dort wäre er sicher.

Janir war jetzt knapp sechs und freute sich darauf, zum ersten Mal ganz allein zu fliegen. Ich gab ihm zum Abschied auf dem Columbus Flughafen einen Kuß, und eine Stewardeß begleitete ihn über das Rollfeld zum Flugzeug. Sie versuchte, ihn an der Hand zu nehmen, aber das ließ er nicht zu. Er marschierte neben ihr, dann stapfte er die Aluminiumtreppen hoch. Oben angekommen, sah er schließlich noch einmal zurück, entdeckte mich und winkte.

Als ich ihn an diesem Abend anrief, erzählte er mir sämtliche Einzelheiten seiner Reise. »Ich habe ein Steak gegessen«, sagte er. »Mom war am Flughafen. Teresa hat ein *gutes* Haus.«

Er klang vollkommen in Ordnung, daher schloß ich mich in letzter Minute meinem Volleyballteam auf einer Autofahrt nach Daytona Beach zu einem einwöchigen Sandturnier an. Mein Teamkollege Bill Renz, seine Freundin und noch ein Pärchen nahmen mich im Wagen mit. Fünf Tage lang taten wir nichts anderes als zu schwimmen, zu essen, tagsüber Volleyball zu spielen und die halbe Nacht zu tanzen. Niemand störte es, daß ich fünfzehn Jahre älter war als alle anderen. Während meiner Zeit auf dem College hatte ich die Semesterferien im Frühjahr und ähnliche Dinge verpaßt, darum genoß ich das jetzt um so mehr. Ich schlief am Strand und lebte aus meinem Rucksack. Seit Jahren war ich nicht mehr so ohne Verantwortung gewesen.

In der Abenddämmerung des fünften Tages stand ich unter dem Dach eines öffentlichen Telefonapparats und wählte Teresas Nummer. Die Nacht war warm, der Himmel voller pastellfarbener Wölkchen und der Strand voller Autos. Teresa nahm den Hörer ab.

»Hi, Teresa«, rief ich fröhlich. »Ist Janir zu Hause?«

»Oh, John, ich hole ihn lieber an den Apparat.«

Ich wußte sofort, daß es Schwierigkeiten gab. Er sagte: »Ich möchte nach Hause.« Seine Stimme stockte. »Ich möchte nach Hause.«

»Janir, ich bin auf einem Turnier in Florida.«

»Du bist nicht bei mir zu *Hause*?« Er war wütend. »Wo bist du?«

Ich erklärte es, aber er wollte es nicht hören. Ich sollte zu Hause auf ihn warten, am Telefon sitzen und allein zu Abend essen. Mein eigenes Leben konnte ich vergessen.

»Ich hasse Mom«, erklärte er. »Sie ist gemein. Sie läßt mich mit niemandem spielen. Und sie kneift mich.«

Clarisa griff sich den Hörer und begann mit ihren eigenen Klagen. »Er will einfach nicht auf mich hören«, beschwerte sie sich. »Er tut nicht, was ich ihm sage.«

Ich konnte Janir schreien hören. Er versuchte, den Hörer zurückzubekommen. Schließlich griff Teresa ein. »So geht es jeden Tag«, sagte sie.

Ich sprach noch einmal mit Janir und versuchte, ihn zu beruhigen. »Ich fahre morgen nach Hause«, sagte ich. »Sobald ich dort bin, darfst du heimfliegen, okay?«

»Okay«, sagte er – aber als wir auflegten, war er immer noch den Tränen nahe.

Gottverdammt, ich konnte nicht einmal eine einzige Woche für mich haben. Und Janir war so voller Zuversicht losgeflogen, mit soviel Hoffnung und Vertrauen. Ein einziges Mal würde er wie alle anderen Kinder, die er kannte, eine Mutter haben. Selbst ich hatte mich von diesem Traum überzeugen lassen. Darum hatte ich ihn fünf Tage lang nicht angerufen. Nun hatte es uns die Realität wieder einmal gezeigt.

Ich fand eine Mitfahrgelegenheit bis nach Columbus, von dort fuhr ich per Anhalter weiter nach Athens. Ich buchte Janirs Rückflug um und traf ihn zwei Tage später am Flughafen. Er schien unverwüstlich: Sein Besuch war zwar niederschmetternd verlaufen, aber nun war er ja wieder zu Hause. In dieser Nacht rauften wir. Während wir uns wegen einer Gutenachtgeschichte kabbelten, kratzte er sich am Kopf. Er tat es wieder und wieder. Ich setzte ihn aufrecht hin, um mir seine Kopfhaut einmal bei Licht anzusehen. Janir hatte noch nie Schuppen gehabt, aber jetzt entdeckte ich winzige, weiße Flecke in seinen Haaren. Es waren Nissen. Er hatte Läuse. Die Eier hingen fest an den einzelnen Haaren und ließen sich, wie ich feststellen mußte, nur entfernen, indem man sie packte und sie bis zur Haarspitze herauszog. Ich suchte nach einer lebenden Laus, fand aber keine.

»Was ist los, Daddy? Was ist das?«

Ich hob ihn aus dem Bett. »Zeit zum Haarewaschen«, erklärte ich.

»Ich hab' doch gerade erst gebadet.«

»Ich muß deine Haare waschen. Ich glaube, du hast Ungeziefer da drin.«

»*Ungeziefer*? Ich hab kein Ungeziefer!«

»Und wenn doch, werden wir es jetzt herauswaschen.«

Ich bezweifelte, daß es viel nützen würde, aber ich shampoonierte ihn zweimal und steckte ihn dann ins Bett. Am nächsten Morgen schickte ich ihn zur Schule. Die alternative Schule hatte ihre Pforten dichtgemacht, daher besuchte er jetzt die Grundschule in Amesville. Die Schulschwester würde einen Anfall bekommen, wenn sie das zufällig entdecken sollte, aber ich ging davon aus, daß die kleinen Biester schon nicht von einem Kopf zum anderen springen würden. Außerdem wollte ich mich am Abend darum kümmern. Kaum saß er im Schulbus, fuhr ich in die Stadt und kaufte das Läusemittel Rid-Ex. Ich las die Anweisungen auf dem Beipackzettel, dann fuhr ich zurück zur Farm, nahm Janirs Bettzeug, meine eigenen Bezüge und Laken, die Kleidungsstücke, die er in Kalifornien dabeihatte, und alle anderen Stoffe, mit denen er in Kontakt gekommen war, einschließlich des Überwurfs auf dem Sofa. Ich häufte alles auf die Ladefläche des Pickup und fuhr zum Waschsalon in die Stadt. Die Wäsche kostete mich Stunden. Ich schaltete den Trockner so hoch wie möglich und brachte jede Ladung förmlich zum Backen. Gottverdammte Clarisa.

Nach der Schule weichte ich meinen Kopf und den von Janir in einer gewaltigen Dosis Rid-Ex ein. Es roch so streng, daß es wahrscheinlich allem, was kleiner als ein Hund war, den Garaus bereitete, und angeblich vernichtete es sowohl die Läuse als auch deren Eier. Der Packung war ein feinzinkiger Kamm beigefügt, mit dem man die Nissen herauskämen sollte – aber bei Janirs feinem Haar funktionierte der Kamm nicht. Gleichgültig, wie oft ich ihn damit kämmte, ich erwischte nie mehr als ein Ei auf einmal. Ich kämmte eine einzige tote Laus heraus, und wir inspizierten sie auf einem Stück weißen Papier. Janir zerquetschte sie und dann verbrannten wir sie, nur für den Fall der Fälle.

Am nächsten Morgen schickte ich ihn wieder zur Schule. Ich war ziemlich sicher, daß das Problem gelöst war. Doch nur wenige Tage später überraschte ich ihn dabei, wie er sich beim Abendessen den Kopf kratzte. Im grellen Licht meiner Schreibtischlampe warf ich einen Blick auf seine Kopfhaut – und jetzt waren mehr Eier da als zuvor. Ich teilte das Dickicht seiner Haare und spähte hinein, erforschte winzige Sektionen seiner Kopfhaut. Ich suchte überall, und schließlich entdeckte ich eine einzige braune Laus, die schnell aus dem Blickfeld wuselte und sich verkroch.

Eine Behandlung folgte der anderen. Rid-Ex, Nix, A-200, schließlich ein Rezept für Kwell. Ich suchte in der ganzen Stadt nach feineren Kämmen, wusch noch einmal all unsere Kleider und shampoonierte uns beide jeden Morgen und jeden Abend. Die organischen Felder meiner Farm waren frei von jedweden Chemikalien, und doch goß ich täglich Gifte aus Flaschen, auf denen Gefahr! stand, auf den Kopf meines Kindes. Und nichts davon half! Jedes Mittel versprach, sowohl die Eier als auch die Läuse zu töten, und keines hielt sein Versprechen. Ich wußte das, weil noch lebende Eier zwischen zwei Fingernägeln aufplatzten. Ich verbrachte mühsame dreißig Minuten damit, einzelne Nissen aus Janirs Haaren zu entfernen – aber mittlerweile waren es schon Tausende. Es war, als ob man einen Rasen mit einer Nagelschere mähen wollte.

Ich kannte eine narrensichere Methode: Ich konnte all seine Haare abrasieren. Aber Janir hatte herrliches, üppiges Haar, und ich wollte ihn nicht mit einem militärisch kurzen Igelschnitt zur Schule schicken, der ihn aussehen lassen würde wie ... tja, wie ein Kind mit Läusen. Langsam stellte ich mich der Wahrheit. Chemikalien und Kämme würden das Problem nicht lösen. Die einzig sichere Methode bestand darin, jedes Ei einzeln von Hand zu entfernen.

Wir taten es im Frühlingssonnenschein, auf dem Rasen hinter dem Haus, wo ich die Eier auf die Erde werfen konnte. Wir verbrachten zwei Stunden pro Tag damit, und es trieb Janir fast in den Wahnsinn. Ich benutzte eine Pinzette, mit der ich manchmal ein Haar erwischte und auszog.

»Mach doch«, schrie er, *»schneid einfach alles ab!«*

Ich war nahe dran, aber ich tat es nicht. Nachdem ich seiner Kopfhaut und seinen Haaren eine volle Woche gewidmet hatte, erklärte ich sie für ungezieferfrei.

Eines Abends hatten Janir und sein Freund Clayton im Wagen auf unserem Weg zum Abendessen in der Stadt einen Kicheranfall. Ich weiß nicht, was ihn auslöste: Was konnte es schon sein, außer der irrsinnigen Freude der Jugend? Ich fuhr wortlos, ließ mich auf der Welle ihrer Ausgelassenheit treiben.

Sie beruhigten sich genügend, um das Anstehen in dem neuen Familien-Steakhaus in der Stadt einigermaßen zu überstehen, aber sobald wir in unserer Nische saßen, fingen sie wieder an zu lachen, herumzualbern und Grimassen zu schneiden. Ich war mir der anderen Gäste durchaus bewußt, der höflichen

Kellner im Teenageralter, die kamen und gingen. Aber für mich waren diese Kicheranfälle etwas Heiliges, und die beiden waren meine ganz persönlichen Heiligen: zwei Sechsjährige, die beim Zucken einer Augenbraue gluckten und durch ein einziges Wort wahre Lachanfälle bekommen konnten. Ihre Steaks blieben unbeachtet. Sie lachten so sehr, daß sie unter den Tisch rutschten.

Ich aß weiter. Das halbe Restaurant muß sie gehört haben. Ich spürte den Druck, wollte ihm aber unter keinen Umständen nachgeben. Mein Junge durfte lachen, wann er wollte. Am Nebentisch starrte mich ein bulliger Vater unverblümt an. Seine affektierte Frau und seine Kinder aßen wie Gefangene im Gulag, mit gesenkten Köpfen, die Augen auf den Teller gerichtet. Ich ignorierte sie. Ich dachte an eine Sommernacht am Lake Winnepesaukee mit meinem Bruder, das erste Jahr, in dem wir alt genug waren, daß man uns erlaubte, allein zum Hotelrestaurant zu gehen. Wir waren acht und fünf. Kaum saßen wir, fingen wir auch schon an zu lachen. Wir stachelten uns mit komischen Wörtern und Grimassen gegenseitig auf. Wir lachten Tränen, als unsere Hamburger kamen, und von da an kämpften wir dagegen an, nicht laut herauszuprusten. Als die Oberkellnerin auftauchte und sich erkundigte, ob uns das Essen zusagte, brachte ich ein wortloses Nicken zustande. Aber als sie wieder ging, riskierte ich einen Blick auf Alan. Sein Mund war hinter seiner Serviette versteckt, aber seine Augen traten vor freudigem Entzücken hervor, und eine schreckliche Sekunde lang röhrte ich hustend ein Lachen heraus.

Wir aßen nur die Hälfte unserer Burger, ließen den Nachtisch aus und zahlten. Wir mußten unbedingt raus. Als wir an der Oberkellnerin vorbeihasteten, meinte sie kühl: »Ich gehe davon aus, daß ihr Jungs euch jetzt besser fühlt.« Wir nickten, öffneten die Tür und rannten hinaus unter die Pinienbäume. Es drängte uns danach, uns in unserem Gelächter zu suhlen.

Doch es war vorbei. Wir versuchten, es auf unserem Weg zum See hinunter zurückzuholen. Wir schnitten Grimassen. Wir wiederholten die Wörter, die uns im Restaurant so komisch erschienen waren – »dusseliger Dödel« und »kahlköpfige Kürbisrübe« –, aber unsere übergeschnappte Euphorie hatte sich in Luft aufgelöst.

Aus den Augenwinkeln konnte ich den Vater am Nebentisch sehen, er starrte mich immer noch an. Vielleicht fürchtete er, seine eigenen Kinder könnten mit dem Lach-Virus von Clayton und Janir angesteckt werden. Angetrieben von meiner Erinnerung an das Verlustgefühl in dieser Nacht am Lake Winnepesaukee, drehte ich mich schließlich um und starrte den Kerl, ohne zu blinzeln, streng an – Patton gegen Rommel: Augen abgewendet, Arschgesicht. Und erstaunlicherweise wendete er den Blick tatsächlich ab. Zu guter Letzt standen meine Jungs vom Boden auf, krabbelten auf ihre Bank und beruhigten sich genug, um ihre Steaks zu essen. Ich saß dort und war, von mir selbst überrascht, heiter.

An einem Samstag trafen wir in der Stadt Michelle Ajamian, die ein Jahr lang Janirs Lehrerin an der White Oak Schule gewesen war. Wir waren unterwegs zum Spielplatz, Janirs Belohnung, weil er mich bei mehreren langweiligen Erledigungen begleitet hatte. Danach mußten wir noch einkaufen und dann zur Farm, wo wir mit einem Mann verabredet waren, der eine Ladung Mist vorbeibringen wollte.

Janir hielt meine Hand und versuchte, mich sanft weiterzuzerren, während Michelle und ich uns unterhielten. Nach einer Weile gab er auf und beschäftigte sich selbst, indem er den Rinnstein nach Münzen oder Flaschenverschlüssen durchsuchte, nach allem, was irgendwie von Interesse sein könnte. Michelle und ich hatten eine Menge Gesprächsstoff, denn sie, Bill Renz und ich planten gemeinsam eine Party. Schließlich wurde mir klar, daß nicht mehr genug Zeit für den Spielplatz wäre, um noch einzukaufen und rechtzeitig nach Hause zu fahren, um dem Kerl mit dem Mist zu sagen, wo er ihn abzuladen hatte – obwohl Janir so geduldig gewesen war.

»Wir müssen an einem anderen Tag zum Spielplatz«, sagte ich.

»*Nein*«, rief er. Er war außer sich. Ich hatte es ihm versprochen.

»Es tut mir leid«, sagte ich. »Wir können nicht. Wir müssen noch einkaufen und dann nach Hause.«

Er ließ sich auf den Bürgersteig fallen und rollte sich in seinem Overall herum, klatschte mit Händen und Füßen auf den Beton.

»Du hast es *versprochen*«, weinte er. »Du *mußt* mit mir zum Spielplatz.« Er jammerte und würgte inmitten der Passanten. Ihre Blicke trieben ihn nur zu noch größerer Theatralik. Als ich versuchte, ihn hochzuheben, zappelte er wie wild, riß sich los und warf sich wieder zu Boden. Jetzt reichte es mir gründlich.

»Es tut mir leid«, erklärte ich kühl. »Es ist zu spät.«

»*Es ist nicht zu spät!*« heulte er.

Michelle trug es mit Fassung, als ob es nichts Ungewöhnliches wäre, ein Kind auf der Hauptstraße der Stadt wehklagen zu sehen. Sie lehnte sich zu mir und flüsterte: »Ich liebe Janir. Er ist so leidenschaftlich.«

Janir schmollte im Wagen, während ich durch den Supermarkt eilte, und wir kamen gerade noch rechtzeitig nach Hause: Der große Dreiachser voller Putenstreu kam eben die Auffahrt hinuntergefahren. Nachdem der Lastwagen wieder abgefahren war, stand ich neben dem übelriechenden Haufen und bedauerte, daß ich Janir ein Versprechen gegeben hatte, das ich dann nicht halten konnte. Ich hätte mit ihm zum Spielplatz gehen und am nächsten Tag einkaufen können. Es hatte mich einfach geärgert, als er auf den Bürgersteig einschlug, und meinen Ärger hatte ich an ihm ausgelassen, indem ich behauptete, es sei unmöglich, seinen Wünschen nachzukommen.

Es war wie eine Ehe. Ich machte jeden Tag Fehler und wiederholte sie auch noch mehrmals.

Aufmerksamkeit war das Geheimnis: genau zu wissen, wann Janir sie brauchte, und mich dann darauf einzustellen und sie ihm zu geben.

In einer verschneiten Nacht fuhr ich mit ihm und Joy zum

Shop Hop, dem Laden für Holzbearbeitungsbedarf eines Freundes, in dem jedes Jahr eine Party stattfand. Ich lud den Schlitten aus und eine große Plastikscheibe, die ich mitgebracht hatte, damit die Kinder auf dem steil abfallenden Rasen vor dem Haus damit spielen konnten. Ich sah eine Zeitlang zu, während sie eine Bahn einfuhren und den Hügel wieder hochtrotteten. Es wirkte ungefährlich, also sagte ich ihnen, sie sollten ins Haus kommen, wenn ihnen kalt würde. Als sie vierzig Minuten später kamen, tanzte ich gerade mit Michelle zu den Pointer Sisters und wollte nicht aufhören. Joy war kein Problem. Sie zog ihren Schneeanzug aus, warf ihn in die Ecke und machte sich auf die Suche nach etwas Eßbarem. Aber Janir wollte mich. Er stellte sich zwischen mich und Michelle und hob seine Arme. Er wollte, daß ich ihn hochhob.

»Janir, ich tanze. Zieh deinen Anzug aus. Geh mit Joy nach oben und hole dir etwas zu essen.«

»Nein.« Er stand verbissen vor mir. »Nicht tanzen, Daddy.«

Ich löste mich aus dem Bann der Musik und kniete mich neben ihn auf den Boden. »Geht es dir gut?«

Janir schüttelte den Kopf. Er wirkte traurig.

»Was ist los? Hast du dir weh getan?«

Er schüttelte wieder den Kopf.

Ich zog ihm den Schneeanzug und die Stiefel aus, prüfte seine Gliedmaßen und sah ihn mir genauer an. »Was ist los?« fragte ich nochmals, aber er konnte es nicht sagen.

Aha, dachte ich. Wie einfach es doch war. Wie konnte ich nur so schwer von Begriff sein? »Du willst Aufmerksamkeit, nicht wahr?«

Er nickte ernst. Ich bemutterte ihn ein wenig, kämmte sein Haar mit meinen Fingern, küßte und umarmte ihn, dann hob ich ihn hoch und tanzte mit ihm. Es dauerte nur fünf Minuten, dann hatte er genug von mir. »Okay«, sagte er.

»Willst du nicht mehr tanzen?« Ich hatte mich umgestellt und genoß jetzt den Tanz mit meinem Sohn.

»Ich habe Hunger«, erklärte er und ließ sich zu Boden gleiten. »Wo ist das Essen?«

Zwei Jahre waren vergangen seit Ellie McGlynn, und meine weinerlichen Tage waren Geschichte. Es gab keine Nächte mehr, in denen ich mit dem Gesicht im Wohnzimmerteppich vergraben Mick Jagger hörte, der mich daran erinnerte, daß man nicht immer das bekommt, was man will. Ich vermißte Ellie immer noch, aber es ähnelte eher meinem Gefühl des Verlustes wie bei Mutter oder Nana: Ich wollte mit ihr reden, konnte es aber nicht.

Als ich Natalia Fisher traf, hatte ich beinahe vergessen, wie aufregend eine Romanze sein kann. Sie war lustig, unbekümmert und tollkühn. Wir hatten einen atemberaubenden Anfang, aber dann stießen wir auf einige Hindernisse. Meine, wie ich leider zugeben muß. Ich war immer noch auf der Hut. Ich war vorsichtig, nicht sorglos, und beim Sex mußte ich immer an Ellie denken.

Natalia war jünger und hatte jede Menge Freizeit. Ich hatte Janir. Ich konnte nicht einfach Donnerstag abends tanzen gehen, Freitags ins Kino und Samstags zu einer Party. Ich konnte schon von Glück reden, wenn ich zweimal die Woche wegkam, und oft war es eben nur einmal. In Wahrheit wollte ich gar nicht öfter ausgehen, wie Natalia feststellte. Meistens wollte ich zu Hause bei meinem Jungen bleiben.

Nach sechs Monaten nahm sie mich mit zu einem Spaziergang am Hocking River. »Das reicht mir nicht«, erklärte sie. »Ich möchte mehr Zeit mit dir verbringen.«

»Mir reicht es aber«, sagte ich.

Vielleicht hätte ich das freundlicher ausdrücken können. Ich war ein Idiot, daß ich das nicht tat, aber seit Ellie lag mir viel an der Wahrheit. Ich *mußte* so offen sein. Es durfte keine Geheimnisse geben, nichts durfte ungesagt bleiben.

»Warum besorgst du dir keinen Babysitter?« schlug Natalia vor. »Das Geld dafür hast du doch.«

»Ich werde darüber nachdenken.«

Ich dachte darüber nach, besorgte mir aber dennoch keinen Babysitter. Ich hatte mir schon einige mit anderen Eltern geteilt, doch nie selbst einen eingestellt, nicht ein einziges Mal in all diesen Jahren. Ich wußte, daß Janir nicht irgendwo abgeliefert werden wollte, wo er niemanden zum Spielen hatte; und jemanden zu finden, der bei uns zu Hause auf ihn aufpaßte, war gleichermaßen problematisch. Unsere Farm lag acht Meilen außerhalb der Stadt, ohne Fernsehgerät und ohne Nachbarn in Rufweite. In der Nacht war es dunkel und einsam. Wenn ein fünfzehnjähriges Mädchen allein hierbleiben würde, müßte ich *ihr* einen Aufpasser besorgen.

Und in Wirklichkeit war es kein Opfer, keinen Babysitter zu haben. Wenn ich zu einer Party ging, wollte ich die Nacht über frei und nicht an einen Zapfenstreich um Mitternacht gebunden sein. Anstatt Babysitter zu engagieren, wechselte ich mich mit anderen Eltern ab: Ich verfügte über eine Liste so lang wie einen Arm. Und das hatte für alle Seiten sein Gutes: Wann immer Janirs Freunde die Nacht bei uns verbrachten, hatte er jemanden zum Spielen.

Er wurde sieben, dann acht. Seine Gliedmaßen wurden länger und dünner. Er lächelte oft, hatte weiche Haut und war fasziniert von seiner eigenen Anatomie. Ungefähr zu der Zeit, als ich mit Natalia ausging, trat er in seine eigene stürmische sexuelle Phase ein.

Latenz nennen Psychologen die Zeit zwischen fünf Jahren und der Pubertät, in der Kinder ihre sexuellen Triebe nicht ausleben. Ich persönlich habe da so meine Zweifel. Aus dem, was ich beobachten konnte, schien die Unterdrückung von außen zu kommen, von den Eltern und dem Rest der Erwachsenengesellschaft.

Wie immer war meine Zielsetzung bei Janir, ihn seine eigenen Entscheidungen treffen zu lassen. Ich weitete dieses Ideal auch auf seine Freunde aus, die zu uns zu Besuch kamen, und zwei oder drei Jahre lang ließen Janir und Kerri und Clayton und Allis und Millie und ein halbes Dutzend anderer Kinder in regelmäßigen Abständen ihre Hosen fallen und amüsierten sich in unserem Wohnzimmer, kreischten und lachten und streckten ihren Po heraus.

In Yellow Springs hatten Janir und Teague ein Spiel erfunden, es hieß »Das Mistding und der Winzling«. Ich habe nie meinen Kopf in Teagues Zimmer gestreckt, um nachzusehen, was die beiden da machten, aber das Spiel zeichnete sich durch regelmäßige Schweigeminuten, gefolgt von brüllendem Gelächter, aus.

Jetzt verschwanden Clayton und Janir auf der Farm immer mal wieder für dreißig Minuten auf sein Zimmer. Man hörte etwas plumpsen, dann drangen Lachen und merkwürdige Geräusche ins Wohnzimmer, wo ich arbeitete, und schließlich stolperten die beiden mit heruntergezogenen Hosen und Unterhosen in Knöchelhöhe heraus, lachten hysterisch über »Pimmelchen« und »winzigwinzigkleine Titten.«

Sechs Monate später saß ich an meinem Schreibtisch und tippte einen Brief. Janir und Joy waren auf seinem Zimmer, so leise, daß ich sie fast vergessen hatte, während ich auf meine alte tragbare Olympic einhämmerte. Plötzlich hinter mir ein Geräusch. Ein *Plumps*, dann noch einer. Es war eine Quiltdecke, die sich ihren Weg über den Boden bahnte wie eine mißgestaltete Kreatur. *Plumps, plumps, plumps,* bis der Quilt zu meinen Füßen anhielt. Ich ließ mich auf ihr Spiel ein. »Ich frage mich, was die Kinder in Janirs Zimmer oben machen?« fragte ich mit lauter Stimme.

Noch mehr Rascheln und unterdrücktes Kichern unter dem Quilt.

»Was sind das für gute Kinder«, verkündete ich. »So brav und so still. Wirklich gut erzogen.«

In diesem Moment flog der Quilt in die Luft, und Joy und Janir kamen splitterfasernackt darunter hervor. Sie hüpften auf und ab wie Springbohnen, knufften sich gegenseitig und drehten sich immer wieder um, damit ich auch ja alles sah, was es zu sehen gab, dann rannten sie kreischend in Janirs Zimmer zurück und zogen dabei den Quilt hinter sich her.

Obwohl ich nicht wußte, was die Kinder taten, wenn sie allein waren, stellte ich mir alles Mögliche vor. Vielleicht war das nur eine Projektion meinerseits: der verspätete Wunsch meines erwachsenen Ichs, alles ausprobiert zu haben, als ich noch ein

Kind war, was ich nicht getan hatte. Aber ich erzählte den anderen Eltern nie von den Spielen unserer Kinder. Janir zog bei manchen Freunden seine Kleider aus und bei anderen nicht, und ich ging davon aus, daß sie das unter sich ausmachen konnten. In diesen entspannten Tagen sorgte ich mich nie darum, daß ein Erwachsener die Kinder aushorchen und mich einer verruchten Tat beschuldigen könnte. Gott weiß, heute wäre das anders.

In den letzten zwölf Jahren, seit Janir erwachsen wurde, ist mir eine subtile Veränderung in der Art und Weise aufgefallen, wie ich Kinder und Sex betrachte. Ich weiß nicht, ob es an mir liegt, oder an den Kindern oder wie die Gesellschaft das Thema Sex und Kinder hochgespielt hat. Aber heutzutage fallen mir freche zwölfjährige Mädchen in Zeitungsanzeigen auf, zehnjährige Jungs, die im Einkaufszentrum paradieren, sogar verwegene Sechsjährige bei Picknicks – und ich bin mir nicht sicher, was ich da sehe. Was ich früher als reine Animalität interpretierte, hat heute den Beigeschmack von etwas Sexuellem.

Dankenswerterweise war Sex kein so beladenes Thema in jenen Tagen, als ich von Janirs Kindheitsfreunden umgeben war. Jahrelang schwammen wir alle nackt im See, und viele seiner Freunde, sowohl Jungen als auch Mädchen, schlossen sich uns an, wenn wir zu Hause auf der Couch miteinander rangen oder wenn Janir morgens zu mir ins Bett sprang.

Janir hatte seine Grenzen und ließ sie mich auch genau wissen. Wenn Natalia die Nacht bei uns verbrachte, schlich er sich manchmal morgens an, während wir noch schliefen, und zog die Decke von unseren nackten Hintern. Aber eines Morgens, als sie ihn dabei erwischte und versuchte, ihrerseits seine Hosen herunterzuziehen, wurde er wütend.

»He«, sagte Natalia lachend, »du hast das auch mit uns gemacht.«

»Ja, aber euch hat es gefallen.«

Das stimmte. Wir hielten es für komisch. Es hatte nichts mit Sex zu tun, und es war nicht gefährlich.

Heute hätte ich Angst, nackt mit den Kindern anderer Leute schwimmen zu gehen. Wann immer heutzutage ein Erwachsener ein Kind berührt, wird er genauestens beobachtet, und die Leute machen sich ihre Gedanken. Ein konservativer weißhaariger Mann aus New England erzählte mir, wie er mit seinen vier- und sechsjährigen Enkeltöchtern Pferd und Reiter spielte. Die Mädchen kletterten auf seinen Rücken, und er warf sie ab. Obwohl die Mädchen das Spiel liebten, machte er sich nach einer Weile Sorgen, was zufällige Beobachter denken könnten. Er sorgte sich sogar um seine eigenen Gefühle: Fand er etwa ein abartiges Vergnügen an diesem Spiel, war er pervers? Schließlich stand er auf, vertröstete seine Enkeltöchter und beendete den Spaß, noch bevor die Mädchen genug davon hatten. Zweifelsohne mußten wir die Geißel von Inzest und sexuellem Mißbrauch, die so viele Kinder in unserer Gesellschaft verletzt hat, ans Tageslicht bringen. Gleichzeitig hat jedoch das grelle Licht, in das wir heute jedweden körperlichen Kontakt zwischen Erwachsenen und Kindern tauchen, seinen Preis von unseren natürlichen Zuneigungsbeweisen gefordert.

FÜNFZEHN

Nur selten drängte ich Janir, bei den Routinepflichten auf der Farm, wie Anpflanzen oder Unkrautjäten, zu helfen. Aber im Sommer brauchte ich jeden Samstag morgen seine Hilfe beim Verkauf auf dem Markt. Ich gab ihm eine Dachdeckerschürze wie die meine, und er konzentrierte sich darauf, das richtige Wechselgeld herauszugeben, zählte es laut ab und hortete seine Einer und Fünfer in getrennten Taschen. Ich liebte den Umtrieb auf dem Markt, wo ich eintütete und abwog und feilschte und gleichzeitig für drei Kunden das Wechselgeld herausgab. Ich liebte die erste Stunde nach dem Eröffnungsklingeln, wenn die Kunden und das Geld in Unmengen hereinströmten.

Wenn dann später der Zulauf abnahm, fing Janir an, sich zu langweilen. Sobald ich ihm die Erlaubnis dazu gab, reichte er mir seine Schürze, kletterte auf die Motorhaube des Pickup, dann auf das Führerhaus und schließlich auf die Holzabdeckung der Ladefläche. Er war von Natur aus ein Sportler mit einem tollen Körper, ein furchtloser Kletterer, der oft von Mauern und Leitern sprang, die zweimal so hoch waren wie er selbst.

»Daddy, schau.«

Als ich mich umdrehte, sprang er über eineinhalb Meter durch die Luft, schlug auf dem Gras auf und rollte ab, seine Knie an die Brust gepreßt. Er machte denselben Sprung fünfmal, zehnmal, und jedesmal mußte ich mich umdrehen und ihm zusehen.

An einem Sonntagnachmittag zu Hause hörte ich, wie er mich von draußen rief. Ich trat aus der Tür und sah mich um. Es war Frühherbst, und die großen Platanenblätter, die sich immer als erste verabschiedeten, schwebten in gemächlichen Spiralen herunter und landeten auf dem Gras. Dort blieben sie wie kleine Boote liegen.

»Wo bist du?« rief ich.

Er piepste so leise und kurz, daß ich nicht genau erkennen konnte, woher es kam. Wir spielten oft auf diese Weise Verstecken. Ich sah unter das Haus, in den Geräteschuppen und hinter den Komposthaufen, konnte ihn aber nicht entdecken. Er piepste noch einmal, dann noch ein drittes Mal. Ich war ratlos. Schließlich fing er an zu lachen, direkt über mir. Er stand auf einem der milchigen Zweige einer Platane, lässige zwölf Meter über dem Boden. Meine Zehen kringelten sich unter einem Adrenalinstoß. Auch heute, Jahre später, kringeln sie sich, während ich dies schreibe.

»Du bist ziemlich hoch oben«, meinte ich.

»Ich bin *ganz* oben.« In seiner Suche nach Aufregung war es diesem Achtjährigen zur Gewohnheit geworden, mit der Gefahr zu flirten. »Komm doch hoch, Dad.«

Ich stand unter dem Baum mit der Hoffnung, daß ich ihn auffangen könnte, falls er fallen sollte. »Ich glaube, ich warte lieber hier unten auf dich.«

»Da-ad hat A-angst.«

Das hatte ich. Meine Handflächen waren schweißnaß. Ich starrte zum Baum hoch, beobachtete, wie die weißen Sohlen seiner Turnschuhe sich auf dem Zweig, auf dem er stand, drehten. Zwei oder drei Minuten lang blieben wir so, ich auf dem Rasen und Janir in seinem Horst, den stolzen Blick über die Senke gerichtet. Schließlich kletterte er wieder herunter.

»Halt dich gut fest«, wies ich ihn an.

Er machte sich nicht die Mühe, mir darauf eine Antwort zu geben. Für wie dumm hielt ich ihn eigentlich? Sorgfältig wählte er den Weg nach unten, suchte guten Halt für seine Hände und seine Füße, bis ich hochlangen und ihn an den Knien packen konnte. Er wand sich zu Boden und wies mit dem Finger zu dem Zweig hinauf, auf dem er gestanden war.

»Ganz da oben auf dem Zweig«, verkündete er mit großer Zufriedenheit.

Clarisa rief ohne Vorwarnung vom Columbus Flughafen an. Wir holten sie mit dem Auto dort ab und erlebten eine Überraschung: Sie hatte John Leslie mitgebracht, Janirs dreijährigen Halbbruder. Sie sollte ihn eigentlich gar nicht haben, denn nach einer stürmischen Phase – einschließlich vier Wochen in der geschlossenen Abteilung einer psychiatrischen Klinik – hatte sie das Sorgerecht für ihn verloren, und jetzt lebte er bei ihrer Cousine Cecilia und deren Ehemann. Clarisa durfte ihn sechs Stunden besuchen, aber anstatt ihn zu einem kleinen Ausflug mitzunehmen, hatte sie ein Flugticket gekauft und war nach Ohio geflogen.

Von Athens aus rief sie ihre Cousine an und teilte ihr mit, was sie getan hatte. Cecilia informierte den staatlichen Vormund des Jungen, die bürokratischen Räder drehten sich, und drei Tage später bekamen wir Besuch von einem jungen Mann und einer Frau vom Jugendamt in Athens. Sie interviewten uns beide, überprüften mein Haus und versicherten sich, daß sich John Leslie nicht in Gefahr befand. Ich hatte zwar gemischte Gefühle angesichts Clarisas Handlungsweise, sah aber, daß sich sonst niemand auf ihre Seite stellen würde, also tat ich es. Ich erzählte den beiden, daß ich mich um den Jungen kümmern würde. Ich würde ihn persönlich versorgen, und er könnte so lange bei mir bleiben, bis sie ihn nach Kalifornien zurückschickten. »Wir werden sehen«, sagten sie.

Am nächsten Tag kamen sie wieder und brachten ihn vorübergehend zu Pflegeeltern. Drei Wochen blieb er bei dieser Familie, die er nicht kannte. Ich war wütend, und Clarisa war außer sich. An dem Tag, als sie ihn holten, folgte sie ihnen zum Wagen hinaus und schimpfte auf Spanisch hinter ihnen her.

Nach einer Woche bei den Pflegeeltern durften wir John Leslie im Büro des Jugendamtes besuchen. Er wirkte angespannt und ängstlich, und Clarisa schäumte, als sie ihn spielen sah. Catherine, die junge Frau, die ihn auf der Farm abgeholt hatte, überwachte unser Treiben auf dem umzäunten Spielplatz. Während Janir seinen Bruder auf einer winzigen Schaukel anstieß, zog Clarisa mich zur Seite und sagte: »Ich weiß, daß sie ihm ihren Daumen in den Po schiebt.«

Whow. Woher hatte sie das? Hatte ich etwa fragwürdiges Verhalten von Seiten Catherines übersehen? Das glaubte ich eigentlich nicht.

Auf dem Weg vom Spielplatz zum Büro ging Clarisa zwischen Catherine und John Leslie. »Sie dürfen ihn mir nicht nehmen«, erklärte sie. »Er sollte bei mir sein, nicht bei Leuten, die er gar nicht kennt.«

»Es tut mir leid«, sagte Catherine. »Das können wir nicht zulassen. Sie haben die Auflagen in Kalifornien gebrochen und jetzt –«

Plötzlich drehte Clarisa sich um und schlug ihr ins Gesicht. Der Schlag war so hart, so schockierend, daß ich das Gefühl hatte, selbst geschlagen worden zu sein. Ich packte Clarisa an den Schultern und zog sie fort. »Hast du den Verstand verloren?« fragte ich.

Catherine bedeckte ihr Gesicht mit beiden Händen und kämpfte sichtlich um Beherrschung. Schließlich stob sie mit leuchtend roter Wange an uns vorbei in ihr Büro. Der Schlag hatte mich wie ein Gewehrschuß geweckt. Was hatte ich mir nur eingebildet? Jetzt würde Clarisa ihren Sohn auf keinen Fall mehr zurückbekommen.

Und richtig: Zwei Wochen später wurde er nach Kalifornien geflogen, und Clarisa verlor außerdem noch ihre wenigen Besuchsrechte.

1977 legte ich ein Jahr lang eine Pause von der Landwirtschaft ein und baute ein Haus weiter oben in der Senke. Es sollte ein zweistöckiges Ziegelhaus werden, wetter- und feuersicher. Die meiste Arbeit erledigte ich allein oder zusammen mit meinem Freund David Moran, einem Maurer, der mir dabei sein Handwerk beibrachte.

Das Mauern ist eine gemächliche, gewissenhafte Arbeit. Jeden Tag rührten David und ich den Mörtel an, zogen die Ecken hoch, hängten eine Schnur auf und legten insgesamt Tausende Ziegel aufeinander, einen nach dem anderen. Die Deckenträger und Dachstreben waren aus Eiche, Rohschnitte einer staatlichen

Sägemühle. Die Fenster und Türen besorgten wir uns aus den Überresten eines Gebäudes, das die Universität einreißen ließ, den Gasofen und die Heizung kauften wir bei Haushaltsauflösungen. Insgesamt beliefen sich die Materialkosten auf weniger als 15 000 Dollar.

Das Wohnzimmer mit seiner hohen Decke war extra für Tanzparties und sportliche Aktivitäten entworfen worden. In meiner Jugend hatte ich das Verbot »kein Ballspielen im Wohnzimmer!« am meisten gehaßt. Mit Janir wollte ich das in »Ballspielen im Wohnzimmer!« ändern. Wir spielten im Haus Fußball und Hokkey. Ich kaufte eine Gymnastikmatte, auf der er und seine Freunde ringen konnten. Wir markierten den lackierten Pinienholzboden mit Klebeband und versuchten, uns gegenseitig aus dem Spielfeld zu drängen. Natürlich spielten wir auch Volleyball: Ich schmetterte Janir den Ball zu, und er stieß ihn zurück, ich warf einen Paß, und er schmetterte zurück. Auf diese Weise hatten wir einen Verschleiß von zwei bis drei Glühbirnen pro Woche, aber was machte das schon – bei fünfundzwanzig Cents pro Birne?

Hätten wir mit einer Frau zusammengelebt – hätten wir mit *irgend jemandem* zusammengelebt –, wären wir ganz sicher nicht so ausgelassen gewesen. Aber wir lebten allein, und das nützten wir aus. Ich folgte Janirs Führung. Ein Haus, in dem es sich gut spielen ließ, gefiel ihm besser als ein ordentliches Haus.

Als Hausmann war ich nie besonders gut. Meine Methode bestand darin, Küche und Bad sauber zu halten, die Böden zu fegen, das Geschirr zu spülen und alles andere jeweils ein paar Wochen am Stück liegen zu lassen. Dann packte mich allerdings der Putzfimmel. Nachdem ich von Janir die Freuden eines Walkman kennengelernt hatte, scheuerte ich die Böden zu Led Zeppelin und schrubbte den Herd zu Prince. Solange das Band lief, war ich ständig auf der Suche nach mehr Arbeit. Ich könnte doch den Herd putzen! Ich könnte noch die Mülleimer auswischen! Verdammt, ich *bügelte* sogar – zu Stevie Wonder.

In jenen Jahren half es mir sehr, daß Janir auf einen gepflegten Haushalt keinerlei Wert legte. Er hatte sein eigenes Zimmer, nutzte es aber kaum und warf lieber einen seiner Schlafsäcke auf die Couch und schlief im Wohnzimmer. Dort las ich ihm vor, sang ein paar Lieder für ihn, und dann schlief er ein, während ich daneben an meinem Schreibtisch arbeitete. Nachdem er eingeschlafen war, stand ich von meiner Schreibmaschine auf, kniete mich neben die Couch und starrte in sein Gesicht. Der Kühlschrank summte, und der Wasserboiler gurgelte, aber ansonsten war es mucksmäuschenstill im Haus. Das Fundament reichte fast einen Meter tief, und die doppelten Ziegelmauern waren fünfundzwanzig Zentimeter dick. Nichts vibrierte oder bewegte sich. Janirs Gesicht glühte in dem schwachen Lichtschein, und seine Augenlider flatterten. Er war mitten in einem Traum, einem ganz eigenen Leben.

Im vierten vorchristlichen Jahrhundert schrieb Plato, daß jeder Mann – bei den Griechen waren es immer Männer – in seinem Leben vier Dinge tun sollte: einen Baum pflanzen, einen Sohn zeugen, ein Haus bauen und ein Buch schreiben. 1977 wurde für mich zum Entscheidungsjahr, denn ich tat alle vier Dinge auf einmal.

Ein Jahr zuvor hatte mich ein Redakteur der Zeitschrift ›Country Journal‹ gebeten, einen Artikel über Louis Bromfields Farm zu verfassen. Bromfield war Schriftsteller und Vielschreiber, der in den vierziger Jahren die Gewinne aus seinen Büchern dazu verwendete, eine Farm in Ohio vor Erosion und ausgelaugter Erde zu bewahren. Nun wollte der Redakteur, ein alter Freund meines Vaters, in Erfahrung bringen, was aus dieser Farm geworden war.

Obwohl ich seit Janirs Geburt nur wenig geschrieben hatte, fuhr ich hin und sprach mit allen, die mir über den Weg liefen. Ich war nervös, aber fest entschlossen, und als ich nach Hause kam, schrieb ich den Artikel – und arbeitete ihn wohl ein Dutzend Mal um. Das ›Country Journal‹ veröffentlichte ihn, und bevor ich mich versah, schrieb ich für verschiedene Zeitschriften drei oder vier Artikel pro Jahr, oft zum Thema Landwirtschaft.

Die Artikel wurden gut bezahlt, und finanziell wäre es mir besser ergangen, hätte ich den Gemüseanbau gelassen und statt dessen als freier Journalist gearbeitet. Aber ich war mit Hingabe Farmer. In einem Jahrzehnt, in dem sich der Markt nur sehr begrenzt für organische Lebensmittel interessierte, war ich ein leidenschaftlicher Fürsprecher von J. I. Rodales organischen Anbaumethoden. Ich wertete meinen Boden auf, indem ich Spurenelemente zugab, kompostierte, niemals Herbizide oder chemische Insektizide verwendete. Damals schien mir keine Berufung höher zu sein als die Pflege meiner Felder.

Wie so viele Männer in ihren Dreißigern arbeitete ich wie unter einem Zwang. Ich pflanzte Obstbäume, baute einen Sonnenkollektor, kaufte und renovierte ein Haus in der Stadt, bepflanzte noch mehr Felder, errichtete eine Werkstatt und schlug Feuerholz. Ich arbeitete fast an allen Samstagen und an viel zu vielen Sonntagen. Abends schrieb ich, sobald Janir zu Bett gegangen war – und wenn ich einmal eine Nacht frei hatte, saß ich in einer der kleinen Lesenischen im fünften Stock der Universitätsbibliothek und arbeitete an der Rohfassung meines Romans ›Anna Delaney's Child‹, der Geschichte einer alleinerziehenden Mutter, deren neunjähriger Sohn bei einem Autounfall ums Leben kommt.

Janir hatte nie einen Unfall. Er war vernünftig und robust und das gesündeste Kind, das ich kannte. Trotzdem machte ich mir Sorgen um ihn. Ich befürchtete, er könne sterben, und in meinen Träumen verlor ich ihn manchmal. Er verschwand dann in einer Menschenmenge oder in einem Dschungellabyrinth, und ich suchte ihn voller Panik, bis ich aufwachte. In einem furchtbaren Alptraum gingen wir zusammen segeln, er schrumpfte auf Eichhörnchengröße zusammen und wurde durch das Abflußrohr des Bootes in den Ozean gesaugt. Ich wachte schreiend auf.

Wann immer Janir mit anderen Eltern verreiste, befürchtete ich das Schlimmste. Alle mußten sich angurten: Ich wurde zu einem Kreuzritter des Sicherheitsgurtes. Wenn er von einem Ausflug zu spät nach Hause kam, streifte ich ruhelos durch das Haus und stellte mir vor, bei dem Wagen, in dem er saß, hätten die Bremsen versagt und nun läge er verstümmelt und sterbend im Straßengraben. Oder ein außer Kontrolle geratener Lastwagen sei in die Tankstelle gerast, wo der Minibus seines Fußballteams parkte, und hätte bei den Zapfsäulen eine gigantische Explosion entfacht.

Janir hatte seine eigenen merkwürdigen Phantasievorstellungen, manchmal in Bezug auf meine Hingabe an ihn. An einem verschneiten Winterabend sah er von seinem Buch hoch und fragte: »Würdest du die ganze Nacht barfuß durch den Schnee laufen, um mir das Leben zu retten?«

»Natürlich«, antwortete ich. »Ich könnte dabei allerdings meine Zehen verlieren, dann hättest du einen Dad mit sehr kleinen Füßen.«

Auch wenn ich seine Frage mit einem Scherz beantwortet hatte, konnte ich an seinem feierlichen Gesichtsausdruck erkennen, daß er es ernst gemeint hatte. Nicht unbedingt buchstäblich – aber er wollte wissen, wieviel ich für ihn auf mich nehmen, wieviel ich opfern würde.

Tja, wieviel wäre das? Manchmal erdachte ich mir ausgefeilte Szenarien, die meine Entschlossenheit, sein Leben zu retten, auf die Probe stellten. Bei einem mußte ich die ganze Nacht in den Wäldern sitzen, völlig reglos, während böse Schurken das Gelände absuchten. Irgendwie würde ich, wie bei der Nacht im Schnee, sein Leben auf diese Weise retten. Bei einem anderen wurde ich zu einem düsteren Wettstreit gezwungen, bei dem ich einen anderen Vater auf dem Weg zum Gipfel eines Berges besiegen mußte: das Kind des Verlierers würde von Terroristen erschossen.

Herr im Himmel, woher kamen nur solche Ideen?

Ich sah vor meinem inneren Auge, was ich tun würde, wenn Janir sterben sollte: wo ich ihn begraben würde. Nicht auf einem Friedhof, sondern auf unserer Farm – in einer kleinen Lichtung in der Nähe des Sees. Ich würde das Grab selbst ausheben, zwei Meter tief in dem schweren Lehmboden. Dann würde ich ihn in Decken oder Matten wickeln, wie man es in Mittelamerika tat. Ich würde mit ihm in das Grab klettern, seinen Körper fest an mich pressen, während ich den beißenden Geruch des Bodens einatmete. Schließlich würde ich wieder herausklettern und

Erde auf ihn schaufeln: zuerst die lockere Erde, dann die Lehmbrocken und zuletzt die verfilzten Grasmatten.

Das war die schlimmste Vorstellung, die ich mir denken konnte, die völlige Verlassenheit.

Als Janir neun Jahre alt war, starb einer seiner Schulkameraden. David Richards war ein lebhaftes Kind mit einem kleinen, nervösen Körper und einer drahtigen Schultermuskulatur. Die ersten Male, als ich ihn packte und ihn umarmte, wurde er in meinen Armen steif, aber schließlich entspannte er sich so weit, daß ich ihn über meine Schulter werfen oder ihn auf einen Haufen Blätter werfen konnte, wie ich es mit Janir immer tat.

David hatte ein krankes Herz. Seine Eltern wußten das und trafen eine Entscheidung, die ich achtete: anstatt ihn zu Hause festzuhalten und seine Aktivitäten zu beschränken, ließen sie ihn nach Herzenslust herumtollen und Risiken eingehen. Eines Nachts brach er auf einem unbebauten Grundstück im Schnee zusammen. Trotz intensiver Suche fand man ihn erst kurz vor dem Morgengrauen. David war zwar noch am Leben, aber es war zu spät, um ihn zu retten.

Am nächsten Tag gingen Janir und einige seiner Freunde zu dem Ort, an dem David gefunden worden war, und erforschten ihn. »So hat es ausgesehen«, sagte Janir an diesem Abend. Er legte sich auf den Teppich, um die genaue, in den Schnee eingeschmolzene Position von Davids Gliedmaßen aufzuzeigen.

Sein Tod war ein schwerer Schlag. Janir bemühte sich sehr, ihn zu verstehen. Als ich mit ihm die Aufbahrungshalle des Bestattungsinstituts aufsuchte, stellte er sich neben den Sarg und starrte auf die bleiche Gestalt darin. Er hielt die Tränen zurück, aber seine Schultern zuckten.

Auf dem Heimweg hielt er seine ganz eigene Lobrede auf seinen mutigen Freund. »Er hatte vor gar nichts Angst«, sagte Janir. »Er fuhr mit seinem Fahrrad die wackelige Rutsche hinter der Schule hinunter. Er kletterte auf einen Telefonmast hinauf. Er ging auf dem Eis über den Hocking. Und letztes Jahr kletterte er auf den Brückenbock und sprühte seinen Namen darauf.«

Janir konnte über Davids Tod oder seinen eigenen sprechen, aber in unserem Haus gab es ein Tabuthema: meinen Tod. Der durfte nie erwähnt werden, nicht einmal im Scherz. Jede diesbezügliche Andeutung rief stechende Blicke bei Janir hervor, manchmal auch Anzeichen von Panik.

Eines der Lieder, die ich ihm nachts vorsang, war Leadbellys ›Good Night, Irene‹, in dem es einen verbotenen Vers gab:

Manchmal lebe ich auf dem Land,
Manchmal lebe ich in der Stadt.
Und manchmal überkommt mich der Drang,
In den Fluß zu springen und zu ertrinken.

Wenn ich diesen Vers singen wollte, setzte sich Janir aufrecht ins Bett und preßte seine Hand auf meinen Mund. Nie durften Scherze darüber gemacht werden, absolut niemals. Er stieg zwar ganz allein in Flugzeuge und flog furchtlos über den Kontinent, um seine Mutter zu besuchen, er verbrachte völlig selbstverständlich die Nacht oder das Wochenende bei einem Dutzend verschiedener Freunde, und es gab immer andere Erwachsene in seinem Leben, aber ich war sein einziger wahrer Rettungsanker. Wenn ich gestorben wäre, hätten ihn mein Bruder Alan und seine Frau Ellen bei sich aufgenommen. Wir drei hatten mehr als einmal darüber gesprochen – aber Janir wollte von derlei Dingen nichts hören.

Manchmal dachte ich, wenn einer von uns sterben müßte, ich oder Janir, dann sollte er es sein. Das klingt jetzt furchtbar, sogar für meine Ohren. Aber damals wäre der schrecklichste Schicksalsschlag für uns der Tod des anderen gewesen.

SECHZEHN

Kindererziehung ist ein Minenfeld der Nötigung. Schon bald nach der Geburt erklären wir unseren Kleinkindern, wie sie sich zu verhalten haben: Hör auf zu weinen, iß dies, sitz aufrecht, oder: hör auf, den Hund zu schlagen. Wir befehlen den Kindern sogar, wie sie sich zu fühlen haben: Du solltest glücklich sein, so schöne Fäustlinge geschenkt zu bekommen. Oder: Sei nicht traurig, daß du die Party jetzt schon verlassen mußt, du solltest lieber froh sein, daß du überhaupt kommen durftest.

Natürlich wissen wir mehr über das Leben als unsere Kinder und können sehr oft klügere Entscheidungen für sie treffen, als wenn wir sie allein vor sich hinwursteln ließen. Aber es handelt sich nichtsdestotrotz um Nötigung, und mit dieser Gewohnheit läßt sich nur schwer brechen.

In einer Sommernacht saßen Bill Renz und ich auf den Eingangsstufen meines Hauses und sprachen über eine Frau aus unserem Bekanntenkreis, deren Partner sie bisweilen schikanierte. Im Laufe der Jahre hatten der wohlerzogene Bill und ich im Umgang mit unseren Partnerinnen ein paar Fehler begangen: keine schwerwiegenden, nur Bemerkungen oder Umarmungen, die sich als allzu dominant erwiesen hatten. Bekehrte Sünder, die wir waren, gründeten wir in dieser Nacht die erste Ortsgruppe der Nichtnötigenden Männerliga.

Aber Bills brillanter Verstand gönnte sich keine Ruhepause. »Jetzt zum ersten Punkt unserer Satzung.«

»Und der wäre?«

»Manchmal ist Nötigung einfach nötig.«

Da liegt der Hase im Pfeffer, denn manchmal ist sie wirklich notwendig, aber man kann nie ganz sicher sein, wann. Einen

Freund muß man bisweilen dazu drängen, über ein bestimmtes Problem offen zu sprechen. Ein Kind muß bisweilen dazu überredet oder gar gezwungen werden, sein Versprechen zu halten oder einfach nur seine Sache gut zu machen.

Die Frage kam für mich oft auf, wenn Janir an der Schule oder in örtlichen Vereinen Sport trieb. Ich konnte nicht verstehen, wie ein Kind, das zu Hause so tollkühn und ausgelassen war, sich auf dem Fußballfeld derart zurückhalten und anderen Spielern ständig die Führung überlassen konnte. Er war damit aufgewachsen, gegen Bälle aller Art zu treten, und in Gegenwart von mir oder seinen Freunden war er ein Naturtalent als Spieler: flott, flink und furchtlos. Aber im Verein zeigte er keinerlei Initiative. Er konnte den Ball kontrollieren, nicht aber das Spiel.

Ich glaubte, ihm das erklären zu können. Für mich lag klar auf der Hand, daß er mit ein klein wenig mehr Ehrgeiz ein Star sein oder zumindest seine Fähigkeiten voll ausspielen könnte. Ich wollte keiner dieser übertrieben ehrgeizigen Väter sein, die am Spielfeldrand auf- und abmarschieren und ihre Kinder antreiben und ausschimpfen. Doch allzu oft konnte ich mich nicht zurückhalten, ich mußte Janir einfach zur Seite nehmen und ihm sagen: »Jag' dem Ball hinterher. Nimm ihn den anderen ab. Du kannst es.«

Janir saugte an einem Orangenschnitz, ohne mich anzusehen. Ich demütigte ihn. Er wollte meinen Rat nicht und nahm ihn auch in der zweiten Spielhälfte nicht an. Er konnte nicht, weil sein Wesen und seine Persönlichkeit – einschließlich dieser neuen Schüchternheit in der Öffentlichkeit – auf dem Spielfeld ihren Ausdruck fanden.

Im Baseballstadium lief es ganz genauso. Dort beobachtete ich das Spiel von den Aluminiumbänken auf den Rängen, umgeben von anderen Eltern und von Geschwistern. Janir stach auf dem Feld in seinen Nagelschuhen, seiner Uniform und dem Fanghandschuh, den wir neu gekauft und eingeölt hatten, heraus. Wie sehr er die Ausrüstung dieses Spieles liebte. Allerdings ist Baseball eine recht gemächliche Angelegenheit: ein Foul tip, ein Wurf ins Aus, das wiederholte *Tock, Tock, Tock* des Baseballschlägers. Ich wußte, daß es Janir schwerfallen mußte, untätig auf dem Spielfeld zu warten und dabei seine Konzentration zu wahren. Von meinem Sitz auf der Tribüne aus versuchte ich, ihn mit meinem Willen zu höchster Aufmerksamkeit zu zwingen. Früher oder später würde der Ball in seine Richtung geflogen kommen.

Als das geschah, traf es Janir unvorbereitet. Er trat einen Schritt auf den Ball zu, doch da war er schon über seinen Kopf hinweggeflogen. Janir rannte hinterher, fing ihn und warf ihn mit Wucht in Richtung des Shortstops. Er hatte einen guten Wurfarm, und der Läufer kam nicht vom dritten Mal weg, doch folgte diesem Wurf eine enttäuschte Stille. Nur ein Inning später warf sein Catcher hart in Richtung des zweiten Mals und versuchte einen Cutoff. Obwohl der Ball über den Kopf des Innenfeldspielers flog, rührte Janir nicht einmal den kleinen Finger, um den Wurf zu erwischen. Wieder schaffte es der Läufer bis zum dritten Mal.

Ach, was soll's. Es war doch nur ein Spiel. Das Spielfeld war frisch gemäht, die Vögel zwitscherten in den Büschen, die Wolken zogen über unsere Köpfe hinweg und warfen Schatten so groß wie Häuser über das grüne Außenfeld. Janirs Trainer war großartig, eifrig und voller Energie. Niemals schalt er die Spieler für ihre Fehler. Und doch … und doch: Baseball ist ein überaus symbolträchtiges Spiel. Was, wenn Janir sein ganzes Leben wie ein Schlafwandler durchschreiten würde? Spiegelte sein Konzentrationsmangel ein anderes Problem wider? Hatte ich auf irgendeine Weise versagt?

Mit eins zu vier Punkten ging er zur Homebase und schlug schließlich einen soliden Single über den ausgestreckten Handschuh des Shortstop. Nach dem Spiel war er immer noch begeistert.

»Hast du den Schlag gesehen, Dad? Den hab ich wirklich toll hingekriegt!«

So behielt er diesen Nachmittag in Erinnerung. Er ignorierte den Rest und konzentrierte sich ganz auf diese einzige zufriedenstellende Begegnung zwischen Schläger und Ball.

Das Spiel der Folgewoche fiel einem Regenguß zum Opfer, der um zwei Uhr nachmittags begann und die ganze Nacht über anhielt. In der Morgendämmerung war der Bach über seine Ufer getreten und überschwemmte sogar die Betonfurt. Matt Sweeney hatte bei uns geschlafen, und den Vormittag verbrachten die Jungs damit, Holzscheite und Zweige ins Wasser zu werfen und hinter ihnen herzurennen, während diese von dem kaffeebraunen Wasser wirbelnd mitgerissen wurden. Am frühen Nachmittag hatte sich der Bach wieder in sein Bachbett zurückgezogen, floß aber immer noch mit gewaltiger Kraft. Matt und Janir wollten unbedingt mit ihren Reifenschläuchen ins Wasser.

»Das schaffen wir, gar kein Problem, Dad«, versicherte Janir. »Wir sind schließlich neun.«

Ich ließ sie Turnschuhe anziehen und legte ihnen Schwimmwesten an, dann durften sie los. Sie sprangen in ihre Schläuche und trieben die Strömung hinunter, schrien und lachten, ohne die geringste Angst vor der großen Biegung, wo die Wassermassen gegen das Ufer knallten. Ich rannte neben ihnen her. Es gab keine Probleme, ganz wie sie es versprochen hatten. Im Wasser war Janir hundertprozentig aufmerksam. Da gab es keine Zurückhaltung, keinen kleinen Weltraumkadetten, an dem der Ball vorüberflog.

Auf seiner Geburtstagsfeier im September dieses Jahres war es dasselbe. Ich legte mit einem Seil einen großen Kreis für ein Spiel Völkerball aus, und Janir war der Star. Er duckte sich, er sprang, er tanzte, er warf mit Wucht und war sowohl in Sieg wie in Niederlage bewundernswert. Das ist der wahre Janir, dachte ich, ohne eine Unze Schüchternheit oder Unentschlossenheit.

In diesem Herbst fehlte seinem Fußballteam ein Trainer, und jemand mußte sich freiwillig melden.

»*Nein*, Dad«, sagte Janir.

Er konnte unangenehme Situationen bereits riechen. Und er hatte recht, der Ärger schien vorprogrammiert, denn das Wichtigste, was ich in den Kindern hervorrufen wollte, war gerade die Art von Ehrgeiz, die Janir auf dem Feld vermissen ließ.

Ich erfand eine Übung, Mann gegen Mann. Zwei Spieler gingen auf mich los, einer von jeder Seite, während ich den Ball auf- und abspringen ließ. Ich versuchte, beide abzudrängen, bis einer von ihnen mit dem Ball entwischte, dann ging es wieder von vorn los. Janir sprintete vor, doch dann zögerte er. Er wartete, bis der Ball auf den Boden auftraf – und in diesem Augenblick schnappte Justin ihn sich.

»*Jag* den Ball«, brüllte ich. »Warte nicht auf ihn, hol ihn dir.«

Janir starrte mich nur an, ein Blick aus purem Haß. Auf der Heimfahrt brütete er schweigend vor sich hin, flutete das Auto förmlich mit seiner Entrüstung. Auf der Farm sprang er in dem Moment, als ich anhielt, aus dem Wagen. Seine Wut war ungebrochen. »*Du* könntest es nicht besser machen«, sagte er.

Disziplin war nie meine starke Seite. Die schlimmste Bestrafung in meinem Haus bestand darin, daß Janir auf sein Zimmer geschickt wurde, weg vom Geschehen. Selbst das kam nur selten vor, weil es nicht viel gab, wofür er bestraft werden mußte. Kindererziehung ist einfacher, wenn man nicht auf ordentliches Benehmen, auf Respektbezeugungen und anständige Sprache besteht.

Weil ich selbst fluchte, ließ ich auch Janir fluchen. Es gab keine sprachlichen Regeln in meinem Haus, außer diesem merkwürdigen Tabu aus meiner eigenen Kindheit, dem Ausdruck *Klappe halten.* Diese beiden Wörter – bei denen sich meine Nackenhaare noch immer mehr als bei allen anderen sträuben – waren verboten, aber ansonsten durften Janir und seine Freunde sagen, was sie wollten, und das taten sie oft auch. Im Alter von sieben oder acht rannten sie gelegentlich von Zimmer zu Zimmer durch das ganze Haus, kicherten wie verrückt und schrien Scheiße oder Penis oder Arschloch. Ich selbst war zwar nicht so aufgewachsen, aber meiner Meinung nach schadete es ihnen keineswegs, diese Wörter offen auszusprechen.

Hin und wieder bezogen sich respektablere Eltern zimperlich auf unanständige Wörter wie »Sch ...«, sowohl untereinander als auch in Gegenwart ihrer Kinder. Ich hielt sie für bekloppt.

Wie lange glaubten sie, ihre Kinder vor der Gossensprache beschützen zu können?

Eines Nachts nahm ich Janir und Matt zu einem Eishockeyspiel zwischen den Universitäten Ohio und Miami of Ohio mit. Die Rivalität zwischen den beiden Teams war sehr ausgeprägt, und die Bird Arena zog eine rüpelhafte, biertrinkende Menge an. Vor dem Spiel machte das Miami-Team direkt vor uns einige Schlagschüsse, um ihren Torhüter aufzuwärmen, den die Anhänger von Ohio rücksichtslos piesackten.

»He, Nummer vierzehn«, schrie ein Kerl von den Studentensitzen zu unserer Linken kehlig. »Ich hab's gestern Nacht mit deiner Mutter getrieben, und sie war eine Null!«

Janir sah mich an, und ich brachte ein Stirnrunzeln zustande. Sowohl er als auch Matt wußten, daß sie bei mir zu Hause alles sagen durften, aber in der Öffentlichkeit war das eine ganz andere Sache. Wir saßen auf den Sitzen, die für das allgemeine Publikum bestimmt waren, zusammen mit den städtischen Eishockeyfans und einigen anderen Eltern und Kindern. In der Reihe direkt vor uns saß ein Vater mit seiner kleinen Tochter. Er trug polierte Halbschuhe und einen Mantel und sie einen rosafarbenen Skianorak. Sie war niedlich, etwas jünger als Janir, vielleicht sieben oder acht. Sie saß aufrecht und still, schaute aufmerksam auf die wirbelnden Eishockeyspieler, auf die Stöcke und die fliegenden Pucks. Die Anspielung auf die Mutter des Torhüters mochte ihr möglicherweise entgangen sein, aber niemand hätte den Wechselchor überhören können, der kurz vor Spielbeginn von den für Studenten reservierten Sitzreihen in der Nordwest- und Südostecke der Eishalle erklang »Miami U!« sangen die Studenten auf der einen Seite, und die anderen antworteten »Fickt Schafe!« Schnell gewann der Sprechgesang an Dampf. »Miami U... fickt Schafe! Miami U... fickt Schafe!« So ging es immer weiter.

Janir und Matt brachen in schallendes Gelächter aus. Ich auch. Der Vater und seine Tochter saßen völlig reglos, berührten sich nicht und rührten sich nicht, reagierten auf keinste Weise. Matt lachte so sehr, daß er seine Chips mit dem geschmolzenen

Käse auf den Boden neben die Tribüne fallen ließ. Janir fiel angesichts dieses verbotenen Sprechgesangs in Trance. Er sagte kein Wort, aber ich konnte spüren, wie sich sein Körper zu den Worten bewegte. Er beobachtete die beiden Studentenabschnitte wie ein Tennismatch, sein Kopf drehte sich von links nach rechts, während der Refrain immer weiterging.

Obwohl Flüche in meinem Haus zum Alltag gehörten, legte ich größten Wert auf Grammatik. Zum Teil – aber nur zum Teil – geschah es im Scherz, wenn ich im Zorn aufsprang, wann immer Janir sagte: »Ich legte auf dem Boden« oder »da ist zwei Kartons Milch.«

»Ich *lag* auf dem Boden«, betonte ich. »Da *sind* zwei Kartons Milch.«

Es ging um die hohe Kunst der Theatralik. »Wenn ich der Kapitän gewesen bin«, fing er an, und ich taumelte auf die Couch zu, preßte meine Hände auf mein Herz und trauerte über den beklagenswerten Zustand der Sprache.

»Ich habe einen Barbaren erzogen«, stöhnte ich.

»Na gut«, sagte er. »Wenn ich der Kapitän gewesen *wäre*.«

Sprache war ein Spiel, machte Spaß. »Lieber Dad«, stand auf einem Zettel, den er mir eines Tages nach der Schule hinterlassen hatte. Er war in Schönschrift geschrieben und enthielt alle formalen Briefelemente, die er im Unterricht gelernt hatte: Datum, Anrede, Textteil, Schlußformel. »Ich bin zu Todd Perkins nach Hause gegangen«, schrieb er, »und ich komme zu einer vernünftigen Zeit zurück. Alles Liebe, Janir.«

Seine Unterschrift war voller Schuljungenschnörkel, und es gab auch ein Postskriptum: »Mein Zimmer räume ich später auf, ich verspreche es.« Ich scherzte über den formellen Anstrich des Schreibens – und einige Tage später fand ich einen weiteren Zettel auf der Küchentheke, in denselben Schnörkelbuchstaben geschrieben.

»Lieber Dad«, stand da zu lesen. »Ich bin bei Thadens und komme zurück, sobald ich verdammt nochmal Lust dazu habe.«

Im Alter von neun oder zehn kannte er die Regeln des Fluchens besser als ich. Jeden Sommer versammelten sich die Thorndikes eine Woche lang im großen Haus meines Vaters auf Cape Cod, einem Haus, das ganz auf das Vergnügen von Kindern und Enkeln ausgerichtet war. Janir hatte seinen Großvater immer schon geliebt, und nun identifizierte er sich gründlich mit der New-England-Hälfte seines Erbgutes. Jedes Jahr, wenn wir bei meinem Vater weilten, vertiefte er sich in einen veröffentlichten Stammbaum der Familie. Er war mit all diesen Leuten verwandt, und da stand auch sein Name gedruckt: Janir Daniel Thorndike. Nachdem er sich die Regelverstöße seiner Mutter so lange hatte gefallen lassen müssen, neigte er nun der stabilen angelsächsischen Seite seines Erbes zu – einer Welt, in der die Familien nicht nur rein zufällig in Häusern mit vielen Räumen lebten, mit Billardtischen, gepflegten Rasenanlagen, Badmintonplätzen und Motorbooten.

Nach dem Frühstück spülten Dad und ich, und dabei ließ ich eine Keksdose auf den Boden fallen. »Scheiße«, sagte ich und beugte mich hinunter, um sie aufzuheben. Als ich mich wieder aufrichtete, blickte Janir mich finster an. Eine solche Verhaltensweise war im Hause von Großvater ein Unding. Doch nur zwei Tage später war diese Beschränkung wieder aufgehoben. Wir fuhren zurück nach Ohio und hörten im Radio Randy Newmans eingängiges, aber beleidigendes Lied über Kleinwüchsige, *Short People*. Das Lied mag als Witz gedacht sein, wie ich Newman einmal sagen hörte, aber Janir mochte es kein bißchen.

»Scheiß drauf«, verkündete er. »Kleine Menschen sind toll!«

SIEBZEHN

Jedes Jahr hielten die Volleyballspieler von Athens ein Turnier auf meiner Farm ab, das Trotzkij Invitational. (Beim Volleyball schmettert man den Ball, auf Englisch »to spike«, und wir hatten gehört, daß Leo Trotzkij mit einem Eispickel ermordet worden war, auf Englisch »the spike«. Wie sich allerdings herausstellte, war es doch kein Eispickel.) Wir luden Teams aus drei Bundesstaaten ein, spannten die Netze auf dem Feld hinter meinem Haus und spielten von neun Uhr morgens bis zum letzten Licht der Abenddämmerung. Clarisa rief mich einmal mitten während eines solchen Turniers an. Sie stünde auf dem Busbahnhof in Athens, ob ich sie abholen könne? Sie hätte sich keinen geschäftigeren Tag aussuchen können, und als ich zwischen den Spielen in die Stadt eilte, kochte ich vor Wut, weil sie offensichtlich davon ausging, sie könne, wann immer ihr danach sei, ohne jede Vorwarnung anreisen und sich für einen ein- oder zweiwöchigen Aufenthalt in meinem Haus niederlassen. Und doch kam mir nie der Gedanke, sie in einem Motel unterzubringen, denn schließlich ging es bei ihren Besuchen ja darum, daß sie und Janir etwas Zeit miteinander verbringen konnten.

Sie war dünner geworden und hatte auch einige Zähne verloren – vielleicht wegen des Autounfalls vor einigen Jahren. Der Schaden an ihrem Wangenknochen hatte sich als geringfügig herausgestellt, war fast kaum wahrnehmbar – vielleicht hatte sie mit den Drähten ja recht gehabt –, aber sie hatte die Angewohnheit, ihre Haare über die rechte Gesichtshälfte zu ziehen, was unwillkürlich die Aufmerksamkeit auf diese kleine Entstellung richtete. Auf dem Weg zur Farm legte sie ihren Koffer auf ihren Schoß und öffnete ihn. Er war randvoll mit verrückten Kleidungsstücken: abgetragene Samtkleider, bestickte Pullis, übergroße Satinhosen und ein plattgedrückter Herrenhut. Sie setzte den Hut auf.

»Wie geht's Janir?« fragte sie.

»Es geht ihm gut. Er wird immer größer.«

»Warum ist er nicht mitgekommen?«

»Heute findet das Trotzkij statt, und er hat ein paar Freunde eingeladen.«

In Wirklichkeit hatte ich ihn gefragt, ob er mitkommen wollte, aber er hatte abgelehnt. Als ich ging, hatte er im Bachbett gespielt, und als wir eintrafen, hatte er sich von den anderen Kindern getrennt und wartete auf der Veranda auf uns. In seinem Blick lag Wachsamkeit, und als Clarisa ihn umarmte, reagierte er kaum. Er kannte ihre Fähigkeit, sich danebenzubenehmen. Laute Rufe schallten durch die flimmernde Augustluft von den Plätzen hinter dem Haus. »Ich muß zurück zu meinem Team«, erklärte ich Clarisa. »Fühl dich wie zu Hause, es gibt reichlich zu essen. Janir, spielt ihr im Bach?« Er nickte eifrig. Ich hatte ihm eine Fluchtmöglichkeit aufgezeigt, und er nutzte sie.

Nur vierzig Minuten später hörte ich die beiden schreien. Ich rannte ins Haus und mußte feststellen, daß es darin so heiß wie in einem Ofen war. Janir stand kurz vor einem Tränenausbruch. Clarisa, die eine Satinhose trug und einen Fransenschal um ihren Kopf gewickelt hatte, dessen eines Ende über die entstellte Gesichtshälfte fiel, versuchte, ein Paar Eier in einer Pfanne auf dem Holzofen zu braten. Die Eier brieten natürlich nicht, aber immer noch legte sie Zeitungspapier in den großen Eisenofen nach.

»Um Gottes willen, Clarisa.« Ich schloß die Tür zum Ofen. »Im Sommer versuche ich, das Haus kühl zu halten, nicht, es zu heizen.«

»Er hat in meinem Koffer gewühlt«, fauchte sie gehässig. »Er glaubt, er sei hier der Boß.«

Ich wußte, wie sehr Janir sich davor fürchtete, daß seine Freunde sie so sehen könnten, mit ihrem Fransenschal und dem wilden Gesichtsausdruck. Er stand mitten im Raum, wie ein Erwachsener, mit den Händen auf der Hüfte.

»Ich habe ihr gesagt, sie soll den Herd in der Küche benutzen.«

»Der kocht mit Gas«, beschwerte sie sich. Sie zeigte mit einem knochigen Finger auf ihn. »Weißt du denn gar nichts über Ökologie? Willst du nicht mithelfen, die Erde zu retten? Wir stammen alle von der Erde ab, weißt du, sie ist unsere wahre Mutter.«

»Ist sie nicht!« schrie er.

»Janir«, sagte ich, »geh spielen.«

Er rannte zur Tür hinaus. Ich nahm die Pfanne mit den Eiern und knallte sie auf den Küchenherd. »Verdammt nochmal, Clarisa.«

»Du erziehst ihn falsch«, beschuldigte sie mich. Sie pflanzte sich vor mir auf.

»Du verwöhnst ihn mit all deinem Geld. Du bist zu reich und weiß, und er wird zu einem frechen Balg. Er gehört nicht hierher. Er sollte in einer Stadt wohnen, wo es viele verschiedene Menschen gibt.«

Sie hatte nicht ganz unrecht mit dem, was sie sagte. Nach unserem Leben in Lateinamerika herrschte in Athens Konformität, aber darüber wollte ich jetzt nicht diskutieren. »Er ist kein freches Balg«, erklärte ich. »Er ... hat einfach Angst vor dir.«

Sie funkelte mich eiskalt an. Ihre dunklen Augen waren mit einem dicken Kajalstrich umgeben, und ihre Pupillen tanzten. Ich hatte selbst Angst vor ihr. »Er fürchtet, du könntest etwas Ungewöhnliches anstellen«, sagte ich. »Kinder hassen das. Er will nicht, daß seine Freunde reinkommen und sehen, wie du bei 30 Grad im Schatten den Ofen anmachst, mit einem alten Schal um den Kopf gewickelt.«

Sie sah mich kalt an. »Er spricht nicht einmal Spanisch«, sagte sie. »Tut so, als ob er es nicht versteht.«

»Ich habe es versucht, Clarisa. Manchmal spreche ich immer noch Spanisch mit ihm. Aber seine Freunde können es nicht, darum hat er kein Interesse daran.«

»Genau deshalb sollte er in Kalifornien sein. Dort könnte er es lernen.«

»Ja, möglicherweise.«

»Außerdem möchte ich, daß er bei mir lebt.«

»Tja, erwiderte ich, »wir werden sehen.«

Das war wieder so eine Lüge. Es bestand auch nicht der leiseste Hauch einer Chance, daß ich das zulassen würde. »Hast du einen Job gefunden?« fragte ich.

Vor einem Monat hatte mir ihre Sozialarbeiterin erzählt, wenn Clarisa John Leslie zurückhaben wolle, müsse sie eine Arbeitsstelle finden und sie sechs Monate lang halten können. Das war die einzige Voraussetzung.

»Ich bin noch auf der Suche«, sagte sie.

Ich stellte mir vor, wie sie in einer Kombination der Kleidungsstücke aus ihrem Koffer zu einem Bewerbungsgespräch erschien. Von draußen rief mein Team nach mir: Wir hatten keine Ersatzmänner. »Ich muß jetzt gehen«, sagte ich. »Du kannst zusehen, wenn du möchtest.«

Davor hatte ich Angst. Ich war ebenso unsicher wie Janir und wollte nicht, daß alle sehen konnten, was für eine merkwürdige Gestalt meine Ex-Frau war. Doch anstatt sich der Menge auf der hinteren Wiese anzuschließen, verschwand sie in den Wäldern östlich des Hauses und tauchte einige Stunden lang nicht wieder auf. Mein Team schaffte es ins Halbfinale, verlor dann, und zehn Minuten später entdeckte ich Clarisa auf der vorderen Veranda im Gespräch mit meiner Freundin Kathy Galt. Kathy hatte sich bei ihr untergehakt. Clarisa hatte den Schal abgenommen und ihre Haare zurückgebunden. Sie erzählte Kathy von einem Streit, den sie mit jemand in San Francisco gehabt hatte.

Kathy schien interessiert. Sie war neugierig und hörte auf eine Art und Weise zu, die Clarisas Wut und Paranoia akzeptierte, nicht ablehnte. Ich wünschte, ich wäre ebenfalls dazu in der Lage gewesen. Ich wußte zu viel. Ich wußte, wie scheu Clarisa hier in den Vereinigten Staaten sein konnte, insbesondere wenn sie von Menschen umgeben war, die sie nicht kannte. Sie war eine kleine, dunkelhäutige Frau aus einem anderen Kulturkreis, von einer anderen Rasse, und ich hatte zumindest eine vage Ahnung, wie sehr sie darunter gelitten hatte. Doch in den zehn darauffolgenden Tagen setzte ich mich nie zu ihr und hakte sie auch nie bei mir unter, wie Kathy das getan hatte. Ich erkundigte mich auch nie nach ihrem Wohlbefinden. Ich war viel zu beschäftigt damit, sie auf Distanz und mir vom Hals zu halten, damit ihre Überspanntheit nicht auf mich oder Janir abfärbte.

Wie zart besaitet ich doch war, und wie armselig meine Ängste heute scheinen. Immer und immer wieder enttäuschen wir die Menschen, die wir lieben, wegen unserer eigenen Schwäche.

Eine Woche nach ihrer Ankunft zupfte Janir an meinem Ärmel, legte den Finger auf seine Lippen und zog mich um das Haus herum zu den Wacholderbüschen neben der Veranda. Dort saß Clarisa auf dem Beton, vollkommen konzentriert und leise. *Klatsch*, sie schlug mit der Handfläche auf den Boden, hob etwas hoch und warf es sich in den Mund. »Brave Ameise«, sagte sie.

Janir und ich sahen einander an, schlichen davon und rannten zum Bachbett, wo wir in lautes Gelächter ausbrachen.

»Deine Mom«, keuchte ich schließlich.

»Sie *ißt* sie.«

»Sie ist eben merkwürdig. Andererseits … *ich* esse haarige Raupen.«

»Ja, tust du!«

In diesem Frühjahr hatte ich, von Janir herausgefordert, zwei Sackträgerraupen verspeist, wofür er vier Abende in Folge das Geschirr spülte. Natürlich waren Clarisas Ameisen, das wußten wir, etwas völlig anderes. Wie gering doch die Verhaltensabweichungen sind, die geistiges Ungleichgewicht anzeigen.

Zehn Tage später kaufte ich Clarisa ein Ticket nach San Francisco, und wir drei fuhren zum Flughafen. Janir umarmte sie freiwillig, bevor sie eincheckte, dann stiegen er und ich zu der Aussichtsplattform im Freien hoch. Wir setzten uns auf die Bank und warteten. Wir waren allein. Ein stürmischer Wind schob die Wolken vor sich her, zwei Jets donnerten in den Himmel und zogen dunkle Rauchfahnen hinter sich her. Wir sprachen kein Wort. Als Clarisas Flugzeug abdockte, legte ich meinen Arm um

Janir und hob ihn auf meinen Schoß, als ob er fünf Jahre alt wäre. Er ließ sich gegen meine Brust fallen.

Es war immer dasselbe: Während ihres Besuchs war ich nervös, nach ihrer Abreise traurig. Meine Augen tränten im Wind. Eine von Janirs Großmüttern war tot, und die andere lebte in El Salvador, ein Land, das mittlerweile in den Fängen einer Revolution lag. Ich wollte, daß er eine Mutter hatte, eine Frau, die ihn im Arm halten und ihn wiegen würde. Clarisa war seine einzige Chance, und sie hatte noch einen weiten Weg vor sich, bevor er sie so nah an sich heranlassen würde.

Das Flugzeug wendete am anderen Ende des Rollfeldes, dann schoß es in den Himmel. Wir sahen ihm nach, bis es zu klein war, um es noch zu erkennen. Sogar dann bewegten wir uns nicht und sagten auch nichts. Wir saßen einfach dort, trotzten dem stürmischen Wind und sahen in den Himmel, wo das Flugzeug verschwunden war.

Kaum war Clarisa wieder zu Hause, fing sie davon an, daß Janir sie erneut in San Francisco besuchen sollte. Ungeachtet der Tatsache, daß sein letzter Besuch so schlecht gelaufen war und daß sie nicht stabil genug war, um das Sorgerecht für John Leslie zu erhalten, begann sie einen Feldzug für einen Besuch im nächsten Sommer.

Den ganzen Herbst über rief sie alle zwei Wochen an, und jedes Mal erzählte sie mir, daß sie Janir bei sich haben wollte. Schließlich räumte ich ein, daß ich darüber nachdenken würde, und nach Weihnachten versicherte ich ihr, daß ich damit einverstanden wäre, vorausgesetzt er wollte die Reise antreten und sie würde bis Juni nicht in Schwierigkeiten geraten. Ich hielt das für sicher, denn bislang hatte sie es nur selten ein ganzes Jahr ohne irgendeine Katastrophe überstanden. In den letzten Jahren war sie wegen Trunkenheit und Erregung öffentlichen Ärgernisses verhaftet worden und zweimal in einer Klinik hinter Schloß und Riegel gelandet. Wenn sie Janir sehen wolle, dürfe es so etwas nicht mehr geben, ließ ich sie wissen. Keine wilden Streitereien mehr mit Tante Teresa, und sie dürfe mich auch nicht mehr um fünf Uhr früh anrufen und aus dem Schlaf reißen.

Sie überraschte mich, indem sie ihren Teil der Vereinbarung erfüllte und allen größeren Krisen aus dem Weg ging. Ende Mai fragte ich Janir, ob er zu ihr fahren wollte.

»Hast du ihr gesagt, daß ich kommen würde?«

»Ich habe nur gesagt, daß ich dich gehen lassen würde. Das heißt nicht, daß du auch gehen mußt.«

Er dachte einige Tage darüber nach, dann erklärte er sich damit einverstanden. Ich fürchtete, er würde es für mich tun, weil ich mit Clarisa eine Vereinbarung getroffen hatte. Aber sicherlich steckte mehr dahinter. Wie jedes Kind wollte auch er eine Mutter. Clarisa war seine Mutter, und er war bereit, ihr noch eine Chance zu geben – insbesondere außerhalb der Stadt, wo keiner seiner Freunde sie sehen konnte, wie ich vermutete.

Alle rieten mir davon ab. Victors vernünftige Frau Jackie sagte, ich solle ihn nicht fahren lassen. Paquita und ihre Schwester Teresa drängten mich, es nicht zu erlauben. Sogar Clarisas psychiatrisch geschulte Sozialarbeiterin rief an und meinte, das sei keine gute Idee. Clarisa lebe in einem Hotel, das kein geeigneter Ort für ein Kind sei, teilte sie mir mit.

Clarisa wurde fuchsteufelswild, als ich ihr mitteilte, ich hätte nun doch Zweifel. Letztendlich war es dieser Wutausbruch, der mich dazu bewegte, Janir doch zu ihr zu schicken. Weil sie nicht zusammenbrach, sondern einfach nur wütend wurde, wie jeder normale Mensch. Nachdem sie sich beruhigt hatte, erinnerte sie mich an unsere Abmachung und daran, daß sie ein ganzes Jahr nicht in Schwierigkeiten geraten war. Obwohl alle an ihr zweifelten, konnte niemand ihr konkret nachweisen, daß sie vor kurzem etwas Gefährliches oder richtiggehend Verrücktes getan hatte.

Vielleicht fiel ich am Ende durch mein eigenes Yankee-Ehrgefühl um: Ich hatte es ihr versprochen.

Ich dachte auch an die große Sehnsucht, die Janir nach einer Mutter verspüren mußte. Ich konnte sie zwar nicht direkt in ihm erkennen, aber sowohl die Logik als auch die Intuition sagten mir, daß diese Sehnsucht vorhanden war, tief in ihm vergraben.

Am Tag seiner Abreise sah er sehr ernsthaft drein. Ich brachte ihn zum Flugplatz. Er hatte einen kleinen Rucksack bei sich mit Comicbüchern, einem Imbiß sowie ›James und der Riesenpfirsich‹, einem Buch, das ich ihm einst vorgelesen hatte und das er jetzt selbst las.

Er hatte erst spät mit dem Lesen angefangen. Ich wollte natürlich, daß er es lernte – wenn auch nur, damit er sich beschäftigen konnte, während ich arbeitete –, aber ich hatte ihn nie dazu gedrängt. Ich hatte Dutzende liberaler Abhandlungen zum Thema Erziehung gelesen, einschließlich aller Bücher von John Holt, A. S. Neills ›Das Prinzip Summerhill‹ und ›The Crack in the Cosmic Egg‹ von Joseph Chilton Pearce, einem Radikaltheoretiker, der davon überzeugt war, daß Kinder in der Schule dann am besten abschnitten, wenn sie erst im Alter von zwölf Jahren lesen lernten. Das klang extrem, änderte aber meine Vorgehensweise bei Janir nicht: Ich ließ es ihn selbst entscheiden. Den Ausschlag gab schließlich der Eintritt in die öffentliche Schule. Am ersten Unterrichtstag unterzog er sich einem Lesetest mit fünfzig Worten, von denen er nur zwei erkannte, *ja* und *nein*. Nachdem er entdeckt hatte, daß alle anderen Kinder in seiner Klasse schon lesen konnten, machte er sich entschlossen an diese Aufgabe und lernte in einer Förderklasse Phonetik. Nach sechs Wochen konnte er ein einfaches Buch lesen, und am Ende des Jahres waren es schon richtige Bücher ohne Bilder.

Nun las er, wie ich es als Kind getan hatte: völlig vertieft. Morgens richtete ich das Frühstück neben seinem Buch auf dem Küchentisch, band ihm die Schnürsenkel, während er las, packte sein Mittagessen ein und trug es zum Wagen. Er folgte mir, die Augen immer noch auf die Seite des Buches gerichtet. Eines Morgens schlug ich auf dem Weg zum Auto plötzlich den Pfad zum Bach ein und marschierte mit ihm bis fast an das Wasser heran, bis er aufsah und »He!« rief. Er las auf dem ganzen Weg in die Stadt, stieg vor der Schule wie ein Schlafwandler aus dem Wagen und packte erst dann sein Buch weg.

Nachdem ich ihn in das Flugzeug nach San Francisco gesetzt hatte, fuhr ich zur Farm zurück und arbeitete ein paar Stunden. Dann ging ich ins Haus und wartete auf seinen Anruf vom Flughafen, um den ich ihn gebeten hatte. Als er anrief, von einem Telefon im Freien, war er bereits wütend auf seine Mutter. Ich beruhigte ihn und ließ ihn erzählen: Ein Bus war etwas zu nahe an ihnen vorbeigefahren, und Clarisa hatte sich sein Buch gegriffen, es gegen die Rückscheibe geworfen und den unachtsamen Fahrer wild beschimpft. Das Buch hatte dabei den Einband verloren. Als ich mit Clarisa sprach, bekam ich eine Schmährede darüber zu hören, wie Fahrzeuge die Erde besudelten.

Nach dem Telefonat saß ich mit schwerem Herzen auf der Veranda meines leeren Hauses. Es war noch nicht einmal eine Stunde des voraussichtlich drei Wochen dauernden Besuches vergangen. Ich hatte einen schrecklichen Fehler begangen.

Ich ging nicht zurück auf die Felder. Ich las nicht, und ich aß auch nicht zu Abend. Ich saß einfach nur auf der rückwärtigen Veranda und beobachtete, wie der Nachmittag in eine wolkenverhangene Abenddämmerung überging und dann in die Nacht. Am Horizont tauchten Wärmegewitter auf. Man hörte keinen Donner, sah nur das stumme Flackern über den Bäumen am anderen Ende des Tals, ein zuckendes Leuchten, das mich vervös machte.

Um neun klingelte das Telefon. Es war Teresas Tochter Cecilia, und sie riet mir, in Clarisas Hotel anzurufen. »Sprich mit Curt«, sagte sie. »Er ist der Geschäftsführer. Ich habe mich gerade eben mit ihm unterhalten.«

»Was ist passiert?« fragte ich sie.

»Du solltest besser mit ihm sprechen.«

»Geht es Janir gut?«

»Ich glaube, im Moment ist er sicher.«

Curt nahm beim ersten Läuten ab. Ich erklärte ihm, wer ich war.

»Ach, Janir, schon klar«, sagte er. Er klang viel zu jung, um ein Hotel zu leiten. »Er ist hier bei mir, kleinen Moment.«

Er legte den Hörer polternd zur Seite. Man hörte Stimmen,

einen Haufen anderer Geräusche, dann nahm Janir den Hörer und rief: »Dad?«

»Janir, was ist los? Was machst du?«

»Ich schaue fern.«

Er kämpfte sehr darum, nicht zu weinen. »Wo bist du?« fragte ich. »Unten im Empfang?«

»Ja.«

»Ist deine Mom dort?«

»Sie haben sie mitgenommen.«

»Wer?«

»Die Polizei.«

Zu Hause hätte er sich in meinen Armen ausgeweint. Statt dessen war er 2000 Meilen entfernt, neun Jahre alt und allein in einem Stundenhotel. »Janir, laß mich nochmal mit dem Geschäftsführer sprechen.«

Er reichte den Hörer wortlos weiter, und Curt erzählte mir, was sich ereignet hatte. Er klang sachlich, als ob neunjährige Kinder ständig allein in seiner Lobby herumlümmelten. Ein anderer Gast hatte sich beschwert. Die zwei Frauen hatten sich gestritten, und Clarisa hatte die Polizei gerufen. Zwei Streifenbeamte kamen, hörten beide Seiten an und nahmen Clarisa mit zu einem Krisenzentrum. Unerklärlicherweise ließen sie Janir allein im Hotel.

»Wußten sie denn nichts von ihm?« fragte ich Curt. »Haben Sie ihnen nichts von ihm erzählt?«

»Ich war mal eine Minute lang draußen.«

Er log, das war mir klar. Die ganze Stadt klang verrückt.

Teresa und Cecilia, Gott segne sie, holten Janir ab und kümmerten sich zwei Tage lang um ihn, dann setzten sie ihn in ein Flugzeug nach Columbus. Es war das Ende einer Ära. Janir besuchte seine Mutter nie wieder, und ich träumte nicht mehr davon, daß wir unseren Sohn einmal gemeinsam erziehen würden.

Nur wenige Monate später schickte sie Janir einen Brief. Er öffnete ihn und setzte sich auf die Couch, um ihn zu lesen. Doch dann kam er mit einer Karteikarte zu mir, die in dem Umschlag enthalten war. »Was ist das, Daddy?«

An der Karte war mit Klebestreifen ein winziges Stück Papier befestigt, das kaum einen halben Zentimeter breit war und eine gewisse Ähnlichkeit mit Mickey Mouse besaß. Ich hatte schon davon gehört, es aber noch nie in natura gesehen. Es war Blotter Acid, eine volle Dröhnung LSD. Auf die Karte hatte Clarisa geschrieben: ›Iß das, aber sag deinem Dad nichts davon.‹ Wenn ich jemanden schnell davon überzeugen will, daß Clarisa verrückt war, erzähle ich bis heute genau diese Geschichte.

ACHTZEHN

Ich verbrachte unzählige Stunden damit, auf Janir aufzupassen. Gelegentlich jammerte ich darüber im Beisein von Freunden, insbesondere von alleinerziehenden Frauen, die unter derselben Knute standen. Für mich war es eine harte Pflicht – und doch bin ich mir sicher, daß ich es leichter hatte als diese Frauen. Nicht weil ich weniger arbeitete, sondern weil ich Anerkennung für mein ungewöhnliches Verhalten fand.

»Sie ziehen ihn ganz allein groß?« fragten die Leute. »Sie tun alles allein? Das ist wunderbar, wirklich großartig.«

Obwohl ich vorgab, solchen Bemerkungen keine Beachtung zu schenken, saugte ich sie förmlich in mich auf. Wenn Frauen mehr Aufmerksamkeit und Anerkennung für die Erziehung ihrer Kinder bekämen, wäre es für sie mit Sicherheit weniger belastend. Alles läßt sich ertragen, schreibt der Romancier James Salter, wenn die ganze Menschheit zusieht. Die Märtyrer beweisen es. Wir leben von der Aufmerksamkeit der anderen. Trotzdem gehörte ein Großteil meines Lebens mit Janir uns ganz allein. Jahr für Jahr war seine Schlafenszeit unser tägliches Band. Obwohl ich nicht länger Fingerspiele mit ihm spielte und ihm auch seltener etwas vorsang, gehörte eine Gutenachtgeschichte stets zu unserem unveränderlichen Ritual. In einer Dezembernacht blieben wir spät auf und buken Großmutters Weihnachtsplätzchen. Um Mitternacht waren wir immer noch zugange. Janir putzte seine Zähne und schlüpfte in seinen Schlafsack auf der Couch. Er war müde geworden, aber ich mußte noch den letzten Rest des Teigs ausstechen.

»Lies mir etwas vor, wenn du fertig bist«, sagte er.

»Und was, wenn du schon schläfst?«

»Dann lies mir trotzdem etwas vor.«

Ich lachte, versprach aber, es zu tun.

»Schwörst du es?« fragte er.

»Ich schwöre.«

»Ist gut. Und schreib mir einen Zettel, auf dem steht, daß du es getan hast. Leg ihn dann auf meine Augen, damit ich ihn sehe, wenn ich aufwache.«

Einmal versuchte ich, die Gewohnheit der Gutenachtgeschichte zu brechen. An jedem »Memorial Day« veranstalteten Bill Renz und ich eine tolle Party in meinem Haus: den Frühlingstanz. Hundert Leute waren die Regel, manchmal kamen auch mehr, und für gewöhnlich brachte ich Janir in dieser Nacht außerhalb unter. Aber in dem Jahr, als er zehn wurde, verkündete er, daß er bleiben und mitmachen wollte. Wir fragten herum, ob einer seiner Freunde Lust hatte, über Nacht zu bleiben, aber sie hatten alle schon andere Pläne.

Ich wußte, daß ich nicht gestört werden wollte, sobald die Party einmal richtig lief, also warnte ich ihn, daß er in dieser Nacht keine Gutenachtgeschichte bekommen würde. Die ganze Woche über las ich ihm immer ein Kapitel mehr vor, um diesen einen Ausfall wettzumachen. Am Sonntagmorgen mähte ich die Wiese. Renz stellte sein Stereogerät mit den gemieteten eineinhalb Meter hohen Boxen auf, wir räumten die Möbel aus dem Wohnzimmer und fertigten aus ein paar Brettern Tische für das Büffet im Freien. Die ersten Gäste kamen um drei an. Wir nahmen in der Schwitzhütte über glühendheißen Pflastersteinen ein Dampfbad, schwammen eine Runde im See und aßen zu Abend, als es langsam kühler wurde. Dann begann der Tanz – wie in jedem Jahr mit dem Lied ›Who's That Lady?‹ von den Isley Brothers.

Wir ließen das Haus erbeben. Jeder trank, Renz und ich tanzten wie die Besessenen, zwei draufgängerische Teenager von außerhalb baggerten die 35jährige June an, und Alex und Aethelred legten einen Tanz aufs Parkett, der wie eine Kreuzung aus Tango und Kartoffelbrei aussah.

Janir war den ganzen Nachmittag über und auch am Abend herrlich selbständig gewesen. Er schnappte sich ein paar Erwachsene, die mit ihm Fußball spielten, ließ einige von ihnen in sein neues Baumhaus klettern, ernährte sich hauptsächlich von Nachspeisen und überwachte dann den Tanz von der Empore über dem Wohnzimmer. Ich hatte ihm eine Matratze bereitgelegt, damit er schlafengehen konnte, sobald er das wollte, auch wenn die Party noch im vollen Gange war. Aber um elf Uhr abends war er immer noch wach – und er verlangte nach mir. Ich schenkte ihm zehn Minuten lang meine ganze Aufmerksamkeit, so wie ich das in der verschneiten Nacht im Shop Hop getan hatte. Aber an diesem Abend war das nicht genug. Er wollte seine Gutenachtgeschichte.

»Janir, das ist meine Party. Sie findet nur ein einziges Mal im Jahr statt. Darf ich nicht einmal diese eine Nacht für mich haben?«

Janir klammerte sich an mich. Er sagte kein Wort, wollte aber nicht loslassen. Ich trug ihn nach draußen und marschierte mit ihm über die Wiese, über das feuchte, gemähte Gras. Aus der Ferne sah das Haus wie ein Schiff aus. Licht ergoß sich aus jedem Fenster, und noch in fünfzig Metern Entfernung ließen die riesigen Boxen den Boden erzittern.

»Na gut«, sagte ich, »ich werde dir eine Geschichte vorlesen.«

Ich trug ihn durch die Menge, die Treppen hoch und auf mein Bett. Mein ganzer Körper vibrierte noch im Rhythmus des Rock'n Roll. Janir glitt aus seinem Hemd und seinen Hosen und schlüpfte unter die Decke. Ich streckte mich neben ihm aus und nahm das Buch, das wir gerade lasen: ›Der kleine Prinz‹. Es war ein altes Exemplar, das mir schon als Kind gehört hatte, der Einband war abgenutzt und weich. Ich würde nur schnell meine Pflicht tun und ein paar Seiten vorlesen, dann schnell zurück zum Tanz. Die Geschichte war zwar sehr gut, aber mit Eric Clapton konnte sie nicht konkurrieren. Doch allmählich, völlig unerwartet, tat sie es doch. Janir lag an meiner Brust, während ich vorlas. Wir sahen uns die Zeichnung von dem kleinen Prinzen mit seinem einfachen runden Gesicht und den stacheligen Haaren an, wie er auf seiner Asteroidenwelt stand. Ich las das Kapitel, in dem der Fuchs erklärt, wie wichtig es ist, gezähmt zu werden und sich vertraut zu machen. Der kleine Prinz, sagt er, muß sich um seine Lieblingsrose kümmern. Der Fuchs ist schulmeisterlich, aber bezaubernd. »Es muß feste Bräuche geben«, sagt er. Nach einer Weile vergaß ich die Party, und Janir und ich wanderten gemeinsam durch die Geschichte. Sein Atem schlug gegen meinen Hals, und seine Finger, ohne sein übliches Bad ein klein wenig schmutzig, spielten mit meinem Ohr.

»Die Zeit, die du für deine Rose verloren hast, sie macht deine Rose so wichtig«, erklärt der Fuchs.

Als ich zum Ende des Kapitels kam, schloß Janir das Buch. »Du kannst jetzt runtergehen, Dad.«

»Bist du sicher?«

Er nickte und ließ sich auf das Kissen fallen. Ich gab ihm einen Kuß und stand auf, tauchte so langsam aus der Geschichte auf wie zuvor aus der Musik. Jetzt widerstrebte es mir, ihn zu verlassen und nach unten zu gehen. Die Party hatte sich verändert. Jemand hatte den Stereospieler ausgestellt – das war mir gar nicht aufgefallen –, und das Wohnzimmer lag fast im Dunkeln. Randy Light gab mit seiner Gitarre den Rhythmus an, während alle anderen mit Töpfen, Bongotrommeln, Taktstöcken, Waschbrettern und Maracas mithielten. Zwei barfüßige Tänzer sprangen auf dem Pinienholzboden auf und ab, und Michelle, immer die wildeste, hatte ihre Brüste mit dunkler Farbe angemalt und trug nichts weiter als einen Lendenschurz aus Fell. Kurz darauf war ich wieder ein Mitglied des Stammes, bewegte mich Schulter an Schulter mit den anderen, während ich auf eine gußeiserne Pfanne einschlug. Doch selbst in diesem Moment waren meine Gedanken noch halb bei Janir.

Ich hatte immer geglaubt, daß mich eine Frau retten würde: die mich in den Arm nehmen und küssen und mir all die Zuneigung geben würde, nach der ich mich sehnte. Aber die Frauen hatten kein allzu großes Interesse daran, mich zu retten. Sie hatten ihr eigenes Leben, ihre eigenen Kümmernisse, und am Ende war es mein Sohn – ein Kind, gegen dessen Empfängnis ich mich vehement gewehrt hatte – der mir am meisten über die Liebe beibrachte.

Zu Beginn eines Frühjahrs fuhr ich nach South Carolina, um einige Freunde zu besuchen. Janir war schläfrig und lag auf dem Rücksitz. Er fühlte sich nicht besonders, also ließ ich ihn schlafen – aber als ich in dieser Nacht in Charleston ankam, gelang es mir kaum, ihn zu wecken, und als ich sein Gesicht berührte, brannte es vor Fieber. Ich trug ihn ins Haus meiner Freunde und maß seine Temperatur: über vierzig Grad. Wir ließen ein kaltes Bad für ihn ein. Ich zog seine Kleider aus, aber er wollte sich nicht in das Wasser legen. Ich versuchte, ihn mit einem feuchten Handtuch abzureiben, aber Janir war im Fieberwahn und erkannte mich kaum. Er stand in der Wanne und schrie: »Ich *hasse* dich, ich *hasse* dich.« Es machte mir Angst, ihn so hysterisch zu sehen. Aber es dauerte nicht lange an. Ich zwang ihn in das Wasser, er brach in Tränen aus, und bald schon hatte ich ihn abgekühlt. Später ließ ich ihn ein paar Aspirin schlucken, und nach achtundvierzig Stunden war er wieder genesen.

Ich stellte mir vor, wie verletzt ich gewesen wäre, wenn Clarisa – nüchtern, angetrunken oder verrückt – mich so angeschrien hätte. Wahrscheinlich hätte ich mich umgedreht und wäre weggelaufen. Besser gesagt, ich hätte das *mit Sicherheit* getan. Aber eine solch erschreckende Szene traf mich bei Janir nicht so tief. Wenn er heulte und sagte, daß er mich hasse, konnte ich das mit einem Schulterzucken abtun, weil meine innere Sicherheit und mein Wohlbehagen nicht von ihm abhingen. Ich nahm einfach die Liebe, die er mir gab, wenn er sie mir gab. Ich wünschte, ich wäre im Umgang mit Clarisa so sicher gewesen.

Auf der Farm hatte ich eine zeitlose Welt erschaffen. Wenn ich von der rückwärtigen Veranda über das Tal blickte, war die gemähte Wiese das einzige Anzeichen menschlicher Anstrengungen. Die Stacheldrahtzäune waren überwuchert von Brombeersträuchern und Eschenahorn, das Gras um die Brunneneinfassung ging in Springkraut unter, und die heruntergekommene Hütte am Bach war schon vor langer Zeit unter wildem Wein verschwunden. Ich mochte diese Rückansicht der Farm und mähte die Wiese nur für Volley- oder Baseballspiele.

An Sommerabenden, wenn der Himmel bis neun Uhr hell blieb, war reichlich Zeit für ein Ballspiel nach dem Abendessen. Ich warf ein Hemd als Homebase auf den Boden, nahm meinen Handschuh hinaus zu einem kleinen Grashügel und warf Janir Bälle zu. Zuerst unter der Hand, dann darüber. Wir besaßen eine ganze Sammlung alter Bälle: abgenutzte Baseballbälle mit rissigem Leder und ausgefransten Nähten, ein paar Softbälle mit Grasflecken, Strandbälle, einen Wiffleball und ein paar unzerstörbare Raketen aus Hartgummi.

Janir stand gebückt über der Homebase mit seinem offiziellen Little League Aluminiumschläger. Die ersten Würfe unter der Hand nahm er mühelos; er schlug einige Grounders, einen Curveball zum Hügel und einige lange Bälle. Nachdem wir unsere zwölf Bälle verschlagen hatten, sammelten wir sie wieder ein und fingen von neuem an. Er traf seltener, wenn ich über der Hand warf. Ich zählte die Bälle und die Schläge, rief sie aus wie ein Sportreporter im Radio: »Zwei Bälle und zwei Strikes, wir sind jetzt mitten im fünften Inning. An der Homebase Harmon Killebrew, Jackie Robinson am zweiten Mal, der Pitcher ist Nolan Ryan.« Mein Baseballwissen war mangelhaft, ich setzte einfach wahllos irgendwelche Namen ein.

Plop, Janir schlug einen langen Ball in die Brombeersträucher neben dem Bach. Dann ein Pop fly, ein Grounder. Und dann – irgendwann mußte es ja passieren – ein Foul tip, der nach hinten losging und das Fenster traf. Er flog direkt durch eine der Scheiben und ließ Glasscherben auf das Fensterbrett regnen.

»Ein Strike«, rief ich, als ob ich nichts bemerkt hätte.

»Es war nicht mein Fehler«, meinte Janir.

Ich ignorierte ihn und intonierte mit Sportreporterstimme: »Der Oldtimer steht auf dem Hügel. Er zupft an seiner Kappe, wischt sich über die Brauen, spuckt Kautabak aus. Er scharrt auf dem Rubber, wartet, sieht den Läufer auf dem ersten Mal an.

Ein Ball und ein Strike. Nun holt er aus. Er tritt vor, schlägt zu und liefert.«

Mit diesen Worten schleuderte ich einen der Softbälle so hart ich nur konnte gegen die Ziegelmauer des Hauses, drei Meter neben der Homebase.

»Zwei Strikes!« rief ich.

»Gar nicht wahr«, erklärte Janir und schlug mit seinem Schläger auf die Homebase. Er weigerte sich, das ganze scherzhaft anzugehen. »Zwei Bälle und ein Strike. Und jetzt liefere mir einen richtigen Wurf.«

Ich warf ihm unzählige Bälle zu. Manche Bälle gingen verloren, und wir suchten nach ihnen in dem hohen Gras am Rand des Feldes. Der erste Ziegenmelker stimmte sein Lied an. Es hätte ein Sommerabend in Cooperstown sein können, dachte ich, vor hundert Jahren, denn außer Janirs Aluminiumschläger gab es nichts, was dies als das 20. Jahrhundert und nicht als das neunzehnte kennzeichnete. Das Haus hatte ein Schindeldach, und die traditionelle Ziegelarbeit zierten Bogenfriese, Palisadenblöcke und Eisenriegel. Die Elektrokabel waren alle unter dem Rasen vergraben. Es war kein Auto in Sicht, Möbel standen nicht auf der Veranda, nirgendwo gab es Plastik. Es war ein zeitloses Bild: ein Ziegelhaus, eine gemähte Wiese, ein Mann und sein Junge, die Ball spielen.

Und doch war ich nicht glücklich.

Janir schon. Er war ein urwüchsiges Kind, zehn Jahre alt. Er stand auf der Homebase und übte seine Schwünge. Er ging völlig in dem Spiel auf. Manchmal war ich ganz bei ihm ... dann wieder machte sich mein Geist auf Wanderschaft. Ich warf und jagte Bälle, wühlte in den Brombeersträuchern und zerkratzte mir die Arme. Ich hatte einen Sohn, und doch war ich einsam.

Vor einem Jahr hatte ich einen Fehler gemacht und alles vermasselt. Nach drei Jahren in Yellow Springs war Ellie nach Athens zurückgekehrt. Ihr Partner begleitete sie, aber sie sagte mir, daß diese Beziehung nicht von Dauer sein würde, und wir flirteten schon am ersten Tag unseres Wiedersehens. Ich mußte den Verstand verloren haben, aber ich konnte einfach nicht anders. Ich hatte immer noch das Gefühl, als ob die Liebe, die wir füreinander empfunden hatten, von mir genommen worden war, und nichts hatte sich zwischen uns verändert.

Als ich Natalia sagte, daß ich es mit Ellie noch einmal versuchen müsse, war ihre Warnung eindeutig: »Wenn du gehst«, sagte sie, »dann komm ja nie zurück.«

Schon drei Monate später war mir klar, daß ich einen Fehler begangen hatte. Ich war zu tief verletzt, als daß ich Ellie noch einmal mein Herz öffnen konnte, und ich glaubte nicht, daß sie ihren Partner wirklich verlassen würde. Schließlich zog ich mich zurück – doch da traf sich Natalia schon mit einem anderen und hatte mich ad acta gelegt. Ich war ein Idiot, und Natalia die ideale Frau: keß, schön und natürlich. All das wurde mir klar, als ich sie verloren hatte.

Ich hatte eine dumme Entscheidung getroffen und jetzt, in diesen einsamen Baseballnächten, mußte ich dafür bezahlen. Die Dämmerung ging über der Senke nieder, und die Sehnsucht nach einer Frau drohte mich zu überwältigen. Janir und ich spielten weiter, bis ich die Homebase kaum noch sehen konnte.

»Noch fünf Würfe, Dad.«

»Zwei.«

»Drei«, sagte er.

Ich warf den ersten Ball, er holte aus und schlug einen Ball parallel zum Boden; ich sah ihn erst, als er meine Schulter traf. Ich ließ meinen Handschuh fallen und sank auf die Knie. Janir rannte zum Hügel. Wir ließen die Bälle bis zum nächsten Morgen liegen, und im Haus verlangte er, daß ich mich hinlegte, damit er meine angeschlagene Schulter massieren konnte. Möglicherweise war es mir zuvor gelungen, meine Stimmung vor ihm zu verbergen, aber jetzt spürte er sie.

Nach seiner Gutenachtgeschichte legte ich mich allein auf mein Bett im oberen Stock und ließ meinen Blick über das Tal schweifen. Glühwürmchen schwirrten herum, und zwei Ziegenmelker sangen ein Lied. Ihre durchdringenden Schreie – einer im Wald und der andere näher am Haus – waren laut und schrill. Gab es schon jemals eine Werbung, die sich derart wiederholte?

Die ausdauernden Schreie hielten mich dreißig Minuten wach, vierzig, dann eine Stunde. Nie gab es auch nur die geringste Abänderung. Es war, als ob ich einer Platte mit einem lauten, unerbittlichen Sprung lauschte, die direkt vor meinem Fenster abgespielt wurde. Schließlich sprang ich aus dem Bett, rannte nach unten und ins Freie. Ich fand einen der Strandbälle und warf ihn in die Bäume am Fluß. Daraufhin gaben die Vögel Ruhe. Aber ich war noch nicht wieder im Haus, als sie schon von neuem begannen. Ich stand auf dem Rasen, nackt und wütend. Hätte ich ein Gewehr besessen, hätte ich ihnen das Licht ausgeblasen.

Ich trottete zurück in den oberen Stock und legte mich im Dunkeln hin. Ich war unglücklich. Ich hatte keine Frau, und ich gab niemandem mein Bestes, auch Janir nicht.

Obwohl ich mich nach einer Frau sehnte, wußte ich nicht, was ich mit ihr anfangen sollte, als schließlich eine auftauchte. Im darauffolgenden Jahr kam Annie Cole an einem Novembernachmittag an der Farm vorbei, als ich auf der Rückseite der Holzhütte eine Ziegelmauer errichtete. Es war die wärmste Zeit des Tages, und Annie trug nur Jeans und ein T-Shirt. Sie war die Art Mädchen, die man in College-Städten trifft: Sie war zweiundzwanzig, hatte genug von der Schule und wohnte umsonst in dem halbfertigen Solarhaus eines Bekannten. Sie war dünn, größer als ich, voller Ideale und Pläne, die Welt zu retten. Annie setzte sich neben mich auf den Boden, legte ihre Ellbogen auf die Knie, wie es die Männer in arabischen Ländern tun. Sie hatte Ägypten bereist.

»Arbeite ruhig weiter«, sagte sie. »Ich möchte zusehen.«

Ich spannte eine Schnur von einem Pfosten zum nächsten, die einfachste Form des Mauerns. »Und was machst du so?« fragte ich sie.

»Ich werde in meinem Haus noch erfrieren. Die Bretter sind noch nicht einmal miteinander verbunden. Aber was soll's. Ich fahre sowieso für einen Monat nach Baja.«

Sie wollte in einer Woche mit einigen Freunden losfahren und irgendwo am Golf von Mexiko ihre Zelte aufschlagen, besser gesagt, ihren Wohnwagen aufstellen. Sie würden in der Sonne liegen, angeln gehen und Wale beobachten. »Wir haben auch daran gedacht, ein Kanu mitzunehmen«, sagte sie.

»Das ist komisch«, meinte ich und sah über meine Schulter auf das rote Kanu, das am anderen Ende der Hütte hing. »Ich habe eines.«

»Möchtest du mitkommen?« fragte sie.

»Ich kann es dir ausleihen, wenn du möchtest.«

»Nein. Möchtest du mitkommen?«

Ich legte meine Kelle zur Seite. Seit einem Jahr kannte ich Annie. Im letzten Sommer hatten wir auf dem Markt Gemüse gegen Backwaren eingetauscht, und erst vor einem Monat waren wir im Doanville Stadion mit einigen ihrer Freunde Rollschuh gelaufen. Auf dem Heimweg hatten wir auf dem Rücksitz ihres Wagens sogar ein paar Küsse getauscht. Jetzt zauberte sie ein Lächeln auf meine Lippen.

»Würden wir uns ... ein Zelt teilen?« fragte ich.

»Ja.« Sie packte mich am Ärmel und zerrte ein wenig daran. Dann lachte sie.

»Glaubst du, wir würden es miteinander aushalten?«

»Ich denke schon.«

Ich war wie berauscht. Einen Augenblick lang gab ich mich der Vorstellung hin, wie wir beide an dem mexikanischen Strand lagen, nackt in der Sonne, und wie die Wellen mit unseren Zehen spielten.

Annie langte nach meiner Kelle. »Darf ich einen Ziegel einmauern?«

»Klar.«

Sie legte zuviel Mörtel auf, glättete ihn und packte einen Ziegel darauf. Sofort wurde sie ernst. Wenn ihr langes Haar in den Weg geriet, wickelte sie es sich um den Kopf. Ich zeigte ihr, wie man den Ziegel festklopft und ihn gerade ausrichtet. Sie legte einen zweiten auf, dann einen dritten.

»Weißt du, daß ich ein Kind habe?« fragte ich.

»Natürlich. Janir. Ich habe ihn auf dem Markt getroffen. Er ist ein toller Junge.«

»Und ich sorge für ihn. Die ganze Zeit.«

»Was ist mit seiner Mutter?«

»Die ist irgendwie verrückt.«

Annie sah auf. »Wir sind doch alle irgendwie verrückt, oder nicht?« Ich erzählte ihr die Geschichte mit dem LSD.

»Whow«, meinte sie. »Das ist allerdings abgedreht. Aber gibt es denn niemanden, der sich eine Zeitlang um ihn kümmern könnte?«

»Einen ganzen Monat lang?«

Sie sah mich an, nickte bedächtig und legte die Kelle auf die Mauer. Das würde nicht gehen, das sah sie ein. Ich lehnte mich vor und küßte sie auf die Wange, aber der berückende Moment war vorbei, in dem ein schönes Mädchen einen kühnen Vorschlag macht und man sich nach Süden fahren sieht mit Leuten, die man kaum kennt, sieht, wie man über die Autobahn in Richtung Sonnenlicht und warmes Wasser rollt, Wein nippt und Annie Cole auf dem Bett im Wohnwagen küßt, während jemand anderes fährt und wieder ein anderer Avocado-Sandwiches zubereitet.

In dem Jahr, als Janir zwölf wurde, fuhr ich ihn und seinen Freund Jesse Dewees nach Vermont, wo sie vier Wochen in einem Ferienlager verbringen wollten. Irgendwo im ländlichen New York hielten wir an einem Marktplatz und kauften in einem Laden Limonade und einen Happen für unterwegs. Als wir zurück zum Wagen kamen, steckten die beiden ihre Köpfe zusammen und unterdrückten ein Lachen.

»Was?« fragte ich.

Sie wollten es nicht sagen.

»Was ist denn los?« beharrte ich.

Schließlich stieß Janir ein einziges Wort als Antwort heraus: »›Penthouse‹.«

»Habt ihr zwei einen Blick riskiert?«

»Kauf doch ein Heft«, sagte Janir. »Ja«, sagte Jesse.

»Ich soll das wirklich tun?«

Sie nickten eifrig.

Meine liberalen Theorien befanden sich plötzlich auf dem Prüfstand. Ich erinnerte mich noch daran,wie ich zwölf war und in meinem Schrank einen kleinen Stapel erotischer Aufnahmen aus einem Heft des ›Esquire‹ versteckt hatte. Damals waren sie zwar ziemlich erregend, aber im Vergleich zu dem, was heutzutage im ›Penthouse‹ veröffentlicht wurde, waren die Fotos von Frauen in einteiligen Badeanzügen mächtig zahm. Trotzdem ging ich zurück in den Laden und kaufte die Zeitschrift für die Jungs, und in der darauffolgenden Stunde fuhren wir in aller Stille. Die Jungen vertieften sich in die Hochglanzseiten, ihr Imbiß blieb unberührt, ihre Limonaden ungeöffnet.

Im Laufe der Jahre kaufte ich danach ›Freude am Sex‹ von Alex Comfort, ein Buch für Erwachsene mit dem Titel ›Changing Bodies, Changing Lives‹ und Sheila Kitzingers großartiges Buch ›A Woman's Experience of Sex‹ – und ließ diese Bücher ganz offen im Haus herumliegen. Mit Sicherheit boten sie einfühlsamere Darstellungen des Themas – aber ich zweifle, ob auch nur eines von ihnen dieselbe Wirkung hatte wie diese allererste Zeitschrift.

In dem Herbst, der dem Ferienlager folgte, besuchte Janir seine erste Tanzveranstaltung in der Middle School von Athens. Ich setzte ihn an der Sporthalle ab, erledigte meinen Wocheneinkauf im Supermarkt und fuhr wieder in die Innenstadt, um in einem mexikanischen Restaurant zu Abend zu essen. Ich trödelte mit dem Nachtisch herum in dem Versuch, die Zeit totzuschlagen, als plötzlich eine alte Freundin, Rose Dikas, in meine Nische glitt. Rose und ihr Ehemann hatten eine Tochter, ein besonders reizendes junges Ding, und für sie war jedwede Romanze noch Lichtjahre entfernt. Aber als Rose hörte, wo Janir sich aufhielt, sprang sie sofort auf die Beine. »Das muß ich sehen«, sagte sie. »Komm schon.«

»Unter keinen Umständen, Rose. Ich kann nicht zu dem Tanz. Nichts auf der Welt wäre Janir peinlicher.«

»Dann gehe ich allein hinein und erstatte anschließend Bericht. Er wird es nie erfahren.«

Wir spazierten zur Schule, und ich drückte mich im Schatten herum, während Rose zur Sporthalle schlenderte und hineinging. Zehn Minuten später kam sie mit wehenden Haaren angelaufen, wild gestikulierend. Mit lauter Stimme rief sie: »Das *mußt* du dir einfach ansehen! Da drin brodelt rohe animalische Lust.«

»Rose, tu mir das nicht an.«

»Du mußt wirklich gehen. Das ist deine Pflicht als Vater.«

»Wenn Janir mich sieht, versinkt er im Erdboden.«

»Er wird dich nicht sehen, dazu ist es viel zu dunkel. Schlüpf einfach durch die Tür und halte dich im Schatten an der Wand.«

Sie hatte recht. Es war so dunkel, daß ich kaum die Kinder an den Tischen am anderen Ende der Sporthalle erkennen konnte. Die Musik war ohrenbetäubend, aber sehr langsam, als ob Black Sabbath eine Ballade aufgenommen hätte, und auf der Tanzfläche rotierten drei Paare langsam im Kreis wie ein Döner am Spieß. Jeder Junge hatte seine Hände auf den Hintern seines Mädchens gelegt, und ihre Hüften preßten sich aneinander. Es war schwer zu glauben, daß diese Kinder in Janirs Alter sein sollten.

»Und?« fragte Rose, als ich zu ihr zurückkehrte.

»Pure animalische Lust«, bestätigte ich.

Nach zehn Jahren in Athens war ich ein alter Hase auf dem Landwirtschaftsmarkt und verkaufte an zwei anderen Wochentagen an Restaurants und Supermärkte. Meine Felder brachten gute Ernte, ich arbeitete hart und effizient, ich kannte jeden einzelnen Abnehmer in der Stadt – und verdiente dennoch nicht mehr als fünf oder sechs Dollar die Stunde.

Ich kannte viele Leute in der Umgebung von Athens, die ein kleines Vermögen erwirtschafteten, indem sie Marihuana anbauten, und nicht wenige hielten mich für einen Narren, weil ich weiterhin das anbaute, was ein Freund »Dollar-Pflanzen statt Tausend-Dollar-Pflanzen« nannte. Auch wenn das Land voller Stoff war, so kam ich doch nie in die Versuchung, selbst welchen anzupflanzen. Ich hatte dieses Zeug seit Jahren nicht mehr geraucht. Außerdem war ich ein alleinerziehender Vater, der es nicht riskieren konnte, hinter Gitter zu wandern.

Im letzten Jahr hatte ich mit drei Zeitschriftenartikeln fast soviel Geld verdient wie mit sechs Monaten Feldarbeit. Ich schrieb seit sechs Jahren an meinem Roman und dachte, ich könnte ihn in einem Gewaltakt beenden. Ich wollte in Vollzeit schreiben und in einer Stadt leben, wo ich mehr Frauen treffen konnte. Ich teilte Janir mit, daß ich nach Boulder ziehen wollte. Er hatte keine Lust, seine Freunde, seine Schule und sein Fußballteam zu verlassen, in dem er jetzt als Stürmer spielte. Er diskutierte mit mir, aber nie besonders hitzig. Obwohl ich viel von ihm verlangte, war er alt genug, um zu wissen, daß ich ihm auch viel gab. Wir steckten da zusammen drin, und schließlich erklärte er sich einverstanden. Ich gab ihm dafür ein Versprechen ab: Wir würden nur dieses eine Mal umziehen, danach erst wieder, wenn er die High School hinter sich hatte.

Mein Freund Bruce flog aus Colorado ein, um beim Umzug zu helfen. Wir beluden sowohl das Auto als auch den Pickup bis zum Rand voll mit Büchern, Kleidern, Rädern, dem Kanu, meinem Computer und all meinen Disketten. Wir hatten jetzt 1984. An einem feuchtheißen Augustmorgen machten wir uns auf den Weg, ließen die Farm und ein Leben hinter uns, das alles gewesen war und doch nicht genug. Ich vermietete das Haus an einen Freund: Ich brachte es einfach nicht über mich, es zu verkaufen. Die Felder waren in einem einzigen unbestellten Jahr wieder von Timotheusgras, Eisenkraut und wilden Rüben in Besitz genommen worden. Die Luft war blau, und der Bach lag ausgetrocknet unter den knochigen Platanen. Als wir die Auffahrt hinunterfuhren, schlug Janir ein Buch auf. Ich konnte es nicht glauben: Er steckte seine Nase in ein Buch, während wir aufbrachen.

»Janir«, sagte ich. »Das war's. Wir gehen.«

Er sah sich kurz um, kraulte mein Ohr und sagte: »Ja.«

Janir hatte sich schon vor Monaten damit abgefunden. Obwohl er all seine Freunde verließ und das Haus, in dem er aufgewachsen war, zogen wir nun nach Colorado, wo er immerhin Skilaufen konnte. Ich bog auf die befestigte Landstraße und fuhr in Richtung Westen, und Janir kehrte zu seinem Stephen King zurück. Bruce folgte uns mit dem Pickup. Ich war völlig erledigt. Ich konnte nicht glauben, daß ich Athens nach zehn Jahren verließ: daß ich die Landwirtschaft aufgab, daß ich immer noch keine Frau hatte, daß ich einundvierzig war und wieder einmal umzog.

NEUNZEHN

In Boulder wohnten wir in der Wohnung über der von Bruce und seiner Freundin Susy, in einem Haus am Rande des grünen Gürtels um die Stadt. Es war ein kleines Zweifamilienhaus, umgeben von wilden Pflaumen, Zügelbäumen und Fliederbüschen, mit einer Miete, die sich seit den frühen Fünfzigern nicht erhöht hatte. Der einzige Haken war: Es gab nur ein Schlafzimmer. Ich nahm dieses Zimmer in Beschlag, um dort zu schreiben, und baute für Janir in einer Ecke des Wohnzimmers ein überdachtes Bett und einen schulterhohen Raumaufteiler, um ihm ein klein wenig Privatsphäre zu ermöglichen.

Obwohl wir nun kaum ein Drittel der Wohnfläche hatten wie auf unserer Farm in Ohio, erfanden wir neue Spiele, die dieser neuen Situation angemessen waren. Wenn Janir von der Junior High nach Hause kam, warf er seine Bücher auf sein Bett, schnappte sich den Volleyball und zerrte mich vom Computer weg. Er nahm sich nicht einmal die Zeit, in der Küche eine Kleinigkeit zu essen. »Los jetzt«, sagte er. »Hör auf zu schreiben, ich bin soweit.«

»Schuß-aufs-Ziel« war ein schnelles, aggressives Spiel zwischen der Couch und dem Raumaufteiler. Janir kniete mit dem Rücken zur Wand auf dem Teppich, und ich versuchte, den Ball an ihm vorbeizuschießen, um mir so einen Punkt zu holen. Die Regeln waren einfach: keine hohen Schüsse, der Ball durfte die Couch oder den Raumaufteiler berühren, Abprallpunkte waren fair und durften absichtlich erzielt werden.

Janir war furchtlos. Ein paar Schüsse trafen ihn im Gesicht – in der Hitze des Spieles unvermeidlich –, aber nie zuckte er bei meinem nächsten Versuch zusammen. Eines Nachmittags prallte der Ball von seiner Schulter ab, schoß durch das Fenster und zerschmetterte die Scheibe.

»Whow«, sagte er.

»*Ein Strike!*« rief ich.

Wir räumten die Scherben weg und spielten weiter. Am nächsten Tag kaufte ich eine Scheibe aus doppelt verstärktem Glas, setzte sie in das leere Fenster ein und sägte eine Sperrholzplatte zurecht, um das Fenster während unserer Spiele damit zu schützen.

Schließlich wurde dieser Wettstreit durch ein herrlich aggressives Spiel ersetzt, das in demselben beengten Aktionsradius gespielt wurde, allerdings mit einem Strandball. Wir standen nur wenige Meter voneinander entfernt und droschen den fünfunddreißig Zentimeter dicken Ball, versuchten, ihn an der Decke oder den Wänden abprallen und auf den Boden im Spielfeld des anderen aufsetzen zu lassen. Im Laufe der Monate wurde jede Regel nuanciert angepaßt. Die scharfen Kanten des Heizkörpers und des Kleiderschranks wurden mit Klebeband abgeklebt, um den Ball vor Schäden zu bewahren, und trotzdem lag unser Verschleiß bei einem Ball pro Woche.

Als Mitglied der Gegenkultur hatte ich versucht, mich für die neuen Spiele zu begeistern, bei denen keiner verliert. Aber ich fand sie langweilig. Wie immer zog es mich zu lebhaften Konkurrenzspielen. Im Fernsehen sah ich mir Football, Rugby und Eishockey an und segnete mit Janirs Faszination an diesen Spielen meine eigene mit ab. Obwohl wahre Gewalt nur von nachempfundenem Interesse für mich war – ich war nie in eine körperliche Auseinandersetzung verwickelt gewesen und mochte außerdem meine Zähne so, wie sie waren –, beobachtete ich voller Spannung, wenn ein Eishockeyspieler den anderen an die Bande drückte und die beiden ihre Handschuhe auszogen, um sich gegenseitig Knüffe zu versetzen. Hinter solchen Kämpfen lag eine Menge roher Emotionen.

Mir gefielen auch Janirs Zähne so, wie sie waren, von seiner neuen Zahnspange wunderbar in Form gebracht. Aber ich wußte, wie sehr ihn die Kraftproben faszinierten, die nach der

Schule stattfanden. Für gewöhnlich ging diesen Faustkämpfen eine Mund-zu-Mund-Propaganda voraus, und Janir sah sie sich immer an.

»Was ist mit dir?« fragte ich ihn eines Tages. »Wirst du jemals bei einem solchen Kampf mitmachen?«

»Dad, wach auf. Diese Kerle sind Idioten. Die kämpfen nur, weil es ihnen Spaß macht.«

»Hast du jemals gekämpft?«

»Klar. In Athens.«

»Wann?«

»In der siebten Klasse.«

»Mit wem?«

»Wir hatten eine kleine Gang«, erzählte er. »Wir rivalisierten mit Scott Dunphy und Shane Sullivan. Einmal machten wir Jagd auf Scott, weil er allein war, und plötzlich tauchte Shane auf. Shane war nicht groß, aber ein Raufbold, und er machte uns alle fertig. Dann sagte ich, er würde an Eselpimmeln nuckeln, da warf er mich in einen Müllcontainer und schlug Matt gegen einen Baum. Matt hat sich an der Hand verletzt, aber mir ist weiter nichts passiert.«

»Das hast du mir nie erzählt.«

»Nein.«

»Gab es noch andere Kämpfe?«

»Mit Shane. Nur ein paar.«

Er sah mich an, um meine Reaktion zu prüfen. Ich hatte seiner Geschichte nicht gerade mit Begeisterung gelauscht – aber es tat mir auch nicht leid, daß er ein paar Mal gekämpft hatte, oder zumindest nicht, daß er für sich eingetreten war. Janir war klein, so wie ich es mit vierzehn und fünfzehn gewesen war, und gerade in diesem Alter hatte ich in der Schule große Schwierigkeiten gehabt, zum Teil aufgrund meiner Angst.

Als Kind war ich immer klein gewesen. Im beschützenden Kreis meiner Familie war das nicht so wichtig, aber in der neunten Klasse wechselte ich zur Deerfield Academy und mußte auf eigenen Beinen stehen. In meinem ersten Jahr war ich von allen fünfhundert Schülern der kleinste. Ich war einen Meter fünfzig und wog zweiundneunzig Pfund, und dieser Tatsache war ich mir plötzlich überaus bewußt. Von meiner ersten Woche in Deerfield an spürte ich eine Gefahr, die ich in der Grundschule oder an der Junior High School nie so empfunden hatte.

Meine erste Verteidigungsstrategie bestand darin, mich unsichtbar zu machen. Ich ging so wie alle anderen, trug meine Bücher wie alle anderen unter dem Arm, paßte mich völlig den an der Schule üblichen Bekleidungs- und Verhaltensgepflogenheiten an. Ich wollte mich nicht durch das hervorheben, was mich so deutlich unterschied, meine geringe Größe, oder durch das, vor dessen Entdeckung ich mich fürchtete, meine Schüchternheit. Ende der Fünfziger war Deerfield eine konservative Schule, eingebettet in Traditionen. Wir hatten vierzehn Unterrichtseinheiten pro Tag, Lateinunterricht, ein hartes Sportprogramm und jeden Abend Hausaufgaben unter Aufsicht. Jackett und Krawatte waren bei allen Mahlzeiten sowie im Unterricht Vorschrift. Am Sonntag wohnten wir stets dem Gottesdienst in der Dorfkirche bei, und am Abend sangen wir Choräle in der Schulhalle. Unter der Woche versammelte sich jeden Abend die gesamte Schülerschaft, um allgemeine Verlautbarungen und die Moralpredigten von Frank Boyden zu hören, der seit fast fünfzig Jahren Direktor der Schule war. Mr. Boyden drängte uns zu »Fairplay«, »uns hohe Ziele zu setzen« und »uns unseres Erbes würdig zu erweisen.« Die Schule verkörperte eine Moral, eine Akzeptanz von Rechtschaffenheit und Ehre, die ich von Anfang an schluckte.

Unter diesem geordneten Anstrich legten die Schüler die übliche pubertäre Hackordnung fest. Nach der Hälfte meines ersten Jahres marschierte einer der beliebteren Jungen der Klasse, Tony Barlow, regelmäßig in mein Zimmer, um mir nach den Hausaufgaben etwas zuzusetzen. Zuerst gab er sich fast freundlich.

»Hallo, Alter. Na, hast du dein kleines Leben gut im Griff?«

Er zwickte mich für gewöhnlich in die Ohren, setzte sich an meinen ordentlichen Schreibtisch und durchwühlte die Schubladen. Er öffnete eines meiner Unterrichtshefte und kritzelte in meinen Mitschriften herum: »Thorny ist eine Fummeltrine«

oder »Lehrers Liebling.« Er versetzte mir einen Stoß in die Rippen, dann nahm er mich in den Schwitzkasten.

Eines Abends nahm Tony Kampfhaltung ein und sagte: »Los schon, Baby, laß uns ein paar Runden boxen.« Er wußte, daß ich Angst hatte. Kämpfe war ich nicht gewöhnt, und ich wußte nicht, wie man das macht.

»Komm schon«, sagte er. »Schlag zu. Ich steh einfach nur da. Ich werde mich nicht einmal bewegen. Schlag mich einfach.«

»Ich werde dich nicht schlagen.«

»Wie? Hast du Angst, du könntest dir die Hand verletzen?«

»Laß dich von jemand anderem schlagen.«

Da zeigte er es mir. Er stieß mich auf das Bett, dann drehte er mir den Arm auf den Rücken und stieß mich mit dem Gesicht auf das Kissen, bis ich keine Luft mehr bekam. In Panik katapultierte ich vom Bett – nur um dann in Tränen auszubrechen. Tony ließ mich los. Ich glaube, es machte ihm Angst. Ich war fünfzehn, viel zu alt für einen Jungen, um noch zu weinen. Ich drehte mich um und stolperte in meinen Kleiderschrank, wo ich mich unter den wollenen Anzügen vergrub und haltlos schluchzte.

Beim Frühstück am nächsten Morgen sah ich die anderen Jungen an und fragte mich, wie viele von ihnen bereits von dem Vorfall gehört hatten. Ich hatte geweint. Eine größere Schande war undenkbar.

Ich erzählte das nie dem Aufsichtführenden oder dem Schlafsaalleiter oder meinen Eltern, denn einen anderen Schüler zu verpetzen wäre weichlich und verachtenswert, und ich versuchte doch, mich meines Erbes wert zu erweisen.

In meinem zweiten Jahr wurde alles nur noch schlimmer. Ich war immer noch der Kleinste an der Schule und unsicherer denn je. Obwohl ich in diesem Herbst fünfzehn wurde, stand mir die Pubertät noch bevor. Ich hatte die hohe Stimme eines Kindes, den Penis eines kleinen Buben und weder Scham- noch Achselhaare. All das zeigte sich Tag für Tag in der Gemeinschaftsdusche in der Sporthalle.

Wir alten Hasen – jene von uns, die schon in ihrem ersten Jahr an der Schule waren – waren in der Chapin Hall untergebracht.

Die meisten der Sportler, Schläger und Klassenhelden lebten im Erdgeschoß, während die fleißigeren und zurückhaltenderen Kinder im ersten Stock wohnten. Mein kleines Einzelzimmer am Ende des Korridors verfügte über ein Bett, einen Schreibtisch, einen Kleiderschrank und eine Tür ohne Schloß. Radios, Plattenspieler und Pinup-Fotos waren verboten. Chapin Hall war – wie der Rest des Schulgeländes – eine klösterliche Enklave, in die kein Mädchen seinen Fuß setzen durfte. 1958 war Deerfield noch dreißig Jahre von der Koedukation entfernt.

In diesem Jahr wurden zwei der härteren Jungen, Drew Desmond und Matt Lockridge durch irgendwelche Umstände dem ersten Stock zugewiesen. Vermutlich verabscheuten sie dieses Exil und ließen deshalb ihren Groll an den schwächeren Schülern aus, mit denen sie nun zusammenwohnten. Nach den Hausaufgaben am Abend hörte ich die ersten bösen Omen: schlurfende Schritte ein paar Türen entfernt, dann leise Stimmen im Korridor. Matt tauchte an der Tür zu meinem Zimmer auf und zog meinen Freund Nick am Ohr hinter sich her, der fast vornübergebeugt ging. Nick war ein knochiger Junge, ein Querfeldeinläufer, und keiner von uns beiden wog mehr als hundert Pfund.

»Meine Brille«, jammerte Nick. Seine Stimme klang hoch vor Schmerz. Matt zerrte ihn in das Zimmer, riß ihm die Brille von der Nase und stieß ihn auf das Bett.

Drew schlenderte hinter ihnen herein. Er hatte das Sagen. In einem offenen Kampf, dachte ich, hätte Matt Drew lässig besiegen können – aber so einfach war es nicht. Drew war klüger, einfallsreicher und sadistisch. Für gewöhnlich erschien er mit einem Lächeln, in amüsierter und gelassener Laune. Er packte mich an meinem Hemd, hob mich aus meinem Stuhl und verkündete freudig: »Mäusekampf! Macht euch bereit für einen Mäusekampf!«

Sie brachten uns in Kampfesstimmung. Matt nahm mein Bein in einen Schwitzkasten und drückte mich solange nach unten, daß ich schon fürchtete, mein Schienbein würde brechen. Drew packte Nick an den Haaren und ging auf ihn los, als ob Drew der Toreador wäre und Nick ein Stier ohne Hörner. Sie zwickten und malträtierten uns, drückten ihre Knöchel in unsere Kopfhaut. Sie schlugen uns aneinander, dann hielten sie mich nach unten und versetzten mir mit Nicks Hand einen Hieb ins Gesicht. Ich sagte kein Wort, und ich weinte auch nicht – ich würde *niemals* mehr weinen –, aber ich war nahe dran.

Ein paar Jungs sahen von der Tür aus zu. Der Flurvorsteher ließ sich nicht blicken. Nick und ich warfen uns einen verschwörerischen Blick zu: Diesmal würden wir uns weigern zu kämpfen. Wir waren Freunde, Sonntag nachmittags liefen wir immer gemeinsam über die unteren Wiesen. Diesmal würden wir nicht nachgeben, wir würden den Schmerz ertragen und schweigend leiden.

Aber sie machten solange weiter, bis sie mich brachen. Sie zwickten mich ins Gesicht. Sie nannten mich »Würstchen«. Sie knufften und sie schlugen mich, bis mir die Tränen in die Augen stiegen – und anstatt zu weinen, explodierte ich. Ich warf mich auf Nick, und sofort segelten wir über das Bett auf den Boden, während Schmerz und Frust überkochten. Jeder Kampf gestaltete sich gleich. Wir wollten einander nicht verletzen und setzten nie unsere Fäuste ein, aber wir nahmen einander panisch in den Schwitzkasten, mein Arm um seinen Hals und seiner um meinen. Fest verhakt drückten wir, so stark wir nur konnten, unsere schweißnassen Köpfe aneinandergepreßt. Jeder versuchte, den anderen zur Aufgabe zu bringen. Wir sogen gierig die Luft ein und schüttelten den Schmerz ab, wollten um keinen Preis verlieren.

Diesmal war ich der erste, der aufgab. Ich mußte nichts sagen, ich ließ einfach los, und es war vorbei. Gleich darauf war ich der elendigste Knirps der Schule, und diesmal war es Nick, der den Pseudobeifall von Matt und Drew bekam, als sie ihn durch das Zimmer trugen, seine dünnen Arme in vorgetäuschtem Triumph erhoben.

Nick und ich vermieden es, uns anzusehen. Am nächsten Tag würden wir wieder miteinander reden – aber nicht über den Kampf. Wir taten immer so, als ob das nie geschehen wäre.

Nachdem alle gegangen waren, schloß ich meine Tür. Niemand klopfte oder kam nach einem Mäusekampf herein. Meine Beine zitterten, und meine Arme waren so schlaff wie ein Stück Tau. Gefühle der Scham schwebten wie dicke Staubflocken durch die Luft. Ich schloß die Augen und atmete tief ein. Ich lag auf dem zerwühlten Bett und ließ mich bis an den Rand der Tränen treiben – aber ich weinte nicht.

Obwohl ich mir Janir nicht als Raufbold wünschte, habe ich ihm zweifelsohne jahrelang dieselbe unterschwellige Botschaft zukommen lassen: Sei kein Feigling, das funktioniert nicht, steh für dich ein, wenn du mußt. Und offenbar hat er verstanden, was ich meinte, denn er war immer schnell dabei, sich zu verteidigen, mit seinen Freunden gleich welcher Größe zu ringen, bei einer Auseinandersetzung auf dem Fußballfeld mitzumischen und die steilsten Skiabhänge hinunterzufahren – obwohl er zu den kleineren Kindern gehörte.

In den Weihnachtsferien begleitete ich einmal sein Skiteam als Aufpasser bei einem fünftägigen Abfahrtswettbewerb am Powderhorn. Dort warfen sich die Kinder in ihre Helme und hautengen Skianzüge, um an einem Rennen teilzunehmen, das in Hundertsteln von Sekunden gemessen – und bisweilen entschieden – wurde. Nachts im Motel spielten sie ein Spiel namens »Schlacht Royal«, das stets Janir anzettelte. Er kitzelte Ian, der sich Randy packte, der dann auf Matt fiel, der wiederum Dave zu Hilfe rief. Bald hatte sich jeder Junge des Teams auf den Haufen zwischen den beiden Betten im Zimmer geworfen. Sie drückten einander und trommelten auf sich ein, verschwanden in der rollenden Masse aus Gliedmaßen und Rümpfen, tauchten halb zerquetscht auf, schüttelten sich und rollten über eines der Betten wieder auf den Haufen zurück. Dieser urzeitliche Ritus dauerte manchmal vierzig Minuten.

Die meisten Jungs wurden körperlich auf die Probe gestellt. Wenn sie Teil des Teams werden wollten, mußten sie sich an den Raufereien beteiligen. Sie mußten kämpfen oder zeigen, daß sie keine Angst davor hatten. Sie mußten auf Skiern von einem zwei Meter hohen Felssims springen, dann von einem drei Meter hohen Vorsprung, dann von einem viereinhalb Meter hohen. Im Sommerferienlager in Vermont mußten sie von der Spitze eines Granitsteinbruchs in dunkles Wasser tauchen. Sie mußten Motorroller fahren, später Motorrad. Sie mußten mit dem Bungeeseil oder dem Fallschirm springen oder auf gefährlichen Gewässern paddeln. Der Druck war immer da. Als Teenager wurde mir dieser Druck manchmal zuviel – doch Janir ging leichter damit um. Er fühlte sich in seinem Körper völlig wohl und begrüßte jede neue körperliche Herausforderung. Skilaufen war der perfekte Sport für ihn, sowohl die technischen Anforderungen beim Slalom als auch die Spannung bei der Abfahrt. Das Lake Eldora Skiteam, das im September mit dem Trockentraining begann und erst Mitte April mit den Rennen aufhörte, wurde zum Mittelpunkt seines gesellschaftlichen und sportlichen Lebens. Ich war zwar selbst mit Skiern aufgewachsen, hatte jedoch schon vor Jahren mein Interesse an diesem Sport verloren. Er war mir zu modisch, zu elitär, zu teuer. Doch weil Janir nun so begeistert darin aufging, fing auch ich wieder damit an. Mittlerweile war es sogar noch teurer: Außer den Trainingskosten gab es die Kosten für Motels und Reise, Liftgebühren und Unmengen an Ausrüstung. Janir besaß Slalomskis, Riesenslalomskis und Abfahrtskis. Jedes Jahr, spätestens jedes zweite, wurden die neuesten Modelle angeschafft. Er hatte Stiefel, Bindungen, Stöcke, Skitaschen, Handschuhe, Mützen, Helme, Brillen, Skiwachs, Parkas, wattierte Pullis, Abfahrtsanzüge und Thermo-Unterwäsche. Eines Tages beklagte ich mich über die Kosten bei Don Gini, dessen vier Kinder allesamt das Lake Eldora Programm durchlaufen hatten. »Sehen Sie es doch mal so«, sagte er, »wollen Sie lieber 10000 Dollar für's Skifahren ausgeben oder für einen Anwalt?«

Wahrscheinlich hatte er recht, denn unsere Kinder waren viel zu beschäftigt, um an Drogen oder Diebstahl auch nur zu denken. Sie trainierten hart – vier Tage die Woche in der Junior High und sechs in der High School –, und Skirennen waren ein wichtiger Teil ihrer Identität. Sie waren ein Team, eine verschworene Gemeinschaft, kannten alle Kniffe, den Fachjargon, die besten Abfahrten in jedem Skigebiet, die Stars im Weltcup. Viele Kinder im Team, einschließlich Janir, verdienten sich internationale FIS-Punkte. Obwohl Tausende von Läufern zwischen Marc Ghiradelli oder Alberto Tomba und Janir lagen, standen sie doch auf derselben Computerliste.

Jedes Jahr organisierte das Lake Eldora Team einen Zwillingsslalom zwischen den Teammitgliedern und ihren Eltern. Ich schlug Janir in seinem ersten Jahr im Team, und im zweiten Jahr war es eng an eng. Im dritten Jahr drängte ich mich über die Startschwelle, und nach den ersten Toren schien ich in Führung zu liegen. Ich war am Gewinnen, ich war am Gewinnen! Doch nur, weil Ian Gini am Start in allerletzter Sekunde Janirs Bindungen gelöst hatte. Janir brauchte einen Moment, um sie wieder einrasten zu lassen, und daher holte er mich erst auf halber Strecke ein. Ich hörte, wie er näherkam, seine Schwünge gruben sich in den festen Schnee. Wie ein Blitz schoß er an mir vorbei, berührte jede Stange und streckte sich zur elektronischen Zieleinlauferfassung aus.

Wie gut es doch war, geschlagen zu werden: wie großartig für uns beide. Ich kam am Ende der Strecke zum Halten, lehnte mich auf meine Stöcke und schnappte nach Luft. Ich konnte immer noch das Echo von Janirs schneidigen Schwüngen hören. Er glitt zu mir herüber und legte mir seine Hand tröstend auf den Rücken. »Ziemlich gut. Dad. Aber du mußt deine Schultern straffen. Vielleicht im nächsten Jahr.«

Ob zum Guten oder zum Schlechten, eines ist in unserer Kultur tief verwurzelt: Jedes Kind muß in irgendeiner Sache glänzen. Die Kids müssen sich hervortun und anerkannt werden – sei es im Sport oder in der Musik oder am Computer oder beim Studium von Eidechsen: Sie müssen Anerkennung erfahren.

Janir wählte das Skilaufen, das wie so viele Sportarten mit Haltung und Einstellung und großtuerischem Aufspielen verbunden war. Aber ich setzte dem nie einen Riegel vor, ich stellte mich sogar hinter ihn. Wann immer er und seine Freunde mit Skilaufen ihr Ego aufblähten, ermutigte ich sie. Ich liebte es, wenn sie sich brüsteten, liebte ihe Großspurigkeit: ihre Tollkühnheit, ihre prahlerische Sprache, ihre Rap-Songs, die sie von den schwarzen Stars auf MTV abgekupfert hatten und die davon handelten, wie reich und sexy und mächtig sie waren. Ich glaube, Kinder brauchen das. Ihre Sprache besaß auch eine gewisse Lyrik. Janir und sein Freund Randy Curtis erfanden eine eigene prahlerische Kunstsprache in Reimen namens »Schlunzen«, und Janir sprach zu Hause oft in dieser Rap-Sprache.

Als ich eines Abends das unordentliche Aussehen seiner Mathematikhausaufgabe kritisierte, sprang er auf einen Stuhl und riet mir, mich zurückzuhalten: »Weiche von mir, Schlange, weil ich sonst zu schrei'n anfange. Hör mich an, Mann. Hier spricht der waaahnsinnig große Meister, der beste von allen, legst du dich mit mir an, dann wirst du tief fallen. Ich zieh die Luft ein und werd ziemlich groß, dann hast du nichts zu lachen, denn ich versetz dir einen Stoß. Ich siege immer und verliere nie, leg dich nur nicht mit mir an, sonst hau ich dir aufs Knie. Ich bin der Beste weit und breit, hab für's Bravsein keine Zeit. Also zieh dich bloß zurück, sonst ist's aus mit deinem Glück.« Was für ein gewaltiger Haufen an Muskeln und Humor! Einige der Ausdrücke wie »Ich zieh die Luft ein« oder »dann hast du nichts zu lachen« waren Skijargon für Eingeweihte. »Ich siege immer und verliere nie« war ihr großes Dogma. Die spontanen Reime wurden von der Gestik der Schwarzen in den Großstädten begleitet, und sein Rap endete, indem er sich vom Stuhl auf die Couch warf.

»Nur noch eine Sache«, verkündete Janir zwanzig Minuten später, nachdem er seine Zähne geputzt hatte, »das wär das Umarmen im Bett. Wenn du das versäumst, kriegst du weg dein Fett.«

Was für ein Maulheld. Also gut, er war schlecht bis auf die Knochen, und ich würde in ernsthafte Schwierigkeiten kommen, wenn ich nicht sofort zu ihm eilte und ihm seine Umarmung im Bett verpaßte.

Von der Uhrzeit einmal abgesehen, hatte sich sein Zubettgehritual in den Jahren kaum verändert. Ich las immer noch jeden Abend etwas vor, allerdings jetzt aus ›Papillon‹, Gedichte von

Maya Angelou, Peter Freuchens ›Vagrant Viking‹, Roger Angells Bücher über Baseball, Krimis von Susan Dunlap und Thriller von Thomas Harris. In seinem ersten Jahr in der High School legten wir uns abends Seite an Seite ins Bett, lasen jedoch jeder für sich: Er las Nelson DeMille und ich Ellen Gilchrist.

Als kleiner Junge war Janir oft nach einem Alptraum in mein Bett geklettert und hatte dort weitergeschlafen. Sogar in der High School wachte er manchmal aus einem Alptraum auf und stolperte im Dunkeln in mein Zimmer.

»Alptraum«, murmelte er.

Ich wachte auf und machte ihm Platz, umarmte ihn und legte mich neben ihn, während er wieder einschlief. Ich war mir seiner Größe, seiner Masse bewußt. Ich dachte an die lange Reihe von Gutenachtritualen, die wir beide schon gemeinsam durchlebt hatten. Das änderte sich natürlich, wie sich ja alles ändert. Im letzten Jahr auf der High School lasen wir zwar immer noch vor dem Einschlafen, aber jetzt getrennt, jeder in seinem Bett. Er war langsam erwachsen und bereit, in die Welt zu ziehen, und ich war allmählich bereit, ihn ziehen zu lassen.

Als Janir jünger war, hatten mich unzählige Eltern vor den quälenden Jahren gewarnt, die noch vor mir lagen. Die meisten Leute betrachteten die Pubertät als eine Art Armageddon, eine Schlacht, die man nur verlieren konnte. Aber als diese Jahre kamen, fand ich sie erquickend. Ich erzählte jedem, wieviel einfacher es war als damals, wie Janir noch vier oder fünf war, und wieviel Spaß wir jetzt hatten.

»Klar«, sagten sie und schlüpften flugs durch ein Hintertürchen. »Weil du einen Jungen hast. Jungs sind ein Zuckerschlecken im Vergleich zu Mädchen.«

Mit einer Tochter wäre mein Leben sicher anders verlaufen. Ich bezweifele, ob wir gerungen oder so viele Spiele gespielt hätten – aber vielleicht hätten wir uns öfter unterhalten. Obwohl Janir und ich uns nahestanden, sprachen wir nur selten über unser Gefühlsleben. Sex und Liebe waren besonders heikle Gesprächsthemen, und manchmal machte ich mir Sorgen, daß meine eigene schwierige Geschichte mit Frauen ihn möglicherweise dazu bewegt hätte, das Thema zu umgehen.

An Thanksgiving lehnten wir einmal eine Einladung zu einem Erwachsenenessen ab, von dem ich wußte, daß es Janir langweilen würde. Statt dessen fuhren wir zum Red Lion und speisten zu zweit. Obwohl ich jeden Abend zu Hause kochte, hatte ich kein Händchen für Geflügel oder Braten. Wir saßen in einem der holzgetäfelten Räume des Restaurants, ein paar Meilen den Boulder Canyon hinauf, und die Fenster strahlten eine eisige Kälte ab, als die Nacht früh von den Bergen herabfiel. Eine große, lärmige Gruppe trank und prostete sich an einem Tisch in der Mitte des Raumes gegenseitig zu. Sie hatten so viel Spaß, daß wir anderen das Gefühl bekamen, ausgeschlossen zu sein.

Ich erzählte Janir uralte Kamellen darüber, was sein Onkel Al und ich als Kinder durchmachen mußten, über unsere Qual bei den steifen Thanksgiving-Festessen in Jackett und Krawatte bei meiner Tante und ihren Ehemännern. »Das war damals, als Kinder sich noch zu benehmen hatten«, erläuterte ich. »Damals, als man sie sehen, aber nicht hören durfte. Damals, in der Zeit vor den Videospielen, vor Zehngangfahrrädern, ja noch vor dem Hulahoop.«

»Ja, ja«, lachte er, »als du jeden Tag fünf Meilen durch einen Schneesturm zur Schule laufen mußtest, hin und zurück immer bergauf.«

»Genau, in der Wildnis von Connecticut.«

»Dad, du bist so ein Grützkopp.«

Das Essen wurde serviert, und eine Zeitlang aßen wir schweigend. Über den letzten Resten des Truthahns versuchte ich dann, ihn auszuquetschen, wie es in der Schule lief und in seinen Freundschaften. Die Richtung meiner Fragen war vorhersehbar. Ich wollte wissen, wie er sich so fühlte.

»Gut«, war alles, was er sagte. »Alles in Ordnung.«

Ich drängte ihn. »Wie ist es mit Mädchen? Gibt es Mädchen, die du besonders magst?«

»Dad«, zischte er. »Merkst du nicht, daß ich nicht über meine Gefühle reden möchte?«

Ich schmollte. Die lärmige Partygesellschaft war bei Champagner angelangt, und der Kellner brachte ihnen zwei weitere Flaschen. Schließlich tat ich ihm leid. »So bin ich einfach«, sagte er.

Mehr als einmal hatte er in diesem Jahr einen humorvollen Rap zu diesem Thema aufs Parkett gelegt, den er mit seinem Freund Randy geschrieben hatte und zu dem auch die folgenden Zeilen gehörten:

> Ich mag gebroch'ne Herzen nicht, Emotion oder Gefühl,
> aber wenn es um Liebe geht, gehört das eben mit zum Spiel.

Ich dachte, daß er in dieser Hinsicht einfach schüchtern war, so wie ich es in Gegenwart meiner Eltern gewesen war. Trotzdem war ich enttäuscht. Ich hatte zwanzig Jahre lang gelernt, wie man über seine Emotionen spricht, und nun zeigte mein Sohn kein Interesse daran. Ich war davon ausgegangen, daß es eine Weiterentwicklung geben würde, daß es ihm nach all meinen Kämpfen leichter fallen würde.

»Es ist schon erstaunlich«, sagte ich, »ich habe einen Sohn und einen Vater, die absolut gleich sind.«

»Tja«, erwiderte er ganz nüchtern, »und mein Sohn wird wahrscheinlich genauso sein wie du.«

Mein erster Roman wurde 1989 veröffentlicht, und da befand ich mich schon mitten in der Arbeit an meinem zweiten Buch, ›The Potato Baron‹. Obwohl ich kaum qualifiziert schien, ein Buch über eine zwanzigjährige Ehe zu schreiben, fiel mir der Roman leicht. Ich glaube, das lag an Janir, denn unser gemeinsames Leben erforderte, insbesondere als er älter wurde, dieselben Zugeständnisse und Kompromisse wie eine Ehe, dasselbe Jonglieren von Bedürfnissen und Ansprüchen. Es gab auf beiden Seiten eindeutige Grenzen, und manchmal stritten wir uns, schrien uns sogar an. Eines meiner Kümmernisse war die Wäsche. Ich hatte sie noch nie gern gemacht, und als Janir älter wurde, versuchte ich, einen Teil der Arbeit auf ihn abzuladen. »Du bist jetzt in der High School«, erklärte ich. »Du bist alt genug, um dich selbst um deine Wäsche zu kümmern.«

»Hast du denn deine Wäsche gemacht, als du in diese stinkvornehme Schule gegangen bist?« fragte er. »Außerdem habe ich noch Hausaufgaben. Du willst doch, daß ich auf's College gehe, oder?«

Er war immer schon ein Schlingel. Und er wußte, daß ich ein weiches Herz hatte, daß ich den Großteil des Haushalts erledigte, damit er frei sein konnte. Ich verstand die Männer, die ihre Frauen bedienten, oder Frauen, die ihre Männer bedienten.

Manchmal stieß ich allerdings an meine Grenzen. Einmal wusch ich vier Waschmaschinenladungen, hängte die Wäsche zum Trocknen auf den Balkon, brachte sie wieder in die Wohnung und teilte sie auf. Ich legte meine Sachen zur Seite und häufte Janirs auf die Couch.

»Alles sauber«, erklärte ich, als er vom Fußball nach Hause kam. »Du kannst deine Sachen jetzt aufräumen.«

Er hatte zu tun, mußte Hausaufgaben machen. Seine Kleidungsstücke lagen auf einem Haufen am anderen Ende der Couch. Als er am nächsten Morgen zur Schule gegangen war, lagen sie immer noch dort. Das ärgerte mich, und als er nach Hause kam, fuhr ich ihn an: »Ich habe deine verdammten Klamotten gewaschen und getrocknet, jetzt räume du sie gefälligst auf.« Schweigend, lässig, nahm er seine Kleider und ließ sie auf das Fußende seines Bettes fallen. Dort blieben sie zwei weitere Tage liegen. Wir hatten hinsichtlich seines Bettes eine Vereinbarung getroffen: Er mußte es nicht machen, jedoch die Quiltdecke darüberlegen, damit ich nicht sehen mußte, daß es nicht gemacht war. Die Kleider waren nicht zu sehen, aber ich wußte, daß sie da waren. Am dritten Tag sagte ich: »Räum endlich die verdammten Sachen auf. Mir reicht's.«

Janir sprang genervt von der Couch auf. »Das ist mein Bett, und das sind meine Kleider, also laß mich in Ruhe.«

»Wie kannst du nur so leben? Du bist ein solches Dreckferkel!«

»Du nennst mich Dreckferkel?« Er packte mich am Arm und zog mich in die Küche. »Schau dir das an«, sagte er und nahm eine Gabel aus dem Abtropfständer. Die erste war sauber, aber in der nächsten fanden sich noch Essensreste. Er fand auch Flecken auf einer Tasse, dann auf einem Teller. Ich gebe zu, ich bin kein gründlicher Spüler: Ich bin schnell, aber nicht ganz so gründlich. Janir hielt mir den Teller vors Gesicht und zeigte auf den Fleck. »Sieh dir das an.«

»Ist ja gut«, sagte ich. »Dann spüle du doch ab. Du tust hier nie etwas, ich muß die ganze Arbeit machen.«

Er ließ den Teller auf den Boden fallen. Ließ ihn einfach los und zu Boden fallen. Es war ein Corelle-Teller, und Janir wußte, daß er nicht zerbrechen würde. Aber es ärgerte mich trotzdem maßlos, und ich stieß den Teller mit dem Fuß zur Seite. »Morgen beginnt hier ein neues Regime, und *du* bist dann der Tagelöhner. Du kannst die verdammte Toilette schrubben und staubsaugen.«

»Ich werde staubsaugen. Das kann ich sowieso besser als du. Diese Wohnung ist eine Müllhalde. Ich habe noch nicht einmal mein eigenes Zimmer.«

»Okay, du willst eine größere Wohnung? Hör mit dem Skilaufen auf, und wir geben das Geld für ein Haus aus. Zur Hölle, wir werden uns sogar eine Putzfrau zulegen.«

Er trat einen halben Schritt zurück. »Darf ich offen sagen, was ich denke?« Sein Gesicht war dunkelrot angelaufen. Ich wußte, was jetzt kam. Zögernd nickte ich.

»Fick dich ins Knie«, sagte er. Dann drehte er sich um und verließ die Küche. Immerhin hat er vorher gefragt, dachte ich.

Nur zwei Wochen später, an einem Samstagabend, ging ich mit ihm und einem Freund ins Kino. Dort trafen sie noch zwei Freunde aus der zehnten Klasse, und ich setzte mich auf die andere Seite des Ganges, um sie ungestört sich selbst zu überlassen. Nachdem die Lichter ausgegangen waren, stand Janir auf, als Dritter in seiner Reihe, kam zu mir herüber und flüsterte: »Dad, ich find's nicht gut, daß du hier so ganz allein sitzt. Wenn du willst, kannst du dich zu uns setzen.«

Ich tat es nicht, aber ich wußte dieses Angebot zu schätzen.

In seinem ersten Jahr an der Boulder High School besuchte ich all seine Fußballspiele. Mittlerweile war er ein schneller und entschlossener Spieler, eine Kraft, mit der man im Mittelfeld rechnen mußte. Doch er wurde nicht für sein Collegeteam aufgestellt, und der Trainer ließ ihn nur selten spielen. Ich wurde daraus nicht schlau, weil Janir eine ebenso gute Figur auf dem Feld machte wie alle anderen auch. Wenn das Spiel sicher schien und es auf nichts ankam, wechselte ihn der Trainer manchmal kurz vor Ende noch für drei oder vier Minuten ein.

Ich versuchte mein Bestes, mich aus der Teampolitik herauszuhalten. An einem Mittwoch im Oktober, mitten in der Saison, spielten sie gegen Fairview, der zweiten High School in Boulder. Janir wurde gegen Ende eingewechselt, aber seine Mannschaft verlor dennoch mit sechs zu zwei. Nach dem Spiel schloß er sich seinen Mitspielern in der langen Schlange an, in der sie ihre Gegner abklatschten. Er atmete von den wenigen Spielminuten immer noch schwer, aber sein Gesicht war wie versteinert.

Danach rief der Trainer seine Jungs zur Manöverkritik zusammen. Janir schloß sich ihnen nicht an, sondern nahm seine Tasche und ging, ohne mich eines Blickes zu würdigen, an mir vorüber. Seine Nagelschuhe hallten auf dem Betonboden. Er warf seine Tasche in unseren Wagen und setzte sich mit unbeweglichem Gesichtsausdruck auf den Beifahrersitz.

»Gehst du nicht zu der Besprechung?« fragte ich.

Keine Antwort. Ich stieg ein, ließ den Wagen an und fuhr nach Hause.

»So schlecht war das Spiel gar nicht«, meinte ich. »Die Hälfte davon war auf Fehler des Torwarts zurückzuführen.«

Janir starrte geradeaus. Aber ich war hartnäckig. »Ich glaube nicht, daß du bei dem Trainer etwas erreichst, wenn du einfach davonläufst. Alle anderen nehmen an der Besprechung teil.«

»Er ist ein Arschloch.«

»Ja, höchstwahrscheinlich. Aber wenn du spielen willst, mußt du dich mit ihm abfinden. Auch wenn du dich nicht danach fühlst, mußt du begeistert aussehen. Ich habe dich auf der Bank beobachtet, und die ganze Zeit hast du angeödet aus der Wäsche gesehen. Wenn ich Trainer wäre und einen Ersatzspieler reinschicken sollte, würde ich jemand nehmen, der eifrig wirkt. Das ist vielleicht nicht fair, aber so funktioniert es nun mal. Wie sonst willst du dein Können unter Beweis stellen?«

»Ja, toll, stell dich ruhig auf seine Seite.«

Ich war innerlich zerrissen. Ich wollte Janir davon überzeugen, wie die Welt funktionierte, daß Konkurrenz unvermeidlich war – und gleichzeitig haßte ich es, daß es nur ein einziges Collegeteam gab und die Hälfte der Jungen nie von der Bank kam. Als ich die finanziell gut ausgestattete Deerfield Academy besuchte, mußte ich zwar im Schlafsaal Demütigungen hinnehmen, aber es gab fast ein Dutzend Fußballteams, und sogar ein schüchterner und winziger Neuling wie ich durfte in einem Team mit einem Trainer, Uniformen und einem vollen Terminplan mit Heim- und Auswärtsspielen mitspielen. Gewinnen oder verlieren, ich liebte Konkurrenzkämpfe im Sport, und ich wollte nicht, daß Janir davon ausgeschlossen wurde.

Zu Hause ließ er sich auf die Couch fallen und zog seine Nagelschuhe, Socken und Schienbeinschützer aus.

»Ich höre auf«, erklärte er.

»Janir, das kannst du nicht. Wieviele Spiele gibt es noch?«

»Wir gewinnen nie, und er ist ein lausiger Trainer. Er weiß nicht die Bohne über Fußball. Er setzt mich in der Verteidigung ein, aber ich bin Stürmer, und das habe ich ihm auch gesagt. Im ersten Spiel habe ich als Stürmer *zwei* Tore erzielt. Und nach dem Spiel sagte er nur ›Du hast ein paar gute Gelegenheiten verpaßt‹. Im nächsten Spiel wechselte er jemand für mich ein, und jetzt komme ich überhaupt nicht mehr rein.«

Ich konnte es selbst nicht verstehen. War es nur Einbildung, daß der Trainer mehr mit den weißen Jungen spielte, während die dunkelhäutigen auf der Bank blieben? Doch einer der Stars war ein schwarzer Junge, ein Freund von Janir, der beide Hälften durchspielen durfte. Es gab Mexikaner, Vietnamesen und Kambodschaner im Team. Es war wirklich schwer zu sagen.

»Wenn du im nächsten Jahr im Uniteam spielen willst«, erklärte ich, »darfst du die Collegemannschaft nicht verlassen.«

Janir stand auf und warf seine Schienbeinschoner in die Ecke. »Ich scheiße auf das nächste Jahr. Ich bin zu jeder einzelnen verdammten Trainingsstunde gegangen und habe mir für zwei Minuten im Spiel den Arsch aufgerissen. Ich spiele besser als die Hälfte der anderen. Mir stinkt's bis obenhin.«

»Willst du es nicht einfach aussitzen? Du kannst doch nicht einfach aufhören.«

»O doch, ich kann.« Er stand vor mir, die Hände auf den Hüften, das Kinn hocherhoben. »Und weißt du auch, warum? Weil ich das tue, wozu ich Lust habe.«

Zwei Monate später ließ ich mir zwei Autoaufkleber anfertigen. Einer davon klebt jetzt auf der Rückseite meines Pickup:

Ich tue das, wozu ich Lust habe. – Janir.

ZWANZIG

In unserem ersten Jahr in Boulder stolperten Janir und ich per Zufall über eine Fernsehsendung zum Thema Schizophrenie. Schizophrenie war kein Begriff, den ich mit Clarisa in Verbindung brachte, obwohl ich wußte, daß sie genau daran litt. Ihre Krankheit war im Bundesstaat Kalifornien diagnostiziert worden, wo sie auch medikamentös und gelegentlich stationär behandelt wurde. Auch war sie manisch: auf und ab, aufgedreht und dann wieder mutlos. Als ich mir mit Janir die Sendung ansah, erwähnte ich Clarisa nicht, aber nach mehreren Interviews mit Leuten von der Straße, mit Patienten und verlorenen Seelen, die keinem Thema länger als zehn Sekunden folgen konnten, fragte Janir während der Werbepause: »Diese Typen sind genau wie Mom, nicht?«

»Einige von ihnen. Manchen scheint es auch noch viel schlimmer zu gehen.«

»Was ist Schizophrenie?«

Ich holte mein Wörterbuch und ging zurück zur Couch. »Eine psychotische Störung, heißt es hier?«

»Was bedeutet das?«

»Ich weiß es nicht. Ich glaube, das bekommen wir zu sehen, wenn deine Mom sich so merkwürdig verhält.«

»Ich hasse es, wenn sie das tut.«

»Wahrscheinlich liegt das an einem chemischen Ungleichgewicht im Gehirn. Die Ärzte erforschen das schon lange und wissen immer noch nicht, woran es liegt. Es gibt Medikamente dafür, aber ich weiß nicht, inwieweit die helfen.«

»Nimmt sie Medikamente?«

»Manchmal. Ich glaube, hin und wieder verkauft sie sie auch

und kauft sich LSD auf der Straße. Das ist das Schlimmste, was sie tun kann, aber wer sollte sie aufhalten? Man könnte sie höchstens einsperren, und das haßt sie. Nach einem Monat kommt sie wieder raus, und dann hat niemand sie mehr unter Kontrolle.«

Janir saß auf der Couch und starrte einen weiteren Obdachlosen auf dem Bildschirm an. »Ich wünschte, sie würde wieder gesund.«

Ich legte meinen Arm um seine Schulter. »Du weißt doch, sie liebt dich. Sie kann es nur nicht so gut zeigen. Sie ruft dich an, sie schreibt dir, sie besucht dich. Sie tut ihr Bestes.«

»Ja, ich weiß. Mach dir keine Sorgen, Dad, ich werde schon damit fertig.«

Jetzt, wo wir näher an San Francisco wohnten, besuchte Clarisa uns häufiger. Eines Morgens im Mai wachte ich auf, weil jemand durch mein Zimmer ins Badezimmer schlich. Ich richtete mich im Bett auf, noch im Halbschlaf. »Clarisa?« fragte ich.

»Ich bin mit dem Zug gekommen.« Sie schloß die Tür und drehte die Wasserhähne in der Badewanne auf.

Sie kam immer auf dieselbe Weise an – ohne die geringste Vorwarnung. Sie tauchte einfach auf und zog mit der Überzeugung bei uns ein, daß wir immer noch eine Familie waren. Auf gewisse Weise waren wir das auch. An jenem Morgen stand ich auf, ging ins Wohnzimmer und weckte Janir.

»Deine Mom ist hier«, sagte ich.

Er richtete sich rasch auf. »Wo?«

»Im Badezimmer.«

Er hörte das Rauschen des Wassers. »Was macht sie?«

Janir sprang aus dem Bett, schlich zur Badezimmertür und lauschte. Dann führte er mich in die Küche.

»Sag ihr nicht, wo meine Schule ist«, flüsterte er.

Nichts demütigt einen Fünfzehnjährigen mehr als seine Eltern. Ich war selbst schon schlimm genug – total out, abgefahren, überflüssig –, aber Clarisa war der pure Horror.

»Keine Sorge«, flüsterte ich zurück. »Ich werde ihr kein Sterbenswörtchen verraten.«

Als sie aus dem Badezimmer kam, lag ihr nasses Haar auf einem alten Samtkleid. Sie begrüßte Janir freundlich, mit einer herzlichen Umarmung, aber er hatte das alles schon früher erlebt und traute dem Frieden nicht. Für gewöhnlich folgte dieser Ruhe ein Sturm.

Während er frühstückte, werkelte sie am Herd herum. Auch das war typisch. Sie hatte ihre eigenen Tortillas mitgebracht, jetzt erhitzte sie eine direkt über der offenen Gasflamme und aß sie dann im Stehen.

»Clarisa«, fragte ich, »was ist mit deinen Zähnen geschehen?«

Sie lachte. »Ich habe sie verloren. Ich habe ein Gebiß, aber das mag ich nicht.«

Janir aß weiter, kaute steif auf seinem Müsli herum. Als er fertig war, wusch er die Schüssel aus, steckte seine Bücher in den Rucksack und ging hinaus, um sein Fahrrad loszuschließen. Clarisa folgte ihm.

»Wohin gehst du, Sohn?«

»Zur Schule.«

»Wo ist die?«

Janir ignorierte sie und warf mir einen finsteren Blick zu: Ich täte gut daran, den Mund zu halten. Fast unmerklich schüttelte ich den Kopf. Er schwang sich auf sein Mountainbike, sagte »Ich muß los, bin spät dran« und fuhr los. Dann bremste er, drehte sich um und sagte zu Clarisa: »Rühr meine Sachen nicht an.«

Sie sagte nichts, und er radelte davon. Hinterher saß ich bei einer Tasse Kaffee mit ihr in der Küche. Von ihren Zähnen einmal abgesehen, sah sie gut aus. Sie besaß immer noch ihr dichtes, dunkles Haar und hatte auch etwas zugenommen, was ihr gut stand. Schon erstaunlich, dachte ich, was der Körper alles aushalten konnte: Alkohol, Drogen, schlechtes Essen, Leben auf der Straße. Ich fragte sie, wie lange sie bleiben wollte.

»Drei Wochen.«

»Naja, wir werden sehen«, sagte ich. Mir war klar, daß wir einen so langen Besuch niemals durchstehen würden.

Clarisa machte den Herd wieder an – ich hatte die Flamme abgedreht, als wir Janir nach draußen folgten –, und verrührte ein paar Eier. Im Laufe von fünf oder zehn Minuten zog sich ihr Gesicht zusammen und ihre Bewegungen wurden abgehackt. Sie verlor vor meinen Augen die Beherrschung.

Schließlich schrie sie: »Wie lange kann ich bleiben?«

Ich wußte, daß ich nicht arbeiten konnte, solange sie im Haus war. »Wie wär's mit einer Woche oder zehn Tagen?«

Sie starrte mich wütend an. »Nur weil du Geld hast«, fauchte sie, »nur weil mein Gesicht braun ist, denkst du, er sei *dein* Sohn. Wo warst du denn, als ich ihn geboren habe? Du warst nicht einmal anwesend.«

»Ich wollte ja, aber man ließ mich nicht.«

»Ich bin seine Mutter.« Sie schlug sich mit der Faust an die Brust. *»Soy yo la mamá.«*

»Ja, und ich bin sein Vater.«

Sie fegte eine Tasse vom Tisch und zerbrach dabei den Griff. Jedesmal, wenn sie bei uns war, zerbrach sie irgend etwas, schlug etwas an, hinterließ eine Spur der Verwüstung.

»Hör auf, dich so verrückt zu benehmen«, sagte ich zu ihr. »Wenn du Janir für dich gewinnen willst, darfst du in seiner Gegenwart keine solchen Anfälle bekommen.«

Das funktionierte nie, aber ich tat es jedesmal: Ich versuchte, sie aus ihrer Irrationalität herauszureden. Sie stürmte ins Wohnzimmer, warf mir mit verzerrtem Gesicht einen wilden Blick zu, schnappte sich ihren Koffer und verließ abrupt das Haus. Die Tür knallte sie hinter sich zu. Sie läuft zur Bushaltestelle, dachte ich, und von dort zurück zum Bahnhof in Denver. Ich ließ mich auf die Couch fallen. Wie bitter das für uns alle war: für Clarisa, die sich nicht unter Kontrolle bringen konnte, für Janir, der eine so ungebärdige Mutter hatte, und für mich, der ich weder eine andere Frau finden noch mich von meinem Liebeskummer lösen konnte, der niemals endete. Ich versuchte, mich durch diverse Haushaltspflichten abzulenken. Ich spülte das Geschirr und reinigte den Herd. Dann hörte ich auf. Es war zu traurig. Ich zog meine Jacke an und rannte aus dem Haus. Vielleicht konnte ich sie noch abfangen, bevor der Bus kam.

Ich fuhr gerade die Auffahrt hinunter, als ich aus den Augenwinkeln zwischen den Mahagonibäumen, die den Bewässerungskanal am Haus säumten, etwas Weißes entdeckte. Ich hielt an, kletterte den Damm hoch und fand Clarisa, die ein Kleid in dem fließenden Wasser auswusch. Ihr Koffer stand offen, und einige nasse Kleider waren auf den Büschen ausgebreitet. Ich schüttelte den Kopf, parkte den Wagen und ging wieder ins Haus. Ich war traurig gewesen, hatte mir vorgestellt, daß sie verschwunden war, und nun war ich unglücklich, weil sie immer noch hier war. Ich schaltete den Computer ein, konnte aber nicht schreiben. Nach einer Weile kam Clarisa mit ihrem Koffer herein und machte sich auf der Couch ein Nest zurecht. Sie war still, wirkte ernüchtert. Sie sah fern, aß noch mehr Eier und Tortillas, und nach dem Mittagessen gingen wir spazieren.

Als ich am späten Nachmittag vom Jogging zurückkam, fand ich Janir wutschnaubend vor. Er war von der Schule heimgekehrt und hatte entdeckt, daß sein Plakat mit dem Autogramm des Skiläufers Phil Mahre nicht mehr an der Wand neben seinem Bett hing. Clarisa leugnete, es abgenommen zu haben, aber als er draußen im Mülleimer nachsah, fand er es – in Stücke zerrissen.

»Was zur Hölle ist das?« verlangte er zu wissen und hielt ihr die Schnipsel vor's Gesicht.

»Du brauchst dieses Poster nicht«, erklärte sie. »Du kennst diese Leute ja nicht einmal.«

In dieser Nacht kochte ich das Abendessen, das wir vor dem Fernsehgerät zu uns nahmen. Wir unterhielten uns kaum. Danach machte Janir seine Hausaufgaben, häufte anschließend seine Bücher auf seinen Schreibtisch und duschte wie jeden Abend. Während er im Badezimmer war, sah Clarisa sich seine Schulbücher an. In allen stand ordentlich: Boulder High School. Als er mit dem Duschen fertig war, hatte Clarisa sich bereits auf die Couch gebettet.

»Umarme mich«, bat sie, und er tat es. »Ich seh' dich morgen früh.«

»Ich seh' dich morgen früh«, erwiderte er.

Obwohl es erst halb zehn war, ging er zu Bett. Normalerweise hätten wir uns noch unterhalten, uns Geschichten erzählt, eine Partie Boggle am Küchentisch gespielt. Aber keiner von uns wollte Clarisa mit unserer gegenseitigen Zuneigung aufregen.

Als er am nächsten Morgen zur Schule aufgebrochen war, erzählte sie mir, daß sie in die Bibliothek wollte. Gut, dachte ich, dann kann ich ein wenig arbeiten, und sie könnte dort nicht groß in Schwierigkeiten geraten, denn das Personal war an Obdachlose und an merkwürdiges Verhalten gewöhnt. Clarisa borgte sich meinen Rucksack und verließ das Haus mit zwei meiner Hemden über ihrer Bluse.

Und das geschah:

Kurz vor Mittag marschierte sie in die High School, ging ins Verwaltungsbüro und erkundigte sich, wo sie Janir finden könnte. Trotz ihrer bauschigen Samthosen, ihrer drei Hemden, dem übertriebenen Rouge auf ihren Wangen und den falschen Wimpern, die wie ein stoppeliger Rechen nur über ihrem linken Auge hervorstanden, gab man ihr Auskunft. Zum Glück für Janir war gerade Pause zwischen zwei Unterrichtsstunden, und er entdeckte sie im Flur, bevor sie seine Klasse gefunden hatte. Er nahm sie am Arm und marschierte mit ihr die Treppe hinunter und aus der Schule hinaus, weg von allen, die er kannte. Er führte sie zum Radweg, dann bis zu uns nach Hause. Als Janir mir erzählte, was geschehen war, schlug ich vor, daß wir sie bitten könnten zu gehen. Er nickte zustimmend. Sie hatte das Unverzeihliche getan, und jetzt verbündeten wir uns gegen sie. In dieser Nacht teilte ich ihr nach dem Abendessen mit, daß sie abzureisen habe. Sie fing keinen Streit an, was es nur trauriger machte. Wieder legte sie sich früh schlafen, und am nächsten Morgen fuhr ich sie zur Union Station in Denver und setzte sie in den Zug nach San Francisco.

Schizophrenie ist vererbbar, und Janir trat nun – zumindest statistisch gesehen – in die zehn gefährlichsten Jahre für einen Ausbruch der Krankheit bei Erwachsenen ein. Ich beobachtete ihn unablässig: seine kleinen Depressionen, seine Wutanfälle, sein gelegentlicher Rückzug von Freunden oder der Schule. Auf mich wirkte alles normal. Ich erinnerte mich an meine eigene Jugend – im Vergleich dazu schien er viel ausgeglichener.

Im Herbst kehrte Clarisa zurück. Eines Samstagmorgens kam ich vom Supermarkt zurück und fand sie am Bewässerungskanal vor, wieder wusch sie Kleider aus. Sie sei »nur für eine Woche« gekommen, sagte sie. Ich kommentierte das nicht, nahm sie mit zu einigen Besorgungen und behielt sie im Auge. Es schien ihr gutzugehen. Als Janir vom Trockentraining nach Hause kam, nahm er ihre plötzliche Anwesenheit gelassen auf. Je älter er wurde, desto leichter fiel es ihm.

An diesem Abend gingen wir zum Essen aus, dann ins Kino. Clarisa saß im dunklen Filmtheater zwischen uns. Einen Teil des Filmes über fragte ich mich, ob sie eines Tages möglicherweise einfach aus ihren Schwierigkeiten herauswachsen würde. Das war durchaus möglich, auch ihre Tante Meches war nach dreißig sprunghaften Jahren wieder völlig normal geworden. Aber als wir auf dem Heimweg vom Kino in den Wagen stiegen, begann Clarisa auf dem Beifahrersitz vor sich hin zu murmeln und warf mir merkwürdige Blicke zu. Sie sprach Spanisch, dann Englisch, dann eine Mischung aus beiden.

»Das kannst du nicht tun«, sagte sie. »*No puedes*. Nicht mit mir, wenn du mich kennst. Es liegt an meinem Gesicht. *Nada, no saben*. Scheiße. Du hörst nicht zu. Du schaust einfach in den Fluß.«

Jetzt geht's los, dachte ich. Sie grummelte weiter, wurde immer unzusammenhängender, ihre Stirn war in Falten und zuckte. Ich sah zu Janir auf dem Rücksitz. Er hatte sich weggedreht und sah aus dem Fenster. Das haßte er mehr als sonst etwas.

»Gar kein Grund«, sagte sie. »*Son pendejos y no hay porqúe*. Morgen, morgen, sagt er, und nachts. Sie haben Drogen in Tassen und große Autos. Große *idiota* Autos, die riechen, und man weiß es nicht. *Man weiß es verdammt nochmal einfach nicht*.«

Ich trat auf das Gaspedal. Wir waren nur noch zehn Häuserblocks von zu Hause entfernt, und ich dachte, wir könnten es rechtzeitig schaffen, um den Sturm zu entschärfen. Aber es war zu spät. Sie saß steif auf ihrem Sitz, der Gurt war ihr von der Schulter gerutscht, ihre Hände krallten sich in das Armaturenbrett. Sie schrie und fluchte, und einen Moment lang fürchtete ich, sie könnte aus dem Wagen springen. Ich bog auf die University Avenue ab und fuhr im Schnellfeuer ihrer Worte immer weiter. Es gab keine Fluchtmöglichkeit, ihre Worte prasselten auf uns herab wie ein furioser Wolkenbruch, während Clarisas ganzer Körper zuckte und sie sich an den Haaren zerrte.

Ich fuhr langsamer und drehte mich zu Janir auf dem Rücksitz. Sein Gesicht war eine Maske. »Sie kann nichts dafür«, sagte ich.

Clarisa neben mir zuckte und brodelte immer noch, aber meine ganze Sorge galt Janir. »Es liegt nicht an uns«, erklärte ich, »es kommt aus ihrem Innern.« Er nickte mir kaum merklich zu. Wir ließen sie weiterzetern – und als wir vor unserem Haus vorfuhren, war es vorüber. Wir stiegen aus und gingen am Flieder vorbei hinein. Wir waren zum Essen und ins Kino gegangen, Clarisa hatte die Beherrschung verloren, und jetzt waren wir zu Hause. Ich holte Schokoladeneiscreme aus dem Kühlschrank, verteilte sie auf drei Schüsseln, und wir setzten uns vor das Fernsehgerät und aßen. Keiner sagte ein Wort, bis Janir ins Bett gegangen war. Er lag auf der anderen Seite des Raumaufteilers und hatte das Licht ausgeschaltet.

»Ich fahre morgen besser nach Hause«, meinte Clarisa.

Ich erwiderte nichts darauf – und auch Janir nicht. Ich wollte, daß sie ging, und ich bin sicher, er wollte das auch. Und doch: wie schäbig das war. Sie war sechsunddreißig Stunden mit dem Zug gefahren, nur um uns zu besuchen, und jetzt mußte sie dieselbe Strecke zurücklegen, und das alles nur für einen einzigen Tag: ein chaotischer Tag, an dem sie und Janir kaum miteinander gesprochen hatten. Es brach mir das Herz.

Ich hätte am liebsten ihr für alles die Schuld gegeben. Jedes Mal, wenn sie kam, fühlten wir uns furchtbar wegen ihr. Aber das machte es auch nicht besser. Sie saß auf der Couch, ohne ihre Zähne, ihre Hände auf den Knien, und wirkte klein und bemitleidenswert.

Ich ging ins Bett, ließ aber die Tür auf. Fast eine Stunde lang hörte ich, wie sie herumhantierte, etwas kochte, mit Papier raschelte, Janirs Kleiderschrank öffnete und schloß. Mir war klar, daß sie etwas von ihm suchte, das sie mitnehmen konnte, vorzugsweise etwas, was er getragen hatte. Sie tat das immer, ließ oft im Austausch einen verrückten Hut oder ein unnützes Kleidungsstück zurück. Mir war es egal. Sie durfte haben, was immer sie wollte. Ich würde ihm ein neues Hemd oder einen neuen Pulli kaufen, sobald wir feststellten, was fehlte. Wahrscheinlich würde sie das Erinnerungsstück binnen einer Woche verloren haben, aber das war auch recht. Ich lag im Bett und war traurig.

Am nächsten Morgen frühstückten wir drei zusammen, leise und umsichtig. Es war Sonntag, einer dieser herrlichen Oktobertage in Boulder, wenn die Dahlien noch in voller Blüte stehen, die Blätter sich gerade einfärben, die Luft windstill und milde ist. Wir fuhren mehr oder weniger schweigend nach Denver, gingen durch den Bahnhof und warteten neben den Gleisen auf den Zug. Die fernen Gipfel der Rockies waren schneebedeckt, aber der Stadt merkte man den Herbst kaum an. Der Bahnhof stammte noch aus einer früheren Epoche, und die trockene Luft war abgasfrei. Wir warteten und nahmen das herrliche Sonnenlicht in uns auf.

Der Zug fuhr mit viel Getöse und einem Stoß heißer Luft ein. Die Waggons waren staubig nach ihrer langen Fahrt durch die Prärie. Während des fünfzehnminütigen Aufenthalts wurde eine zweite Lokomotive für den Aufstieg in die Berge angekuppelt, und wir setzten Clarisa in ein fast leeres Großraumabteil. Ich war so unglücklich, daß ich sie kaum ansehen konnte. Sie war beinahe normal gekleidet – trug eine Bluse, einen Pulli und eine weitgeschnittene Hose –, und den ganzen Morgen über hatte sie sich so gut benommen, daß ich schon dachte, wir könnten sie wieder mit nach Boulder nehmen und versuchen, ob wir nicht doch ein paar ungestörte Tage zusammen verbringen könnten.

Die Schaffner kamen und stellten sich auf den Bahnsteig, noch ein paar Passagiere stiegen ein. Clarisa wandte sich an Janir. »Sorge dafür, daß deine Noten gut bleiben«, sagte sie. »Und geh viel an die frische Luft. Die Bergluft tut dir gut.«

Das war ein solch mütterlicher Rat, daß ich sie mit einer gewissen Sehnsucht ansah. Aber es war Zeit zu gehen. Die neue Lokomotive war angehängt. Clarisa streckte mir ihre Arme entgegen, und ich umarmte sie. Plötzlich fiel mir auf, daß sie und Janir sich in den vierundzwanzig Stunden, die sie bei uns verbracht hatte, nicht ein einziges Mal berührt hatten. Aber nun war der Weg bereitet. Sie wandte sich an ihn.

»Dame un abrazo, hijo«, sagte sie.

Und das tat er. Janir nahm sie in seine muskulösen Arme und umarmte sie zehn Sekunden lang fest. Als sie sich an ihn lehnte, beobachtete ich ihr Gesicht. Ihre Augen waren geschlossen, und ihre Stirn war endlich glatt. Sie hatte diese ganze Reise nur gemacht, um ihren Sohn zu berühren, ihn eine Sekunde lang zu umarmen. So wichtig war er ihr.

Sie führte ein so schmerzliches Leben. Sie trank, sie nahm Drogen, sie schlief in Parkanlagen oder auf Autorücksitzen, sie geriet in eine Auseinandersetzung mit jemandem in einer Bar, zerbrach eine Flasche und verspeiste die Glassplitter. Ein Krankenwagen kam und brachte sie in die geschlossene Abteilung eines Krankenhauses. Drei oder vier Wochen lang setzte man sie unter Medikamente. Aber sie haßte es, eingesperrt zu sein. Sie benahm sich vorbildlich und wurde schließlich wieder entlassen.

Sie brauchte einen Diktator, dachte ich, jemanden, der rund um die Uhr über sie wachte und der sicherstellte, daß sie ihre Pillen nicht verkaufte, um sich LSD zu besorgen, der ihr eine Wohnung suchte und sie dort regelmäßig kontrollierte. Der Staat hatte es versucht, aber nicht zuwege gebracht. Man fand eine Wohnung für sie, ein Obdachlosenheim oder ein Hotel – aber dann brach sie die Regeln, und der Geschäftsführer warf sie raus. Jahr um Jahr brachte es keiner fertig, sie in den Griff zu bekommen. Ich würde nicht nach San Francisco ziehen, um mich um sie zu kümmern, oder sie bei mir aufnehmen. Nicht, solange

Janir da war. Ihre Mutter war an ihr gescheitert, ebenso ihre Tante Teresa und ihre Cousine Cecilia. Eine ganze Reihe psychiatrisch geschulter Sozialarbeiter hatte sich an ihr die Zähne ausgebissen. Sogar ihr Bruder Viktor, der in den achtziger Jahren ganz allein die gesamte Familie durch den langen salvadorianischen Alptraum gebracht hatte, konnte nichts mehr für sie tun. Im Laufe der Jahre hatte sie ihre Zähne verloren, ihr gutes Aussehen, die Rechte an ihrem zweiten Sohn. Aber sie hatte nie aufgehört, Janir zu lieben.

Ich stieg aus dem Zug aus und wischte mir die Tränen aus den Augen, damit Janir sie nicht sehen konnte. Wir standen Seite an Seite auf dem Bahnsteig und starrten durch die verschmutzten Fenster. Wir winkten, konnten aber nicht hineinsehen. Schließlich blies uns die Luft um die Ohren, dann war ein Knarren zu hören, als die silbrigen Waggons mit einem Ruck anfuhren. Die Schaffner schlossen die Türen, und langsam gewann der Zug an Geschwindigkeit. Der letzte Waggon wirbelte die kalte Luft hinter sich auf. Janir und ich standen einen Moment lang auf dem leeren Bahnsteig, dann legte ich meinen Arm um seine Schultern, und wir gingen durch den Bahnhof zurück.

EINUNDZWANZIG

Eine Frau aus Boulder erzählte mir die folgende Geschichte über ihren Sohn:

Sie durfte ihn nicht mehr berühren. Seit Beginn der Pubertät zog er sich immer mehr zurück, und mit vierzehn wollte er sich nicht länger in den Arm nehmen oder auch nur einen Stoß in die Rippen versetzen lassen. Zumindest nicht von ihr. Sie durfte sich nicht bei ihm unterhaken oder mit den Fingern durch sein Haar fahren. All das hatte von einem Jahr zum nächsten ein Ende gefunden. Er wuchs heran, ging auf's College, lebte sein eigenes Leben. »Jetzt ist er dreiundzwanzig«, erzählte sie mir. »Als er letztes Jahr an Weihnachten nach Hause kam, nahm ich ihn mit zu einer Party und beobachtete ihn vom anderen Ende des Raumes. Sie wissen ja, wie es mit den eigenen Kindern ist: Sie sind so schön, man möchte sie am liebsten inhalieren. Plötzlich kam er zu mir und sagte: ›Mom, warum starrst du mich die ganze Zeit an?‹ Selbst das war ihm schon zuviel. Jetzt kann ich ihn nur noch aus den Augenwinkeln ansehen.«

Ich hatte Glück mit Janir. Obwohl er nicht wollte, daß ich vor der Schule meinen Arm um ihn legte, wo seine Freunde es sehen konnten, fanden wir dennoch Möglichkeiten, uns nahe zu sein. Wir lasen abends zusammen, und wir hatten viele freundschaftliche Raufereien. Wenn ich auf dem Weg in mein Zimmer an ihm vorbeikam, machte er sich manchmal über mich her und rief »Abwehr!« Er warf mich auf mein Bett wie ein Linebacker, der einen gegnerischen Angriffspieler stoppt. Wir rangen miteinander, drückten uns gegenseitig an die Wand, und dann – schon eigenartig, wie diese Dinge geschehen – hörten wir mit Ringen auf und lagen einfach Arm in Arm nebeneinander, manchmal wechselten wir ein paar Worte und manchmal nicht.

Als ich mich einmal im Gegenzug über ihn hermachte und ihn auf die Couch warf, gab er beim Aufprall einen leisen Aufschrei von sich. Ich ließ mit übertriebenem Gesichtsausdruck von ihm ab. »*Was* war das?« rief ich. »Ein Eingeständnis der Niederlage!«

»Von wegen«, meinte er. Er richtete sich auf und bedachte mich mit seinem würdigsten Gesichtsausdruck. »Das war ein männlicher Ausruf des Schmerzes.«

Die Suche nach einer Frau verlief auch in Boulder nicht allzu erfolgreich. Zuerst gab es eine, die mich wollte, dann eine andere, die ich wollte. Leslie Thorpe war abenteuerlustig und attraktiv und alleinerziehende Mutter, und nur wenige Wochen nach unserer ersten Begegnung verliebte ich mich in sie. Es war die einfachste Sache der Welt. Aber sie hatte ihre Geheimnisse und einen ehemaligen Liebhaber. Schließlich verließ sie mich und kehrte zu ihm zurück, und ich brach in Panik aus.

Wie ich feststellen mußte, hatte sich an meiner Art des Liebeskummers nichts geändert: Ich legte mich wieder auf den Boden im Wohnzimmer und weinte, hörte den Rolling Stones zu, bekam nicht, was ich wollte. Einige Monate später, geläutert und vorsichtig, wagte ich mich erneut in die Arena. Aber ich war argwöhnisch, kannte die Gefährdungen des Herzens. Es gab Frauen, denen ich mich völlig hätte öffnen können, es aber nicht tat.

Elisabeth.

Nora.

Ich teilte mein Leben schon mit Janir, möglicherweise hielt mich das davon ab, es mit jemand anderem zu teilen. Er kam mit den Frauen, mit denen ich ausging, sehr gut zurecht, war aber nie besonders an ihnen interessiert. Er war locker, er plauderte mit ihnen, und er schien mir nicht zu grollen, wenn ich meine Zeit mit ihnen verbrachte. Doch manchmal hatte ich das Gefühl, daß er einfach nur wartete, bis sie wieder gegangen waren.

Es war an einem Samstag im tiefsten Winter. Während ich nach dem Abendessen aufräumte, bereitete sich Janir für den Skilauf am nächsten Tag vor. Er wachste seine Slalomskis am Küchentisch ein, fuhr mit einem alten elektrischen Bügeleisen über die Unterseite und füllte das Haus mit dem süßen Geruch nach Wachs. Es war zwar erst acht Uhr, aber die Nacht war schon vor Stunden hereingebrochen. Janir war an diesem Tag Ski gelaufen, und am nächsten Morgen mußte er um halb sieben aufstehen, um den Minibus des Eldora-Teams zu erwischen und noch mehr Pisten hinunterzubrausen. An diesen Winterwochenenden gab es für ihn keine Verabredungen, und er ging auch nur selten mit seinen Kumpels aus. Doch ich mußte in dieser Nacht bei minus dreißig Grad unbedingt die Runde machen. Es zog mich in die Stadt, um nach Frauen Ausschau zu halten. Ich hatte bei einigen Freunden angerufen, aber keiner wußte von einer Party. In der Zeitung hatte ich gelesen, daß die stadteigene Dixielandband im Boulder Theater spielte. Ich spülte ab, wischte einmal oberflächlich über die Spüle und zog mich um: Ich schlüpfte in ein Polohemd und ein paar helle Hosen. Dann steckte ich meine dünnsohligen Tanzschuhe in die Taschen meines schweren Wintermantels, zog meine Handschuhe an, setzte meinen Hut auf und umarmte Janir zum Abschied.

»Los, hol sie dir, Dad.«

Er war mit seinen Skiern fertig und legte für den frühen Aufbruch am nächsten Morgen alles zurecht. »Warte nicht auf mich«, sagte ich.

»Gib mir eine Umarmung, wenn du nach Hause kommst. Auch wenn ich schon schlafe.«

»Woher willst du es dann wissen?«

»Ich werde es wissen.«

»Du wirst dich morgen früh nicht daran erinnern.«

»Tu's trotzdem.«

»Manchmal wachst du gerade soweit auf, um mit meinen Ohren zu spielen«, sagte ich. »Kannst du dich daran erinnern?«

»Nein. Aber umarme mich trotzdem.«

»Willst du noch ein Eis, bevor ich gehe?«

Ich fühlte mich schuldig, weil ich ihn allein zurückließ. Aber ihm war es egal. Er war sechzehn. »Ich nehme mir später ein Eis aus dem Kühlschrank«, meinte er.

Obwohl die Fensterscheiben mit Reif bedeckt waren, trug er wie üblich Shorts und ein T-Shirt. Bevor ich ging, kroch er in seinen alten Sears-Schlafsack und legte sich auf ein paar Decken vor den Fernseher. Warum tat ich das? Ich hätte genauso gut zu Hause bei meinem Jungen bleiben, mir im Fernsehen ein Basketballspiel ansehen und früh zu Bett gehen können. Aber irgend etwas trieb mich hinaus in die arktische Nacht. Ich wußte, was es war. Ich mußte etwas beweisen, und sei es auch nur mir selbst gegenüber: daß ich es noch nicht aufgegeben hatte, eine Gefährtin zu finden. Das war keine müßige Geste, denn aufzugeben war eine ernste Sache. Ich kannte Menschen, die das getan hatten – sowohl Männer als auch Frauen –, und gelegentlich zeitigte das düstere Folgen.

Da war beispielsweise Frank, der Mann, der in eben dieser Wohnung gelebt hatte, bevor Janir und ich einzogen. Ich hatte ihn bei früheren Besuchen, als ich noch in Ohio wohnte, getroffen. Bruce und ich pflegten ihn ›den einsamsten Mann der Welt‹ zu nennen. Frank war deprimiert. Er hatte einen langweiligen Job, bei der er Zähler in einem riesigen Kaufhaus in Denver ablas. Er hatte keine Partnerin, und seine Ex-Frau bestimmte, wann er seine beiden Kinder sehen durfte.

Bruce machte sich Sorgen, und einmal nahm er mich Samstagabends mit nach oben. Wir wollten versuchen, Frank aus seiner Trübsal zu reißen. »Da draußen gibt es Frauen«, versicherte Bruce. »Du mußt nur los und sie finden.«

»Komm doch mit uns«, meinte ich.

»Wir könnten uns zumindest mit ihnen unterhalten«, sagte Bruce. »Dann wirst du dich gleich besser fühlen.«

Frank schüttelte den Kopf. »Ich glaube nicht.«

»Was willst du tun? Nur zu Hause herumsitzen?«

»Meine Kinder besuchen mich morgen.«

»Frank« drängten wir ihn, »es ist Samstag nacht. Jetzt ist die beste Zeit, da hinaus zu gehen.«

Wir machten uns Sorgen um ihn. Er wollte eine Frau, das hatte er zugegeben. Aber nun schüttelte er nur den Kopf. Bruce und ich hüpften in seinem Wohnzimmer auf und ab, lachten und redeten auf ihn ein, wie zwei Spaßvögel. »Die Stadt ist voller Muschis!« riefen wir. »Schöne Frauen, die mit dir reden wollen.«

Das war ein klein wenig übertrieben, wenn man bedenkt, wie niedergeschlagen er aussah. Aber keine unserer Strategien hatte Erfolg. Er blieb in dieser Nacht ebenso zu Hause wie in allen anderen Nächten, und als wir um ein Uhr heimkamen, sahen wir ein einsames Licht in seiner Wohnung brennen.

Frank konnte seinen Depressionen nicht entfliehen. Eines Nachmittags im März fuhr er zum Brainard Lake, ging in den Wald und erhängte sich an einem Baum. So kam ich zu seiner Wohnung.

Ich ließ Janir vor dem Fernsehgerät zurück, trat aus dem Haus und schauerte unter der Kälte zusammen. Der Wagen fühlte sich steif und der Sitz spröde an, aber er sprang so zuverlässig an wie immer. Ich ließ ihn warmlaufen, kratzte die Fenster frei, und fuhr dann die Ausfahrt hinunter. Die Reifen quietschten auf dem festen Schnee. Die Straßen waren fast völlig leer, und bis ich in die Innenstadt kam, sah ich nicht einen einzigen Fußgänger.

Ich fand fast direkt vor dem Boulder Theater einen Parkplatz – ein Zeichen dafür, daß ich zu früh dran war. In der Zeitung stand einundzwanzig Uhr, aber ich hätte wissen müssen, daß Bands nie pünktlich anfangen. Drinnen zog ich meine Tanzschuhe an, gab meine Stiefel und meinen Mantel an der Garderobe ab und schlenderte durch das umgebaute Kino. Ich entdeckte niemanden, den ich kannte, und es war nur schwach besucht. Ich kam mir unbeholfen vor, wie immer, wenn ich allein eine Bar aufsuchte. Zwei White Russians halfen; danach hatte ich nicht mehr das Gefühl, als ob mich alle anstarrten, mich als Einzelgänger und als Verlierer einstuften.

Es trudelten noch ein paar Leute ein und schließlich auch die Band. Die Leadsängerin verfügte über eine erstaunliche Stimme und fetzte in ihrem Minirock über die ganze Bühne. Langsam kam Stimmung auf. Ich tanzte mit ein paar Frauen, aber ich traf keine, bei der mir das Reden leichtgefallen wäre. Dann machte die Band eine Pause.

Ich war seit zwei Stunden dort. Ich hätte auch die zweite Hälfte bleiben können, aber in den öden, verrauchten Momenten, nachdem die Band die Bühne verlassen hatte, wollte ich nur noch nach Hause. Vielleicht war Janir noch wach und sah sich die letzten Minuten eines Spieles an.

Ich trug meine Stiefel zum Wagen hinaus, machte mir nicht die Mühe, meine eleganten Schuhe zu wechseln. Ich war viel zu erhitzt, um die Kälte zu spüren. Die Fahrt betrug weniger als eine Meile, und ich blieb die ganze Strecke über im zweiten Gang. Ich war mir der zwei White Russians und der Tatsache, daß ich ein schlechtes Beispiel gab, durchaus bewußt. Jetzt wollte ich nur noch Janir erwischen, bevor er einschlief.

Ich hatte kein Glück. Das Haus lag im Dunkeln. Ich ging hinein, hängte meinen Mantel auf und kniete mich auf den Teppich neben seinem Bett. Janir lag zwischen all den Decken, atmete friedlich und schwitzte. Er hatte vergessen, die Heizung herunterzudrehen. Ich legte meinen Kopf auf seine Brust, und nach einer Weile tastete seine Hand nach meinem Ohr.

»Kaltes Ohr«, murmelte er.

Das hatte er am liebsten, warm gefielen sie ihm nicht. Er rubbelte erst an einem, dann am anderen, anschließend fiel er wieder in Tiefschlaf. Ich kniete neben ihm, mein Kinn auf seinem Arm. Ich hatte wieder einen Abend in einem Tanzsaal verschwendet, wo ich niemanden kannte und niemanden getroffen hatte. Jetzt stanken meine Kleider und meine Haare nach Zigarettenrauch, und am nächsten Morgen würde ich die beiden Drinks spüren. Ich war ein Narr. Ich hätte zu Hause bei meinem Sohn bleiben sollen.

Der Heizkörper am anderen Ende des Raumes zischte, und die spröden Ahornblätter kratzten an der Außenwand des Hauses. Eins ums andere Jahr, in dem ich mein Leben mit Janir teilte, hatten all meine Freunde geheiratet. Ellie hatte geheiratet, Natalia hatte geheiratet, Bill Renz und Claudia, Bruce und Susy, Jane und Brad, Beth und David, Val und Ron. Mein Bruder und Ellen waren schon ewig verheiratet. Vielleicht war mein Leben mit Janir das Hindernis. Vielleicht gab es im menschlichen Herzen nur eine begrenzte Menge Platz, und ich hatte diesen Platz mit meinem Sohn gefüllt.

Vielleicht konnte ich aber auch einfach gut mit Janir umgehen, nicht jedoch mit Frauen. Das Leben mit einem Kind ist eine Kunst für sich. Es ist leichter, sein Leben einem Kind zu widmen, demütig und hingebungsvoll zu werden, ohne dafür etwas zu erwarten, weil ein Kind sich nie um dich kümmert oder deine Bedürfnisse erfüllt. Ein Kind ist absolut selbstzentriert. Wie befreiend das für beide Seiten ist.

Im Frühjahr 1987 beendete ich meine Arbeit an dem Buch ›The Potato Baron‹, und mein Vater flog nach Boulder, um sich sechs Wochen lang um Janir zu kümmern, damit ich für mein nächstes Buch in Mexiko recherchieren konnte. Was für ein Opa. Er kochte für Janir, half ihm bei seinen Hausaufgaben, chauffierte ihn überallhin und wurde sogar mit Clarisa fertig, als sie einen ihrer Überraschungsbesuche abstattete. Wie meine Schwägerin zu sagen pflegt: »Auf der Großvaterskala von eins bis einhundert geben wir ihm hundert Punkte.«

Ich dachte oft an sie, an meinen Vater und meinen Sohn, während ich durch die Wüsten von Chihuahua und Sonora fuhr. Ich wußte, mein Dad würde sich nachts nicht neben Janir ausstrecken und ihm eine Geschichte vorlesen, aber er würde ihm auch nicht die hochnotpeinlichen, intimen Fragen stellen, zu denen ich so gern neigte. Janir würde mich vermissen, das wußte ich: Er würde mich nicht einfach für einen anderen eintauschen. Aber auf gewisse Weise fand er das Leben mit meinem Vater möglicherweise friedlicher als mit mir.

Wenn es um seine schulischen Leistungen ging, verhielt ich mich Janir gegenüber wie ein Sklaventreiber. Um an die University of Colorado zu kommen, mußte er zu den besten achtundzwanzig Prozent der High-School-Klasse gehören. Die University of Colorado war nur eine von vielen Möglichkeiten, aber ich war davon überzeugt, daß er in Boulder glücklicher wäre als in einer der kleineren, staatlichen Colleges in Gunnison oder Durango. Ich war der Ansicht, am besten zu wissen, was gut für ihn war, und bot ihm einfach einen Deal an: irgendwo zwischen einer Übereinkunft und einem Ultimatum. Ich würde den Druck auf seine schulischen Leistungen bis zur Hälfte seines letzten Jahres an der High School beibehalten. Bis dahin wäre über die Zulassung zum College entschieden worden, und dann dürfte er tun und lassen, was er wollte. Sobald er es auf das College geschafft hätte, sollte es nur noch eine einzige Regel geben: nicht durchzufallen.

Zwei Jahre lang übte ich Druck auf ihn aus: »Wann mußt du den Aufsatz einreichen? Hast du deine Geschichtshausaufgabe schon fertig? Was planst du als Wissenschaftsprojekt?« Es war Nötigung – aber manchmal ist Nötigung nötig.

Nacht für Nacht erledigten wir beide unsere Hausaufgaben. Eines Nachts saß ich an meinem Computer und schrieb eine Buchbesprechung für die örtliche Tageszeitung, danach den monatlichen Rundbrief für sein Skiteam, den immer jemand schreiben, ausdrucken, kopieren, falten, stempeln und versenden mußte. Von Janir, der am Küchentisch mit seiner Algebra-Hausaufgabe kämpfte, hörte ich deutliche Zeichen der Frustration: kleine Grunzer und tiefes Ausatmen, dann das Zusammenknüllen eines Papiers, das auf den Boden geworfen wurde. Dann ein weiteres und schließlich ein Fluch, als er sein Buch zusammenschlug. Er schlurfte ins Wohnzimmer, ließ sich auf die Couch fallen und verschränkte die Arme. Ich stand auf und schlenderte hinüber: »Probleme mit Mathe?« fragte ich.

Keine Antwort.

»An was arbeitest du gerade?«

»Das Buch ist doch scheiße. Da wird man nicht draus schlau.«

»Seid ihr das im Unterricht durchgegangen?«

Er sah mich an, als ob ich ihm einen Hundehaufen als Nachtisch aufgetischt hätte. Ich implizierte mit dieser Frage, daß sein Lehrer es erklärt, Janir aber nicht aufgepaßt hatte. Er richtete seinen Blick auf den schwarzen Bildschirm des Fernsehgeräts. Ich ging in die Küche und schlug sein Buch auf.

»An was arbeitet ihr gerade?« fragte ich.

»Das ist doch dumm. Du kapierst es auch nicht.«

»Laß es mich wenigstens versuchen.«

Das hatte ich im Laufe der Jahre schon oft getan, und mir dabei jede Menge Algebra I und Geometrie wieder angeeignet. Aber Algebra II war um vieles schwerer. Weiter hatte auch ich es in Mathematik nie gebracht, und ich schien alles vergessen zu haben. Janir kam widerwillig in die Küche und zeigte mir das Problem. Ich setzte mich und las die Seite durch, dann schlug ich die vorhergehende Seite auf, dann noch eine Seite weiter vorn. Janir stand mit verschränkten Armen neben mir. Seine Haltung kündete von seinem eigenen Versagen und von meinem, das kurz bevorstand.

»Laß mich mal sehen«, sagte ich. »Du kannst ruhig eine Pause einlegen und fernsehen.«

Ich blätterte zum Anfang des Kapitels zurück. Es war verblüffend. Die Begriffe sagten mir nichts. Ich sah mir die Beispiele an, konnte aber beim besten Willen nicht herausfinden, wie man sie auf die anderen Problemstellungen anwendete. Ich lernte ein paar Dinge, aber insgesamt blieb es ein undurchdringliches Dikkicht. Wer schrieb überhaupt diese verdammten Schulbücher? Ich kämpfte eine Stunde lang damit, bevor ich aufgab.

»Ich kann's auch nicht«, gab ich zu. Janir lag ausgestreckt vor dem Fernsehgerät und sah sich eine Serie an. Er nickte, sagte aber nichts.

Ich machte mich wieder an die Arbeit am Rundbrief, und Janir schaltete den Fernseher aus. Er hatte noch mehr Hausaufgaben, und ich glaubte, er würde daran arbeiten. Ich vergaß ihn. Wir hatten beide zu tun. Dann ein paar Noten aus einem Lied. Sogar gepfiffen. Er amüsierte sich über irgend etwas. Und zehn Minuten später: »He, Dad, komm mal her.«

Ich ging in die Küche.

»Es ist ganz einfach, wenn man es erstmal begriffen hat.« Er schrieb wie ein Wilder, füllte die Seiten seines Ringbuches.

»Schau, du mußt nur mit diesen beiden Endpunkten und dem Mittelpunkt eines Kreises ein Dreieck im Nonagon konstruieren. Dann teilst du 360 Grad durch neun, um den Winkel des Scheitelpunkts zu erhalten. Dann machst du ein rechtwinkliges Dreieck und rechnest den Sinus aus.«

»Tja, gratuliere. Bei dir sieht das ganz einfach aus.«

In Englisch war ich besser. Ich überarbeitete die Hälfte seiner Aufsätze für ihn, auch sein College-Essay, dessen Entwurf ich Satz für Satz durchging. Wenn man bedenkt, wie sehr die Schulen ihre Bemühungen eingeschränkt haben, ihren Schülern das Schreiben beizubringen, hielt ich es keine Sekunde lang für unehrenhaft, ihm zu helfen. Außerdem hatten meine Eltern dasselbe für mich getan: So hatte ich in der Grundschule und an der Junior High schreiben gelernt.

Janir und ich verbrachten viele Stunden über den Vorbereitungsbüchern für die Zulassungsprüfungen, sowohl für Mathe als auch für Englisch. Seine Noten blieben gut, und er wurde von der University of Colorado angenommen. Wir feierten im Red Lion. Im Jahr darauf zog er in die Sewall Hall, nur zehn Häuserblocks von unserem Haus in der University Avenue entfernt. Von da an vollzogen sich große Veränderungen, denn nun war er auf sich allein gestellt – und ich auf mich. Seit dem Tag seiner Geburt hatte sich mein Leben um das seine gedreht. Ich war dessen nicht eigentlich müde, aber ich hatte in den vergangenen achtzehn Jahren doch eine Menge Kindererziehung hinter mir.

Viele Kinder wählen ein College, das möglichst weit von zu Hause entfernt liegt, oft um den Bruch mit ihren Eltern und ihren Jugendfreunden zu vollziehen. In unserem Fall war ich es, der die Stadt verließ. Mit Boulder hatte mich nie soviel verbunden wie mit Athens; es war zu groß, zu unpersönlich. Obwohl ich jetzt ein Autor mit zwei veröffentlichten Werken war, hatte ich nur wenige freundliche Schriftsteller in der Stadt gefunden. Die Jack-Kerouac-Schule für Dichtung am Noropa Institut schien ebenso pompös wie ihr Name, und ich hatte mir ein paar unerbittliche Feinde im Fachbereich Kreatives Schreiben der Universität gemacht, indem ich ihre Romane in der ›Daily Camera‹ besprach – besser gesagt, kritisierte.

In Santa Fe wohnten zwei Freunde von mir, die ich auf meinem Weg nach Mexiko und zurück besucht hatte. Ich mochte diese Mischung der Kulturen: spanisch, angelsächsisch und pueblo-indianisch. Die Stadt war älter, langsamer und fesselnder. Darum zog Janir im September in die Sewell Hall und ich nach New Mexico. Ich fand ein kleines Lehmhaus im Barrio, kaufte eine Couch und einen Tisch auf dem örtlichen Flohmarkt, baute ein Bett und ein paar Bücherregale, ließ mich häuslich nieder und machte mich in einem meiner kleinen weißen Räume an das Schreiben. Ich schloß mich einer Schriftstellergruppe an und fand durch Volleyball ein paar Freunde ... aber ich vermißte meinen Sohn.

Im Laufe der Jahre hatten wir viel Zeit getrennt verbracht. Seit er zwölf war, hatte er jeden Sommer das Camp Sangamon in Pittsford, Vermont, aufgesucht – zuerst als Gast, dann als Betreuer. Nach seinem ersten Ferienaufenthalt im Camp hatte ich ihn gefragt, ob er mich vermißt hätte. Er dachte darüber nach und schüttelte dann den Kopf. »Eigentlich nicht.«

Ich ihn auch nicht. Wenn wir getrennt waren, genossen wir immer das, was Nana eine »gesunde Sehnsucht« nannte.

In Santa Fe war das anders, denn hier handelte es sich um mehr als um einen Urlaub. Das Alleinleben hatte natürlich auch seine Vorzüge: Ich achtete in meinem Haus auf Ordnung und kam und ging, wie es mir gefiel. Abends kochte ich eine einfache Mahlzeit und aß sie bei laufendem Radio. Ich hatte das Fernsehgerät in Boulder gelassen; nach dem Abendessen setzte ich mich unter eine gebogene Lampe und las die Buchbesprechungen in der ›Times‹. Nachts, bevor ich einschlief, lag ich in dem Einzelbett und starrte auf die dunklen Zweige des Aprikosenbaumes vor dem Fenster.

Janirs Kindheit und all unsere gemeinsamen Jahre waren vorüber. Es war logisch, es war unvermeidlich, und ich wußte, daß es so kommen würde. Dennoch fühlte ich mich niedergeschlagener als seit Jahren. Ich hatte mir beim Volleyball den Knöchel verstaucht und humpelte nun im Haus herum. Jeden Morgen setzte ich mich an meinen Schreibtisch und arbeitete intensiv an meinem nächsten Buch. Sonntagabends ging ich ins Kino. Das war die einzige Nacht, in der ich es zu Hause nicht aushielt, denn Sonntagabends hatten Janir und ich in Boulder oft zusammen einen Film im Fernsehen angeschaut. Es war völlig egal, welcher Film gerade lief: Es war Wochenende, wir lagen auf dem Teppich mit dem Rücken gegen die Couch, aßen Schokoladeneis und sahen uns den Film an. Die Zeit, die du für deine Rose verloren hast, sie macht die Rose so wichtig.

Ich war mir sicher, daß Janir nur selten an unser altes Leben dachte. Er hatte sich auf das große Abenteuer eingelassen – genauso wie ich in seinem Alter. Wann immer ich ihn anrief, klang er lebhaft und aufgeregt. Darüber war ich natürlich froh. Genau das wollte ich.

Trotzdem fühlte sich mein Leben leer an. Allein in meinem stillen Haus hielt ich unbewußt dieselben Abläufe ein, an die wir uns jahrelang gehalten hatten. Ich stand viertel vor Sieben auf und frühstückte. Ich arbeitete, ging am Bahnhof vorbei spazieren und machte Abendessen. Um elf ging ich ins Bett. Als mein Knöchel verheilt war, spielte ich wieder etwas Volleyball. Die Herbststürme kamen, und der Aprikosenbaum verlor all seine Blätter binnen einer Stunde. Ich besuchte eine Party und gewann ein paar Freunde. Selbstverständlich würde ich allein zurechtkommen.

Anfang November fuhr ich zu einer Stippvisite nach Boulder. Ein halbes Dutzend Stereogeräte plärrten in Janirs gemischtem Wohnheim, und Skateboardfahrer rollten an riesigen Postern von Michael Jordan, dem Footballteam der University of Colorado und diversen Starlets beiderlei Geschlechts entlang durch den Flur. Ich roch den schwachen, aber unverkennbaren Geruch von Haschisch.

Janir liebte sein Wohnheim, liebte das College, liebte sogar den Unterricht. Als wir das Wohnheim verließen, hielt er die Tür für drei Mädchen auf, alle blond mit Pferdeschwanz. »Hi, Janir«, sagte die erste von ihnen mit Nachdruck. »Hi, Janir«, sagte die nächste und »Hi, Janir«, auch die dritte.

»Ich habe tonnenweise Freundinnen«, erzählte er mir.

Wir verbrachten Weihnachten in Vermont mit der Familie meines Bruders, dann flogen wir nach Boulder zurück. Ich verfügte noch über meine alte Wohnung, die ich an einen Freund untervermietete, der sich damit einverstanden erklärt hatte, daß ich sie jederzeit haben konnte, wenn ich einen Besuch machte. Auf diese Weise besaßen Janir und ich noch eine Art gemeinsames Heim. Wir blieben dort, bis sein Wohnheim nach Neujahr wieder eröffnet wurde, sahen fern, lasen abends gemeinsam und schliefen in unseren alten Betten.

Im März fuhr ich wieder hoch – aber diesmal konnte er nicht in der Wohnung bleiben. Er wollte sich einer Studentenverbindung anschließen und mußte jede Nacht dort schlafen. Mein Kind schloß sich einer Studentenverbindung an! Ich vermute, es war nur logisch. In Sewall durften nur Erstsemestler schlafen, also mußte Janir für das Folgejahr eine andere Bleibe finden, und viele seiner Freunde beantragten die Mitgliedschaft. Es überraschte mich trotzdem, wo wir doch so oft über diese ›dummen Burschenschaftler‹ gespottet hatten.

»Dad«, fragte er, »wie lange ist das her?«

»Ich weiß nicht. Vielleicht ein oder zwei Jahre.«

»Denk mal drüber nach. Das ist wahrscheinlich alles nur auf deinem Mist gewachsen.«

Ach ja? Nach dem Abendessen setzte ich ihn am Sigma-Chi-Haus ab. Ich wäre gern mit ihm in unsere alte Wohnung zurückgekehrt und hätte mich noch weiter unterhalten, aber er mußte für diese Brüder diverse Arbeiten erledigen, beispielsweise ihre Badezimmer mit einer Zahnbürste schrubben. Mir schien die Grenze zwischen Haushaltspflichten und Schikane ziemlich dünn.

Am nächsten Morgen fuhren wir Ski am Lake Eldora. Mitten auf einer leeren Piste hielt er urplötzlich an und sprühte mich hüfthoch mit Schnee ein. Ich grummelte, und er lachte. Wir standen eine Zeitlang in dem kalten Sonnenlicht und beobachteten mehrere blutige Anfänger, die sich von Fichte zu Fichte über den Hang hangelten. Er zog einen Handschuh aus und langte an mein Ohr.

»Sehr kaltes Ohr«, sagte er.

In dieser Nacht mußte er helfen, das Abendessen für die Mitglieder der Studentenverbindung zu bereiten, und am nächsten Morgen fuhr er schon um sechs zu einem Rennen nach Winter Park. Ich hatte nicht genug von ihm gesehen, hatte nicht genügend Kontakt zu ihm gehabt, und nun war schon alles vorbei. Zu Hause legten wir uns nach dem Duschen, in seiner letzten freien halben Stunde, auf den Teppich vor den Fernseher und sahen uns ein Eishockeyspiel an. Das Fernsehen mußte lange Zeit als Entschuldigung herhalten, damit wir Schulter an Schulter liegen konnten, ohne etwas zu tun. Nach einer Weile legte ich meinen Arm um seine Schulter. Ich wollte ihm etwas sagen: wie froh ich war, daß wir diese wenigen Minuten zusammen hatten.

Diese Erklärung fiel mir nicht leicht, aber ich schaffte es. »Es wäre furchtbar für mich, nach Boulder zu kommen und dann nicht so neben dir liegen zu können, wie wir das immer getan haben«, sagte ich. »Und sei es auch nur für ein paar Minuten. Ich weiß, du bist beschäftigt, und du wirst langsam erwachsen, aber ich halte dich immer noch gern im Arm.«

Vor uns dröhnte das Spiel. Einen Augenblick lang dachte ich, er würde nichts darauf erwidern. Dann lehnte er sich näher an mich und sagte: »Laß mich nie los.«

Sigma Chi nahm Janir nicht auf. Nach zehn Wochen Badezimmerschrubben und Botengängen schlossen sie ihn und einen anderen aus. Einen Grund dafür nannten sie nicht.

Wie konnte das angehen? Janir kam mit allen bestens zurecht. Jetzt war er wütend und verletzt und wollte nicht darüber sprechen. »Dumme Burschenschaftler«, sagte er.

Als ich eine Woche später anrief, klang er ganz normal. Ich fragte: »Du verdrängst doch nicht etwa deine Gefühle?«

»Ich bin drüber weg. Klar, ein paar Tage lang tat es weh. Aber ich habe besseres zu tun.«

»Wo wirst du im nächsten Jahr wohnen?«

»Toku und Jiro kaufen sich eine Eigentumswohnung. Ich habe schon mit ihnen darüber gesprochen, ob ich zu ihnen ziehen kann. Dad, mach dir keine Sorgen, mir geht es gut.«

»Immer ein Sieger«, sagte ich.

»Niemals Verlierer.«

ZWEIUNDZWANZIG

Ein Kind auf dem College braucht Geld: Schulgeld, Miete, Kleider, Kino, einen Computer aus zweiter Hand und einen Gebrauchtwagen, Kurzreisen nach Malibu und zum Mardi Gras nach New Orleans. Ich weiß, daß Janir auch mit weniger auskommen würde, aber das will ich nicht. Ich glaube, Geld kann sehr zum eigenen Wohlbefinden beitragen. Außerdem verdiene ich in letzter Zeit mehr, seit Schecks aus Hollywood eintreffen: Jemand hat die Filmrechte an meinem zweiten Roman gekauft.

In seinem ersten Jahr an der Universität beschließt Janir, ein Semester lang in Spanien zu studieren. Er reicht den Antrag ein und kümmert sich um alle Einzelheiten, und ich überweise das dafür notwendige Geld auf sein Konto. Seine Landeswahl stimmt mich glücklich, denn er wird die Sprache studieren, die er als erstes lernte und die ich fließend beherrsche. Er reist im Rahmen eines Programms, das die University of Wisconsin sponsort, nach Sevilla. Dort kennt er keine Menschenseele, aber das ist ihm egal. Er gewinnt leicht neue Freunde.

An einem frostigen Tag im Januar fahre ich ihn zum Flughafen nach Denver. Wir sind eineinhalb Stunden früher da als erforderlich. Janirs neue Koffer beulen sich aus, sie sind voll mit Kleidern und was man sonst noch braucht. Seinen Paß, sein Ticket und die Travelerschecks hat er in einer getrennten Tasche untergebracht – nicht jedoch, wie wir feststellen müssen, seinen Eurailpaß und das Schreiben der Annahmebestätigung für das Programm.

»Das brauchen Sie unter Umständen für Ihr Visa«, erklärt uns die Flughafenangestellte.

»Wo sind die Sachen?« frage ich ihn.

Er sieht zu Boden. Plötzlich erinnert er sich wieder. »In meinem Ablageschrank. In einem roten Umschlag.«

»Gottverdammt, Janir.«

Die Flughafenangestellte steht pikiert hinter ihrer Tastatur. Das ist mir egal, ich bin fuchsteufelswild. Erst gestern habe ich den Schrank in der Ziegelhütte neben unserer alten Wohnung gelagert. Ich habe Janir drei oder vier Mal gefragt, ob er alles habe, was er brauche. Ich habe sogar einige Punkte aufgezählt – aber seinen Eurailpaß und den Brief habe auch ich vergessen. Also bin ich in erster Linie wütend auf mich.

Er schweigt, eingeschüchtert durch meinen Ausbruch. Ich schaue auf die Uhr. »Vielleicht kann ich sie noch holen.« Hin und zurück sind es siebzig Meilen, und ich habe weniger als neunzig Minuten. Es würde knapp werden.

»Du schaffst das, Dad.«

»Na gut, ich versuche es. Wenn ich nicht rechtzeitig zurück bin, steig trotzdem in das Flugzeug. Flieg erstmal los, wir finden dann schon eine Lösung. Wahrscheinlich kannst du dich einfach hindurchquasseln.«

Ich umarme ihn, falls ich nicht rechtzeitig zurückkomme, dann drehe ich mich um und laufe los: durch die Halle, den Aufzug hinauf und über die Fußgängerbrücke zum Parkplatz. Ich laufe den ganzen Weg zu meinem Pickup, springe völlig atemlos hinter das Steuer, starte den Motor, rolle die kreisförmige Rampe hinunter, zahle die Parkgebühr und presche in Richtung Boulder. Meinen Vierzylinder-Pickup dränge ich bis an seine Grenzen. Auf dem Highway schalte ich in den fünften Gang und fahre achtzig. Die Geschwindigkeitsbegrenzung liegt bei fünfundfünfzig Meilen die Stunde. Ich halte Ausschau nach Cops. Einer kommt mir in der anderen Richtung entgegen, aber uns trennt der lange Betonteiler des Highways, also zur Hölle mit ihm. Bergauf verliere ich an Tempo, aber auf dem langen Abstieg nach Boulder überhole ich alle.

Ein anderer Cop stellt jemandem einen Strafzettel aus, sein Streifenwagen steht mit eingeschalteten Lichtern etwas abseits. Ich fahre mit siebzig an ihm vorbei, und er schaut nicht einmal hoch. Ich bin angespannt, ich bin hellwach. Alle paar Minuten rechne ich nach, wieviel Zeit mir noch bleibt. Ich will nicht, daß Janir nach Spanien fliegt und dabei denkt, daß ich noch wütend auf ihn bin. Die Wut verraucht in wenigen Minuten, aber nach dem heutigen Tag werde ich Janir sechs Monate lang nicht mehr sehen.

Ich fahre durch Boulder zu unserer alten Wohnung, renne durch den Schnee, öffne das Vorhängeschloß an der Stahltür und schiebe alles aus dem Weg, damit ich den Ablageschrank öffnen kann. Schnell finde ich den roten Umschlag mit dem Paß und dem Brief. Ich schließe die Tür ab und sprinte zurück zum Pickup.

Es wird knapp werden. Ich rase den Highway nach Denver, nehme die Abfahrt zum Flughafen, fahre mit fünfundsechzig Sachen über die Quebec Street und biege um elf Uhr vierzig auf die Abfahrtsrampe, genau in der Minute, in der das Flugzeug abheben soll. Ich lasse den Pickup im absoluten Halteverbot stehen und renne zu den Automatiktüren, drückte sie auf, als sie sich langsam öffnen. Ich eile durch die Metalldetektoren und versuche, nicht wie ein Terrorist auszusehen, während ich die letzten Meter zu Janirs Flugsteig laufe. Kein Mensch zu sehen: keine Passagiere und keine Flugbegleiter. Die Tür zur ausziehbaren Fahrgastbrücke ist geschlossen, und ich kann nicht sehen, ob das Flugzeug schon weg ist. Ich fühle mich schlecht.

Plötzlich gehen die Türen auf und Leute kommen heraus: eine Frau in dem dunklen Kostüm der Flughafengesellschaft und mit hohen Absätzen sowie ein Mann mit einem Klemmbrett und einem Funkgerät. Ich laufe auf sie zu: »Ist es schon weg?« Natürlich ist das Flugzeug noch nicht weg, sie kommen ja gerade heraus. »Ich habe hier etwas für meinen Sohn.« Ich halte den roten Umschlag hoch. »Er muß das unbedingt noch bekommen.«

Der Mann mit dem Klemmbrett denkt einen Moment nach, dann nimmt er sein Funkgerät und spricht in das Mikro. »He, Jack, hast du die Tür schon zu? Ja ... okay, mach sie wieder auf. Ich habe hier noch etwas, das an Bord muß.«

Ja! Ich folge dem Mann in die Fahrgastbrücke, renne dann

voraus, meine Knie wackelig auf dem unsicheren Boden. Gerade als ich um die letzte Ecke biege, gleitet die Flugzeugtür auf und zur Seite. Ich trete hinein und reiche dem Steward den Umschlag.

»Sie dürfen hier nicht herein«, erklärt er. »Für wen ist es?«

Ich luge an ihm vorbei ins Innere des Flugzeugs. »Janir Thorndike«, sage ich. »Sein Name steht drauf. Da! Er ist da hinten!«

Am anderen Ende der Kabine hat Janir mich entdeckt und ist aufgestanden. Er lächelt. Ich kann seine weißen Zähne aus zwanzig Meter Entfernung sehen.

Ich habe ihn! sage ich wortlos und deute auf den Umschlag in der Hand des Stewards. Janir sieht gut aus, er sieht schön aus. *Leb wohl,* rufe ich wortlos, *ich liebe dich.*

Er winkt mit beiden Händen. Der Steward versetzt mir einen leichten Stoß. »Ich muß die Tür schließen«, sagt er.

Ich trete wieder hinaus in die Fahrgastbrücke, und die Tür schwingt zu.

»Danke«, sagte ich zu dem Mann mit dem Funkgerät und lege meinen Arm um seine Schultern. »Er fliegt nach Spanien!« Der Mann schaut sein Klemmbrett an; das ist mehr, als er erwartet hat. Schließlich nickt er. »Ich habe auch einen Sohn«, sagt er.

Ich bin zu selbstsüchtig, um über seinen Sohn zu reden, und eile durch die Halle zurück zu meinem Wagen. Obwohl ich ihn nicht abgeschlossen habe, fehlt nichts. Es klemmt nicht einmal ein Strafzettel hinter der Windschutzscheibe. Ich setze mich hinter das Steuer und breche zusammen. Das war knapp. Nur eine Minute später wäre zu spät gewesen. Aber jetzt hatten wir einen tollen Abschied. Ich habe das Lächeln auf Janirs Gesicht gesehen und er das meine.

Er ruft mich jede Woche an, doppelt so oft wie aus Boulder. Am Telefon nennt er mich Schlange, Daddy-O und Johnny. Er erzählt mir, daß die Spanierinnen umwerfend sind. Er sagt, Flamenco sei aufregend und *la Sevillana*, ein anderer Tanz, noch viel besser, und daß Sevilla der angesagteste Ort von ganz Spanien sei. Zu seiner Gruppe gehören neununddreißig Jungs und hundertzwölf Mädchen. Er lebt bei einer Familie, und sein Spanisch wird von Tag zu Tag besser.

Er gewinnt viele Freunde, sowohl spanische als auch amerikanische. Er erforscht die engen Gäßchen der Altstadt und ißt im Stehen in einem überfüllten Restaurant, wo die Kellner ihre Bestellungen in die Küche brüllen. Er trinkt Wein im Patio San Eloy mit einer Zigeunerin, die falsch singt und schlechter Gitarre spielt als ich.

Nach sechs Wochen bittet er mich, ihn zu besuchen »Dad«, sagt er, »du mußt einfach sehen, wie ich lebe.«

Diese Bitte rührt mich so tief, daß ich sofort Pläne mache, und Ende März folge ich ihm über den Atlantik.

Ich war seit 1965 nicht mehr in Europa. Zu langweilig, dachte ich immer: nicht so dramatisch und ursprünglich wie Südamerika. Vielleicht nicht – aber von dem Augenblick an, wo ich aus dem Flieger steige, bin ich vollkommen gefangen. Die Müllmänner in Madrid streiken, und auf dem Flughafengelände stapeln sich die Abfälle. Alle rauchen. Sie drücken ihre Kippen auf dem Marmorboden mit einer eleganten Drehung des Absatzes aus, direkt unter dem Schild mit der Aufschrift *No Fumar*, Rauchen verboten. Obwohl ich in den Staaten Raucher hasse, ist es mir hier leidlich egal. Ich mache Urlaub, ich bin in Spanien, ich werde meinen Sohn sehen. Die Frauen sind allesamt Schönheiten, wie versprochen, und von ihren herrlichen Lippen scheint mir der Dialekt von Madrid von bezaubernder Raffinesse: *la thona* sagen sie für »Zone« und *el thapato* für »Schuh«.

Zwanzig Stunden nach meinem Aufbruch erreiche ich endlich Sevilla. Janir wartet auf der anderen Seite des Zolls und sieht in seinen Turnschuhen, Jeans und dem Camp Sangamon T-Shirt völlig entspannt aus. Wie merkwürdig es mir vorkommt, ihn hier zu sehen, auf der anderen Seite des Ozeans. Wir umarmen einander, eine lange Umarmung, die in einem fremden Land leichtfällt. Dann steigen wir in den Bus in Richtung Stadt. Ich lasse mir von ihm alles zeigen.

Er steht voll damit im Einklang, Amerikaner zu sein – ganz

und gar nicht wie ich, als ich damals als Freiwilliger des Friedenskorps nach El Salvador ging. Dort wollte keiner von uns als Gringo ausgemacht werden oder sich wie die Leute von der Botschaft oder der offiziellen Entwicklungshilfe der US-Regierung benehmen: wohlhabend, laut und unsensibel gegenüber der örtlichen Kultur. Wir versuchten, uns wie Salvadorianer anzuziehen und uns auf Spanisch zu unterhalten, wann immer wir uns in der Öffentlichkeit befanden – oder zumindest nur mit gedämpfter Stimme Englisch zu sprechen.

Nicht so Janir. Er spricht im Bus, als ob wir uns in Denver befinden. Er ist ein Amerikaner in Spanien, und es ist ihm egal, wer das merkt. Aber er spricht auch ein wenig Spanisch: *»Primero vamos al hotel. Es en el centro.«*

»Está en el centro«, verbessere ich ihn.

Er macht noch andere Fehler, vor allem in den Zeitformen, und ich korrigiere sie alle. Schließlich sieht er mich an und verstummt.

Himmel, ich bin ein selbstgefälliger Idiot. Anstatt ihn für seine neuen Spanischkenntnisse zu loben, muß ich ihm mit Gewalt die Grammatik eintrichtern und versuchen, ihm alles, was ich weiß, an einem einzigen Tag beizubringen. Unsere Busfahrt verläuft schweigend. Ich habe auf dem Nachtflug kaum geschlafen und bin jetzt erschöpft. Der Bus leert sich langsam, während er sich dem Stadtzentrum nähert. An einer Ampel hebt Janir seine Hand und greift wortlos nach meinem Ohr. Mir wurde vergeben. Er hat ein Zimmer in der Altstadt für mich reserviert, wo die engen Straßen sich um Blumenläden, kunstreiche Türen und kleine Parkanlagen mit zahlreichen Linden winden. Das Hotel ist alt, kühl und nur schwach beleuchtet. Mein Zimmer besitzt die Form eines unregelmäßigen Trapezes und verfügt nur über ein winziges Fenster in Höhe der Decke. Es ist so nüchtern wie eine Klosterzelle, aber das ist mir egal. Ich muß hier nur schlafen.

Janir geht zum Abendessen zu seiner Familie, und ich krabbele unter die Decke. Das nächste, was ich weiß, ist, wie jemand an die Tür klopft. Ich kämpfe mich wach und öffne die Tür.

»Auf die *Beine*!« bellt er. »Es ist Donnerstag nacht, fast Wochenende!«

Um neun Uhr öffnen die ersten Restaurants ihre Pforten. Wir gehen zum Los Gallegos, stellen uns an die lange Zinkbar und bestellen zwei Portionen Schwertfisch. Der Kellner brüllt in die Küche *»Dame do' pe' e'pada«* und verschluckt jedes *s* und jedes *z*. Seinem Dialekt kann ich kaum folgen. Mit einer Kreide notiert er auf die Bar, was wir ihm schulden.

Der Schwertfisch kommt nach zwei Minuten. Er ist voller Knoblauch und kaum die Delikatesse, die wir von meinem Vater auf Cape Cod kennen. Ich hege große Zweifel an der Herkunft des Fisches, aber egal: Ich bin hungrig. Der Fisch ist fett und salzig, und als Beilage gibt es einen Haufen Pommes frites und einen Salat. Wir essen im Stehen zwischen Arbeitern und älteren Pärchen, den geizigen Essern der Stadt.

»Der billigste Ort in Sevilla«, erklärt Janir stolz.

Nach dem Essen spazieren wir durch die Straßen der Barrio Santa Cruz, wo die zahlreichen Besucher der Bars auf die engen Gehwege und die winzigen Plätze strömen. Die spanischen Jungs sehen großstädtisch aus und die Mädchen blendend. Die meisten von ihnen sind Teenager, und fast keiner ist über dreißig. In diesem Alter sind wahrscheinlich alle mit ihren Familien beschäftigt. Die Jungen ziehen in kleinen Gruppen von Bar zu Bar oder fahren auf donnernden Motorrädern vorbei, in Lederjacken, die Haare eingefettet und zurückgekämmt und immer ohne Helm. Die Mädchen tragen Absätze und Miniröcke, die keine dreißig Zentimeter lang sind, oder Shorts über weißen Strumpfhosen und Slippern. Obwohl Fleischeslust in der Luft liegt, sehen die jüngsten Nachtschwärmer nicht älter als vierzehn aus. Sevilla ist eindeutig eine sichere Stadt: Die Mädchen gehen paarweise, aber sie gehen überallhin.

Wir wandern von Bar zu Bar und bestellen *tintos de verano*, einen Sommerdrink aus Rotwein und Soda. Überall trifft Janir Bekannte: hauptsächlich amerikanische Freunde aus seinem Programm, aber auch junge Spanier. Das Barrio ist rammelvoll. Ständig werden Drinks verschüttet und Gläser zerbrochen, aber keiner schenkt dem Aufmerksamkeit. In der Morgendämmerung werden Straßenkehrer in orangefarbenen Overalls das gesamte Viertel reinigen.

Während Janir im Patio San Eloy mit der Zigeunerin falsch singt, treffe ich ein älteres Pärchen, das mich sofort für sich einnimmt, weil sie sich weigern, mich für Janirs Vater zu halten. Wir müssen Brüder sein, beharren sie. Natürlich suhle ich mich darin.

Nachdem sie mir so geschmeichelt haben, überrascht es mich, daß sie jünger sind als ich, erst dreiundvierzig und einundvierzig. Der Mann hat einen Bierbauch und Hängebacken. Die Frau hat dunkle Augen und eine bleiche Gesichtsfarbe: Sie war vielleicht früher einmal eine große Schönheit, wirkt jetzt aber ausgelaugt.

»Ihr Amerikaner seht alle so jung aus«, meint der Mann ohne einen Hauch von Groll. Während wir uns unterhalten, rauchen er und seine Frau Kette, trinken *tintos* und essen *Jamón serrano*-Sandwiches, Brote, die mit dem Landschinken belegt sind, der an Haken hinter der Bar hängt. Die beiden führen zusammen eine kleine Druckerei. Sie haben je drei Kinder und leben von ihren Ehepartnern getrennt. Seit zwei Jahren sind sie ein Paar.

»Werdet ihr heiraten?« fragte ich sie.

Die Frau schüttelt den Kopf. »In Spanien heiratet man nur einmal.«

»Das macht uns nichts aus«, sagt er. »Wir sind glücklich.«

»Feliz en la cana«, fügt sie mit einem verschmitzten Lächeln hinzu: glücklich im Bett.

In dieser Bar voller Kinder muß ich wie der ideale Vertraute erscheinen. Sie erzählen mir Geheimnisse. Sie lassen mich wissen, daß sie nun, in ihren Vierzigern, das große sexuelle Abenteuer ihres Lebens erfahren. Ich höre das nur allzu gern. Ich freue mich für sie. Wir trinken und erzählen uns Geschichten.

Mitternacht kommt und geht. Janir schaut nach, ob ich mich immer noch amüsiere. Das tue ich – und zwar prächtig. Ich habe den Kitzel des Reisens neu entdeckt, und ich trinke so viel wie selten zu Hause. Wir ziehen mit einem Rudel seiner Freunde in eine karibische Bar, dann in eine afrikanische und noch viele andere. Ich bin angetrunken und werde langsam müde. Die Männer in den orangefarbenen Overalls fegen bereits die Straßen. Bevor ich aufbreche, erhalte ich von Janir detaillierte Instruktionen, wie ich mein Hotel im Labyrinth des Barrio wiederfinde. Wir wollen uns morgen Mittag nach seinem Vormittagsunterricht wiedertreffen.

»Wirst du es denn zu deinem Unterricht schaffen?« frage ich.

»Ich schaffe es immer zu meinem Unterricht.«

»Mit einem leichten Schwips?«

Er lächelt. »Immer angeheitert, aber nie weggetreten.«

In der darauffolgenden Woche fahre ich, während Janir studiert, mit dem Bus auf das Land westlich von Sevilla, um das alte Spanien zu erkunden. In der Hügelstadt Aracena, umgeben von Kork- und Olivenbäumen, setze ich mich in die dürftige Frühlingssonne und unterhalte mich mit alten Männern in schwarzen Wollanzügen, halb taub, die Finger rauh und verhornt. Aus ihren Ohren wachsen weiße Haare. Sie kannten all die Stierkämpfer, über die Hemingway in den Zwanzigern und Dreißigern geschrieben hatte: Joselito, Chicuelo, El Cagancho. Ein alter Mann ist einmal zu Fuß die vierzig Meilen nach Sevilla marschiert, um Juan Belmonte kämpfen zu sehen.

Janir und seine Freunde sind zwar gekommen, um die spanische Kultur zu studieren, haben aber wenig Interesse an den alten Traditionen. Sie haben mit der laufenden Fiesta genug zu tun. Bei meiner Rückkehr nach Sevilla laden er und seine Freundin Tawnya mich zum Tanzen ein. Ich vermute, daß sie sowas wie seine Freundin ist – obwohl es heutzutage schwer ist, das so genau zu sagen, angesichts der Tatsache, daß die ganze Clique zusammen ausgeht, Wochenendreisen nach Portugal und Marokko unternimmt und die Nacht in Hotelzimmern in Konstellationen verbringt, nach denen ich mich gern erkundigen würde, wenn ich nicht so taktvoll wäre.

Janir, Tawnya und ich wandern von Bar zu Bar durch die Stadt und enden schließlich im Salsodramo. Dort ist die große Tanzfläche berstend voll und die Lautstärke auf Maximum aufgedreht – und wie mein Sohn tanzen kann! Das ist neu, zumindest für mich. Er springt auf eine Bank an der Wand, zeigt mir einige Rap-Bewegungen und ein paar südländische Hüftschwünge mit der Handfläche auf dem Bauch. Tawnya, blond und unwiderstehlich, schließt sich ihm an. Was ich dann auch tue.

Eines Nachts um eins sitzen Janir und ich an einem Marmortisch in einem kleinen Café. Draußen nieselt es. Ein gelangweilter Kellner bringt uns Gebäck und zwei Espresso und lehnt sich dann gegen den Chromkühler. Wir drei sind die einzigen im Raum.

Ich habe eine lange Liste von Fragen mitgebracht. Janir wird gern zu seinem Leben interviewt, und in der Vergangenheit habe ich ihn immer über das Sommercamp und das College ausgefragt, manchmal sogar mit einem Bandgerät. Jetzt habe ich nur ein Notizbuch und einen Stift.

»Ich denke darüber nach, ein Buch zu schreiben«, erzähle ich ihm, »über dich.«

»Meinst du einen Roman?«

»Nein, ich denke an Memoiren. Wie ich dich aufgezogen habe.«

»In Ordnung«, sagt er.

»Folglich will ich dir ein paar Fragen stellen.«

»Schieß los.«

Wir sprechen über seine Kindheit. Ich stelle ihm Hunderte von Fragen und erkunde seine Erinnerungen. Ich habe meine eigenen, bin mir aber ihrer Veränderlichkeit bewußt. Er erinnert mich an Vorkommnisse, die ich bereits vergessen hatte, und erzählt mir bislang unbekannte Geschichten aus seiner Zeit an der Junior High und der High School, seiner Böse-Buben-Zeit. Ich schreibe alles auf. Schließlich kommen wir auf Clarisa zu sprechen.

»War es eine große Benachteiligung, mit ihr aufzuwachsen?«

»Es ist keine Qual oder so. Aber es nervt, wenn sich die Leute nach ihr erkundigen. Ich sage nie, daß sie schizophren ist.

Heute, wo ich älter bin, kann ich besser damit umgehen, aber ich habe immer noch ein ungutes Gefühl.«

»Wie ist es, ein Einzelkind zu sein? Was hältst du davon?«

Er zögert zum ersten Mal in dieser Nacht. Er schiebt seine leere Tasse auf der Untertasse herum. Alle seine anderen Antworten waren nur so aus ihm herausgeströmt.

»Manchmal wünschte ich mir, du und Mom hätten sich nicht scheiden lassen und noch ein Kind bekommen. Dann hätte ich einen Bruder oder eine Schwester gehabt. Ich glaube, der Umgang mit Mom wäre leichter gewesen, wenn es so gekommen wäre, weil ich mit einem anderen Kind besser darüber hätte sprechen können als mit dir.«

Ich konzentriere mich auf mein Notizbuch, während ich das aufschreibe – aber insgeheim bin ich erstaunt von seinem Wunsch, daß Clarisa und ich uns nicht hätten trennen sollen. Hat er all diese Jahre an eine solche Möglichkeit gedacht? Ich hatte mir immer ein Geschwisterchen für ihn gewünscht, aber als er drei war, gab ich die Vorstellung auf, daß das mit Clarisa geschehen könnte. War das ein schrecklicher Fehler? Etwas, dem ich mich hätte stellen sollen? Ich winke dem Kellner und bestelle noch zwei Espresso. »Hast du auch schöne Erinnerungen an deine Mom?« frage ich Janir.

Er denkt darüber nach. »Eigentlich nicht.«

»Keine einzige?«

Er schüttelt den Kopf.

»Nicht einmal eine?«

Meine Ungläubigkeit setzt ihn unter Druck. Er sieht sich im Raum um, studiert den reich verzierten Spiegel an der Wand am anderen Ende, die unbequemen schwarzen Stühle und die karierten Bodenfliesen. Draußen regnet es immer noch. Schließlich sagt er: »Sie hat mir einmal einen Salat gemacht.«

»Wann war das?«

»In Athens. Bei einem ihrer Besuche. Ich mußte etwas Grünes mit zur Schule nehmen, jeder in der Klasse mußte das, also hat sie mir einen Salat aus dem Garten gemacht. Ich weiß nicht, warum ich mich gerade daran erinnere.«

Eine Welle der Traurigkeit schwappt über mich hinweg. Ist das die schönste Erinnerung, die ihm zu seiner Mutter einfällt? Daß sie ihm einen Salat gemacht hat? Ich möchte am liebsten weinen. Janir beobachtet mich, dann starrt er aus dem Fenster.

Der Kellner bringt die beiden Espresso. Wenn ich zu Hause vor Anbruch der Morgendämmerung auch nur ein Auge zutun will, kann ich so spät in der Nacht keinen Kaffee mehr trinken. Hier scheint es egal zu sein. Ich nehme die kleine weiße Tasse und konzentriere mich darauf, versuche, der Welle an Gefühlen in meiner Brust Herr zu werden. Ich blase auf die dunkle Flüssigkeit, verbrenne mir aber trotzdem die Lippen.

»Ich konnte nicht besonders gut mit deiner Mom umgehen«, erkläre ich schließlich. »Ich war zu jung, zu unsicher.«

»Du warst ein Würstchen«, sagt er. Er kennt all meine Geschichten aus Deerfield.

Mir wird klar, daß wir nun soweit sind, wie zwei Erwachsene über gebrochene Herzen, über Emotionen und Gefühle zu sprechen. Dennoch wird Janir mit Sicherheit mit der Geschichte seiner Eltern zu kämpfen haben, so wie ich das mußte, so wie wir das alle müssen. Auf gewisse Weise waren meine Eltern ein unpassendes Paar, und dreißig Jahre lang machte mir ihre Geschichte zu schaffen, und ich versuchte, mein eigenes Leben dafür einzusetzen, um die Kluft in ihrer Beziehung zu kitten. Das ist ein weit verbreiteter Ehrgeiz, und gleichgültig, was Janir und ich bereden, er wird wahrscheinlich dasselbe versuchen.

»Wie steht es mit dir?« frage ich ihn. »Glaubst du, daß du heiraten und Kinder haben wirst?«

»Nicht sofort. Das habe ich von dir gelernt. Man sollte darüber nachdenken und nicht einfach ins kalte Wasser springen. Aber natürlich werde ich heiraten. Mir gefällt die Vorstellung einer großen Familie, vielleicht drei Kinder. Ich würde mich um sie ebenso kümmern wie meine Frau. Natürlich brauche ich dafür den idealen Job, damit ich genügend Geld verdiene und trotzdem noch ausreichend Freizeit habe.«

»Was ist, wenn ich noch ein Kind bekommen würde?« will ich wissen. »Was hältst du davon?«

»Das ist cool.« Er streckt seine Beine unter dem Tisch aus. »Er wäre nicht wie ein Bruder, aber ich könnte ihm einiges beibringen.«

»Was zum Beispiel?«

Er lächelt mich strahlend an. »Ich könnte ihm beibringen, so süß zu werden, wie ich es bin.«

Meine zwei Wochen in Spanien sind fast vorüber. Wir sitzen im Parque Maria Luisa, unterhalten uns und lesen. In zwei Stunden werden wir uns trennen: Janir wird bei seiner Familie zu Abend essen, und ich werde unter den Rhododendronbüschen sitzen und in meinem Tagebuch schreiben.

Ich begleite ihn bis zum Ausgang des Parks. Dort verabschiedet er sich lässig von mir und marschiert über die Plaza Espana. Es ist warm, die Sonne scheint zum ersten Mal nach zwei Regentagen, und wieder einmal sieht Janir durch und durch wie ein Amerikaner aus. Er trägt sein Colorado Buffaloes Sweatshirt, ausgebeulte Shorts und seine vielgeliebte Cal Bears Baseballmütze, diejenige, die er vor einem Monat in eine Stierkampfarena geworfen hat. Der Matador wischte sie über seinem blutgetränkten Anzug, und sein Assistent warf sie wieder hoch zu Janir auf die Tribüne. Wie gewöhnlich trägt er sie verkehrt herum. Er schreitet, ohne zur Seite zu blicken, über den großen Platz, eine der architektonischen Meisterleistungen Spaniens.

Ich sehe ihm nach. Bis zur Avenida Borbolla sind es zweihundert Meter durch die Fußgängerzone, und Janir ist allein auf dem breiten, sonnigen Gehweg. Ein Windstoß wirbelt hinter ihm einen Haufen getrockneter Blätter aus dem Park auf, aber er scheint es nicht zu bemerken. Wahrscheinlich denkt er an etwas. Manchmal summt er, wenn er geht. Er trägt seine elastischen Nylonsandalen über einem Paar weißer Socken. Es macht ihm nichts aus, aufzufallen: Ich glaube sogar, es gefällt ihm. Auch seine dunkle Hautfarbe macht ihm nicht zu schaffen. Noch in der Nacht zuvor hat er zu mir gesagt: »Besser ein Latino als ein weißer Durchschnittstyp.«

Doch plötzlich, auf dieser leeren Straße in Sevilla, scheint er mir allem schutzlos ausgeliefert. Gegen alle Logik steigen mir die Tränen in die Augen. Vielleicht ist es nur dieser majestätische Platz, der ihn so schutzlos wirken läßt. Ich weiß, er ist gesund und glücklich, er hat viele Freunde, und es geht ihm gut. Trotzdem weine ich jetzt. Vielleicht ist es seine Mutter. Vielleicht ist es die Erinnerung an meine eigenen einsamen Jahre in der Schule und am College – eine Zeit, die niemand, nicht einmal Janir, für mich zurückholen kann. Er erreicht die Avenida Borbolla, überquert die Straße und verschwindet inmitten der Fremden auf dem weit entfernten Bürgersteig. Ich beobachte ihn, bis ich ihn nicht mehr sehen kann, und denke: Das habe ich aus *meinem* Leben gemacht.

Danksagung

Hinter jedem Buch stehen eine Menge Leute.

Mein Dank gilt Natalie Goldberg, die mich davon überzeugt hat, meine Geschichte aufzuschreiben – und die gleichzeitig eine Warnung ausgesprochen hat: »Dieses Buch wird dir ans Mark gehen.« Sie sollte recht behalten.

Ich danke Janir Thorndike und Joseph J. Thorndike.

Ich danke meiner Agentin Kathy Anderson und meiner Lektorin Elaine Pfefferblit.

Ich danke Sandy Weymouth und Lois Gilbert.

Dank auch an Charles Flowers, Biddle Duke, David Wade Smith, Juliet Wittman, Eddie Lewis, Anne Pedersen, Henry Shukman, Rod Barker, Janet Bailey, Doug Preston, Hadley Harper, Deborah Parks, Kristin Cook und Lady Borton. Ich danke Dave Reichert, Michelle Ajamian, Patty Coughlan, Linda Sonna, Felicia Bond, Granville Greene, Rob Wilder, Judith Hurley, Pam Sheperd und Sandy Brown.

Mein ganz besonderer Dank gilt Elspeth Bobbs, der herausragenden Gärtnerin und Förderin der Künste.

Rafik Schami im dtv

»Meine geheime Quelle ist die Zunge der anderen. Wer erzählen will, muß erst einmal lernen zuzuhören.«
Rafik Schami

Das letzte Wort der Wanderratte
Märchen, Fabeln und phantastische Geschichten
dtv 10735

Die Sehnsucht fährt schwarz
Geschichten aus der Fremde · dtv 10842
Erzählungen vom ganz realen Leben der Arbeitsemigranten in Deutschland.

Der erste Ritt durchs Nadelöhr
Noch mehr Märchen, Fabeln & phantastische Geschichten · dtv 10896

Das Schaf im Wolfspelz
Märchen & Fabeln
dtv 11026

Der Fliegenmelker und andere Erzählungen
dtv 11081
Geschichten aus dem Damaskus der fünfziger Jahre. Im Mittelpunkt steht der unternehmungslustige Bäckerjunge aus dem armen Christenviertel, der Rafik Schami einmal gewesen ist.

Märchen aus Malula
dtv 11219
Rafik Schami versteht es, in diesen Geschichten den Zauber, aber auch den Alltag und vor allem den Witz und die Weisheit des Orients einzufangen.

Erzähler der Nacht
dtv 11915
Salim, der beste Geschichtenerzähler von Damaskus, ist verstummt. Sieben einmalige Geschenke können ihn erlösen. Da schenken ihm seine Freunde ihre Lebensgeschichten...

Eine Hand voller Sterne
Roman · dtv 11973
Alltag in Damaskus. Über mehrere Jahre hinweg führt ein Bäckerjunge ein Tagebuch...

Der ehrliche Lügner
Roman · dtv 12203
Der weißhaarige Geschichtenerzähler Sadik erinnert sich an seine Jugend, als er mit seiner Kunst im Circus India auftrat. Und an die Seiltänzerin Mala, seine große Liebe...